S. MASSERY

OBSESSÃO BRUTAL

Traduzido por Daniela Alkmim

1ª Edição

2024

Direção Editorial:	**Revisão Final:**
Anastacia Cabo	Equipe The Gift Box
Tradução:	**Arte de Capa:**
Daniela Alkmim	glancellotti.art
Preparação de texto:	**Diagramação:**
Marta Fagundes	Carol Dias

Copyright © S. Massery, 2022
Copyright © The Gift Box, 2024

Todos os direitos reservados.

Nenhuma parte do conteúdo desse livro poderá ser reproduzida em qualquer meio ou forma – impresso, digital, áudio ou visual – sem a expressa autorização da editora sob penas criminais e ações civis.

Esta é uma obra de ficção. Nomes, personagens, lugares e acontecimentos descritos são produtos da imaginação da autora. Qualquer semelhança com nomes, datas ou acontecimentos reais é mera coincidência.

Este livro segue as regras da Nova Ortografia da Língua Portuguesa.

CIP-BRASIL. CATALOGAÇÃO NA PUBLICAÇÃO
SINDICATO NACIONAL DOS EDITORES DE LIVROS, RJ
Meri Gleice Rodrigues de Souza - Bibliotecária - CRB-7/6439

M37o

Massery, S.
  Obsessão brutal / S. Massery ; tradução Daniela Alkmim. - 1. ed. - Rio de Janeiro : The Gift Box, 2024.
  404 p. (Hockey gods ; 1)

Tradução de: Brutal obsession
ISBN 978-65-85940-19-1

1. Romance americano. I. Alkmim, Daniela. II. Título. III. Série.

24-92324   CDD: 813
                 CDU: 82-31(73)

"Este livro contém situações de violência física e sexual que podem ser consideradas gatilhos por algumas pessoas. Favor leia com responsabilidade."

Aos sombrios que dão vida às nossas fantasias...

INTRODUÇÃO

Olá, querido leitor!

Obsessão Brutal é o livro mais sombrio que escrevi até hoje. Esteja ciente de que, se você tem gatilhos comuns aos *dark* ou *bully* romances, esta história pode ativar alguns! (Contém: jogos sanguinários com facas, consentimento duvidoso, asfixia erótica, não consentimento sexual, jogo primitivo e *bullying* mental, físico e emocional).

Greyson pediu para informar que ele jamais se humilha. Sob quaisquer circunstâncias.

Obrigada e boa leitura!

Beijinhos,
Sara

GREYSON

O dinheiro desliza da minha mão para a do manobrista. Os dedos dele se enrolam no maço de notas enquanto se afasta e desvia o olhar.

Ah, ele está envergonhado.

A garota no meu braço ri e se inclina em minha direção.

Grana e boa aparência ajudam pessoas a escapar impunes de praticamente qualquer coisa. Aprendi com o meu pai na tenra idade de cinco anos, muitíssimo obrigado. Ele me carregava por toda parte, exibindo o seu sorriso e riqueza, e as portas se abriam para nós.

Algumas vezes de forma literal.

Outras, em sentido figurado.

Nós éramos invencíveis.

Preste atenção nesta frase. Agora leia de novo. *Nós. Éramos. Invencíveis.*

Quando era criança, meu pai e eu usávamos armaduras douradas. Ele era um rei e eu um príncipe. Pairávamos sobre o resto da sociedade e nada estava fora do nosso alcance.

Experimentei o mundo pelo seu panorama, que conseguia qualquer coisa que quisesse. É natural que eu tenha me transformado nele.

Veja, não digo que é certo. Só estou falando que é assim que funciona. As pessoas são ovelhas, todas muito ansiosas para serem consagradas aos lobos. E os lobos... bem, eles só sobreviveriam se estivessem dispostos a se sujar um pouco.

A garota me larga a tempo de cambalear e esbarrar no capô do meu carro. Ela praticamente desaba no banco do passageiro e o seu vestido se afasta, dando a mim — e ao manobrista — uma visão dos seus seios.

Esse é o único motivo de ela estar aqui.

Câmeras de *paparazzi* disparam do outro lado da rua e eu abro o meu sorriso brilhante. Aquele que funcionou com a garota do bar. E com a

OBSESSÃO BRUTAL

garçonete. E com o policial que me parou há algumas horas por excesso de velocidade. Ele me liberou com apenas um aviso.

Levanto a mão quando alguém chama o meu nome, tentando manter contato visual para tirar a foto perfeita. Todo mundo quer alguma coisa, eles acham que podem *conseguir*. Um mínimo reconhecimento meu, provavelmente, dá a eles uma ereção.

A porta do passageiro se fecha. Dou mais uma olhada para o manobrista, me certificando de que ele está ciente. Eu o observo. Eu o vi colocar o dinheiro no bolso. Quero que ele saiba que o dinheiro não compra um serviço rápido — compra o silêncio dele.

Ele balança a cabeça uma vez e desvia o olhar novamente.

Entro no meu carro e deixo o estacionamento do restaurante cantando pneus. O cheiro familiar e inebriante de borracha queimada se alastra. Eu adoro isso — significa que estou fazendo uma saída triunfal. Uma que as pessoas vão notar — e lembrar.

A garota sem nome se inclina e lambe a minha bochecha. Não tenho certeza se acho sensual ou nojento, então ignoro. Ela sussurra algo que também não presto atenção, e piso mais fundo no acelerador. Não me importo com ela agora.

Faltam só mais duas ruas antes de pegarmos a rodovia, e eu poder levar esse bebê até cem. Ele ronrona gostoso quando atinge essa velocidade. O volante quase vibra nas minhas mãos.

É uma descarga de adrenalina que nunca deixo de aproveitar.

Mais tarde, quando a garota chupar o meu pau e gemer o meu nome, posso fingir que estou me importando com ela.

Eu a afasto e reajusto o meu aperto.

Derrapamos em uma esquina, a luz verde acende. Eu acelero e nós voamos pela rua escura. O trecho da estrada à minha frente está vazio — até não estar mais.

O carro surge do nada. Meus faróis iluminam o rosto pálido da motorista segundos antes de eu colidir com o veículo dela.

Meus *airbags* explodem, e apenas o cinto de segurança, que não lembro de ter colocado, me impede de atravessar o para-brisa. A cabeça da minha passageira se choca ao *airbag*, e ela cai de volta no assento, com sangue escorrendo pelo nariz.

Eu me esforço para inspirar. O cinto está apertado pra caralho e fumaça toma conta do meu carro.

Consigo desafivelar e empurro a porta, desabando no chão.

Porra.

O asfalto fere as minhas mãos. Milagrosamente, porém, estou ileso. Dou uma conferida em mim mesmo, só para o caso, mas além de achar que terei um hematoma muito feio no peito, estou bem.

A garota no meu carro também parece estar. Ela recupera a consciência, piscando lentamente e tocando o lábio superior.

Eu cambaleio até a frente do meu carro que, nesse momento, está esmagado contra o outro — um veículo compacto prateado, daqueles antigos de uma década atrás. Acertei o lado do motorista, mas um pouco mais para frente. Foi como se eu mirasse no pneu dianteiro — me esforçando para desviar, e simplesmente tivesse calculado mal. Esse é um argumento que eu poderia usar, de um jeito ou de outro. *Se* isso fosse discutido.

— Socorro. — A voz é suave e rouca. Como se ela tivesse gritado antes da batida e machucado a garganta.

Estremeço na hora.

Sangue escorre pelo seu rosto e não consigo ver se os seus olhos estão abertos. Os *airbags* não acionaram e a janela está quebrada. São cortes de vidro, então. E apesar de não ter sido atingida, a porta está amassada.

A rua está deserta. Sem carros nem pessoas. Quando é que *isso* acontece em um lugar como este? Uma cidade que normalmente tem a vida noturna agitada — na verdade deve *estar* lotada de pessoas a apenas alguns quarteirões de distância.

Balanço a cabeça para mim mesmo, calculando. Sempre calculando.

Outro presente do meu papaizinho querido.

Volto para o meu carro e abro a porta do passageiro. Puxo a garota e a conduzo até o banco do motorista. Eu a deixo acomodada ali, enquanto ela me encara. O rosto está marcado pela confusão, que dissipa toda a sua beleza.

Confusão se assemelha à estupidez. Se você não consegue entender algo, é apenas porque não está pensando o suficiente.

— Onde está o seu telefone, querida?

Que Deus abençoe a sua alma, ela se anima quando a chamo assim. Ela não tem culpa por não saber que é o meu disfarce, por não fazer ideia de qual é o seu nome. Ela aponta para o piso do lado do passageiro, para a sua bolsa.

— Você estava dirigindo — falo. Eu me inclino, segurando-a pela nuca. — Preciso que diga isso a eles, tudo bem?

OBSESSÃO BRUTAL

Ela franze a testa.

— Por quê?

— Porque vou me certificar de realizar os seus sonhos mais loucos, se fizer isso por mim. — Encaro bem dentro dos olhos dela, roçando o polegar em um ponto macio do seu pescoço, logo abaixo da orelha. Ela se inclina um pouco e puxa o lábio inferior para dentro da boca. — Você pegou o meu carro emprestado para passar a noite. Me devolveria amanhã.

— Amanhã — ela repete.

Balanço a cabeça uma vez e fecho a porta deixando-a dentro do carro. Eu disco para a emergência do telefone dela, em seguida entrego o aparelho para ela e dou um passo para trás. Quando chego na metade do quarteirão, ligo para meu pai.

Achei que seria o fim da história. Ele não me culparia por abandonar o local. Não se trata apenas de fazer as coisas do nosso jeito. É sobre preservar a imagem dele. A *nossa* imagem.

Exatamente como previ, ele não diz nenhuma palavra sobre a minha má sorte. Ou sobre com quem eu estava. Envio o endereço do lugar onde estou sentado em frente e ele manda um carro para me buscar.

Chego em casa trinta minutos depois e ele não pergunta o que aconteceu, como um advogado que não quer se incriminar pelas letras miúdas. Se algo acontecer, ele espera que eu resolva pacificamente a situação. Se eu não puder, ele vai resolver.

Duas horas depois, viaturas da polícia com as sirenes ligadas chegam à porta da nossa garagem. Eu sou preso na hora.

1

VIOLET

Seis meses depois...

Um fato bastante conhecido sobre mim: não gosto de surpresas. Sou inquieta. Faço ruídos horríveis. O meu rosto fica vermelho, o corpo quente e dormente e, às vezes, sinto falta de ar. É lamentável que essa mistura seja a reação perfeita para pessoas que *realmente* gostam de surpresas.

É por isso que passei a vida inteira sendo surpreendida. Festas de aniversário, sustos, visitas inesperadas... As pessoas *adoram* testemunhar uma reação dramática, e parece que sou incapaz de não proporcionar isso a elas.

E, na minha ingenuidade, continuo esperando que se lembrem que eu detesto.

Não foi hoje.

Mal abro a porta do apartamento quando as luzes se acendem e uma dúzia de pessoas grita:

— BEM-VINDA DE VOLTA!

Eu grito junto com elas. O café voa para todos os lados e perco o equilíbrio na mesma hora. Não caio, mas só porque mãos rápidas agarram os meus braços.

E, provavelmente, seria uma droga cair nas minhas condições.

Depois que o meu coração desiste de tentar fugir do aperto do peito, encontro a minha querida colega de apartamento e melhor amiga no centro do grupo, sorrindo com malícia. Willow sabe como me sinto a respeito de surpresas e continua a fazer isso alegremente. Balanço a cabeça para ela e rio. Se ela tivesse essa reação, eu a surpreenderia o tempo todo também.

Com um sorriso largo, olho ao redor da sala. Rostos familiares que me *fizeram falta* nos últimos seis meses preenchem o espaço. Se eu tivesse que ser surpreendida por alguém, queria que fosse por eles. Willow sabe disso. Às vezes, ela sabe o que quero antes de eu mesma saber.

OBSESSÃO BRUTAL

Finalmente percebo que alguém ainda segura os meus braços. Olho por cima do ombro com timidez, e encontro o olhar de Jack. Demoro um segundo para perceber que é ele e sinto o estômago se retorcer em nós.

— Tudo bem com você, Violet? — Ele comprime os lábios, tentando não rir de mim, mas os seus olhos ainda enrugam. E, droga, ele continua tão bonito quanto me lembro.

Estabilizo os pés antes de me afastar suavemente.

— Estou bem. Obrigada.

Nada bem. Nem de longe. Mas, definitivamente, não vou abrir o coração para meu *ex*-namorado. Acho que esqueci de falar com Willow...

— Estou surpresa por te ver aqui — comento.

Inquieto, ele passa a mão na nuca. É a sua vez de ficar envergonhado. Nos conhecemos no primeiro ano aqui na Universidade de *Crown Point*, e foi luxúria à primeira vista. Eu era da equipe de dança e ele jogava futebol. Treinávamos no intervalo e não demorou muito para nos notarmos.

E por que eu não o teria notado? Ele é lindo. Tem cabelo escuro e ondulado, um pouco mais comprido do que a maioria dos caras, e acolhedores olhos cor de mel. Mandíbula quadrada, nariz marcante. Também é muito maior do que eu. As pessoas sempre diziam que ficávamos bem juntos.

Somos o completo oposto. Ele tem massa muscular, e eu sou magra. Também tenho a combinação clássica de cabelo loiro e olhos azuis que a minha mãe tanto se gabava. Talvez seja por isso que sinto calafrios a cada vez que alguém comenta sobre o quanto éramos atraentes como casal. Tinha mais a ver comigo do que *conosco*.

Ele levanta a mão e afasta o meu cabelo da testa. O gesto é íntimo, mas estou muito atordoada para interrompê-lo. Ele passa o polegar sobre a cicatriz da minha têmpora.

— Estava preocupado. Você não me deixou te visitar no hospital, nem depois.

Um suspiro escapa antes que eu possa mudar a expressão e mostrar um pouco mais de... arrependimento.

— Bem, eu estava envergonhada.

É uma mentira. Eu só não queria enfrentar a montanha-russa emocional dos meus últimos seis meses. De verdade. A minha rotina passou de normal para uma merda em fração de segundos. Incluir Jack e a vida que eu pensei ter — aquela que parece ter voado pelos ares quando acordei no hospital — seria mais doloroso do que eu estava disposta a aceitar.

— Violet!

Eu me afasto de Jack, ignorando a sua expressão magoada, e viro na direção dos meus outros amigos. Metade da equipe de dança está aqui, e todos se amontoam ao meu redor. Uma pessoa puxa minha blusa manchada de café, e outra aparece para limpar o chão onde o copo caiu. Eu me abalei com Jack e acabei esquecendo.

— Por sorte não estava quente. — Willow me cutuca.

— A sorte e eu não somos muito amigas.

Todos os dias, ela me visitava fielmente enquanto eu estava presa à cama do hospital. Mantinha a minha sanidade e me atualizava com as fofocas. Ela é a única que sabe o que passei e isso não vai mudar. Não tenho o hábito de lavar a minha roupa suja em público, nem de expor meus novos pesadelos. Tenho sido torturada por luzes fortes, metal sendo amassado e ossos quebrados.

Ela revira os olhos para o meu comentário sobre a sorte.

— Você precisa trocar de roupa. Vamos te levar para sair.

Ai, meu Deus! O meu primeiro instinto é dizer não, mas, sinceramente? Um pouco de normalidade seria útil. O meu terapeuta disse algo a respeito de voltar à rotina. Bem, nos últimos dois anos eu saía com as minhas amigas nas noites de sexta-feira. Não há nada mais *normal* do que isso.

Na verdade, estou ansiosa.

Ela me guia até o quarto onde não entro desde… *antes*. Então, se afasta para o lado e me deixa fazer as honras. Abrir a porta é como entrar em uma cápsula do tempo.

Devastador pra caralho.

Willow fica atrás de mim com a mão no meu ombro, enquanto observo os restos da pessoa que eu costumava ser. Se não estava ciente do quanto mudei depois de me afastar por seis meses, agora estou. Mental e fisicamente.

Ainda tem um monte de roupas que deixei no chão. A minha cadeira está afastada e coberta de mais peças de roupa. No meio da escrivaninha, está a pilha de livros que escolhi para passar o verão. A cama está arrumada.

— De vez em quando eu abria a porta — Willow fala. — Principalmente na semana passada. Então não deve estar com cheiro de mofo… Também troquei os seus lençóis. De nada.

Abro um sorriso.

— Obrigada.

OBSESSÃO BRUTAL

A bagagem que trouxe, hoje mais cedo, agora está no pé da minha cama — cortesia de Willow, presumo.

Entro e vou direto para a parede de fotos. Competições da equipe de dança, *selfies* com as amigas, fotos minhas com Jack em quase todos os eventos que você possa imaginar — concertos, jogos de futebol, luaus e festas. Fogueiras no lago.

— Você sabe que eu *adoro* surpresas. Então, *obrigada* por isso.

Willow bufa uma risada. Eu e ela nos conhecemos no ensino médio e passamos por bons e maus momentos juntas. Já nos vimos no nosso melhor... e no pior. Evidentemente.

— A equipe queria estar aqui quando você voltasse. — Ela sorri. — Bem, a maioria dela.

Há algumas garotas no time de dança que Willow e eu nunca tivemos conexão. Elas são desprezíveis, então por que seríamos amigas delas? Só se importavam em perseguir qualquer time que estivesse indo bem. Futebol, hóquei, lacrosse.

Chatas.

Vou até o meu armário.

— Jack e eu terminamos.

— Eu sei.

— Claro que sabe — resmungo. — E mesmo assim você o convidou.

Abro a porta e reviro as roupas. Perdi peso enquanto estava fora, mas a maior parte era massa muscular. Meu corpo está flácido onde costumava ser forte. A fisioterapia ajudou, mas não foi suficiente. Não o bastante para me devolver os músculos de antes.

— Ele implorou. E fica muito fofo quando está de joelhos.

Eu olho para ela.

— Sério?

Ela dá de ombros, ainda sorrindo.

— Acho que sentiu sua falta. Ele comentou que você gosta de se isolar quando está estressada, e é *verdade*. Não pode negar. Só queremos evitar que isso aconteça.

Inferno. Não consigo explicar o nó que sinto no meu peito, mas preciso contar para ela.

— Ele sentiu falta da minha versão de garota animada da equipe de dança. Eu estou mergulhando em — eu me esforço em encontrar a forma certa de explicar, e finalmente opto por —... cinzas.

— Violet foi para o lado sombrio, então? Bem, para acompanhar esse pensamento, o que você acha desse? — Ela pega um vestido preto de lantejoulas.

Um que usei poucas vezes. É curto e sexy, e imediatamente a bile sobe pela minha garganta. Eu engulo em seco.

— Não. — A minha voz está indiferente.

Ela arqueia uma sobrancelha.

— É porque...

— Não vou mostrar a perna no primeiro dia da minha volta. Ou nunca. — A minha perna. Eu realmente não quero falar da minha perna. — Os meus dias de shorts e saias acabaram.

Escolho uma calça de couro preta e um suéter rosa. É um meio-termo. Afinal, tem neve no chão e, se formos sair, não quero morrer congelada.

Willow fecha a porta e se recosta a ela, falando sobre a última apresentação, enquanto eu me troco. Ela não hesita quando abaixo a calça e revelo a cicatriz grossa na minha perna. Os cirurgiões fizeram o possível, mas tiveram que me abrir de cima a baixo. A tíbia e a fíbula estavam quebradas — quase que por completo.

A minha perna sofreu o impacto direto do acidente.

Quando repararam o osso, tive sorte de não usarem hastes para melhorar a fixação. Depois da cirurgia fiz fisioterapia no hospital. Durante a recuperação, tive que usar muletas por semanas, com ordens estritas de não colocar nenhum peso na perna. E mais fisioterapia para os meus músculos lentamente se acostumarem a andar, dobrar... funcionar.

A Universidade de *Crown Point* me permitiu uma licença médica durante o semestre de outono. Tive que adicionar uma aula extra ao cronograma neste semestre, e nos dois do próximo ano, para me formar a tempo.

É o único lado positivo.

— Você parece bem — diz Willow. Ela me entrega um tubo de batom.

Passo os dedos pelo cabelo para deixar os cachos apresentáveis e aplico o batom vermelho-escuro. É mais forte do que normalmente usaria, mas confio no julgamento da minha melhor amiga. Dá um toque mais ousado ao meu suéter cor-de-rosa.

Provavelmente.

Talvez seja uma ilusão.

Ela entrelaça o braço ao meu. Na sala de estar, nossos amigos se espalharam nos sofás e pelo chão. Agora que vejo mais de perto, parecem prontos para sair. Maquiagem impecável, roupas bonitas. Vestidos, botas de salto.

OBSESSÃO BRUTAL

— Aonde vamos? — pergunto.

— *Haven*. Tem um jogo hoje à noite, mas não há problema se chegarmos lá antes de terminar. Devemos chamar um táxi ou você consegue ir caminhando?

Haven é um bar local que quase sempre é invadido por estudantes da UCP.

— Podemos ir a pé.

Pagarei o preço por isso amanhã, mas só de pensar em entrar em um carro, sinto o meu sangue gelar. Sentar no banco do passageiro do carro de mamãe até chegar aqui foi uma luta. Havia tensão no nosso silêncio. Balancei a perna o tempo todo, até ela encostar no meio-fio e me deixar na frente do prédio esta manhã.

Depois disso fui até o campus me matricular nas aulas e confirmar o auxílio financeiro. Eu me candidatei a três empregos perto da faculdade e me dei o prazer de comprar um café de felicitações. Senti falta de Willow quando deixei minhas coisas mais cedo e, definitivamente, não me aventurei mais pelo nosso espaço. Eu não queria reviver o passado tão cedo.

Minha perna já dói, mas eu ignoro. O semestre da primavera começa na segunda. Tenho o fim de semana para descansar e me recuperar.

Esta é a minha experiência na faculdade.

Então não, não vou entrar em um carro. Sorrio para os meus amigos e minto:

— O exercício vai fazer bem para mim.

Willow zomba:

— Como quiser, Batman.

Nós dez estávamos preparados para o clima com ou sem neve — na verdade ainda está bastante ameno — e caminhamos dois quarteirões até o bar próximo ao campus. É um ponto de encontro regular, conhecido por ser negligente com a identificação de estudantes universitários. Eles têm uma noite de margarita por cinco dólares que geralmente atrai multidões.

No centro do bar, há um balcão oval com um milhão de banquetas. Quase todas as paredes têm televisões que exibem jogos dos atletas profissionais. Não há um assento ruim no lugar. E depois que o jogo da UCP terminar — principalmente se eles ganharem? Só vai dar para ficar em pé.

Pensei em me candidatar a um emprego, mas acho que não conseguiria. Servir os meus amigos, quero dizer. Mesmo que deem boas gorjetas, alguns estudantes ficam estranhos quando bêbados.

Está relativamente silencioso quando chegamos. Batemos o pé no chão da pequena entrada, tirando a neve solta e o sal. Sopro as mãos, rindo do quanto estamos ridículos. Os outros balançam a cabeça e riem junto comigo. Sim, a culpa cai sobre os meus ombros. É muito para o clima ameno lá de fora. Isso foi antes do pôr do sol, e agora está frio pra burro.

Escolhemos uma cabine em forma de U e todos entram e se aproximam. Na mesa, acabo ficando de frente para Jack — felizmente — e ao lado de Willow. Do meu outro lado está uma colega júnior, Jess, que se juntou à equipe de dança no ano passado.

— Acabei de receber uma mensagem da Paris — diz Amanda, dando um toquinho no seu telefone. Ela levanta o olhar e se inclina para frente. — Diz que o time está vindo para cá.

Willow revira os olhos.

— O lugar será inundado por Marias Patins em questão de minutos.

— O time de hóquei? — eu esclareço.

Sinto que perdi a noção do tempo desde que estive fora. Todo mundo seguiu em frente, menos eu.

A temporada de hóquei começa em outubro e segue do inverno até a primavera — especialmente se eles estiverem em uma sequência de vitórias e conseguirem chegar ao torneio nacional. Não fomos a muitos jogos no passado porque geralmente coincidiam com as competições da equipe de dança ou de basquete.

Se existe uma coisa que a UCP tem a seu favor, são os esportes de primeira divisão, chamados de D1.

— Tem um novo craque na equipe — diz Amanda, corando. — Só perdemos um jogo. Algumas meninas até iniciaram uma petição para adiar o nosso treino de sexta-feira para conseguirmos ir aos jogos em casa. Provavelmente vai dar certo.

As minhas sobrancelhas se levantam. Marias Patins — as garotas que bajulam os jogadores de hóquei — ou não, duvido que a nossa treinadora vá deixar isso passar batido. Talvez se um número suficiente delas protestasse...

— Estão comentando que eles serão selecionados para o torneio Nacional — acrescenta Jack. — A faculdade inteira fala sobre isso. Eles só precisam ganhar mais alguns jogos.

A UCP não consegue um título há quase uma década; não no hóquei, de qualquer maneira. O time de Jack chegou ao Rose Bowl no ano passado, mas eles perderam por um gol de campo. E neste ano eles nem chegaram aos *playoffs*.

OBSESSÃO BRUTAL

Esse é um assunto delicado.

— Bem, vamos ficar bêbados antes que eles apareçam e nos façam sentir miseráveis — diz Willow. Ela chama uma garçonete e pede uma rodada de tequila.

Sim, definitivamente pagaremos por isso amanhã.

Ainda assim, é bom estar de volta. A conversa muda do hóquei para as performances da equipe de dança, e eu sorrio e pego o meu suéter enquanto ouço. Estou familiarizada com a maioria dos nomes, mas algumas vezes lanço um olhar de dúvida para Willow. Ela fornece o contexto. Uma caloura, alguma transferência ou uma veterana que finalmente passou nos testes.

Recebemos nossas doses de tequila, além de fatias de limão e um saleiro para compartilharmos. Passo a língua nas costas da mão e derramo o sal. Depois seguro a rodela de limão e o meu copo até que todos estejam prontos.

— Ao retorno de Violet — diz Willow.

Eles erguem os copos e brindam no meio da mesa. Em sincronia, lambemos o sal, batemos os copos na mesa e jogamos o líquido para dentro. O gosto familiar desce queimando pela garganta. Eu mordo o limão, e a acidez explode na minha língua. Ela se associa com a tequila e o sabor fica muito agradável.

— Isso nunca perde a graça. — Dou uma risadinha, me apoiando em Willow.

Ela me abraça.

— Eu senti sua falta.

— Você me fez falta também.

— Que bom. Mais uma rodada! — Ela se afasta e dá um tapa na mesa.

— Eu pago essa. Depois vocês, cambada de inúteis, assumem a conta.

Jack toma o lugar de Willow ao meu lado. Ele coloca o braço em volta dos meus ombros e me puxa em sua direção. O seu calor é familiar. O peso do braço é reconfortante.

— Já disse que senti sua falta?

— Uma ou duas vezes. — Reviro os olhos, mas não tomo jeito mesmo. Deveria, porque o meu comportamento em relação a ele nos últimos seis meses foi mais do que desumano. Nem sei por que ele ainda se importa.

Ele *não podia* me ver. Não da forma que eu estava — e como eu ainda poderia estar. Não menti quando disse a Willow que me sentia diferente. Sou uma versão mais feia de mim mesma. Não tão bonita, nem tão alegre, nem tão otimista. Literalmente mais *sombria*. Algo se partiu dentro de mim depois do acidente.

A equipe de dança era apenas um hobby. Uma maneira de ficar em forma e fazer amigos. No nosso primeiro ano, Willow me implorou para participar do teste junto com ela. Ela ama dançar tanto quanto eu amava, mas estava aterrorizada de tentar esse grande feito sozinha. Eu fui, mas não esperava gostar tanto. A minha verdadeira paixão era muito maior. *Mais profunda.*

Balé.

Só de pensar, me dói o coração.

Não deveria haver espaço na minha vida para a equipe de dança. Não há lugar na minha vida para amigos. Não com minha mãe coreografando a programação como uma obra complicada, agregando compromissos, treinos e ensaios.

Toda a minha agenda da faculdade foi organizada em torno de cinco horas de treinamento de dança, e eu seria uma mentirosa se dissesse que não amo cada segundo. Os longos dias, os músculos doloridos, o alívio de finalmente acertar uma coreografia.

A equipe de dança era um compromisso para a minha carreira. Um que eu insisti junto com a faculdade. Eu faltei mais do que alguns dias por causa do balé — e a treinadora aceitou desde o início. De todas as outras, ela exigia presença constante. Mas ela tinha que admitir que eu tinha habilidade. Eu tinha *talento*, um tipo de movimento natural que a professora de balé sempre elogiava. Graça natural e intuição, além do treinamento.

O estilo diferente da equipe de dança me dava uma pausa mental e um desafio físico.

No que dizia respeito ao balé, eu estava indo longe. Primeiro era solista nas produções da companhia, depois me tornei principal — uma das protagonistas. Eu sonhava com apresentações maiores. Companhias e produções melhores, depois que me formasse na UCP. *O Quebra-Nozes* ou *A Bela Adormecida* em Nova York ou São Francisco. O tipo de papel principal que promove uma bailarina no mercado.

E então esse sonho se desfez junto com os ossos da minha perna.

Willow volta com uma bandeja e ergue as sobrancelhas diante da posição que Jack e eu estamos. Ele apenas sorri para ela, pega um dos copos da bandeja e o coloca na minha frente.

— Eles estão aqui — diz Amanda, com a voz alta.

Eu olho em volta. O bar está lotado, claro, mas agora o barulho é maior. Uma nova energia circula pelo lugar. Por algum motivo, sinto nós

OBSESSÃO BRUTAL

no meu estômago. Não consigo explicar. É como uma expectativa, mas ainda pior.

Eu me surpreendo ao reconhecer os primeiros caras que passam pela porta. Knox Whiteshaw é lendário, mesmo em uma universidade como a UCP que normalmente não tem reconhecimento nacional. Ele está acompanhado pelo goleiro, Miles. Não é uma surpresa, já que são irmãos e vivem juntos como unha e carne.

Knox é júnior, como Willow e eu, e Miles está no segundo ano. Mesmo assim, ele se preparou para atender às expectativas estabelecidas pelo irmão. No campus universitário de médio porte, todos tendem a se conhecer. E quando você pratica esportes? Você *certamente* é lembrado.

Mais jogadores seguem atrás deles, e tenho um vislumbre de outro titular da linha defensiva.

— Violet — Jack fala no meu ouvido. — Você está bem?

Eu olho para ele, e o meu rosto se aquece.

— Perfeitamente bem.

A minha confiança foi abalada quando perdi um semestre. Por isso que as minhas bochechas ficam quentes quando as garotas se aproximam de nós. Algumas sorriem para Jack, parabenizando-o por uma boa temporada — como se fosse a primeira vez que falavam com ele por meses —, mas outras me desejam um bom retorno. Estou realmente surpresa com a quantidade de pessoas que nos observa. Que me *observa*.

Willow cutuca a minha perna por baixo da mesa.

— Está vendo? Elas sentiram a sua falta.

Jess ri.

— Sim, a equipe de dança fica uma droga sem você. Quero dizer, a gente até se saiu bem. Mas acabamos perdendo a energia positiva que você sempre trouxe. Estamos felizes com a sua volta.

Estremeço. O sorriso de Willow desaparece. Olho para ela, que não consegue me encarar. Então, não teve coragem de contar — eu não a culpo, também não gostaria de ser a mensageira de más notícias. A treinadora sabe, mas duvido que tenham encontrado com ela desde que falamos ao telefone com o meu médico, há duas semanas.

O que é importante?

Embora os meus ossos tenham cicatrizado — e tecnicamente ainda estejam regenerando, os ligamentos e tendões se fortalecendo a cada dia —, os meus nervos não melhoraram. Nos últimos seis meses, senti uma dor insuportável que surgiu do nada. Sem falar que os meus músculos estão fracos.

Nunca mais vou fazer parte da equipe de dança e nunca mais vou ser uma bailarina.

Adeus, sonhos.

— Violet? — Jess se inclina em minha direção. — O que houve?

Percebo que uma lágrima rola pelo meu rosto, então a enxugo rapidamente e respiro fundo.

— Sinto muito, pessoal. Eu não queria… — Aponto para o meu rosto. — Eu não vou poder voltar para a equipe de dança. Ordens médicas.

— Mas a treinadora…

— Falou com os meus médicos e concordou — concluo baixinho.

Os seus olhares são intensos. Tristes.

Eu balanço a cabeça e dou um sorriso forçado.

— Está tudo bem. Vou torcer por vocês do lado de fora. Certo?

Amanda fecha a cara. Ela ergue o olhar e entorna sua dose de um só gole.

— Eles estão vindo para cá.

Levo um segundo para controlar as emoções. Não é fácil quando, de repente, sinto que decepcionei todo mundo… mais uma vez. Encaro a mesa até ter certeza de que os meus olhos pararam de arder.

— Ei, Steele — cantarola Amanda.

Ela está no meio da mesa, perfeitamente posicionada para ser o centro das atenções. As bochechas estão rosadas por causa da tequila, e o sorriso se alarga.

— Amanda — ele cumprimenta e depois se vira para Jack. — E aí, cara. Conheceu o nosso novo ala-esquerda?

Ele e Jack tocam as mãos e batem os punhos.

Por fim, olho para cima e percebo que Steele não está sozinho. O sangue do meu rosto se esvai na mesma hora.

Ele fica ao lado de Steele, como se… como se nada tivesse acontecido? *Não é possível.*

O homem que bateu no meu carro e arruinou a minha vida.

Greyson Devereux.

OBSESSÃO BRUTAL

2

GREYSON

O meu colega de time acena para o cara sentado na mesa cheia de garotas.

— Jack, Greyson. O Jack aqui é o *quarterback* do time de futebol.

Minha boca se curva em um sorriso irônico. O futebol perdeu de forma espetacular este ano, não graças ao *Jack* aqui. Ainda bem que o time de hóquei está se recuperando e trazendo um pouco de atenção de volta para esta universidade.

É aí que eu brilho.

No centro das atenções.

Bem, corrigindo: é onde eu costumava brilhar.

O meu olhar segue para a menina ao lado de Jack, que parece prestes a passar muito mal. Ela me é familiar como a maioria das garotas. Parece que tivemos um encontro casual em algum momento da minha vida, mas nada digno de ser lembrado.

Talvez a tenha visto aqui, no *Haven*. Depois de um jogo.

Eu sorrio, e ela recua. Não é a reação normal.

Interessante.

Steele dá a volta na mesa, apresentando a equipe de dança. Eu registro levemente, ainda tentando descobrir quem é a garota no braço de Jack. Ela também me observa, me fuzila com os olhos azuis. Estou intrigado.

— E Violet. — Steele conclui. — Voltando de…

— Uma pausa — ela diz, fracamente.

O seu nome é incomum. Só ouvi falar de uma outra…

— Violet Reece — continua Steele. — A melhor dançarina da equipe, sem ofensa, senhoras. — Ele pisca para as outras garotas.

Violet Reece.

Cerro a mandíbula para não dizer nada. A minha expressão suaviza, mas o que realmente quero é perguntar que *porra* ela faz na minha cidade. Estou aqui desde o início do semestre de outono e nunca a vi nem ouvi falar dela. Nem um sussurro sequer.

A melhor dançarina da equipe. Está voltando de uma pausa. Então, isto é uma grande coincidência? Sorte minha. Não, sorte *dela.* Estou quase fazendo buracos no seu crânio, mas ela faz questão de não desviar o olhar.

Desafio aceito.

— Então, está gostando de jogar com os *Hawks*, Greyson? — questiona uma das garotas.

Desvio o olhar de Violet e tento descobrir quem fez a pergunta. A garota no centro, com seios empinados despontando por trás de uma blusa decotada, se inclina para frente. Parece uma tática usada pelas meninas para chamar atenção.

Então, realizo o desejo dela. Baixo os meus olhos para os montes, depois volto para o seu rosto. Ela está corada por causa do que quer que tenham bebido. Eu a vejo com algumas das outras garotas que sempre acompanham o time. Somos frequentadores regulares do *Haven* — a proprietária é fã do time, principalmente depois de uma vitória — e ela realmente tem boa aparência.

Uma Maria Patins oculta. Elas geralmente não são muito sutis. Embora eu não tenha certeza se o que ela está fazendo seja *sutil.* Talvez ela só esteja em negação.

— É uma boa mudança — respondo finalmente. — Muito melhor do que onde eu estava.

Violet levanta o copo à sua frente e vira de uma vez. Minha atenção volta para ela. É irritante. Ela engole delicadamente, movimentando a garganta. Parou de me encarar e optou por ignorar a minha existência.

Mas é tão sutil que acho que poucas pessoas percebem o seu desprezo.

Talvez ela seja sempre assim.

Fria.

É ainda mais intrigante porque percebo que realmente não a conheço. Eu só ouvi o seu nome quando foi associado à ruína do meu futuro.

— Bem, vejo vocês por aí, senhoras — Steele diz. Ele puxa a manga da minha camisa. — Vamos lá, mano.

— Parece que vocês têm espaço para mais dois — eu digo.

As garotas riem. Menos a que está na ponta, de frente para Violet.

A melhor amiga? Parece que ela entendeu o que se passava na cabeça de Violet.

OBSESSÃO BRUTAL

— Não — quem quer que seja ela, diz. — Estamos comemorando, meninos não são permitidos.

Eu levanto a sobrancelha.

— Oh! Ouviu isso, Jack?

Ele fica vermelho.

— Ela quis dizer que meninos do *hóquei* não são permitidos.

Zombo da desculpa.

— Certo. Bem, nos vemos depois. — Coloco as mãos nos bolsos e sigo Steele de volta para o bar.

Outras garotas da dança — aquelas com quem estou mais familiarizado — nos esperam com os meus amigos, Knox e Jacob. O ala-direito, Erik, também está encostado no bar. Ele e eu não nos demos tão bem quanto o treinador esperava.

A culpa não é minha, ele é um idiota. Mas vai se formar esse ano. Já vai tarde. No próximo, quando Knox, Steele e eu formos seniores... faremos sucesso no mundo do hóquei. Mais do que já fazemos. Então disputaremos a NHL.

— Você conhece o resto da equipe de dança, Greyson? — Paris coloca a mão no meu braço.

Eu permito. Por que não? Ela é muito bonita. E sabe bem como chupar um pau. Descobri no mês passado, antes de partirmos para as férias de inverno. O time de hóquei retomou os treinos há uma semana, e agora todo mundo está de volta em *Crown Point*. As aulas recomeçam na segunda-feira, e este é o último fim de semana. Viva!

Há uma nova reverência ao meu redor. Minha antiga universidade não tinha isso, embora, com certeza, eu tenha conquistado o título por mim mesmo. Por causa do meu sobrenome, todos sabiam quem eu era na *Brickell*. O dinheiro pode abrir muitas portas, mas o charme as *mantém* abertas.

O meu bom e velho pai me ensinou.

Funcionou bastante, até tudo explodir na minha cara.

Peço uma cerveja e apoio os cotovelos no balcão, espremido entre Paris e outra garota. O cabelo loiro comprido de Paris está solto, espalhado sobre os ombros. Apesar de ser janeiro — e estar frio pra caralho —, a garota só usa uma blusa preta ombro a ombro e uma calça jeans colada. Ela continua subindo e descendo a mão pelo meu bíceps, me acariciando como a porra de um cachorro.

— Grey?

Eu abaixo a sobrancelha.

— É Greyson ou nada, Paris.

Ela cora.

— Me desculpe.

— Steele me apresentou ao restante da sua equipe. O que há com aquela mal-humorada? — Gesticulo com a cabeça para a mesa que acabamos de sair.

Paris fala com escárnio, olhando por cima:

— Não sei. Todo mundo está preocupado porque Violet não vai voltar para a equipe.

Giro o meu corpo e examino Violet. Ela tem cabelo platinado com uma franja que se estende de cada lado do rosto e esconde metade da testa. Em uma fração de segundo, consigo ver claramente o sangue escorrendo por sua têmpora. Como estava depois do acidente.

Ela cortou o cabelo para esconder uma cicatriz?

Mesmo agora, depois que saí de lá, ainda está tensa. Ela tamborila os dedos na mesa e não parece se importar muito quando Jack se inclina em sua direção. Ele sussurra algo em seu ouvido e não recebe atenção.

O meu sangue ferve.

Instantaneamente.

Cerro a mandíbula me obrigando a minimizar a reação. Foi tão sutil que a garota à minha frente não percebe e eu pergunto:

— Você é amiga dela?

— De Violet? — A surpresa muda o tom da sua pele. — Somos amigáveis, com certeza.

— Mas não são melhores amigas.

Ela enruga o nariz.

— Não. Ela era a favorita da treinadora.

Era. Li nas entrelinhas: agora que Violet saiu, o lugar de destaque está aberto para Paris ocupar. Por um segundo, fico impressionado com o nível de crueldade de meninas como ela. Mas então eu me lembro que, se não fosse por mim, Paris provavelmente ainda estaria fervendo em silêncio. Ela não teria feito nada para derrubar Violet.

É uma covardia do caralho.

Jack levanta e Violet sai da cabine. Corre para o banheiro, ainda muito tensa. A roupa dela é completamente diferente das que as meninas que frequentam aqui usam. Até das colegas de equipe que estão na sua mesa.

OBSESSÃO BRUTAL

Amigas. Usam vestidos e saias, curtas o suficiente para não deixar quase nada para a imaginação.

Eu tomo a minha cerveja, espero um segundo e depois vou atrás dela.

Não é algo que eu decida conscientemente — eu quero, então faço.

Entro no banheiro feminino e me abaixo para verificar as cabines. Com exceção de uma, todas estão abertas. Um arrepio corre pelo meu corpo e fecho a porta de saída. Eu me encosto contra a superfície de madeira e espero.

Deve ter me ouvido entrar, porque não parece particularmente surpreendida ao me ver. Ela é mais baixa do que eu imaginava. O suéter rosa esconde o seu corpo, as calças de couro revelam apenas coxas e panturrilhas musculosas que devem ser fruto de anos de dança.

Ela escolheu rosa para parecer inocente? Se era essa a intenção, o batom vermelho estragou tudo.

Ela fica imóvel, com a mão agarrada ao batente da cabine. Com arrogância, ela ergue a cabeça.

— O que você quer?

Dou uma risada.

O que eu quero, porra?

Balançando a cabeça lentamente, ando na direção dela.

Ela dá um passo para trás.

Erro.

Nunca senti tanto algo despertar a minha ira. Como... como se eu pudesse me vingar e realmente saciar essa parte de mim. A fome de vingança.

Depois que fui preso, um jornal local divulgou a história. Difundiram o meu nome por todo o estado e o efeito em minha vida foi imediato.

O treinador de hóquei de *Brickell* ligou e disse que eu estava fora do time. *Publicidade ruim.* Mesmo o artigo tendo ficado no ar apenas por poucos dias, o estrago já estava feito.

Então o reitor da faculdade ligou e, com veemência, me aconselhou a não voltar.

Em todo lugar que eu chegava, as pessoas me encaravam. Pelas razões *erradas.* Porque achavam que eu era um cara de merda que dirigiu bêbado, bateu o carro e incriminou uma garota inocente. Além disso, fizeram todo tipo de suposições e acusações. Que eu tinha uma vida perfeita por causa do meu sobrenome. Eles se perguntavam de quantas outras infrações eu me livrei.

E o meu pai…

Não vou por aí.

— Me diz o que você acha que eu quero — eu falo. — Vamos ver o quão perto você está da verdade.

As sobrancelhas dela se unem.

— Não sei.

— Você me reconheceu.

Ainda estou me aproximando e ela continua se afastando. Ela se choca à parede — pichada com spray com a intenção de dar um toque de criatividade — e para, mas eu continuo a me aproximar, até parar a centímetros de distância. O corpo dela exala calor.

Ou talvez seja minha imaginação.

De qualquer forma, gosto muito mais do que deveria. De perto, é como se estivesse elétrica. Eu sei, parece loucura. Mas há algo muito satisfatório a respeito disso. A respeito *dela*.

— Acho que jamais esqueceria o seu rosto — ela admite. — Agora suma da minha frente.

Eu me aproximo e toco seu queixo. Passo os dedos pela lateral do seu rosto, e empurro o cabelo. Ela não me impede. Não se esconde quando os meus dedos roçam a cicatriz feia da sua testa que serpenteia até a linha do cabelo platinado, contrastando com o vermelho do seu rosto. É a única parte dela que não está fervendo, eu imagino.

Oh, acho que gosto de tocar nessa garota. Ela treme, me encarando como se a sua expressão pudesse me fazer recuar. É uma boa tentativa, pode ser que funcione com homens inferiores.

Mesmo assim, registro que não posso me sentir atraído por ela. De repente, estou furioso comigo também. A culpa é dela. Ela destruiu a vida perfeita que eu tinha. Prejudicou a minha relação com o meu pai, comprometeu o meu futuro. Tudo porque não pôde ficar com a boca fechada.

— Você arruinou muitas coisas para mim. — Eu me aproximo mais, como se fosse contar um segredo. Quando, na verdade, quero saber como ela vai reagir a mim. — Que tal eu fazer o mesmo com você?

Ela hesita.

Eu vejo, eu compreendo… e saboreio o momento. Sua explosão imediata de medo é o que eu esperava, e em alguma parte de mim, sinto um nó com a expectativa. O pavor dela é muito parecido com o que senti naquela cela. Mesmo que eu só tenha sofrido por algumas horas, ela vai penar por muito mais tempo.

OBSESSÃO BRUTAL

Ah, vai.

Isso vai ser divertido.

— Quando terminar com você, sua preciosa equipe de dança não será a única coisa que vou ter tirado — prometo.

Eu saio e a deixo grudada na parede, com o peito arfando. Eu quase nem a toquei, mas ela me olha como se eu tivesse enfiado uma faca e torcido a lâmina.

Mal posso esperar para ver como ela vai ficar quando despedaçar.

3

VIOLET

A luz do sol reflete no meu rosto, e eu gemo. Uso a mão para bloquear, mas então a luz do teto acende.

— Levante e brilhe, Bela Adormecida. É quase uma hora. — Willow sobe na minha cama e se joga ao meu lado. — Como se sente?

Olho para cima.

— Como se a minha cabeça fosse uma bigorna sendo atingida repetidamente por um martelo. A minha perna ainda não sei. Nem o resto do meu corpo.

É uma mentira. Assim que me concentro na parte inferior da minha perna, a dor sobe em ondas para meu quadril. Eu cerro os dentes.

— Bem, você foi meio intensa...

Sim, isso é verdade. Não suportei ver Greyson no bar. Ele me ignorou completamente depois da abordagem no banheiro. Em vez disso, flertou com Paris e uma de suas amigas. E nesse meio-tempo, continuei surtando. Por que diabos veio para *cá*? Ele sabia que eu estava aqui? A universidade de *Crown Point* fica muito longe de nossa cidade natal, Rose Hill. Em outro estado. A horas de distância. Esta pequena cidade foi o *meu* alívio, e agora está se tornando o meu pesadelo.

Ele é o craque e todo mundo fala a respeito.

Os meus amigos são obcecados por hóquei.

E, admito, também sou familiarizada com eles. Com o time. Pelo menos, era. E agora só quero evitar a todos.

Será que vou encontrá-lo no campus na segunda-feira? Vou ter que evitá-lo como uma praga?

Se eu pudesse simplesmente *ir embora*. Voltar para Rose Hill e me jogar no sofá-cama estreito — que a minha mãe empurrou para o canto da sala durante a minha recuperação — e me esconder debaixo das cobertas. Mas como não vou mais dançar, e o dinheiro para a faculdade diminui lentamente, acho que não tenho muita escolha além de persistir.

— O que aconteceu com Jack? — Willow pergunta.

Eu resmungo:

— Ele beija mal quando está bêbado.

Outro erro. Apesar de ele ter pedido, Willow não permitiu que voltasse para o nosso apartamento. O que provavelmente foi uma coisa boa. Sem dúvida ele teria chegado ao clímax em menos de dez minutos — ou demoraria uma hora. Não há meio-termo. Enquanto isso, eu teria que conviver com o desconforto entre as pernas ou resolver o assunto por conta própria.

Essa é a sua característica tóxica. Me deixar na mão depois de gozar.

— O que você quer fazer hoje? — Ela pega a minha mão e entrelaça os nossos dedos. — Estou pensando em ver um filme. Uma matinê? Assim podemos apenas relaxar.

— Com certeza. — Na verdade, qualquer coisa sombria cairia bem. A luz ainda faz os meus olhos arderem, e eu viro de lado para encarar Willow. — Greyson tem sido popular no campus desde que saí?

Ela semicerra os olhos.

— Notei alguma coisa em sua expressão quando Steele apresentou vocês dois. O que aconteceu?

— Hum… — Engulo em seco e um nó se forma na minha garganta. Se eu falar para Willow, ela vai dar uma de mãe-coruja para cima de mim. Ou pior. Potencialmente muito pior. Eu só preciso contar de uma vez. Então falo, de imediato. As palavras se misturam enquanto passam pelos meus lábios: — Foi ele que bateu no meu carro.

Ela faz uma pausa e depois exclama:

— Mentira!

Eu tremo.

Ela olha para mim e se apoia no cotovelo.

— Violet Marie Reece, você deve estar BRINCANDO comigo. Ele bateu em você? Foi ele o responsável por…

— Greyson Devereux. — Expiro com força. — Eu nunca inventaria uma merda dessas, Willow. O idiota me acertou com o carro dele. Mas…

— Estendo a mão e seguro a dela. — Você não pode contar pra ninguém.

— Por que não?

Porque assinei um acordo de confidencialidade. Foi por isso que retirei as acusações. A minha mãe não queria desistir, queria arrancar cada centavo dos Devereux. Queria que cobrissem as despesas médicas e que Greyson cumprisse pena.

Mas é óbvio que ele saiu em menos de quatro horas. Passou muito tempo entre o meu depoimento para os policiais — no hospital antes de correrem comigo para a cirurgia — e a chegada deles na casa de Greyson. Eu poderia jurar que ele estava bêbado, mas disseram à minha mãe que não poderiam fazer o teste do bafômetro. Ele se safou.

De acordo com os rumores, o seu pai fez algumas ligações e persuadiu o chefe de polícia a retirar as acusações. Greyson foi liberado — rápido e silenciosamente. Nem sei se colheram as impressões digitais dele.

Mas ainda havia um processo civil para tratar. Minha mãe ameaçou. Fortemente. O pai de Greyson veio e apelou para a natureza sensata dela. Ele apontou para mim e perguntou se ela estava disposta a me arrastar para um julgamento.

Iriam me interrogar.

Querer saber o motivo de eu ter saído.

O que eu estava fazendo.

Porque tinha entrado naquela rua.

Eu tinha olhado para os dois lados?

Tentado desviar do carro?

Perguntas que eu não poderia responder. O dia que antecedeu ao acidente está em branco. Como se a lousa da minha mente tivesse sido apagada. Não sei onde estava, em qual velocidade eu dirigia, ou se usava a porcaria do cinto de segurança. Se eu não tivesse visto as fotos do meu carro depois do acidente, não teria acreditado.

E depois que vi, não sei como sobrevivi. A parte da frente e a porta do motorista amassaram completamente. Nem parecia metal, se assemelhava mais com papel triturado. A porta do passageiro estava aberta. Os primeiros socorristas me tiraram do carro através dela, meu pescoço envolto por um colar cervical e suporte para a cabeça. Essa parte também está nebulosa.

A minha memória daquele dia inteiro se resume a dor, Greyson e sangue. Eu devo ter desmaiado, porque tive a impressão de que em poucos segundos os paramédicos ajudaram uma garota a sair do carro dele, e se esforçavam para me tirar.

E eu só me lembro do quanto aquilo parecia *errado*. Vê-la cambalear entre eles, se desculpando repetidamente. Ele não apenas me arruinou, quase acabou com ela também.

OBSESSÃO BRUTAL

— Assinei um contrato de confidencialidade — digo a ela baixinho. Como se as paredes fossem inclinar e roubar os meus segredos. — Então, até mesmo dizer que ele estava envolvido, poderia me colocar em apuros. Se eu admitir em voz alta que Greyson teve algo a ver com um acidente de carro ou com os meus ferimentos, estou acabada.

Devereux. Um sobrenome poderoso em Rose Hill. E o advogado deles, Josh Black, também é um homem influente na comunidade. Ele tem amigos de alto escalão — e por alto eu quero dizer ricos. Infames. Eles conquistaram seus lugares em Rose Hill, e estão lá há décadas. Todo mundo no condado sabe os seus sobrenomes — eles são *desse* tipo.

Foi Greyson que bateu no meu carro, mas, de alguma forma, era eu quem pagava o preço.

E então a mídia ficou sabendo da história. De repente, eles tinham algo para usar contra mim. O processo por difamação teria enterrado a minha família.

Eu assinei o NDA para não ter que lidar com nada disso. Essa assinatura significava que a minha mãe não poderia continuar insistindo. Significava que eu poderia dormir sem culpa. Sim, porque eu era culpada. De alguma forma. O Sr. Devereux retratou como culpa minha, e me deixei acreditar.

Foi um erro. Deveria ter tentado mais. Deveria ter contestado o processo por difamação e ter processado o Greyson por danos pessoais. A seguradora só cobre até certo ponto.

— Oh, Violet — Willow sussurra. Ela fecha os olhos. — Que porra.

— Poderia ser pior — comento.

É uma mentira. Ainda mais porque Greyson não vai esquecer.

Isso significa que eu também não.

— O que vai fazer? — Willow pergunta. — Do que você precisa?

Sento e afasto o cabelo do meu rosto. Olho para a minha melhor amiga, superdisposta a lutar por mim. Ela está disposta a arriscar tudo por mim. Tenho certeza de que ela sabe que eu faria o mesmo por ela. Somos mais do que melhores amigas. É como se fôssemos irmãs.

— Eu vou ignorar. — Aceno com a cabeça. Sim, é uma ótima ideia. Ignorar Greyson Devereux. Não é um problema. — O campus é grande o suficiente.

Ela solta uma risada irônica.

— Parece que você está tentando convencer a si mesma mais do que a mim. Mas tudo bem. Está certo. Faremos do seu jeito, Reece.

32　　　　　　　　　　　　　　　　　　　**S. MASSERY**

Faço uma careta ao me levantar. Já posso dizer que hoje será um dia ruim para as pernas. Apoio o joelho na cama e massageio a panturrilha. A cicatriz é nítida e bem-feita. Começa alguns centímetros abaixo do joelho e termina acima do tornozelo. Um cirurgião plástico interveio, certificando--se de que fosse a coisa menos feia que eu levaria do acidente — ou, neste caso, a cadeira de rodas levaria. Ela quase se funde com a minha tíbia.

Houve um tempo em que meus músculos da panturrilha eram fortes. Quando eu conseguia girar em uma sapatilha de ponta, e minha perna me sustentava.

Não mais.

Os meus músculos enfraqueceram. Daria muito trabalho recuperar as forças, se a dor não fosse um fator.

A minha mãe foi a uma das minhas consultas de fisioterapia. Ela observou do canto, sentada em uma cadeira de metal. Quando acabou, ela disse: "Você ainda se move como uma bailarina."

Não saiu como um elogio, como ela imaginou. Por dentro eu ainda me sentia como uma bailarina, também. Eu ainda tinha a sensação fantasma de rodar, inclinar e curvar o meu corpo de maneiras específicas. De girar os quadris, os pés, os joelhos. As minhas unhas dos pés são fodidas por anos de treino. Andar como uma bailarina é muito diferente de andar com uma perna quebrada.

— Estou pensando em um suspense — Willow diz, me trazendo de volta ao presente.

— Estou achando que preciso de um analgésico e um copo de água — murmuro.

Ela ri e dá um pulinho.

— Queria que eu cortasse sua bebida?

Pergunta difícil. Quando alguma de nós ouviu a outra quando estávamos com essa disposição? No dia que Willow terminou com o namorado, fomos para o *Haven* e nos embebedamos. Eu nos trouxe para casa e segurei o cabelo dela enquanto vomitava, a noite inteira.

É aquele tipo de expurgo que acaba sendo necessário.

Ela me dá um Tylenol enquanto me visto lentamente. Escovo e prendo o meu cabelo, deixando solta a minha franja — que Greyson rudemente puxou de lado para olhar a cicatriz. Estou mancando hoje, mas Willow não faz nenhum comentário ao irmos para o cinema.

Ela compra os ingressos pelo celular. É um filme de suspense, mas não

OBSESSÃO BRUTAL

sei o nome. Parece a especialidade da minha melhor amiga... alguma história que tenha um dos Chris — Evans, Hemsworth, Pine ou Pratt — no papel principal e um trem.

Ficamos na fila para comprar a nossa pipoca.

— Willow!

Ela olha para trás e fica tensa. Suas costas enrijecem e ela faz uma careta. É bem sutil, com os lábios achatados e a testa franzida. E então olha para mim e solta bem baixinho:

— Ah, ah.

— O que foi?

Ela segura o meu braço antes que eu possa me virar.

— Humm, um pedido de desculpas antecipado, por não ter contado que dormi com Knox enquanto você estava fora. Algumas vezes.

Eu arregalo os olhos. Willow e Knox? Faço uma nota mental para perguntar a respeito. Mas agora é tarde demais porque alguém já está ao nosso lado.

— Ei. — O cabelo escuro de Knox é cacheado e quase cobre os olhos. Ele o empurra para trás e sorri para Willow, encarando como se estivesse pronto para devorá-la. Faz sentido, considerando que já a viu pelada. Ele se aproxima, inclinando a cabeça para baixo para encontrar o olhar dela. — Achei que tinha te reconhecido.

— Pela parte de trás da minha cabeça?

Testemunhar a minha melhor amiga flertar não é novidade, mas é surreal que seja com *Knox Whiteshaw*. A fascinação dela por ele não era grande coisa, mas é surpreendente que tenha tomado uma atitude. Costumávamos cochichar sobre ele. Sobre boatos e tentativas vagas para chamar a sua atenção. Como já foi comentado, ele é um dos astros do time de hóquei.

Um dos caras que dita as regras da faculdade com facilidade, apenas por existir.

Ainda assim, encontros de uma noite não faziam o estilo dela. Antigamente.

— Pela sua bunda. — Ele ri. — Você desapareceu ontem à noite.

— Ficamos lá por algumas horas. — Ela dá de ombros e entra na fila, me puxando junto.

Knox nos acompanha, ainda com um sorriso nos lábios.

— Bem, não o suficiente.

— Eu fiquei bêbada — digo. — Ela foi uma boa amiga.

— Parece que Jack Michaels queria te levar para casa, Violet. — Knox pisca para mim. — A propósito, é bom ter você de volta. A equipe de dança tem deixado a desejar.

Eu mordo a língua. Acho que as pessoas descobrirão que não estou de volta em poucas semanas, na primeira apresentação da equipe na competição. Ou no dia que fizerem o bota-fora para o time de hóquei quando houver um jogo fora de casa. O que acontecer primeiro.

— Com certeza ela não vai competir.

Endireito a coluna e lentamente encaro Greyson. Ele usa um suéter preto do time de hóquei da UCP e uma calça de moletom cinza. Além de ostentar um sorriso pretensioso. Na verdade, o cabelo dele é loiro-escuro. É mais fácil perceber agora que não estamos na penumbra de um bar. E os olhos... são raivosos.

Por um segundo, acho que vai dizer o *motivo* de ele saber que não vou dançar.

— Ela está com medo.

Entrecerro os olhos. Uma ilusão da minha parte, acreditar que ele diria a verdade.

— Como se você soubesse algo sobre mim.

Ele dá de ombros.

— Ainda não sei muito. Mas posso dizer, com certeza, que você usa muito a língua quando beija.

Eu recuo.

Ele sorri e pega o seu telefone, me mostrando um vídeo.

Um vídeo meu e de Jack... trocando uns amassos, ontem à noite. Nele, meu ex puxa o meu suéter rosa. Suas mãos escorregam sob o tecido e apalpam os meus seios. Parece que eu não estava muito envolvida. Tinha as mãos na cintura dele e as costas pressionadas na parede externa do *Haven*.

— Como você conseguiu isso? — sibilo.

Willow faz um barulho no fundo da sua garganta.

Greyson arqueia as sobrancelhas.

— Se você não quer que as pessoas vejam suas habilidades terríveis de beijar, talvez devesse fazer em particular. Ou esquecer os lábios completamente e manter a sua boca em um pau. A julgar pelo resto do vídeo, você faz *isso* muito bem...

O choque me atinge primeiro.

Ele falou o que estou pensando?

Eu fiz isso? Em *público*? Eu mal consigo me lembrar de ontem à noite, mas a vaga lembrança de Jack me guiando até ficar de joelhos está lá.

OBSESSÃO BRUTAL

Puta que pariu.

Greyson pisca e faz um gesto para Knox. Ele guarda o telefone e sorri para mim como se tivesse vencido. E talvez ele tenha.

— Até mais, *baby* — diz Knox a Willow.

— Talvez em seus sonhos — Willow zomba.

Eles entram no cinema. Sem pipoca nem nada, apenas com sorrisos arrogantes. Observamos os dois se juntarem a mais membros do time de hóquei — eles são como uma seita, amigáveis uns com os outros na maioria do tempo — e entregarem os ingressos ao funcionário da entrada. Merda.

— Parece o início de uma guerra — Willow fala baixinho. — Você realmente chupou Jack do lado de fora do *Haven*? Eu te deixei sozinha por cinco minutos.

Eu suspiro e esfrego meus olhos.

— Sim, eu não sei. Eu acho que sim. Está meio confuso.

— Não me admira que ele quisesse tanto entrar. Talvez Greyson esteja apenas… — Ela levanta o ombro, perplexa. — Talvez ele esteja com ciúmes?

— Próximo da fila! — o cara detrás do balcão grita.

Eu suspiro.

— Eu até perdi a fome.

Ela concorda com a cabeça, nós nos afastamos e seguimos para a nossa sala. O cara do fim do corredor examina nossos ingressos e gesticula para passarmos.

Minha perna ainda dói, embora tenha reduzido a um latejar que aumenta a cada passo. Melhor do que estava, eu acho?

Atravessamos a porta do cinema escuro e paramos abruptamente.

— É claro que eles escolheram suspense — eu sussurro, vendo Greyson, Knox, e alguns outros caras esparramados em uma das fileiras do meio.

— Vamos apenas sair daqui — Willow responde.

Ela está magoada por minha causa, eu sei. Porque fiz algo estúpido, e ela não conseguiu evitar. Ficar com raiva deles não vai mudar nada. Com certeza não vai fazê-los apagar o vídeo.

Ela não espera por uma resposta e me puxa para a saída.

4

VIOLET

Recebi olhares estranhos o dia inteiro, e besta como sou, estava pensando que fosse porque voltei depois de um semestre fora. Não que eu não fosse popular, as pessoas gostavam de mim. Eu tinha muitos amigos, inclusive vários atletas. Como parte da equipe de dança, faziam parte do meu círculo. Mas agora, há um silêncio estranho que me precede. Fiquei em uma bolha de silêncio, sem coragem de estourá-la.

Até Amanda me encontrar.

Com uma derrapagem, ela para de frente para mim no corredor do lado de fora da minha terceira e última aula do dia. Montei o meu horário com a maioria das aulas às segundas e quartas-feiras, e estou pagando o preço agora.

Mas, além disso, Amanda parece estressada. Ou nervosa?

— O que houve?

Ela morde o lábio e solta em seguida:

— Willow está gritando no escritório do TI há uma hora. — Ela desbloqueia o telefone e o estende para mim.

Eu balanço a cabeça lentamente, sem pegar o aparelho. Porém, o meu estômago embrulha, porque tenho uma ideia do que poderia ter acontecido. Seria o pior cenário possível. Certo? Talvez não seja nada.

— Não estou entendendo.

— Só olhe, por favor. — Amanda enfia o telefone debaixo do meu nariz.

Desta vez eu o pego de sua mão e confiro as imagens. Não me surpreende que o vídeo da minha pegação com Jack esteja reproduzindo na tela dela, mas estou espantada por ele estar na primeira página do site da faculdade. E há um texto. Comentários.

Ela está fora da equipe de dança, mas ainda faz o tango horizontal se você lhe der atenção... ou talvez se pagar o suficiente.

OBSESSÃO BRUTAL 37

Paro na mesma hora. Eles estão me chamando de vagabunda? Pior até... Estão dizendo que sou o tipo de pessoa que faria essas coisas por *dinheiro*. Fúria e constrangimento correm pelo meu corpo, aquecendo a minha pele. De repente, entendo por que recebi olhares o dia todo. Quando Greyson postou isso? E *como*?

Observo o vídeo novamente. Estou ajoelhada nesse momento, e minhas mãos seguram a cintura de Jack. Pareço instável, com os olhos quase fechados... depois, Jack se move um pouco e fica de costas para a câmera. Encerro a reprodução do vídeo rapidamente e devolvo o telefone para ela.

Meu estômago revira. Jack sabia que eles estavam lá?

Eu vou passar mal.

— E Willow está tentando tirá-lo do ar?

Ela poderia ter me avisado por mensagem. Mas... não. Passei o dia na ignorância. Faz sentido receber encaradas. Agora todo mundo pensa que sou esse tipo de garota.

Respiro fundo e fecho os olhos. Preciso encontrar Jack. Se ele não sabia, vai ficar chateado. Se ele *sabia* que alguém estava filmando... por que não me impediu de continuar?

Como vou perguntar isso?

— Puta — alguém tosse, esbarrando em mim.

Eu tropeço para o lado, e Amanda agarra os meus braços.

Os olhos dela estão arregalados.

— A quem você irritou? Só estou perguntando para poder evitá-los. — Ela dá uma risada forçada, que desaparece rapidamente. — Mas é sério. Você está bem?

Eu me afasto e balanço a cabeça. Isso é mesmo importante? Embora esteja claro que irritei a única pessoa que já queria se vingar de mim. Faço uma careta e verifico o relógio. Nunca fiquei tão aliviada em dar um passo para trás e apontar vagamente para meu pulso.

— Vou perder a hora da aula. Humm, a gente se fala depois.

Saio correndo e entro na sala. Estou prestes a me atrasar, o que significa que a maioria dos assentos já foi ocupada — com a exceção de dois. Um é o primeiro. E por mais que tente ser uma boa aluna, nunca fui a melhor. Meu foco permaneceu firme no balé. Sentar ali é praticamente pedir para participar.

O outro é na frente de Greyson Devereux.

Ele já me viu, e suas sobrancelhas se arqueiam.

Um desafio silencioso?

Não, porra.

Dou um passo em direção ao primeiro assento, mas sou muito lenta. Alguém passa por mim e se afunda na cadeira, com a cabeça enterrada no telefone.

Argh. Quais são as chances de eu desistir desta aula?

Nesse momento não posso.

Eu me preparo e caminho pela fileira até a carteira vazia. Sento-me com cuidado, esperando que Greyson diga alguma coisa, para se vangloriar ou me desagradar.

Em vez disso, ele fica em silêncio. Sinto seu olhar queimando a parte de trás da minha cabeça.

A professora chega com um sorriso.

— Quem não estiver aqui pela Economia Ambiental, está na turma errada. — Seu olhar passa pela sala e ela balança a cabeça para si mesma. — Certo, tudo bem. Vamos começar...

Mal consigo prestar atenção. Abro o caderno e anoto o que ela escreve no quadro, mas entra em um ouvido e sai pelo outro. Nunca me dei muito bem em economia. Ou em qualquer uma das aulas de negócios com foco em matemática, necessárias para a minha graduação.

Mas é mais do que isso. É porque posso ouvir Greyson atrás de mim, e estou muito consciente da presença dele. Cada respiração, cada mudança de posição. O arranhar do lápis contra o papel. Tudo isso irrita os meus ouvidos e eu agarro a caneta com tanta força que os meus dedos ficam brancos. Em pouco tempo, minhas mãos ficam dormentes.

Ela conclui a aula, basicamente falando sobre a amplitude do campo de aplicação do que iremos abordar, e abre a porta. Uma explícita dispensa.

Greyson se levanta. Caderno e lápis foram os únicos materiais que ele trouxe. Sem mochila, sem casaco. Apenas um suéter cinza ajustado, que lhe cai muito bem. Ele para ao lado da minha mesa e dá um tapinha na minha página meio preenchida.

— Isso vai ser divertido — diz.

Eu o observo ir até a frente. Ele se apresenta para a professora. Aperta a mão dela. E então sai da sala, com um andar gracioso para um idiota estúpido.

Eu quero matá-lo.

Mas... ele não jogou na minha cara. Não disse nada sobre o vídeo hoje.

Será que foi ele mesmo que postou? Enviou para outra pessoa que postou?

Eu suspiro e me apresso para pegar as minhas coisas.

— Violet — chama a professora. — Bom ter você de volta.

OBSESSÃO BRUTAL

Eu a encontro no quadro branco.

— É bom estar de volta.

— Como está a sua perna? O reitor compartilhou com alguns de nós, em cujas disciplinas você estava matriculada, que você estava ausente por causa de uma lesão. — Ela balança a cabeça. — Pode ser difícil voltar à rotina.

— Tudo bem. Estou tratando alguns danos nos nervos, mas fora isso, estou me sentindo bem.

Ela sorri.

— Não vou te segurar aqui. Mas estou feliz com o seu retorno.

— Obrigada, professora.

Eu corro para fora e me inclino contra a parede. Pego meu telefone, ignoro o milhão de mensagens e vou direto para o site da escola. Há apenas um grande sinal de erro na página principal. Willow deve ter sido parcialmente bem-sucedida.

A partir daí eu verifico as mensagens dela. Na última hora, ela enviou oito.

> **WILLOW: Consegui tirar aquela porcaria de vídeo do ar.**

> **WILLOW: Os caras do TI fingem saber fazer alguma coisa, depois não conseguem descobrir uma redefinição de senha para entrar no SITE DELES?**

> **WILLOW: Tudo bem. Mas vou matar o Devereux quando encontrar com ele. Fica o aviso a partir de agora: vamos estabelecer regras rígidas da próxima vez que embebedarmos em público.**

> **WILLOW: Número um: sem Jack. Sem garotos. SEM PAUS.**

Solto uma risada. São boas regras.

> **WILLOW: Número dois: sem garotos. Espere, já disse isso. Mas realmente tô falando sério.**

> **WILLOW: Knox é amigo daquele idiota. Nunca mais vou ficar com ele.**

> WILLOW: Mas, vadia, o seu BQT bêbado é bom.

Ótimo. Um boquete que eu não me lembro. Com evidência em vídeo. E um cara que aparentemente quer me tornar... tão infame quanto ele?

Eu me afasto da parede e volto lentamente para o centro estudantil. Estou praticamente sem fome, mas é um horário quase aceitável para jantar. Na verdade, não vou fugir e deixar Greyson pensar que ganhou.

Meu telefone vibra, e eu verifico a tela. Suponho que seja Jack. Talvez tenha perdido a agitação. De alguma forma, duvido. O que significa que ele não está entrando em contato de propósito. Mas é Willow, me dizendo que está fora do centro estudantil.

Na hora certa.

Eu a encontro com Jess e outras garotas da equipe de dança. Todas me olham com um misto de simpatia e piedade.

— Ei, Violet — Paris diz. Ela me envolve em seus braços. — Sinto muito pelo que está rolando. Meu Deus, nem consigo imaginar.

Certo. Como se ela não tivesse uma conta no *JustFans*. Mas é diferente quando é postado contra a sua vontade... publicamente. Ela tem clientes pagantes, e eu só recebo humilhação.

Um nó se forma na minha garganta, e eu gentilmente me liberto do seu abraço. Não consigo tirar a imagem dela e de Greyson da minha cabeça. Não que algo esteja acontecendo, mas obviamente ele tem alguma culpa. Ele filmou. E se compartilhou ou postou, é o culpado.

— Ei, Violet! — Um cara acena para mim. — Eu tenho vinte. Quer me chupar no banheiro?

Fecho a cara e me viro. Seus amigos caem na gargalhada, todos passam por nós e entram no centro estudantil.

— Ignore esses babacas — diz Willow. — Isso vai acabar em alguns dias.

Concordo com um aceno e a sigo. Entramos, servimos a comida e pegamos mesas uma ao lado da outra. Aquela bolha de silêncio de antes realmente estourou, agora ouço o riso sarcástico e noto os olhares questionadores. Meu rosto fica vermelho e assim permanece.

— Meus pais estão vindo de Atlanta no próximo mês — diz Paris. — Eles querem conhecer Greyson.

Willow hesita.

— Por que iriam querer conhecê-lo? — ela pergunta.

Paris joga o cabelo por cima do ombro.

OBSESSÃO BRUTAL

— Porque o pai dele é senador e o meu quer se candidatar nas próximas eleições. Além disso, tenho a sensação de que estaremos namorando até o fim da semana.

Willow arregala os olhos. Não estou certa a respeito da minha reação, mas o meu rosto fica mais quente. Sinto calor no corpo todo também. Há um inferno furioso sob a minha pele e eu coço o meu pulso. Espero permanecer com a expressão neutra.

Todos sabem que o pai de Greyson é senador em Nova York. Afinal, já faz um semestre. Não há muito que fique em segredo em um campus deste tamanho. Mas ainda assim, juntando esse fato ao que eu disse a Willow esta manhã? Agora ela está vendo a extensão da situação.

— Oh? — A voz da minha melhor amiga sai meio estrangulada.

Paris revira os olhos, mal interpretando a situação.

— Achou que ele era um Devereux de outra família? Todo mundo fala sobre isso.

Argh. Willow ainda tem um olhar azedo em seu rosto quando se levanta abruptamente. Ela olha para mim e eu sei o que está pensando.

Que estou em uma merda mais profunda do que imaginava.

— Por que você está olhando para Violet? — Paris pergunta.

Willow nem mesmo consegue responder. Ela balança a cabeça, pega o prato e se afasta. Eu deveria ter mencionado isso? Talvez. Provavelmente. Quero dizer, é apenas um pequeno detalhe.

— Tenho que ir — sussurro. Levo o meu prato de comida até a lixeira e jogo fora o que não comi. Estou nauseada.

Quantas pessoas me viram chupar Jack?

Eu toco os meus lábios quando ando até a saída. Uma sensação de imundice me domina. Nunca me senti assim antes. É quase vergonhoso. Acho que nunca tive motivo para me sentir dessa forma.

Ao sair, vejo Jack.

— Ei! — eu chamo.

Ele se vira para mim, depois olha para longe.

As pontas das suas orelhas estão vermelhas.

— Jack?

Ele olha para mim e pressiona os lábios. Baixa as sobrancelhas. Nunca o vi mais nervoso, e quase dou um passo atrás. Mas algo me mantém firme. Não sei se é a minha persistência ou a raiva dessa situação, que deveríamos enfrentar juntos.

S. MASSERY

— O que você quer, Violet? — A voz dele é puro veneno.

— Eu…

— Você é uma vergonha. — Ele se aproxima e abaixa a cabeça para deixar nossos olhos no mesmo nível. — Não sei que raio de jogo é este, mas…

— Jogo? — Engulo em seco. — Você está me zoando? Acha que eu queria que todos me vissem…

— Aquele vídeo fez de você uma vagabunda. — Ele levanta o ombro, depois abaixa. A raiva se transforma em indiferença. — E como eu poderia saber? Você era outra pessoa no verão. A garota que eu conhecia. E agora… — Ele balança a cabeça. — Está fazendo comigo o que fez com Greyson.

Eu recuo na hora. Ele só pode estar brincando comigo.

— Você está *me* culpando por… arruinar sua carreira no futebol? Eu bebi muito e alguém se aproveitou de nós dois em uma situação vulnerável. Não foi minha culpa.

É crime. É isso.

Por um momento, vou me permitir esse sentimento. Efervescer na vulnerabilidade crua dele.

E então me desligo.

— Bem, sabe o que mais, Jack? Vá se foder e leve todos os seus amigos que estão falando de mim pelas costas. — Balanço a cabeça. — Estou farta.

É ridículo pensar que ele estava chateado *comigo*. Comigo, não por mim.

Estou cansada.

O vídeo já foi retirado do ar.

Jack é um idiota.

Greyson é um monstro.

Tudo bem. Tudo está bem.

Mas… só até não estar mais.

Até eu chegar em casa e encontrar a porta da frente entreaberta.

Eu a empurro com cuidado e ela se abre com as dobradiças silenciosas. Mordo a língua para não gritar por Willow. Acabei de deixá-la no refeitório — não havia como ela ter chegado antes de mim. Entro devagar, segurando o telefone. Começo a digitar o número da emergência, prestes a pedir ajuda. A sala e a cozinha estão intactas. O quarto de Willow também. A porta está aberta, a cama ainda arrumada.

O meu quarto que foi afetado.

Destruído.

O colchão sem forro está fora da cama. Inutilizado, cortado em pedaços.

OBSESSÃO BRUTAL

Fragmentos de espuma e isopor se espalham por todo o chão. A cama está rachada. Todas as minhas roupas do armário e da cômoda foram jogadas para todo lado. Até a cômoda está quebrada.

Dou um passo para dentro e me viro, bem lentamente.

A parede de fotos está manchada de tinta. Com apenas uma palavra. E uma que não deveria doer tanto, dada a discussão que minha turma acabou de ter. Mas machuca pra caralho. Espeta os meus olhos como pequenas agulhas. A tinta vermelha escorre, pontilhando os pedaços de espuma e carpete próximos à parede. Nenhuma das fotos parece recuperável.

Eu me obrigo a ler outra vez. Realmente observar a palavra, a maneira como as letras foram agrupadas. Solto um suspiro e balanço a cabeça. Não sou o que eles pensam. Não sou nada, nesse momento. Sou livre e desimpedida.

Mas para eles? Eu sou uma...

Prostituta.

5

GREYSON

Com a lâmina do meu taco, atiro o disco no ar, passando-o para Knox. Ele recebe por um momento e lança para Steele em um voo que atravessa a sala.

Erik está sentado no canto, com a cabeça baixa enquanto trabalha em… alguma coisa.

Foda-se se eu sei.

Já tomamos duas cervejas e estamos inquietos.

Foi uma semana infernal. O treino de todas as noites tem me dado mais dor de cabeça do que o habitual, e o treinador só fica gritando para focarmos no jogo. Esta noite, ele apitou até ficar roxo e finalmente deu ordem para corrermos três quilômetros no ginásio e sumirmos da vista dele.

Além disso, venho observando Violet.

Ela vai para a escola com Willow Reed. Às vezes de carro, se o tempo estiver particularmente ruim. Em algumas ocasiões, Violet vai no seu tempo, pausando sempre para esfregar a coxa ou massagear a panturrilha. Quando faz muito frio, ela manca. O suficiente para eu reparar.

Eu odeio querer observá-la.

Mapeei seu cronograma. As aulas psicóticas de segunda e quarta-feira. Troquei duas delas para as terças e quintas-feiras. Ela parece não ter nada na sexta-feira. Nada que eu tenha conseguido descobrir. Mas isso não a impede de ir ao campus com Willow e se sentar na biblioteca.

As amigas não a abandonaram depois do vídeo.

Ele foi retirado do ar muito cedo, eu acho. Não admiti para ninguém que fui eu quem postou. Até onde Knox sabe, eu compartilhei com alguém que passou dos limites. E, para o bem dele, finjo me sentir culpado por isso.

Houve uma pequena discussão entre Jack e ela. Jack não suportou o impacto — passou longe disso. Como sempre acontece, ele recebeu elogios dos seus companheiros de equipe. Sua raiva não é justificada, mas sacia o desejo de afundar Violet na lama ainda mais. Por um momento.

O campus se voltou para a próxima grande novidade. Uma caloura foi pega beijando um dos diretores dos dormitórios, eu acho. Erick comentou brevemente ontem. O diretor foi demitido e a menina largou a faculdade.

Bom.

Preciso dar um passo adiante. Ou cinco passos adiante.

Violet se preocupa com Willow. Ela se importa com os estudos... um pouco. O suficiente para se formar. Ela gosta de dançar, mas isso já era.

Posso colocar o dedo nessa ferida. Talvez faça sangrar.

O disco volta na minha cara e eu o agarro antes de ficar com um olho roxo. Milles ri da minha cara emburrada.

— O que aconteceu com Paris? — Erik pergunta, de repente. — Ela está explodindo o seu telefone, Devereux.

Eu já sei o que está acontecendo com Paris. É uma garota mesquinha com grandes sonhos de se amarrar com um cara rico.

Miles zomba:

— Ela já fala em se casar com o filho do senador.

Eu levanto a sobrancelha.

— Ah, é?

Sou eu, obviamente, embora ela não tenha mencionado nada sobre casamento. Espero que coloque um joelho no chão... ou dois. Embora não seja Paris quem eu imagino, quando penso em uma loira de joelhos na minha frente.

E é bem desse jeito que sei que estou com problemas.

— Devereux, não pensei que você fosse um cara de sossegar — fala Erik do seu canto.

Eu olho para ele.

— Vou mostrar para elas exatamente como é. Não é minha culpa que as garotas não acreditem em mim quando digo que eu só fodo.

Knox dá uma risadinha.

— Boa sorte para se livrar de Paris. Ela é uma sanguessuga.

Dou de ombros e me recosto na cadeira.

— É por isso que ela tem tanta habilidade.

— Igual Violet?

Viro e olho para Erik.

— O que foi?

Ele sorri.

— Ela dá um bom boquete. Com certeza viu o vídeo, não é? Posso pedir um para ela, se os rumores forem verdadeiros.

Isso era o que eu queria. Mas o pensamento de Erik colocando as mãos nela — ou pior, falando com ela? Nem fodendo.

Só percebo que saltei da cadeira quando Miles aparece na minha frente. Ele é alguns centímetros mais baixo do que eu, e não bloqueia da linha de visão um Erick que, sem sombra de dúvida, não parece se perturbar com a minha atitude.

Talvez seja isso que me incomoda nele. O motivo de não nos darmos bem. Steele, Knox, Miles. Caralho, até mesmo Jacob — o último do time titular — parecem me entender sem eu precisar falar muito. Eles também têm uma agressividade profundamente enraizada. Não o tempo todo. A minha vem à superfície constantemente, mas eles descobriram maneiras de ocultá-la.

Erik simplesmente passa pela vida como se não desse a mínima. E então fala algo *assim*, e tudo o que eu quero é arrancar os olhos dele.

Miles toma o taco de hóquei da minha mão. Ele precisa dar um puxão, porque estou segurando aquela porra com um aperto mortal. Além do disco que está na minha outra mão. Eu me imagino o acertando na lateral do rosto de Erik repetidas vezes...

— Vá dar uma volta — sugere Miles.

Knox suspira e coloca o taco de lado.

— Vamos, Devereux. Vou te pagar uma cerveja no *Haven*. E Erik? Fique longe, porra.

Erik ri baixinho, mas já estou me afastando. Eu não deveria reagir de forma tão visceral por ele falar sobre Violet Reece daquele jeito. No fundo, estou pensando no que vou fazer a respeito.

Jogar a faculdade contra ela é apenas um passo. Mas preciso fazer dela a inimiga pública número um, não a garota que todo mundo quer foder. Agora, todos os caras fantasiam com ela *os* chupando, e isso é irritante pra caralho.

Mais uma vez, eu a enxergo com sangue escorrendo pela cabeça, presa naquele carro. Não consigo tirar essa imagem da minha mente. Ela flutua diante dos meus olhos enquanto durmo, em lampejos que interrompem os sonhos normais, me recordando do que causamos um ao outro.

Eu suspiro e sigo Knox para fora. Alguns caras do time de hóquei compartilham uma casa. Felizmente, o quarto de Erik fica no porão. Knox,

OBSESSÃO BRUTAL

Steele, Miles e eu ficamos nos quartos de cima. Jacob morava com eles até eu chegar, mas decidiu morar com outras pessoas. Talvez ele quisesse me ceder o lugar, ou talvez seja porque ficar perto desses idiotas sete dias da semana, por 24 horas, pode ser irritante pra caralho.

Mas isso nos ajuda a jogar melhor. Depois de apenas alguns meses, sou capaz de entender os meus colegas de time melhor do que qualquer um do *Brickell*. *Crown Point* promove uma espécie de irmandade — e imagino que a treinadora de dança tente fazer o mesmo com suas meninas.

Como eu poderia nos separar?

— Você tá com cara de quem está tramando alguma treta. — Knox me cutuca. — Vai colocar pra fora ou vamos caminhar em silêncio até o bar?

— Violet e eu já nos conhecíamos.

— Chocante. — Ele levanta a sobrancelha. — Steele mencionou que você ficou estranho quando ele te apresentou na sexta.

Eu bufo.

— É uma longa história.

Knox dá de ombros.

— Podemos andar mais devagar.

— Você é um idiota.

— Poderia ser pior. — Ele ri. — O treinador vai acabar conosco nesta semana, se você estiver distraído. E você está, então não tente me dar uma resposta de merda.

Conexão. Era tudo o que eu queria, não era? Caras a quem eu não consiga enganar. Que enxerguem através das minhas merdas. E ele enxerga. Os outros caras também. Incluindo o Erik, infelizmente.

— Até que ponto ela é amada?

Ele inclina a cabeça.

— Na faculdade? Provavelmente será menos, agora que não está mais na equipe de dança. Mas todos simpatizam por ela atualmente. Não foi muito tranquilo enquanto ela esteve *afastada* por um semestre.

Eu resmungo.

— Você quer que ela se sinta infeliz?

— Eu quero que ela fique sozinha.

Seus olhos se tornam sombrios.

— Bem, te desejo boa sorte para conseguir ficar entre ela e Willow. Elas vivem grudadas. É assim desde o ensino médio. Eu nem sei, talvez desde o ensino fundamental. Reed e Reece, alfabeticamente, quase sempre estarão juntas.

Humm. Eu sabia que elas eram próximas, mas agora faz muito mais sentido. Olho para ele.

— Talvez o meu problema não seja a proximidade delas. Pode ser porque Willow e Violet são muito focadas uma na outra.

Ele concorda com as minhas palavras.

— É verdade.

— Então… precisamos distrair Willow. — Olho para ele pelo canto do olho.

Normalmente não faço isto. Eu trabalho sozinho. Em *Brickell*, não tinha muitos amigos. Tive um time que admitiu a contragosto que eu era melhor que eles. Mas aqui eu realmente sinto que estou tornando o time melhor, e vice-versa. Isso se deve, em grande parte, ao fato de Knox e Steele terem me acolhido no grupo.

Eles talvez não soubessem quem eu era antes, mas isso me deixa ainda mais determinado a empurrá-lo na direção de Willow. Dar a ele alguém para focar, ao invés de mim e Violet.

— Posso até fazer isso — ele diz, eventualmente. — Mas que tal uma aposta?

As coisas acabaram de ficar mais interessantes.

Eu rio.

— O primeiro que conquistar vence?

Ele estende a mão, e eu bato a palma na dele. O afeto de Violet não é o meu objetivo. Não quero que ela me ame. Eu não quero que ela goste de mim. Mas isso vai manter Knox ocupado. Ele é um filho da puta competitivo.

O amor é superestimado. Vou atormentá-la até ela se despedaçar.

OBSESSÃO BRUTAL

6

VIOLET

Demorei três horas para conseguir arrumar o meu quarto, sem o colchão nem a base da cama box. Na verdade, meu quarto parece muito maior sem a mobília volumosa. Perdi todas as minhas fotos.

Na segunda-feira, logo que vi o que aconteceu, tive que lavar as minhas roupas íntimas três vezes para conseguir tirar a tinta, e jogar fora todas as outras que foram rasgadas. Mas eu não quis lidar com os móveis. Não quis me desfazer das fotos. Então escondi o que aconteceu de Willow por quatro dias.

Hoje é sexta-feira — um dia calmo, sem aulas —, e eu tenho capacidade mental para resolver.

A pessoa que fez isso estava com muita raiva, o que me faz pensar em Greyson.

E acredite, não quero ficar pensando *nele*.

Willow chega em casa no fim da minha maratona de limpeza, quando luto para empurrar a cômoda estragada e manchada de vermelho pela porta da frente. A única coisa que me faz sentir menos culpada por colocá-la do lado de fora com uma placa de *grátis*, é o fato de ela ter sido comprada por vinte dólares em uma loja de segunda mão.

Ela me observa arrastar a porcaria com dificuldade por um momento, depois se aproxima e me ajuda a levantar o móvel e passar pela soleira. Nós o carregamos até a rua e me encosto nele.

Ela espera, claramente pronta para me ouvir.

Eu apenas dou de ombros e me viro, sabendo que ela vai me seguir por todo o caminho até o meu quarto. E ela segue. Ao dar um passo para dentro, suspira suavemente.

O meu quarto está *nu*. Até os ossos. As paredes vazias, sem quadros. Ainda tenho algumas peças de roupa no armário. A mochila que trazia comigo está pendurada lá. Além disso, nada mais.

— Que porra é essa?

— Alguém invadiu e destruiu tudo. Segunda-feira.

Não conto que escreveram prostituta na minha parede nem que todas as minhas memórias se foram. Quero dizer, elas ainda estão vivas na minha cabeça. Mas além disso...

— SEGUNDA-FEIRA?! — grita. Ela bate no meu braço. — Por que não me contou?

— Porque... eu não sei. — Eu não chorei durante esse tempo todo. Nem quando descobri, nem quando comecei a retirar as fotografias, nem quando descobri que o meu diário desapareceu. Eu disse a mim mesma que lágrimas seriam inúteis e que, com atitude, eu poderia consertar tudo. Melhorar.

Mas agora, com Willow testemunhando as consequências, os meus olhos ardem e se enchem de lágrimas. Eu pisco rapidamente, tentando impedir que as gotas salgadas escorram, mas os meus ombros se curvam, o meu peito aperta e as comportas se abrem.

Eu me desfaço no meio do quarto, caindo de joelhos lentamente. Deixo acontecer e a confusão de emoções vem à tona.

Willow se senta ao meu lado, com o braço em volta do meu ombro.

— Sinto muito — ela sussurra.

— Não é culpa sua — respondo. Minha voz está rouca. Eu gostaria que fosse por um bom motivo, mas estou exausta.

— Pode dormir no meu quarto até conseguirmos uma cama nova pra você. Como uma festa do pijama.

Arfo por conta da minha risada e limpo o nariz.

— Obrigada. Como nos velhos tempos.

Ela concorda enfaticamente.

— Certo? Vai ser ótimo. Ou enjoaremos uma da outra no meio da noite e uma de nós vai para o sofá.

— Isso só aconteceu uma vez. — Esfrego os olhos e pigarreio de leve. — A comida mexicana faz alguma coisa comigo.

Ela bufa uma risada.

— Pode crer, eu me lembro. — Então ela se levanta e estende as mãos. — Vem, você merece uma bebida depois de lidar com essa merda.

Eu aceito a ajuda dela para me levantar.

— Também vou precisar de roupas novas.

— Aqueles filhos da puta — ela ofega. — Eles só não mexeram em quê?

— No resto do apartamento. — Não posso nem me sentir mal por

OBSESSÃO BRUTAL

51

isso, estou feliz que só eu seja o alvo, por seja lá o que eu tenha feito. Acho que, em algum nível, talvez eu mereça.

— Você tirou alguma foto?

Eu concordo com a cabeça e abro a galeria. Ela pega o telefone, desliza a tela, e a sua expressão se torna cada vez mais tensa. Eu queria provas, mas agora só quero esquecer que aconteceu.

Sem chance.

— Definitivamente, é hora de uma bebida — ela sussurra. — Não que eu seja uma defensora de afogar as mágoas no álcool. Mas o jogo é amanhã, então o bar deve estar relativamente tranquilo.

Eu aceno com a cabeça.

E então chegamos no *Haven* e nós duas praguejamos.

Noite de margarita por cinco dólares.

— Bem, pelo menos nós gostamos de margaritas — digo.

Ela ri.

— Isso. Jess também está vindo.

Encontramos dois bancos no bar, e o barman chega pouco depois. Ele é um aluno veterano da UCP, mas não fala sobre o vídeo, apenas nos dá um sorriso largo e recebe os pedidos sem nenhum comentário.

Willow olha em volta. Hoje tem muitos calouros por aqui, mas normalmente não é um problema. Não me importo com a presença barulhenta e perturbadora deles. Até ajuda. Em vez disso, me concentro na televisão pendurada na parede. Ela fica acima de prateleiras de vidro, que sustentam garrafas de bebidas.

— Você falou sobre ele com a sua mãe? — Willow pergunta.

Balanço a cabeça.

— Não ouvi falar dela desde quando me trouxe na semana passada.

Willow dá um grunhido. Ela conhece as bizarrices da minha mãe. Sabe o que esperar dela e no que ela se tornou.

Um fiasco total.

Mas está tudo bem. Uma vez que os meus sonhos desceram pelo ralo, entendi que os dela foram juntos. Ela passou muito tempo me levando para aulas de dança, para recitais, comprando sapatilhas de ponta, tutus e as roupas que eu precisava, quando criança e adolescente.

Ela também desejava o meu sucesso.

— Os meus pais e a minha irmã virão na próxima semana — diz Willow.

— Acho que a minha irmã quer se matricular aqui e seguir os meus passos.

Eu levanto a sobrancelha. A irmã de Willow, Indie, é uma versão mais selvagem da minha melhor amiga. Aos dezesseis anos, ela já tem fama de namorar demais, de sair escondido e de beber quando os seus pais não estão em casa. Ela também fuma erva. Algo que Willow e eu tentamos exatamente uma vez, antes de minha mãe me ensinar — através da força bruta — a ter bom senso.

Ainda não consigo sentir o cheiro sem lembrar da dor nas nádegas.

— Acho que eles querem que eu a leve para as minhas aulas, e esse tipo de coisa.

Eu rio.

— Boa sorte.

Indie e Willow são muito parecidas. Teimosas, caóticas. A linguagem do amor delas é baseada em discussões e brigas.

Eu não entendo. Sou filha única de uma mãe solteira. Éramos só nós duas quando eu era pequena. Morávamos em uma casa antiga em estilo vitoriano em um bairro grande. Um dos últimos que não tinha trânsito congestionado ou deslocamento diário.

Eu e Willow estudamos na melhor escola da região. Tivemos uma educação sólida. Mas, ao contrário dela, eu não saí de lá com muitas amizades.

O que não tem problema. Só mostra o quanto éramos próximas. Eu passava os fins de semana na casa dela quando minha mãe precisava de uma folga de mim. Os pais dela me ofereciam o jantar e ocasionalmente ajudavam com meu dever de casa — a mãe é matemática e o pai é engenheiro. Eles pensam da mesma forma e são muito inteligentes.

Willow herdou essa característica deles. É por isso que vai se graduar em ciência da computação. Vai dominar o mundo da tecnologia quando se formar.

Eu escolhi a área de negócios por pensar que seria fácil. E depois perdi um semestre.

O barman volta com as nossas bebidas. Tomo um gole da minha margarita de melancia e o açúcar na borda acrescenta um pouco mais de doçura. Willow brinda a taça dela à minha e pisca.

Do outro lado do bar, vejo Greyson e Knox. O meu estômago embrulha.

Penso no meu quarto destruído e não consigo afastar a sensação de que ele faria algo assim só para me sacanear. Mas ele não disse uma palavra sobre isso em nenhuma das aulas. Infelizmente estamos juntos em algumas. Na de economia ambiental, eu não consigo fugir dele.

Provavelmente vou fracassar porque ele continua me importunando.

OBSESSÃO BRUTAL

Não que esteja fazendo alguma coisa, mas sinto o olhar nas minhas costas o tempo todo. É como se eu tivesse sempre em estado de alerta e não conseguisse me desligar.

— Terra para Violet — diz Willow.

Eu estremeço, virando para encará-la. Ela semicerra os olhos com uma expressão marcada pela preocupação.

— Já volto. — Eu deslizo do banco, tomo outro gole da minha bebida, e dou a volta no bar.

Não tenho um plano. Só sei que estou irritada por causa do vídeo e chateada por causa do meu quarto. Memórias reais da minha vida passada estavam naquela parede. Fotos minhas com Jack, é claro, e da equipe de dança. Mas eu tinha imagens dos meus recitais de balé também. Coisas que nunca terei de volta.

Não terei Jack, nem a equipe de dança, e muito menos o balé.

Meus músculos doem por isso.

E eu fico com mais raiva.

Greyson me observa aproximar. Ele está criando sua própria versão da corte, Knox e ele agem como membros da realeza em torno de um bando de calouros impressionados. Continua a mover os lábios, dizendo algo a respeito do próximo jogo contra os *Pac North Wolves*. Entre uma frase e outra, toma um gole de cerveja.

Eu paro perto do círculo dele.

— Violet — ele diz.

Eles abrem a roda, de repente percebendo a minha presença. Algumas garotas e uns caras. Parece que ninguém está a salvo dos encantos de Devereux.

Franzo o cenho para ele e dou um passo adiante.

— Eu sei que foi você — acuso.

Os lábios dele se curvam.

— Vai ter que ser mais específica.

Eu me aproximo, determinada a não demonstrar medo. Não tenho medo dele. Eu só preciso me lembrar disso.

— O vídeo — eu sibilo. — E o meu quarto.

Ele se inclina.

— Escuta aqui, aleijada. Só nos seus sonhos mais loucos eu me aproximaria do seu quarto. É isso o que você quer? Alguém para foder a sua boca? Talvez um pouco melhor do que o garoto Jackie, humm?

Aleijada. Isso dói.

As pessoas ao nosso redor riem, e ele se sente incentivado. Eu me forço a levantar o queixo e olhar na cara dele. Não adianta me rebaixar agora, mesmo estando terrivelmente despreparada. Não esperava que as farpas surgissem tão cedo, de forma tão cruel. Afinal de contas, eu saí *desse* bar, bêbada, e fiz um boquete no Jack. O que não é segredo, graças a ele.

— O que acha disso? Você pode voltar para o seu lugar com a sua amiguinha ali, beber sua margarita barata e fantasiar sobre o que eu faria com você... se valesse o meu tempo. Ou melhor ainda? Sai das minhas vistas, porra — ele fala com escárnio. — Você desistiu do seu lugar na equipe de dança. É basicamente inútil para esta instituição, não é? Não recebe mais elogios, não tem mais reconhecimento. Em breve, será invisível.

Eu me encolho.

Seus olhos brilham, como se ele finalmente tivesse encontrado algo que me assusta.

— Pobre aleijadinha. — Sua voz é baixa e cruel. Ele encontrou uma ferida e vai colocar o dedo para prolongar a dor. — Você não vai se dar bem como dançarina e provavelmente não vai conseguir um emprego em nenhuma porra de carreira que tenha escolhido como plano B. Vai voltar a viver no sofá da sua mãe e trabalhar em turnos de doze horas em um posto de gasolina.

— Não. — O meu corpo balança. Estou tremendo de raiva. Como ele se atreve a falar assim comigo? — Não, eu vou conseguir. E os demônios vão te arrastar de volta para o Inferno, onde é o seu lugar.

Ele sorri.

— Se meu lugar é no inferno, também é o seu.

Ele pega a bebida, dá um gole e depois estende o braço. Observo a mão dele, olho para o copo. Vejo acontecer em câmera lenta, mas não consigo fazer nada quando ele entorna o líquido na minha cabeça.

A cerveja escorre pelo meu cabelo e molha a blusa, que gruda no meu peito. Dou um passo para trás, depois outro. As pessoas se afastam de mim, não querendo ser respingadas. Está gelada. Minha pele se arrepia, cada parte minha fica em *chamas* por causa da humilhação. E das risadas que ecoam. Há um som de *assobio* nos meus ouvidos que abafa tudo.

Eu afasto o cabelo dos olhos, tentando esconder os tremores.

— Isso não acabou.

Ele acena com a cabeça, lentamente.

— Espero que não.

OBSESSÃO BRUTAL

Eu me viro voltando para Willow, então paro. Knox está no meu banco, dando total atenção para ela. Há uma chance de ela não ter visto nada do que aconteceu… e não quero atrapalhar a sua noite. Tenho feito muito isso, ultimamente. Estragado as coisas.

A cerveja escorreu para a minha calça jeans, umedecendo o cós. A minha pele está pegajosa e o meu cabelo dá nojo. Eu tenho vontade de gritar. Essa batalha verbal não saiu como planejada. Não aconteceu do jeito que eu queria. E se eu quiser retaliar, vou ter que dar outra olhada naquela porra de contrato de confidencialidade.

Pela primeira vez, me sinto totalmente silenciada. Eu me sinto *pequena*. Incapaz de responder da maneira que gostaria, sabendo que se insinuar alguma coisa sobre o acidente, ele poderia tirar tudo de mim.

Eu giro nos calcanhares e passo por Greyson e seus comparsas, em direção à saída.

7

VIOLET

Estou na metade do caminho para casa quando alguém me agarra. Mãos envolvem a minha boca e a cintura, me puxando para trás. Cobrem o meu nariz. De repente não consigo mais respirar.

Eu me debato e esperneio descontroladamente, mas o agressor não se importa.

De alguma forma, eu sei que é Greyson. A vizinhança deste lado da universidade sempre foi tranquila, meio apática durante a noite. Willow e eu moramos aqui há três anos, sem incidentes.

O tempo sem oxigênio me causa dor no peito. Eu faço ruídos com a garganta. Pontos pretos piscam ao meu redor e levam apenas mais alguns segundos para a minha visão escurecer.

É só quando o meu corpo fica instável que ele libera o meu rosto.

Respiro fundo, soluçando.

Ele me gira e me coloca contra a parede. Os tijolos ásperos do prédio arranham as minhas costas, se prendem no meu cabelo. Ele está com o capuz cobrindo a cabeça e tem uma expressão selvagem nos olhos.

Sem nenhum aviso, cobre a minha boca e o meu nariz outra vez. Ele pressiona o meu peito com a outra mão, me prendendo. Lágrimas inundam os meus olhos, o meu corpo está em chamas, e tudo que quero é lutar para sair dessa.

Eu arranho a sua pele. Puxo os pulsos dele. Pela primeira vez, *estou* com medo do que vai fazer. Ao olhar nos meus olhos, ele entende de imediato.

Ele libera o meu nariz, mantendo a boca obstruída, e se inclina para perto. Eu inspiro o máximo de ar que consigo. Ele toca os lábios na sua mão, a única barreira entre nós. Passa os dedos na minha bochecha. Percorre todo o meu rosto com o olhar.

— Isso é o que eu quero — ele arfa. — Só descobri agora. O seu medo é melhor do que qualquer droga. Pensei que queria te fazer sofrer. Mas agora é só isso que eu quero. Uma e outra vez.

Eu estremeço.

Ele é um lunático.

E então a mão que está no meu peito, baixa alguns centímetros. Ele o segura através da minha blusa molhada, apertando forte antes de descer.

Engulo em seco e ele percebe o movimento.

Ele também respira pesadamente.

Quando os seus dedos deslizam sob a cintura da minha calça, começa uma nova batalha. Eu o empurro e tento virar a cabeça para o lado. Preciso expulsá-lo.

— Quando luta comigo, a situação fica pior pra você? — comenta ele. — Ou fica melhor?

Uma pergunta retórica, visto que não consegui que ele liberasse a minha boca.

— Um dia vou querer que me confronte — decide. — Nesse momento, quero o seu silêncio.

Ele afasta a minha calcinha e eu fecho os olhos. Tenho de lutar contra o meu próprio gemido. Ninguém me toca ali há meses. Depois do acidente, eu não queria ninguém perto de mim, principalmente Jack. O que ficou evidente depois do boquete malfeito sem pedir nada em troca.

Greyson não tem esse problema. E mesmo se eu fosse capaz de expressar a minha opinião, dizendo que ele deveria ficar longe de mim, sinto que ele não iria ouvir.

Movimenta o dedo para baixo e os meus olhos se abrem outra vez. Ele me imprensa ainda mais contra a parede, mantendo minhas pernas abertas com a dele. E quando o seu dedo se move pelo meu clitóris, não consigo conter o gemido.

— Fascinante — ele murmura.

Não quero saber o que ele quer dizer.

Ele mergulha o dedo dentro de mim, e expira profundamente. Eu solto um gemido baixo. É uma sensação boa, mesmo quando realmente não deveria ser. Ele me acaricia até eu me contorcer, e depois continua. Luto contra isso, estreitando os olhos. Eu contraio o meu abdome e ignoro a sensação intensa no meu centro.

Não vou gozar por causa dele.

Mas parece que não vai aceitar um não como resposta. Ele muda um pouco a posição, pressionando o meu clitóris com o polegar e empurrando dois dedos dentro de mim. Então me fode com os dedos e observa o meu rosto. Ele põe a língua para fora, lambe os lábios e reajusta o aperto na minha boca.

Também é uma coisa boa, porque a palma da mão dele retém o som obsceno que escapa de mim.

O orgasmo me atinge do nada, e, de repente, fico grata pela parede que me mantém em pé. Ele absorve tudo. A minha boceta aperta os seus dedos. Ele desliza a mão para fora, e leva os dedos molhados até a boca.

Prova o meu gosto e eu congelo. Não sei o que pensar sobre isso — sobre nada disso. Ele lambe os dedos para limpá-los e parece se divertir. Finalmente solta a minha boca e dá um passo para trás.

— Eu pego o que quero, Violet. Lembre-se disso.

OBSESSÃO BRUTAL

8

GREYSON

Eu patino pelo gelo, pensando no meu próximo movimento com Violet.

A obsessão está piorando; não consigo parar de pensar nela. Ensanguentada. Machucada. Atormentada. Quero ultrapassar os meus limites, sim, mas quero ultrapassar os dela também. Ver até onde posso ir até ambos desmoronarmos.

Uma parte de mim anseia por isso.

Falei ao telefone com o meu pai, hoje de manhã. Ele queria saber como *Crown Point* está me tratando.

Os dois meses que antecederam o início do meu primeiro ano foram imprevisíveis. Não apenas na forma como o meu pai e eu reagimos ao que aconteceu, mas também Rose Hill. Nosso advogado, Josh Black, nos aconselhava quase diariamente sobre a melhor ação legal com relação a Violet Reece. O processo civil nos assombrou até agosto, quando ela retirou as acusações.

Eu me pergunto sobre isso enquanto passo o disco pelo gelo na direção de Erik.

Por que ela desistiu?

Nunca nos vimos no tribunal. Não precisamos nos enfrentar pessoalmente. Com exceção da noite do acidente, não interagimos. Tudo foi feito através dos nossos advogados. Tudo, desde o momento que o Sr. Black me escoltou para fora da delegacia algumas horas depois da minha prisão, até a notícia de que o processo por danos pessoais de Violet tinha sido arquivado.

Bem, o meu pai é o tipo de homem que faz qualquer coisa para conseguir o que quer. Até onde ele teve que ir para manipular Violet?

E uma pergunta melhor: como posso explorar isso?

Onde está o ponto fraco?

A sua perna. A carreira de dança.

Finanças, família, o futuro dela.

Faça a sua escolha. Ela parecia bem equilibrada. Amigável. Feliz.

Eu quero abrir as feridas dela. Quero que se contorça debaixo de mim até não conseguir respirar. Porque tirar o fôlego dela foi a coisa mais emocionante que aconteceu com qualquer um de nós durante o ano inteiro — eu acredito nisso. Eu posso sentir. Ela deixou o medo entrar por um segundo, e logo ele desapareceu. As lágrimas nos olhos dela foram um espetáculo.

Ela tem tanta raiva quanto eu, mas não coloca para fora.

Vem brincar comigo, Violet.

Ela não quer. Quer permanecer segura. Quer que tudo volte a ser como antes. A equipe de dança, a faculdade, os amigos. Não é possível para ela, e duvido que seja possível para mim também.

De quantas maneiras uma pessoa pode se quebrar antes de ser remodelada em algo novo?

— Devereux! Você está patinando como se suas lâminas estivessem cobertas por melaço.

Eu suspiro e me movimento com mais rapidez, tentando antecipar o passe de Knox. Erik e eu patinamos em lados opostos, correndo em direção a Miles que está no gol. Ele bate o taco no gelo, o seu rosto é uma máscara de concentração.

Knox passa para mim. O disco desliza pelo gelo, e eu o contenho. Um dos nossos jogadores mais jovens, um defensor que começou este ano, vem para me interceptar.

Eu giro ao redor dele, saltando sobre o seu taco enquanto ele me ataca. Se tivéssemos um árbitro ruim, seríamos criticados por ele tentar derrubar outro jogador. Mas não importa. Isso não me detém. Aponto para o canto superior da rede.

Miles defende. Por pouco.

Erik e eu nos cruzamos atrás da rede e ele me mostra o dedo do meio.

— Mais sorte da próxima vez.

Solto um grunhido e continuo em movimento. Miles devolve o disco e é a vez de outro trio treinar o gol. Paro com uma derrapagem ao lado do nosso banco e pego a minha garrafa de água. Espirro o líquido através da máscara e a devolvo.

O treinador se aproxima e bate no meu ombro.

— Você está distraído hoje.

Olho para o local onde Miles e Knox estão se enfrentando.

— Me desculpe, treinador.

OBSESSÃO BRUTAL

Ele faz um som de desgosto.

— Espero que a minha primeira linha faça o seu MELHOR jogo. Vocês têm oito horas para se organizar.

Eu franzo o cenho. Sempre jogo melhor sob as luzes do estádio, com uma multidão gritando nas arquibancadas. Com estranhos me encarando como se fossem me comer no almoço, apenas para serem surpreendidos quando os ultrapassarmos a cada volta.

O meu time é ágil. Corremos uns contra os outros só por diversão, treinando movimentos com os pés e manobras. Isso nos dá uma pequena vantagem, mas não podemos confiar. As jogadas que o treinador vem nos ensinando durante todo o mês são de alto nível.

Tivemos uma pequena pausa dos jogos, e ele aproveitou ao máximo.

— Volta pra lá.

Aceno com a cabeça e saio. Fico mais feliz quando estou focado no que posso controlar. A rapidez dos meus movimentos, a forma como os meus patins dilaceram o gelo. O taco na minha mão, o disco. Tudo se mistura em uma harmonia diferente de qualquer outra.

— Cuidado! — uma pessoa grita.

Alguém me empurra de lado, e nós dois desabamos em um emaranhado de membros. Ele cai em cima de mim, e bastam os grunhidos desagradáveis para eu perceber que é Erik. Imbecil de merda. Eu o empurro e depois o rodeio.

— Que porra foi esta?

Ele se levanta, olhando para mim.

— Você deveria olhar por onde anda.

Eu limpo as raspas de gelo.

— Você poderia ter desviado de mim. Está procurando briga, Smith? Quer que eu coloque um pouco de juízo na sua cabeça?

— Tudo bem, tudo bem! — o treinador grita. Ele se aproxima e olha para nós dois. Parece tentar descobrir quem foi o culpado e o que vai fazer a respeito. Ele só precisa de um momento para decidir. — Erik, sai da minha frente.

— Treinador...

— FORA! — ele grita. — E só volte quando aprender a patinar.

Quando ele passa, dou uma piscada. Ele esbarra o ombro no meu, mas eu me afasto. Ele pode ficar tão insatisfeito quanto quiser — por agora, ele se foi.

O treinador apenas balança a cabeça para mim.

— Às vezes vocês valem menos do que os problemas que causam.

Dou de ombros e recupero o meu taco.

— Me desculpe, treinador.

O restante do treino passa relativamente rápido. Nós tomamos banho, comemos alguma coisa no campus, e depois vamos todos para a biblioteca. Tenho um teste de economia ambiental. Essa matéria está acabando comigo. Tanto quanto gosto de deixar Violet desconfortável, eu preciso me dedicar mais à aula.

Então enterramos nossas cabeças nos livros nas próximas horas. Erik entra com alguns de seus amigos e se senta em uma mesa distante.

Algo chama minha atenção. Apenas um nuance loiro no canto do meu olho. Violet.

Ela tem usado roupas estranhas ultimamente. Moletons largos estampados com o emblema da Universidade de *Crown Point* na frente, ou camisetas da equipe de dança que devem ser gratuitas. *Leggings* pretas com botas ou tênis. Nada de louco ou ultrajante. Nada que mostre a silhueta dela. Assim como o suéter rosa da primeira noite que a vi no *Haven*, ou a camiseta que ela usava quando joguei cerveja na sua cabeça e, como um lunático, a expulsei do bar.

Mas não me arrependo do que aconteceu depois que a capturei...

Eu me remexo na cadeira.

— Já volto — Knox fala.

Ele se afasta e segue para onde Willow e Violet estão sentadas. Se junta a elas com uma facilidade tão grande que irrita a minha natureza ciumenta.

Tem a ver com a minha educação, sem dúvida.

Criado para ter tudo de melhor, imediatamente, eu não entendo muito bem a mecânica de querer algo que não posso ter.

Como Violet.

Não, cérebro. Não quero Violet.

Cerro os dentes e me viro abruptamente. É isso ou picar o livro dela em pedaços — e existem maneiras mais sutis de prejudicá-la. E, atraí-la para a minha direção...

Knox volta e desaba na cadeira. Ele pisca para mim.

— As garotas virão para o jogo esta noite. Caso esteja se perguntando.

— Eu não estava.

Ele encolhe os ombros.

OBSESSÃO BRUTAL

— Certo.

Outro movimento atrai a minha atenção. Jack entrando na biblioteca e se juntando a Violet e Willow. Ele se inclina na direção de Violet, sussurrando algo. Ranjo os dentes com tanta força que o meu maxilar dói. Por que diabos ele ainda está falando com ela? Achei que isso estava mais do que acabado.

Parece que não foi suficiente.

Ainda assim, me forço a ignorar. Não há nada entre mim e Violet. Nenhuma faísca, nenhuma atração. Animosidade, com certeza. Raiva, sim.

Preciso de mais do que isso.

Eu paro de repente e atravesso a sala. Ignoro Jack completamente e agarro o braço de Violet. Ela solta um grito de protesto, mas não lhe dou muita escolha. Pode se levantar e vir comigo ou ser arrastada.

Para sua sorte, ela escolhe vir — embora não tão silenciosamente como uma biblioteca normalmente exigiria. Eu a levo por um dos corredores entre as estantes, e encontro um canto abandonado. Eu a encaixo contra as prateleiras e ladeio seu corpo com minhas mãos.

— O que você quer? — ela exclama.

Tão destemida… até deixar de ser.

— Estou louco por outro gostinho da sua boceta…— digo a ela.

Não é bem verdade, mas tanto faz. Agora que penso nisso, o meu sangue corre para o meu pau. Eu não tenho fetiche por sexo em lugares públicos. Mas pela forma que o olhar de Violet desce para a minha calça e depois sobe de novo, acho que essa garota pode ser mais sombria do que deixa transparecer.

Interessante.

Eu adiciono essa informação ao meu arquivo mental sobre ela.

— Ou talvez eu apenas quisesse ver o que você faria, e qual seria a reação daquele cara lá, se te interrompesse.

— Jack — ela responde, com raiva. — Então, se você me der licença…

Solto um som de desagrado e não me movo.

— Não é assim que funciona.

— Como funciona?

Eu a olho de cima a baixo, franzindo a testa.

— Eu quero ver.

— Ver o quê?

— O que eu te causei. O dano. — *A razão de ela mancar.*

O seu olhar fica gelado.

— Quer dizer que você admite?

Eu levanto um ombro.

— Admito o quê?

— Que você bateu no meu carro. — Ela está muito pálida. — E depois vai admitir que entrou furtivamente no meu quarto?

É a segunda vez que menciona isso, e não cheguei perto da porra do quarto dela. Descobrir onde ela mora está na minha lista de afazeres, mas tenho me ocupado tentando *não* ficar obcecado por ela. Claramente, o meu plano está indo muito bem.

Desdenho:

— Se eu quisesse entrar no seu quarto, faria enquanto você estivesse dormindo. Colocaria as mãos em volta do seu lindo pescoço, apertaria até você acordar e depois apertaria um pouco mais... — Posso imaginar como as suas bochechas ficariam coradas e como rosto enrubesceria lentamente. Como ela ofegaria de boca aberta como um peixe fora d'água. Como estaria linda, lutando para respirar. — Mas, algo me diz que você estaria gostando disso.

— Não exatamente.

— Certo. — Eu olho para longe e depois de volta para ela. — É o seguinte. Vou te dizer qualquer porra que você quiser, se me encontrar depois do jogo. Você vai, não é?

Ela entrecerra os olhos. Só agora percebi que, por serem tão azuis, são quase violeta. Como ela.

E eu tenho todos os tons de cinza. Sem cor, sem personalidade, exceto a que quero que as pessoas vejam. Eu me pergunto como ela reagiria se percebesse que cada sorriso, cada marca de risadas e cada ruga em meus olhos — as coisas que as pessoas procuram para indicar felicidade genuína — são todas falsas.

Eu me pergunto se ela fugiria de mim.

Espero que fuja.

— Hoje à noite — incito.

Ela me fuzila com os olhos, considerando. Vejo o processo dos pensamentos, conforme ela avalia os prós e contras.

— Acho que vou ao jogo. Mas só te encontro depois se você ganhar — diz ela.

Eu sorrio e passo a mão pela lateral de seu corpo. Ela imediatamente

OBSESSÃO BRUTAL

fica tensa, mas encontro o que procuro em seu bolso de trás. O celular dela. Arrasto o dedo para liberar a tela, e fico meio irritado ao descobrir que não é protegido por senha. Envio um texto para mim, depois bloqueio e coloco de volta no bolso. Ela não tenta me impedir.

Está escolhendo as batalhas?

Dou um passo para trás, ignorando a urgência de levá-la embora agora. Esse instinto de homem das cavernas vai me trazer problemas. Preciso ser paciente.

— Nós vamos ganhar — eu prometo.

— Caso contrário, você me deixa em paz.

Já estou me afastando, voltando para a minha mesa, quando a última condição dela me atinge. Mas não paro. Eu nem me dou o trabalho de confirmar, porque não há como perdermos. Não depois do que planejei dependendo disso.

Sempre me saio melhor sob pressão.

9
VIOLET

Estamos nos esforçando ao máximo. Toda a equipe de dança vai ao jogo, e metade dela está no nosso apartamento. Enquanto Greyson sussurrava no meu ouvido para ir, Knox convidava todo mundo através de Willow. O que começou com Knox perguntando inocentemente se Willow e eu estávamos interessadas — e ela respondeu *talvez* — se transformou em um esforço maior da parte dele. Presumo que tenha usado um argumento mais persuasivo, baseado na bochecha rosada de Willow.

Amanda e Jess estão se maquiando no chão do quarto de Willow, usando um daqueles espelhos de parede baratos. Paris se plantou ao meu lado no banheiro, usando o nosso modelador de cachos. O restante das meninas está na sala.

— Você vai vestir isso? — Paris pergunta, torcendo o nariz.

Dou uma conferida na minha regata azul. Ela tem a mascote dos *Hawks*, na cor branca, no peito. Por baixo, uso um sutiã de renda preto, que fica visível nas laterais. Estou pensando em colocar uma jaqueta preta e um cachecol, porque vai estar frio no estádio. Nesse caso, o que vale é a consideração quando se trata de consciência acadêmica.

— Bem... sim. — Eu chego mais perto do espelho e passo a unha sob o lábio inferior, aperfeiçoando o traço do batom azul-escuro. O meu delineador é azul e a sombra horrorosa também. Foi o que sobrou das competições e das apresentações de nossa equipe de dança durante os intervalos das partidas de futebol e basquete.

Pelo menos, a maquiagem dela é semelhante. O seu delineado alado é mais nítido e ela escolheu fazer a boca vermelha ao invés de azul. Mas ficou bom. Ela é bem uns sete centímetros mais alta que eu.

— É fofo — elogia.

Não sei por que ela veio. A garota não gosta de mim e nunca fez disso um segredo.

— Obrigada. — Não consigo evitar o tom desinteressado da minha voz. — Quando os seus pais chegam na cidade?

Ela sorri.

— Em duas semanas. Na verdade, eles estão participando de um evento de caridade com o senador Devereux, então isso pode se tornar um grande acontecimento.

Um grande acontecimento? Aceno com a cabeça, sem saber o que ela quer dizer. De qualquer maneira, não tem a menor importância. A última coisa que quero é me prender à teia de Greyson. Não preciso ser vítima dele outra vez.

No entanto, tenho pensado no que ele quer comigo. Por que me fez gozar nos seus dedos... nada menos do que na rua. Onde poderíamos ser vistos por qualquer pessoa.

Tenho a sensação desconfortável de que ele fez de propósito. *Naquele lugar.* Para ter uma audiência.

Deixo escapar um suspiro e coloco meu batom na pequena bolsa que vai comigo.

— Temos que ir logo.

Ela gira uma mecha de cabelo em torno do dedo, e posa em frente ao espelho por um momento.

— De qualquer forma, já terminei.

Ao sair, quase esbarra em Willow no corredor. Minha melhor amiga usa uma camisa branca de mangas compridas com o logotipo do *Hawks* em azul-escuro. Em um projeto artesanal do ano passado, ela cuidadosamente cortou e amarrou os lados. Parecem fitas laterais que deixam pedaços de pele bronzeada à mostra. O seu cabelo tem uma coroa de trança, com alguns cachos soltos.

— Que fofura — digo, e ao contrário de Paris, é sincero.

Ela sorri.

— Você vai congelar.

Encolho os ombros.

— Estou caracterizada.

— Vamos reunir as gatas — diz. Chegando na sala, ela veste o casaco e bate palmas para chamar a atenção. — Sairemos em dois minutos. Todas prontas?

Ela recebe um coro de concordância, e eu sorrio. Willow deveria ser a capitã da equipe de dança. Todas as garotas a escutam e a respeitam. Mas em vez disso, Paris venceu. Afinal de contas, ela é uma sênior.

Solto um suspiro minúsculo.

— Os *Wolves* não saberão o que os atingiu — Jess fala no meu ouvido.
— Quando foi a última vez que você foi a um jogo de hóquei dos *Hawks*?

— No ano passado. — Reviro os olhos.

Ela sorri.

— Espere até ver Greyson patinando. Ele é muito rápido, e se deu bem com os outros caras instantaneamente.

— Não sabemos que tipo de trabalho foi feito. — Paris passa por nós. — Ele é talentoso, claro, mas também é muito esforçado. Provavelmente todos eles sofrem muito nas mãos do treinador. Assim como nós.

Eu bufo uma risada de escárnio.

— Quando foi a última vez que você sofreu na mão da nossa treinadora?

— Ela não é sua mais, Reece. — Paris me fala a verdade com um olhar. — Ou você esqueceu?

Ai.

Willow aperta a minha mão.

— Não precisa esfregar na cara dela como uma vadia, Paris. — E para mim, baixinho, ela diz: — Trouxe um cantil. Podemos afogá-la com ele se for necessário.

— Ou podemos deixá-la bêbada o suficiente pra calar a boca — eu sussurro de volta.

Demorei bastante no chuveiro para tirar o cheiro de cerveja que estava impregnado em mim. Não tenho certeza se quero entorpecer os meus sentidos antes de encontrar Greyson — se eles vencerem — e prefiro ver a Paris pagar mico.

O resto do caminho até o estádio é relativamente tranquilo. Paris reclama algumas vezes do frio e da caminhada distante do nosso apartamento, mas nunca oferece o dela para nos arrumarmos. A verdade é que ela mora mais longe do que nós. Moramos em um imóvel de primeira linha e conseguimos por pura sorte. E depois nos recusamos a encerrar o contrato no fim do primeiro ano.

Nossos cartões de estudante são escaneados na entrada do estádio e nos juntamos a uma horda de estudantes vestidos de forma similar. Encontramos a nossa seção usual e nos sentamos. Acabo ficando entre Willow e Amanda.

O estádio inteiro vibra com a energia. Estamos no canto mais próximo do gol azul e prata e temos boa visão do rinque. A parte reservada aos estudantes enche rapidamente, e a do público pagante de forma mais gradativa. Mas rapidamente, todo o nível inferior do estádio está cheio.

OBSESSÃO BRUTAL

Na nossa diagonal estão os alunos que viajaram com os *Wolves*, em trajes nas cores preta e verde-limão. Eles têm cartazes e pompons, e de vez em quando disparam uma buzina ruidosa. Na sequência, aplausos e gritos emanam da seção deles.

A iluminação diminui, e a voz de um locutor ressoa dos alto-falantes:

— Apresentando... os *Wolves* da Universidade *Pac North*!

A multidão do lado deles enlouquece, pulando e agitando suas bandeiras. Os patinadores se revelam e correm pela metade do rinque, se colocando em posição de forma rápida. Os uniformes são totalmente pretos com números em verde-neon e os seus nomes impressos em fonte tijolo nas omoplatas.

— E para o nosso público de casa — continua o locutor. — Os Hawks da Universidade de *Crown Point*!

Uma porta se abre à nossa frente e jogadores de hóquei vestidos de branco e azul irrompem no gelo. Meu coração dá um salto na garganta quando eles se separam e se aproximam do vidro. Tenho um vislumbre de quem penso ser Greyson, com a cabeça inclinada para a multidão.

E eu juro que ele me vê, mas segue em frente. O taco está frouxo em suas mãos. Um holofote aparece no centro e o locutor anuncia a escalação titular dos *Wolves*, para logo em seguida anunciar a dos Hawks. Primeiro Knox, o capitão do time e centro. Depois Erik Smith. Greyson Devereux. Eu me inclino para frente enquanto ele levanta a mão e cumprimenta a multidão.

Eles gritam e torcem por ele, e o meu estômago dá cambalhotas.

Como ele conseguiu conquistar o posto tão rápido?

Ficamos em pé enquanto os últimos nomes são chamados. Eles patinam ao redor, fazendo exercícios de aquecimento em seus respectivos lados.

— O que há entre você e Knox? — pergunto a Willow.

Para meu espanto, ela cora.

— Nada demais. Quero dizer, nós transamos. Eu já te disse.

— Sim... — Eu o acompanho no gelo. — Mas ele está flertando.

— É mesmo? — Willow imediatamente se vira para mim, com uma expressão aflita. — Eu não sei o que fazer. Será que ele só está tentando dormir comigo de novo? Porque não precisa se esforçar tanto. Não tenho nada contra uma aventura. Mas quando ele fica todo amável, eu não sei o que pensar.

Acho que ele é problema.

Eu não teria pensado assim no ano passado. Mas agora ele é amigo de Greyson. E Greyson não é nada mais do que uma influência perigosa. Então… sim, estou preocupada.

— Apenas não deixe o seu coração se envolver — eu a advirto. — Também sou a favor de uma aventura.

— Principalmente agora que está livre de Jack. — Amanda ri. — Sem ofensa, Violet, mas ele estava te atrapalhando.

Eu faço uma careta.

— Ele é…

— Cômodo — falam as duas garotas.

Dou um tapa na minha testa. Consigo ver a verdade nas palavras delas. Hoje eu consigo, mas não naquela época. Estava muito apaixonada e obcecada pela ideia de formar o casal perfeito. Só quando a perfeição fracassou, percebi que não tínhamos mais nada entre nós.

Eu tinha a dança. Ele tinha o futebol.

Quando não poderíamos ser a versão universitária do rei e da rainha do baile, estávamos apenas… nos afastando.

— Agora você pode tentar algo novo — diz Amanda. — De preferência alguém mais excitante. Greyson estava de olho em você na semana passada, no *Haven*.

Eu solto uma risada desprovida de humor.

— Você perdeu a parte que Paris o reivindicou?

E ela, com certeza, perdeu a parte que ele jogou cerveja na minha cabeça.

Eu não deveria querer Greyson, entre todas as pessoas. Ele é vil, perverso e, provavelmente, um psicopata. Os meus pulmões doem só de lembrar do nosso último encontro.

E… *argh*. Também fiquei com tesão só por pensar nisso.

— Nosso tempo está contado — diz Willow. — Devíamos ser aventureiras antes do resto da merda da vida adulta acontecer.

Um grunhido me escapa, em concordância. O problema é que não sei se quero que as minhas aventuras iniciem, e muito provavelmente terminem com Greyson. Se essa é uma batalha que quero começar.

Um apito soa e os jogadores-reserva deixam o gelo. Um juiz vestido de preto e branco encontra os dois centro-avantes rivais no círculo do meio.

Ele conversa com os jogadores. Tanto Knox quanto o cara dos *Wolves* dão um breve aceno de cabeça. Levantamos assim que o árbitro deixa cair o disco. Knox assume o controle sobre ele e passa para Greyson, que sai

OBSESSÃO BRUTAL

71

correndo de imediato. A minha atenção permanece nele, mesmo quando o disco voa pelo gelo, ao lançar para Erik. Ele patina com facilidade, como se as lâminas fossem a extensão de seu corpo. Como se fosse mais fácil do que caminhar.

Eu invejo isso.

Dançar era assim para mim, mas eu apenas precisava ter controle supremo do meu corpo. Cada músculo, cada movimento. Da cabeça aos pés. Era uma maneira de me expressar, sim, mas era mais do que isso.

Era mais bonito do que isso.

É o que vejo em Greyson. Na forma como ele patina.

E nunca quis quebrar as pernas dele tanto quanto agora.

— Preciso de uma bebida — Willow informa depois que Knox foi atirado no vidro, aos quinze minutos do primeiro tempo.

Greyson passa por nós com uma carranca, observando os arredores. Por um momento, receio que ele vá começar uma briga. Vingar o seu amigo. Mas ele deixa para lá e o jogo continua. Para trás e para a frente. Adoro a velocidade dos movimentos, a adrenalina de apenas assistir.

Willow passa por nós. O jogo domina a minha atenção. Algumas das outras garotas começaram a cantar. Algo básico. "*Vamos* Hawks, *Defesa! Defesa!*" Eu fico de boca fechada. De qualquer forma, ela está seca. Greyson afronta um dos *Wolves* no vidro, e eu sorrio com a retribuição.

O hóquei é brutal.

Combina com ele.

Combina com eles, na verdade.

Miles, o goleiro, é posto à prova quando os *Wolves* voltam para o nosso lado. Greyson e Erik movimentam na linha deles e, eventualmente, Steele devolve o disco para Greyson. Começamos a aplaudir e, ao passar, Steele pisca para a nossa seção.

Ele sabe como agradar ao público.

E lá vão eles de novo.

Para trás e para a frente. Para trás e para a frente.

Willow volta com duas cervejas e eu bebo uma. Não sacia a minha sede nem acalma os nervos, mas ajuda. Um pouco.

Ela pega o seu cantil e toma um gole direto do bocal de metal, depois continua com a cerveja. Eu olho para ela, que apenas dá de ombros.

— Coragem líquida.

— Para fazer o quê?

Ela pisca.

— Me aproximar do Knox, é claro. Por que você acha que todas as Marias Patins vão até o bar e se debruçam sobre os jogadores? Porque eles têm aquele excesso de energia...

— E você está tentando chegar nele antes de alguém o pegar? — Amanda pergunta.

Willow concorda enfaticamente.

— Com quem você ficaria? — pergunto à Amanda. — Tem alguma preferência?

Ela dá de ombros e olha para o gelo.

— Eu não sei. Steele, talvez. Miles e eu tivemos um caso no ano passado, mas acho que não aconteceria novamente. Muito confuso.

Eu zombo:

— Vocês ficaram duas semanas.

— Sim. Fomos vistos juntos em público. — Ela me olha. — As pessoas se lembram desse tipo de coisa.

— Anotado — murmuro. A minha mente se volta para Jack. Quando saíamos depois dos jogos, eu estava sempre de braço dado com ele. E se não estivesse, ninguém mais se aproximava de mim. Eu era intocável nesse aspecto.

Mas agora... não. Ainda assim, protegida.

E me sinto bem.

Da maneira mais estranha, também é assustador. Deixaram a porta da minha jaula aberta e eu nem percebi que morava em uma prisão. Não parecia uma. Eu não me sentia presa ou contida. Era apenas seguro, tranquilo e cômodo.

Exatamente o que as garotas disseram que meu relacionamento era. Elas enxergaram antes de mim.

Dou um suspiro.

Não que Jack fosse abusivo, manipulador ou controlador. Ele era cauteloso. Protetor com relação ao que os outros caras poderiam fazer comigo ou dizer para mim. Ele sempre afirmava saber o que acontecia nos vestiários e não queria que nada disso me atingisse.

Seja lá o que isso significasse.

O árbitro apita, sinalizando o fim do primeiro tempo. Os jogadores voltam para os vestiários, deixando o rinque vazio.

Imediatamente, o meu telefone vibra.

Uma mensagem de um número que não está salvo. Dou um clique e

OBSESSÃO BRUTAL

ela se abre para um *thread* de mensagem preexistente. Apenas uma palavra enviada para o meu telefone: **Vi**

Ah. Greyson.

> Greyson: Vi que piscou para Knox. Você tem sentimentos por ele?

Eu reviro os olhos.

> Eu: Você viu o meu sorriso quando derrubou o outro jogador no vidro? Não julgue.

> Greyson: Não pensei que você fosse sanguinária.

Eu sorrio, apesar de tudo.

> Eu: Algumas coisas não podem ser evitadas.

> Greyson: Certamente, espero que não.

Meu estômago revira e o meu telefone vibra uma última vez.

> Greyson: Lembre-se do nosso acordo.

Por que ele passa de encantador para irritante em um segundo? Eu olho para o placar, que continua em zero a zero.

> Eu: Vocês ainda não ganharam nada.

Uma hora depois, eles vencem. Por dois a zero.

10

VIOLET

Você tem certeza? Willow está cética.

Eu não a culpo. Pedi para me deixar no estádio, no andar de baixo, onde ficam os vestiários dos times. Ela desceu comigo e algumas outras garotas, e a maioria dos caras já saiu. Enquanto ela me observa, Knox e Miles saem do vestiário e caminham em nossa direção.

Como este é o nosso estádio, não há ônibus esperando para levá-los para casa. Eles terminaram e estão livres para ir embora.

— Estão nos esperando? — Knox pergunta com o olhar em Willow.

— Talvez — responde ela. — Sobrou alguém lá dentro?

Ele olha por cima do ombro.

— Apenas Greyson e Steele.

— Estou bem — eu repito.

Knox sorri para Willow e oferece o braço.

— Violet parece bem aqui. Posso te comprar uma bebida? Então talvez possamos encontrar um lugar para conversar...

Meu telefone vibra outra vez.

> Greyson: Entre.

Espero até Willow, Knox e Miles desaparecerem. O meu peito aperta, mas obrigo minhas pernas a me levarem até o vestiário. Eu abro a porta lentamente e fico surpresa porque o local não está bem iluminado. Há apenas uma sequência de luzes fluorescentes no centro, e o resto está na penumbra.

Contrariando o meu bom senso, eu entro. A porta se fecha atrás de mim, e sigo pelo corredor até a parte principal. Greyson se apoia em uma fileira de armários encostados na parede, com os braços sobre o peito.

— Violet.

Dou um pulinho e encontro o olhar dele.

— Por que estamos aqui?

Ele ergue um ombro.

— Tenho algumas perguntas para você.

Semicerro os olhos.

— Oh?

— Primeira pergunta: você se sente desesperada?

Eu inclino a cabeça.

— Não entendi.

Ele se afasta dos armários, aprumando a postura, mas não se aproxima. Ele trocou o uniforme de hóquei por uma camiseta preta e jeans escuro.

— Você se sente sem esperança? A respeito da sua situação?

Sinto um formigamento percorrer minha coluna, como se isto fosse uma armadilha.

— Qual situação? — pergunto cuidadosamente.

— Aquela que não te permite mais dançar. — Ele chega mais perto. — Aquela que fez da sua perna um lixo.

— Porque você bateu em mim... — Fecho a boca na hora.

Ele sorri.

— Ah, vejo que percebeu o seu erro. — Levanta o olhar, movendo para a nossa esquerda.

Apenas mais tarde, percebo que Steele esteve aqui o tempo todo. Encostado a uma parede quase totalmente nas sombras, que se misturam com as suas roupas escuras. Ele se levanta e joga um telefone para Greyson. A tela pisca o suficiente para eu perceber o que aconteceu.

Acabei de quebrar o acordo de confidencialidade em um vídeo?

Tento pensar no que eu disse. Na terminologia.

Ele pode me processar simplesmente por eu dizer que ele bateu em mim? *Não pode.*

As palavras ressoam na minha cabeça.

— Aqui está o que vai acontecer, Violet — diz Greyson, baixinho. Ele se aproxima, parando na minha frente. — Está em apuros pelo que acabou de dizer. Você sabe disso, eu sei disso. E vai me ajudar cuidando do meu amigo aqui.

Meu estômago revira.

— Não.

— Sim. Você chupou Jack, um jogador de futebol inútil, em um lugar que qualquer pessoa poderia te ver. Se fizer Steele gozar com a sua boca, como a boa puta que é, eu vou apagar a minha prova. — O seu olhar endurece. — Ou vou enviar o vídeo para o meu pai e veremos o que ele vai fazer.

Olho para Steele. Depois para Greyson.

Vou passar mal, mas não vou deixá-lo acabar comigo.

— De jeito nenhum.

Danem-se as consequências, ele não pode me chantagear.

Ele se aproxima ainda mais. Inclino a cabeça para trás para manter os olhos em seu rosto, na sua expressão retorcida.

— Você chupa ou clico em enviar. — Ele me mostra a sua tela. Tem uma mensagem digitada, com o vídeo carregado, pronta para encaminhar para o seu pai.

Ele não está brincando e eu me sinto presa entre Greyson e uma situação que lutei tanto para escapar. Eu olho para Steele novamente, e ele não faz uma porra de movimento para impedir o seu amigo. Parece fascinado... e confuso com a situação.

— Olhos em mim — Greyson ordena. Ele agarra meu queixo, virando o meu rosto para frente de novo. — O que é justo é justo, concorda? Eu fiz você gozar... agora é a sua vez.

— Isso não é engraçado. — Odeio como a minha voz sai vacilante. Eu não quero demonstrar medo, pois foi isso que o provocou da última vez. Olho para Steele. — Você concorda com isso?

Ele dá de ombros.

— Eu concordo com qualquer coisa que você queira chupar, Violet.

Eu me arrepio. Não era o que eu esperava. Não imaginava que um cara que conheço há três anos tivesse um lado obscuro... Que aceitasse uma coisa dessas. Talvez Greyson tenha convencido Steele de que *eu* quero e estou me fazendo de difícil. Que é um jogo doentio entre nós.

Posso me convencer disso também?

— De joelhos — ele diz no meu ouvido. — Ou vamos ver o que pode acontecer depois que eu apertar enviar? Não me importo de fazer um resumo pra você.

Olho para ele, cruzando os braços sobre o peito. Eu me recuso a responder, embora sinta como se o meu estômago estivesse cheio de cobras.

Ele finge pensar, mas sei que não. Já avançou uns seis passos.

— Eu aperto enviar. O meu querido papai assiste o vídeo, descobre que

OBSESSÃO BRUTAL

77

você quebrou o acordo e então fica na posição de merda de imaginar que porra ele vai fazer. Eu me pergunto: o que ele fez para você desistir do processo?

Ele não sabe o que o pai fez por ele? Nenhum dos detalhes? Apenas que um dia eu havia prestado queixa, processando-o por danos pessoais, e no dia seguinte tinha um acordo de sigilo com minha assinatura na mesa do pai dele.

E então ele estava livre.

Eu quase rio.

— Não sei quem é o maior idiota da família, Grey. Você ou o seu pai.

— Vou te contar um segredo — diz ele, como se eu não tivesse falado nada. — Vou tirar tudo de você. Mas não apenas de você. Da sua pequena família patética. O nome do seu pai será arruinado. A sua mãe vai ter que sair de Rose Hill do mesmo jeito que você. Mudar para outra cidade e esperar que esse assunto não a assombre por lá. Ela não vai ter dinheiro, nem amigos, nem futuro. Soa familiar?

O meu pai. Como se atreve a envolvê-lo? Estou tão chateada que não sei como responder. Não sei como me defender sem piorar as coisas. Nenhuma parte de mim pensa que ele está brincando.

Então o olhar dele se volta para a minha perna, oculta pelo tecido. Sempre dói, mas a atenção dele traz a dor para o primeiro plano da minha mente.

— Talvez, eventualmente, algumas pessoas não sejam tão simpáticas. Não te darão a escolha que te dou. Te farão tropeçar ou te empurrarão escada abaixo. Aqueles ossos quebrarão outra vez. Você é tão frágil quanto eles.

Ele não está errado. Um dos meus medos é ter outra fratura e eu sofrer de novo como nos últimos seis meses, ou ainda mais. Porque existem algumas feridas que não podem se curar. Alguma dor que nunca desaparece.

— Então? — Greyson dá um passo para trás.

Consigo respirar novamente, com dificuldade. Um pouco de espaço entre nós alivia a pressão no meu peito. O que não nega que já tenha tomado a minha decisão. Que ele me mostrou o caminho mais fácil e o mais difícil para sair desta sala, e eu não sou idiota.

Escolherei o caminho de menor resistência… desta vez.

Da próxima, estarei mais bem preparada.

Não vou estragar tudo.

Então eu não olho para Steele quando aceno lentamente. O meu olhar continua focado no rosto de Greyson. Nas expressões que ele tanto vai tentar esconder nos próximos segundos. Porque sinto que este é um teste para nós dois — e eu não vou ser a primeira a ceder. Ou me arrepender.

— Okay — digo, simplesmente. — Vou fazer.

11

GREYSON

O meu aperto no telefone é forte o suficiente para quebrar a tela. Apago a mensagem para o meu pai e o coloco de volta no bolso.

A princesa me dá uma última olhada e depois caminha até Steele. Ele ainda está meio às sombras, mas se endireita quando percebe o que está realmente acontecendo. Os seus lábios se abrem, como se ele fosse recuar. Mas nós conversamos sobre isso — eu preciso testá-la. Quero ver até onde ela vai para salvar a própria pele.

E ele concordou. O quieto e obstinado Steele, que tem um pequeno grupo de amigos e gosta que seja assim, concordou em me ajudar. De uma forma pervertida e distorcida.

Sinto um aperto nas vísceras, mas eu a sigo na direção dele. É como se me segurasse pela coleira, me arrastando atrás dela. Eu a observo se ajoelhar na frente dele.

É um teste para mim tanto quanto para ela. Preciso resistir, porque a alternativa é muito devastadora para ser compreendida. Nunca fui possessivo com ninguém antes — certamente com garota alguma. Com certeza, nenhuma como Violet.

Ela estende a mão, desabotoa a calça de Steele e libera o seu pau em seguida. Os movimentos são rápidos e seguros, mas ela não tem pressa. O idiota já está duro, e eu não posso culpá-lo. Cerro os punhos mantendo-os ao lado, depois me forço a sentar perto dos armários encostados na parede mais distante, onde tenho uma visão dela. Fico quase no nível do seu rosto quando me sento.

Ela lambe os lábios e olha rapidamente na minha direção.

— Está arrependido, Devereux? — ela pergunta.

Entrecerro meus olhos.

Ela se aproxima e envolve a mão em torno da base dele, que solta um gemido e inclina a cabeça para trás. Ela o coloca na boca, provando a princípio, depois faz o seu próprio ruído. Um choramingo. Como se o gosto dele fosse... *bom*.

Fúria fervilhante passa por mim em ondas. Uma pulsação sacode o meu corpo inteiro.

Violet faz um movimento para frente e fecha os olhos por um momento, quando o leva mais fundo. Ela suga e a ação deixa as suas bochechas côncavas. Ela se afasta e olha para Steele.

— Você gosta disso, gato? — Ela o lambe da base até a ponta e depois o engole inteiro novamente. É erótico pra caralho, como se ela estivesse tentando ganhar um concurso de boquetes.

É melhor — e infinitamente pior — do que qualquer vídeo granulado no meu telefone.

Steele geme novamente, e os seus dedos agarram o cabelo dela. Ele permite que ela controle o ritmo por dois segundos, e então assume. Empurra em sua boca, e ela faz um som de engasgo. Lágrimas escorrem pelas suas bochechas.

É bonito pra caralho. E me deixa duro em uma fração de segundo.

Steele ignora e continua a estocar na boca dela. Ele é grande, e tenho certeza de que a cabeça do seu pau desce pela garganta. Ela engasga de novo e os seus olhos molhados se abrem. Segura as coxas dele, tentando se afastar, mas o aperto dele é forte.

O seu desamparo me excita ainda mais, mesmo que a raiva me deixe mais louco. Eu odeio ver um dos meus melhores amigos fodendo a boca dela. Odeio que é ele quem toca o seu cabelo, e que os lábios dela estão fechados ao redor dele.

Pensei que poderia suportar, mas não posso.

Ela revira os olhos para mim. Lágrimas se misturam com a baba que escorre dos seus lábios. O ruído é tóxico. Enervante. Vou acertar Steele nas bolas.

Sem conseguir evitar, me levanto e ando em direção a eles.

Steele não nota que estou na sua frente até que seja tarde demais — eu chego tarde demais. Ele goza na boca dela, e isso me enfurece.

Eu a empurro. Agarro o cabelo e aperto o braço dela com tanta força que os dedos de Steele deslizam para longe. Ele ainda está gozando, um silvo baixo escapa da sua boca enquanto o pau balança no ar. Jatos de gozo atingem a lateral do rosto e o pescoço dela.

Ela se inclina para o lado, cospe o esperma no piso e eu morro de satisfação. Alivia um pouco da brutalidade que corre nas minhas veias, mas não o suficiente para me impedir do que quero fazer a seguir.

— Saia! — grito para Steele.

Ele expira e balança a cabeça, olhando para Violet.

— Aquele vídeo não fez justiça. Puta merda.

— Se. Manda — grunho.

Ele ri e coloca o pau para dentro da calça. Leva o seu tempo, enquanto eu cerro e relaxo os punhos. Violet fica ajoelhada entre nós, com a cabeça baixa. Ele se ajusta, sorri com malícia, e acena para mim ao sair.

Eu olho para Violet. Ela está uma bagunça do caralho. Rímel espalhou pelo seu rosto, e o preto se mistura com a maquiagem azul dos olhos. Dá a impressão de que ela está machucada. O batom está borrado. Quem usa batom azul?

Parece uma gótica falsificada. Antes, de qualquer maneira.

Ela tem sêmen no rosto, e não faz nenhum gesto para limpar, na verdade, não se mexe para fazer nada. Ela só fica ajoelhada na minha frente, encarando o chão como se não soubesse se culparia mais a mim, ou a ela.

A culpa é minha — mas não do jeito que ela pensa.

Eu desaboto a minha calça lentamente e a empurro para baixo. Ela puxa o lábio inferior entre os dentes e dá uma mordida. Uma gota de sangue desponta, borbulha no lábio inferior, manchando os dentes da frente.

Bom. Da maneira mais fodida possível, estou ansioso para ter o sangue dela no meu pau. Dou um passo para a frente, e ela se inclina para trás. Sua cabeça também vira para trás, e ela mantém o olhar fixo em mim.

— Apague o vídeo — diz. — Eu fiz o que você queria…

— Eu quero muito mais do que isso.

Ela continua imóvel quando aperto meu comprimento e bombeio uma, duas vezes. Não preciso, mas quero que ela olhe para baixo e veja o que estou acariciando. Quero que ela saiba que, por mais impressionante que seja o pau de Steele, ele não é melhor do que o meu.

Sorrio, quando ela baixa o olhar e os seus olhos se arregalam. Libera o lábio ensanguentado dos dentes. Passo a ponta pela boca dela, depois sigo para a bochecha. Ela não se mexe e me pergunto por que não me afasta.

Pode ser que, finalmente, tenha percebido que ela é a presa e eu sou o predador. E, apesar de ter prometido libertá-la, monstros como eu não falam verdades.

OBSESSÃO BRUTAL

Ela caiu na minha armadilha e agora é minha.

Foda-se.

A minha reação confirma isso.

Eu arrasto o meu pau pelos seus lábios por uma segunda vez, e então me inclino para baixo e aperto o seu queixo. Pressiono até a boca dela abrir, revelando a língua rosada, os dentes brancos e o vermelho no fundo da garganta, que parece ter sido machucada por Steele. O batom fica nos meus dedos, assim como uma mancha de sangue. Lágrimas também.

Eu pouco me importo se ela chora, quero me afundar nela de mais de uma forma. Na boca, sim. Na mente? Absolutamente.

— Você nunca mais vai tocar em um pau que não seja o meu — eu a informo.

Nunca precisei pensar nas consequências das minhas ações. Não mesmo. Nunca tive arrependimento. E não pretendo me arrepender dos meus atos agora. É um efeito colateral de ser filho do anormal do meu pai. Aquele que consegue encantar qualquer pessoa, e quando o carisma não funciona mostra o dinheiro. Porque as portas sempre foram abertas, as calcinhas sempre foram tiradas e as coisas sempre me foram dadas. Eu não penso nem um pouco no que vou fazer a seguir.

Tomar.

Pode ser que ela me perdoe por isso, ou talvez não.

Mas no fundo da minha mente sinto que provavelmente não — e essa parte de mim nem se importa o suficiente para parar.

Eu me enfio em sua boca com um movimento, enchendo-a completamente e tirando o seu fôlego. Fico ali esperando, olhando para ela. É uma sensação boa pra caralho. Sinto o pulsar da sua garganta na ponta do meu pau, enquanto ela engasga e tenta respirar.

O seu rosto fica mais vermelho.

Eu puxo, e ela ofega bruscamente ao meu redor. Seus dentes me tocam, e eu a encaro.

— Me morda e eu te sufoco até a morte aqui mesmo.

Seus olhos se arregalam e o queixo relaxa.

Eu levo o meu tempo estocando em sua boca. Sinto que estou quase lá — não sei por que ela, o choro e a raiva me deixaram no limite. Mas estou quase explodindo e não estou pronto para parar de saborear esse momento.

Quando atinjo o fundo da garganta e depois afundo mais, ela agarra as minhas coxas. Seguro a parte de trás da sua cabeça e a mantenho imóvel até os olhos revirarem e o seu corpo relaxar. Então eu a deixo recuperar o fôlego.

Várias e várias vezes, até ela enlouquecer no meu pau. Ela chupa e gira a língua quando eu lhe dou a chance. Quer que eu goze, para acabar com isso mais rápido.

Acha que vai ser o fim.

Não está nem perto.

Eu fui sincero quando disse: ela nunca mais vai se deparar com outro pau.

Ela se aproxima, segura as minhas bolas, e eu gemo. Porra, isso é bom. Ela massageia, aperta suavemente e as afasta do meu corpo. É muito boa com as mãos. Conduzido pela necessidade, pego o meu ritmo. Apenas persigo o meu êxtase agora. Os meus joelhos fraquejam quando finalmente sinto que vou gozar.

Eu tiro o pau da boca dela e o aperto, bombeando uma, duas vezes. Porra explode espirrando no rosto e no peito dela. E quando finalmente dou um passo para trás, ela desaba para o lado. Mal consegue se sustentar.

Eu me afasto abruptamente, indo pegar uma toalha da minha bolsa. Umedeço e limpo meu pau, depois coloco minha calça no lugar. Os meus pensamentos estão a mil por minuto. *Ela é minha.* É o que passa repetidamente na minha cabeça, atrás de uma sequência de como posso mantê-la ligada a mim.

Ela tosse fracamente e eu me viro. Jogo a toalha usada, que cai no seu colo. Em um segundo ela pega e limpa o rosto.

— Até nos encontrarmos novamente — eu digo a ela.

Então eu a deixo lá.

OBSESSÃO BRUTAL

12

VIOLET

Eu me recomponho e vou para casa. Não me passou despercebido que Greyson não apagou o vídeo — assim ele tem outro motivo para me importunar. Os meus lábios estão inchados e rachados, e a garganta dói. Os olhos ardem.

Não sei como devo me sentir. Minhas emoções estão desordenadas e eu passo todo o trajeto de casa lutando para me controlar. Fungo e passo as costas da mão sob o nariz, limpando ranho e lágrimas.

Argh.

Quando me tornei essa pessoa?

O meu telefone vibra.

> MÃE: Você recebeu uma ligação de Mia Germain. Ela quer falar com você.

Seguem suas informações de contato. Um número de telefone fica visível no balão de texto cinza. Ignorando o fato de minha mãe me enviar mensagem — algo estranho por si só —, o meu coração bate de forma estranha com o que ela disse.

Mia Germain é a diretora do *Crown Point Ballet*, a companhia pela qual dancei até a minha lesão. Eu saí de repente, é claro, depois que os nervos da minha perna quebrada tiveram contínuas complicações.

Tive que desistir do meu lugar como bailarina principal em *Lago dos Cisnes*.

Eu tinha acabado de passar o fim de semana em casa, visitando minha mãe, quando Greyson bateu no meu carro. Uma reviravolta estúpida do destino em um péssimo momento.

Penso em entrar em contato com Mia agora, mas é quase meia-noite de uma sexta-feira. Não sei por que minha mãe está acordada, a menos que ela esteja voltando de uma saída noturna. Eu suspiro e destranco a porta do meu apartamento. Está escuro e silencioso, o que indica que Willow ainda não está em casa. E, do jeito que Knox olhava para ela, só Deus sabe se ela volta para casa hoje.

Além disso, não quero ter esperanças de que Mia tenha alguma solução para o meu problema impossível. Algo que me devolvesse os meses que desperdicei comendo comida de verdade pela primeira vez na vida, ganhando mais do que apenas músculos. Sou o que a maioria das pessoas consideraria saudável, mas no mundo do balé? Estou muito longe do peso que eu mantinha.

Dói admitir isso. Que não desenvolvi uma relação mais saudável com a comida até começar a fazer terapia — não apenas física, mas também emocional. E uma nutricionista foi adicionada à minha equipe, vindo conversar comigo enquanto eu trabalhava no treinamento de flexibilidade e força com a fisioterapeuta.

Existem limites até onde podemos forçar o corpo humano.

Eu solto um suspiro, deixo o meu telefone na mesa de cabeceira e tiro a roupa. Jogo tudo no cesto e visto uma camiseta grande. No escuro, entro no meu banheiro e acendo a luz. Não quero ver o meu reflexo, mas me obrigo a olhar, para ver as listras pretas e azuis que escorreram pela minha bochecha e minha boca. Os olhos injetados, ardendo. Os lábios inchados. Até o meu cabelo está bagunçado. Primeiro foi Steele que o agarrou, me usando do jeito que ele queria, e depois Greyson.

Um tremor sobe pela minha coluna, e o meu estômago embrulha. Vou vomitar.

Corro para o banheiro e mal consigo chegar a tempo. Eu caio de joelhos e vomito, bílis azeda queima a minha boca e a garganta. Quando as náuseas passam e a ânsia de vômito acaba, eu me sento nos meus calcanhares.

Deixei dois caras foderem a minha boca e não sei se consigo me perdoar por me render a Greyson daquele jeito. Quanto mais ele me provoca, mais quero arrancar os olhos dele, mas nesse caso eu cedi.

Ele está aprendendo a me manipular.

Ligo o chuveiro e a sensação de arrepio na pele aumenta.

Parece que vem em ondas, como flashbacks do que aconteceu no vestiário.

E das palavras dele.

Da expressão do seu rosto.

OBSESSÃO BRUTAL

Ele era um homem possuído...

E sinto que a culpa é minha, pois, de alguma forma, eu o intrigo. Chamei a atenção de quaisquer demônios que se escondem sob a pele de Greyson.

Entro debaixo do jato frio e inclino a cabeça para trás. A água não pode ser quente. Não quando estou queimando de dentro para fora. Escovo os dentes e lavo a boca até não ter nenhuma evidência da minha reação física à minha aversão. Cuspo, enfio o rosto sob o spray e depois me esfrego. A maquiagem do meu rosto escorre pela esponja, pelo pescoço e o meu peito. Por cada centímetro da minha pele, deixando-a rosada e dormente.

Enfim, me sinto um pouco mais humana. Eu me seco e visto a camiseta novamente, depois vou para o meu quarto.

Paro subitamente.

Alguém está parado no meio do cômodo.

Alto. Roupa preta. Capuz. Máscara.

Bons garotos não usam máscaras.

Abro a boca para gritar, e o cara corre e passa por mim. Ele vira a esquina e cruza o corredor antes que eu possa dar uma espiada, e meu instinto é correr atrás dele. Depois de dois passos, percebo que é uma ideia estúpida e paro.

Eu me certifico de que ele tenha ido embora e tranco a porta. Penso em colocar uma cadeira por baixo da maçaneta, para garantir, mas não quero trancar Willow do lado de fora. O meu coração dispara e pressiono a palma da mão no peito.

Acendo todas as luzes do apartamento e checo as janelas. Até do quarto de Willow. Tudo está trancado. Ele deve ter entrado atrás de mim... eu tremo e volto para o meu quarto. Eu deveria ligar para Willow. Dizer para ficar alerta caso ela chegue em casa bêbada e distraída.

A nossa vizinhança segura está se corrompendo.

De volta ao meu quarto, aperto o interruptor da luz do teto e vasculho o meu espaço. Parece estar mais frio, mas talvez seja só a minha imaginação. Verifico a minha janela e está quebrada.

Um arrepio mais violento percorre o meu corpo.

Ele entrou pela *minha* janela.

Eu a fecho com força e olho ao redor outra vez. Ainda parece intocado, mas não posso ter certeza. Não de relance. Minha escrivaninha sempre foi uma bagunça. É apenas parte da minha organização caótica — papéis por todo lado, um livro didático jogado, a cadeira afastada cheia de roupas enxovalhadas.

86   **S. MASSERY**

Parte de mim, aquela que lê thrillers e romances de suspense, suspeita que poderia ser Greyson tentando mexer ainda mais comigo, me deixar desorientada ou à beira da insanidade. Isso o beneficiaria — provavelmente por nenhuma outra razão além da mera satisfação.

Eu solto um grunhido e empurro tudo que está em cima do móvel. Os livros caem no chão. O meu computador quica uma vez e o cabo do carregador fica preso. Os papéis flutuam pelo tapete com mais lentidão e chegam mais longe. Eles se espalham.

Vou até a penteadeira e toco tudo que tem nela, fazendo um inventário mental. Bugigangas, bijuterias e um bilhete de Willow. Um abajur para momentos que considero o mundo brilhante demais para a luz do teto.

Os meus dedos pousam em um pequeno globo de vidro, e eu me lembro da minha mãe. E da mensagem que ela enviou do nada.

Ela sempre deixava pedaços de si mesma para os outros a encontrarem.

Um lenço, um brinco, um cinto. O anel de noivado dela, uma vez. Um rastro de migalhas de pão pessoais que sempre levavam de volta para ela.

Quando criança, eu a acompanhava e ficava de olho. Eu os recolhia e entregava para ela. Como se tentasse reconstruí-la. Ela pegava o item depois de um momento de silêncio, olhando para ele como se fosse a primeira vez.

"O que vem fácil, vai fácil", dizia, sorrindo. "Obrigada, querida".

Então ela o guardava e eu encontrava algo diferente no outro dia.

Batom. Uma presilha de cabelo. O seu telefone.

Eu deveria ter percebido que "o que vem fácil, vai fácil" era um lema impresso no seu coração. Ela aceitava os acontecimentos dentro e fora de sua vida com um tipo de encanto que nunca entendi. Amigos. Homens. Eles ocupavam espaço no nosso apartamento e nas nossas vidas até que um dia ela os perdia de vista.

Foi apenas uma questão de tempo até que ela me libertasse também.

Quando me senti livre dela de uma forma que nunca havia sentido antes, comecei a pegar as coisas que ela deixava. Eu as juntava e guardava numa caixa ou na minha mesa de cabeceira. Eu não devolvia. Queria que ela viesse reconhecer os pedaços de si mesma que eu tinha protegido. Queria que ela se visse em mim.

O globo é uma dessas coisas. A tinta se desgastou tanto, que manchas do oceano azul borram a ponta do meu dedo. Eu o giro e vejo resíduos de tinta caindo, se acumulando em cima da cômoda.

Pela primeira vez, começo a me ressentir. Quero ligar para ela e dizer que tinha alguém no meu quarto, que estou com medo de ficar aqui. Mas a chamada iria, sem dúvida, para o correio de voz. Quando não precisa de mim para confiar nela, ela não está lá.

A minha perna foi a exceção.

A minha carreira seria a exceção.

Mas tudo o que é bom termina.

Novamente, a raiva surge do nada e pego o globo de vidro. Cabe na palma da minha mão, grande o suficiente para ser difícil envolver o objeto com os dedos. O suporte é de vidro, todas as peças são delicadas e ornamentadas.

Onde ela o conseguiu?

Por que o deixou para trás?

Atiro-o na minha parede e ele não explode em cacos como acreditei — como esperei. Ele só se solta do suporte com uma rachadura minúscula e o mundo rola para debaixo da minha cama.

Respiro fundo e volto para a janela, avistando os arranhões na pintura do parapeito. Evidências de que alguém forçou a madeira para arrombá-la. Quem quer que tenha feito isso pode voltar, e isso me faz agir.

Eu ligo para Willow.

Ela atende no terceiro toque. Os ruídos ao fundo quase abafam a sua voz, mas ela grita para eu esperar, e então as vozes desaparecem.

— Ei, onde você está?

Cravo as unhas na palma da mão.

— Humm, em casa.

Explico rapidamente a situação. Que cheguei, tomei um banho, e quando saí havia alguém no meu quarto. Que ele entrou pela minha janela. Que acho que ela não deveria voltar para casa esta noite — ou que deveria voltar de imediato e me salvar de ficar completamente louca.

— Ai, meu Deus — ela se sobressalta. — Você está bem?

— Estou — minto.

— Oh, espere…

— Violet?

Fecho a cara por causa da nova voz. Knox, eu acho. Nunca falei ao telefone com ele e isso deixa a sua voz diferente. Willow está ao fundo, dizendo alguma coisa.

— Alguém entrou à força?

— Sim. Eu só…

— Quem faria uma coisa dessas? — Ele pausa. — Eu vou cuidar disso. *Disso?* O que é isso?

Willow seria isso?

— Obrigada — digo, ao invés de fazer as perguntas que gostaria. — Posso falar com Willow de novo?

Ele grunhe, e então ouço a voz dela.

— Parece que ele ficou bravo — ela sussurra, interrompendo para dar uma risadinha. — Tudo bem com você?

— Sim. Está… humm, Greyson está aí?

Se um revirar de olhos tivesse som, eu o ouviria pelo telefone agora. Praticamente sinto o julgamento e a curiosidade dela. Eu disse a ela o que pude, mas além de admitir que foi ele quem bateu no meu carro e quebrou a minha perna, não há muito que pudesse dizer sem incriminá-la.

Ainda quero que ela olhe nos olhos dele, porque se ela não puder, estou fodida. Ele é inteligente, seria capaz de dizer que a minha melhor amiga o gelou, de repente … e então outras pessoas também perceberiam.

Ela não tem uma boa cara de pôquer. Não o bastante para nos salvar.

— Ele chegou aqui há cerca de uma hora — diz ela. — Quero dizer, estamos na casa dele. Então…

A minha sobrancelha se levanta.

— Oh?

— Sim. Toda a equipe está aqui comemorando a vitória. Eu pensei que eles iriam para o *Haven*, mas aparentemente, por enquanto não… mudança de cenário, Knox disse.

Eu suspiro.

— Hmm. — A voz dela fica mais baixa. — Knox está conversando com Greyson.

— Pare com isso.

— Bem, não sei o que ele está dizendo. — Ela solta mais risadas nervosas. — Você não acha que ele vai mandar Greyson buscar você, acha? Seria…

— Terrível — concluo. — Espero que não.

Mas não preciso me preocupar. Uma hora depois, não é Greyson que vem me buscar, é Steele.

13

GREYSON

— Como assim, alguém invadiu o apartamento dela? — Eu encaro Knox.

Por um lado, não deveria me importar. Mas aquela parte persistente que quer reivindicá-la — publicamente — volta a me assombrar.

Ele levanta um ombro.

— Ela ligou e parecia muito chateada. Queria que Willow encontrasse outro lugar para ficar...

— Porque ela ficar sozinha naquele apartamento é uma boa ideia. — O sarcasmo é o meu padrão quando tento esconder os verdadeiros sentimentos. Não é um bom sinal que tenha escolhido se manifestar nesse momento.

— Ouça, mano. Steele se ofereceu para buscá-la e trazer para cá. Não é o ideal, já que estamos no modo festa... — Ele gesticula para a garrafa de cerveja na minha mão. — Mas, que seja. Ela pode ficar em um dos quartos lá em cima, se quiser.

Violet não chamou a polícia.

O que provavelmente significa que ela pensa que estou por trás disso.

Eu franzo a testa e balanço a cabeça. Então registro a primeira parte. Steele foi buscá-la? Ele se ofereceu?

Não pensei que precisaria quebrar os dentes dele, mas se for necessário, é o que vou fazer. Alegremente.

Jesus, quando foi que fiquei assim? Todo alterado por dentro?

— Quando ele foi? — eu berro.

Knox dá de ombros, mas há algo mais. Um lampejo de triunfo.

— Cuzão — resmungo. — Fez isso de propósito? Por causa da aposta.

Ele ri.

— Não posso te dar vantagem nesta competição.

Sem dúvida ele não se importaria por Violet ter chupado Steele no estádio. Se é que Steele abriu a boca. Empurro a minha garrafa na mão dele e corro em direção à porta. Eu realmente não me importo com o que Steele quer, preciso ter o controle da situação.

Tenho que lhe dar uma surra para lembrar que Violet caiu de joelhos por ele, por um só motivo. Porque *eu* permiti.

Quando alcanço o saguão, a porta da frente se abre e Steele e Violet entram. Ela observa os arredores, me encontra quase imediatamente, depois afasta o olhar. *Legging* preta e tênis brancos. Por baixo do casaco aberto, ela usa uma camisa azul *oversized* dos Hawks, que esconde as suas curvas. O cabelo úmido está trançado, jogado sobre o ombro. Não usa um pingo de maquiagem e, definitivamente, não há nenhum indício do que aconteceu entre nós há pouco tempo.

— Você pode ir para o meu quarto se não quiser ficar aqui conosco — oferece Steele.

— Obrigada — ela murmura, tirando o casaco. — Mas acho que quero algo para relaxar.

— Eu tenho o que você precisa — interfiro.

Ela vira para mim com os olhos arregalados de surpresa. Puxo o casaco da sua mão e inclino a cabeça, indicando que deveria me acompanhar. Ela me segue sem uma palavra, com a atenção concentrada nas minhas costas. Ser o foco da sua atenção me faz sentir como se entrasse em uma banheira quente.

Eu a guio na direção das escadas e subo, seguindo pelo corredor até o meu quarto. O maior cômodo é o de Knox, que tem o seu próprio banheiro. Steele, Miles e eu dividimos o do corredor. Acho que ela vai ter que lidar com isso.

Ela me segue por todo o caminho, como um cordeiro em direção ao abate. Permite que eu feche a porta atrás dela e jogue o seu casaco na cama.

— Sente-se — ordeno.

Ela não obedece. Fica parada no centro, olhando em volta como se nunca tivesse visto o quarto de um cara antes. Talvez Jack seja de uma espécie diferente e nunca a tenha deixado entrar na casa que divide com os colegas do futebol.

O meu ambiente é limpo e organizado. Ele reflete a minha mente. Não gosto de desordem nem de incertezas. E Violet é a maior incerteza com que me deparei. Ela é imprevisível.

Aqui eu sei onde cada coisa está. A minha mesa está cheia de papéis, cadernos e livros. As canetas e os lápis ficam em uma caneca que diz *Gato*

OBSESSÃO BRUTAL

Número Um do Hóquei, foi um presente de uma Maria Patins sem nome, em agradecimento por um orgasmo, provavelmente.

As paredes são de cor creme e o edredom macio é cinza-escuro. Lençóis brancos — eu não sou um monstro e não tenho mais dezesseis anos. Lençóis pretos indicam perigo... e eu faço o possível para eliminar todos os riscos que poderiam levar alguém a fugir.

Bem, menos Violet. Ela teve a oportunidade de correr porque enxergou além das aparências e sabe do que a minha família é capaz. Quando se trata dos Devereux, ou você está em nossas boas graças, ou não vale o nosso tempo, ou é nosso inimigo.

Violet parece ter a incrível capacidade de oscilar entre todas essas coisas. Exilada, mas vale o meu tempo. Uma inimiga irresistível.

— Você não tem nenhuma obra de arte — diz ela. — Nenhum quadro, nem...

Penso no que sei sobre Violet Reece. Fiz algumas pesquisas esta semana, apenas buscas simples na internet que me deram uma variedade de informações. Um artigo no *Times* tinha algumas citações dela depois de uma performance de *Dom Quixote* com o *Crown Point Ballet*. Foi criada por uma mãe solteira que enaltecia os seus méritos em público. O pai estava fora de cena, embora outra busca tenha resultado em um obituário dele.

Violet tinha sete anos quando ele morreu.

Cresceu em Rose Hill, Nova York. A mesma cidade onde cresci, apesar de termos frequentado o ensino médio em escolas diferentes: ela em uma pública municipal, e eu, uma particular de elite. Ela morava em um imóvel que valia uma fração do preço da casa do meu pai, no mercado da época. Não é um bairro particularmente ruim, mas é isolado. As casas são velhas. Eu fiz um tour por ele através do site de uma agência de imóveis, clicando nas fotos montadas. Ainda assim, nem mesmo a imobiliária conseguiu apagar Violet completamente.

Ela tinha um quarto roxo com um mural de cachoeira na parede. Suas duas cômodas eram brancas com topos azul-celeste. A pintura era velha e desgastada e as gavetas tinham visto dias melhores. A cama de solteiro estava arrumada com um edredom branco e roxo, de forma que satisfaria a um sargento militar.

Para onde ela e sua mãe foram depois disso é um mistério. Mas passou a infância naquela casa velha.

Eu me pergunto em que ano ela conheceu Willow Reed — a opinião de Knox é que foi no ensino médio. Mas quero muito saber os detalhes que não consegui através de pesquisa. A primeira foto pública das duas só foi postada no primeiro ano, e então houve uma série delas logo depois. Desde o verão em uma festa na piscina, com os braços em volta da cintura uma da outra, até começarem juntas na UCP.

Violet estava mais magra na época. Seu pescoço parecia mais longo, mais fino. Mais quebrável. Sua postura tinha a mesma graça de agora, mas havia mais autoconfiança.

Eu tirei isso dela. Eu a reduzi ao que quer que ela seja atualmente.

E agora, ela caminha em direção à única coisa que realmente me interessa: um álbum de fotos de família.

É o sentimento puro que me faz mantê-lo. Que me fez trazê-lo de Nova York até *Crown Point*. Ele tem fotos da minha mãe sorrindo para a câmera. Ela no dia do seu casamento com uma expressão feliz e contente ao lado do meu — alto, pensativo e idiota — pai. Ela grávida. Ela comigo quando bebê.

Depois do casamento, não encontrei outra foto dos meus pais juntos.

Ela pega o álbum encadernado de couro e passa a palma da mão pela frente. Na capa tem escrito Devereux em uma fonte simples e inclinada. Presente do meu primo do lado da minha mãe, no meu décimo sexto aniversário.

Foi a última vez que vi alguém da família dela.

— Largue isso — esbravejo.

Ela não obedece. Abre a primeira página e uma foto minha e da minha mãe — em um parque aquático, se bem me lembro — olha de volta para ela.

Os seus olhos se movem enquanto ela observa cada detalhe, e fico travado no meio do quarto, incapaz de arrancar da mão dela, e de mandá-la largar de novo.

Ela vira a página e tenho um vislumbre de uma foto de casamento, do momento que amassaram o bolo. A minha prima tirou espontaneamente. Eu não tenho nenhuma foto profissional, o meu pai não permitia. Posso imaginá-la posicionada na lateral, erguendo a câmera descartável até a altura dos olhos. O dispositivo arranhando para posicionar o filme, o clique e o flash.

O som ecoa nos meus ouvidos e, quando ela vira a próxima página os meus músculos relaxam.

Dou um passo adiante, o agarro e jogo de novo na estante. Eu a pego pela garganta e empurro para trás, até imprensá-la contra a parede. Ela arregala os olhos e entreabre os lábios.

OBSESSÃO BRUTAL

— Não toque nisso — sibilo.

Sua respiração sai em uma rápida expiração, e ela levanta a mão para segurar o meu pulso.

— Qual o problema em compartilhar lembranças com amigos?

Eu curvo os lábios em um sorriso de escárnio.

— Eu conheço os meus amigos. Você, com certeza, não está entre eles.

— Sou sua inimiga?

— Pode muito bem ser — retruco. Ainda não decidi, mas não falo. Em vez disso, aumento a pressão. O pulso dela salta sob os meus dedos, mas a sua expressão não muda. — Você veio com Steele.

Ela semicerra os olhos. O meu aperto não é tão forte a ponto de impedi-la de falar. Ainda não.

— O que eu deveria fazer?

— Ligar para *mim* — rosno.

— Você nem ao menos gosta...

Eu pressiono, interrompendo suas palavras. Os seus lábios se movem silenciosamente. Adoro ter este controle sobre ela e espero que a centelha de medo apareça. Porque quero continuar a provocá-la mesmo quando ela tenta me afastar. Alguém invadiu a sua casa, mas isso não vai ficar assim.

Vou mostrar para o mundo inteiro que Violet me pertence.

— Não é necessário. — Eu me inclino, passo os lábios pela sua bochecha, e sigo para a orelha. A minha língua desliza, provando a pele dela que tem cheiro de flores silvestres. — Eu não preciso gostar de você para te possuir. Não há afeição entre nós. Você é minha. A sua boca é minha. A sua boceta é minha. Cada pensamento que passa pela sua cabeça me pertence.

Ela estremece e eu afrouxo o agarre por tempo suficiente para ela conseguir respirar. Não vejo a sua expressão, porque mordo a orelha dela, que arrepia de novo. Pressiono o meu corpo contra o dela, prendendo-a com mais do que apenas a mão na sua garganta, e permito que sinta o quanto me deixa duro. Como o desamparo dela me excita.

Eu mordo a sua orelha novamente, mais forte, e depois passo para os seus lábios. O lábio inferior dela sangrou mais cedo, mas agora não há nenhuma marca. Puxo-o entre os meus dentes, e ela arfa. O pulso é como um beija-flor batendo as asas contra a pele dela. Sinto nas pontas dos meus dedos. Aperto até o gosto metálico escorrer pela minha língua, e então aplico mais força.

Ela choraminga.

O som me deixa louco.

Liberto a garganta e ataco as roupas dela. Empurro a calça para baixo e a blusa para cima, expondo os seus seios.

Sem sutiã.

Minha mente fica em branco por um segundo. Seus seios são rosados, lisos e pálidos. Os mamilos estão rígidos. Eu encaro e lambo os lábios, provando o seu sangue outra vez. Meu pau está tão duro, que eu poderia explodir no primeiro contato. Há também uma urgência e parece que ela está tão afetada quanto eu.

Ela desabotoa a minha calça e a afasta dos meus quadris. Eu me livro dela e olho para baixo. A sua calcinha é branca. A imagem da inocência. Por uma fração de segundo, me pergunto se ela é virgem. Descarto o pensamento quase que imediatamente. O seu ex-namorado não deixaria aquela boceta intocada durante dois anos.

Rasgo a calcinha. O material cede com facilidade e levo o tecido até o nariz. Eu deixo que ela veja a minha expressão ao inalar o seu cheiro, e o meu pau se contrai.

— Minha — repito, deixando o material cair no chão e a levantando no colo.

Ela trava as pernas em volta de mim, e eu deslizo para dentro com um impulso.

Deus, parece que estou no céu. Ela está molhada e pronta, e sua cabeça tomba contra a parede quando puxo quase tudo para fora. Eu me obrigo a voltar para dentro dela. Sua boceta aperta ao meu redor, estreita e quente. Perfeita. Perfeita pra caralho.

Fodo Violet como um louco. Suas costas se chocam na parede a cada movimento. Os seios saltam. Eu me inclino para baixo e mordo a sua pele, deixando um rastro de marcas molhadas enquanto foco no seu mamilo. Quando o aperto entre os dentes, ela grita.

Se esse não for o melhor som que já ouvi. Eu poderia viver para aqueles gritos, mesclados com dor e prazer. Uma combinação.

Solto as coxas dela para deslizar a mão entre nós. Eu belisco o clitóris, torcendo-o e puxando. Eu fodo com mais força do que fiz com qualquer garota antes, e ainda me sinto perturbado. Como se essa fosse apenas a ponta do iceberg.

As unhas dela arranham as minhas costas e eu estremeço quando agarra o meu cabelo e força a minha cabeça para cima. Nós nos olhamos nos olhos.

OBSESSÃO BRUTAL

Vejo tudo o que ela quer que eu veja e muito mais. Como cada golpe dentro dela atinge um lugar especial que faz suas pálpebras vibrarem. Como a pressão é algo novo, algo distorcido.

Afrouxo um pouco o aperto em seu clitóris e fricciono círculos pequenos e rápidos. Minhas bolas contraem, e eu meto mais rápido. Mais forte. Ela deixa a cabeça pender para trás quando belisco o seu clitóris de novo, e sua boceta se comprime ao meu redor quando ela goza.

A sua boca abre e fecha, mas ela não me dá aquele grito. Não diz a porra do meu nome, mas estremece e agarra o meu bíceps com tanta força que acho que vou ter cortes em formato de meia-lua na pele quando terminarmos.

Suor escorre pelas minhas costas. Entre os seios dela. Estamos ambos ofegantes.

Dou uma estocada e paro, o êxtase desce pelo meu pau explodindo dentro dela. Eu me agarro a ela quando gozo, sabendo muito bem que não há barreiras entre nós. Eu não lhe dei escolha — e ela não vai conseguir uma.

Não há como voltar atrás.

14

VIOLET

Greyson se ajoelha à minha frente. Tenho uma sensação estranha, de não me encaixar mais na minha pele. Eu fui esticada, colocada no lugar de novo, e tudo ficou apenas... desconexo. Ele passa as mãos pelas minhas pernas e depois levanta a esquerda. Eu não percebo até que seja tarde demais.

Ele toca a cicatriz que desce pela minha panturrilha e a encara.

Então, sem aviso, ele aperta os polegares na minha pele. Eu sibilo, mais por causa do choque do que por causa da dor, e afasto minha perna para fora de seu alcance. Ele permite que eu dê a volta nele e vá até a porta. Sabe, mais do que eu, que não vou sair. Não pelada como estou, com esperma escorrendo pelo interior das minhas coxas. A festa lá embaixo ainda está em curso.

Eu me viro e encontro a minha camiseta. Ele se senta na beira da cama e me observa com olhos escuros. Ele é perigoso. Preciso repetir isso. *Perigo, Perigo.* Uma sirene de aviso pisca em vermelho na minha mente, girando por trás da minha visão.

De jeito nenhum vou dar essa noite por encerrada. Ele me ofereceu uma maneira de relaxar — e não tenho certeza se o sexo estava na agenda. De início, não.

Sigo para a *legging*, ignorando que não tenho mais a minha calcinha. Está rasgada e esquecida no chão do quarto, então foda-se. Eu vou sem. Tremendo diante dele, mal consigo me equilibrar para vestir a calça. Eu sou melhor do que isso — tenho boa estabilidade.

Ele me afetou mais do que eu esperava.

Penso na mulher da foto. O álbum deve ser especial para ele — estava centralizado na frente, praticamente em exibição. O único item daquela estante que parecia ter algum valor. E até as fotos. Estão desgastadas nas bordas, como se tivessem sido tocadas inúmeras vezes.

Talvez ele esteja ferido como eu. Talvez sonhe com pais que não tem, mas não quer admitir. Ele não deveria ter um lado afetuoso. Não deveria ser atraente.

Ele me segue até o corredor. Giro a maçaneta para entrar no banheiro e ele me bloqueia.

Eu levanto a sobrancelha.

— O que você está fazendo?

— Se você vai lá para baixo, está bem dessa forma.

Eu o encaro.

— Como é?

— É isso mesmo. — Ele se inclina na porta do banheiro. — Se vai descer as escadas, quero que todos saibam que foi perfeitamente fodida. Quero que sintam o cheiro na sua pele e vejam o rubor das suas bochechas. Quero que saibam que a minha porra está escorrendo da sua boceta.

Ele não pode estar falando sério.

— É mais saudável fazer xixi depois do sexo. Previne infecções urinárias, sabia?

Ele encolhe os ombros.

— Tudo bem, então você não vai descer.

Sua indiferença é irritante. Parece que ele não se importa com uma coisa nem outra, então eu balanço a cabeça e vou para as escadas. Nunca tive medo de que as pessoas olhassem para mim. Se sobrevivi às consequências de Greyson ter compartilhado o vídeo do meu boquete bêbado, não vou morrer se algumas pessoas souberem que estava transando.

Quando chegamos ao térreo, ele se torna a minha sombra; me segue até a sala de estar, onde a festa evoluiu para casais se pegando nos sofás e nas cadeiras. Willow e Knox estão em uma namoradeira em frente ao grande sofá em forma de L. Steele encontrou uma garota, e Erik também. Miles está sentado próximo à Amanda, mas sem contato. Jacob e outra garota da equipe de dança, Madison, estão se beijando no canto — e são os únicos que não prestam atenção à conversa.

— Eles só precisam de um goleiro melhor — argumenta Miles. — O resto está bom.

— Bem, seus atacantes eram uma merda — diz Steele. — Não que eu me importe com isso.

— Só estou dizendo que, se quiserem avançar, devem aumentar a aposta. Evitar mais gols.

— Eles apenas deveriam parar...— Steele faz uma pausa, a atenção salta de mim para Greyson. — Oi, Violet.

O meu rosto fica em chamas enquanto passo por cima das pernas de Erik para chegar ao local vazio no centro do Sofá. Greyson desaparece na cozinha e eu me afundo nas almofadas. Eu realmente gostaria de ter pensado melhor no meu plano. Deveria ter ido dormir para fingir que isto nunca aconteceu.

Mas... não.

Steele se inclina sobre a garota ao lado dele.

— Você está bem?

Eu o encaro.

— Eu não pareço bem?

— Você parece satisfeita — diz a garota. Ela vira para trás olhando por cima do ombro, na direção onde Greyson sumiu. — Ele não parece fazer o tipo generoso.

— Só porque ele não te deu um orgasmo, não significa que não seja capaz — Erik bufa. — A menos que você tenha terminado o trabalho sozinha, Violet?

Balanço a cabeça vagarosamente. É obvio que ela já dormiu com Greyson. Neste ritmo, não me surpreende. Paris também deve estar na lista. E metade das outras perseguidoras dos jogadores de hóquei que conheço.

— Eu só o chupei — murmura a garota. Ela cruza os braços sobre o peito.

Steele ri.

— Padrões baixos, minha querida. Fica comigo.

Eu curvo o meu lábio.

— Você também não tem cara de ser do tipo generoso.

Uma mão pousa no meu ombro e eu dou um salto. Um segundo depois, Greyson se inclina sobre o sofá e puxa minha cabeça para trás, me obrigando a olhar para ele. Então me encara, deixando que apenas eu veja a sua raiva.

Levanto as sobrancelhas. Se não queria que eu insinuasse que fiz um boquete em Steele — que aconteceu porque *ele* mesmo me *obrigou* —, não deveria ter enfiado o pau do amigo na minha boca.

Acho que consigo transmitir a mensagem, porque os lábios de Greyson se contorcem. E então pula por cima da parte de trás do sofá, e cai ao meu lado. Ele me agarra pelo quadril e me arrasta para o seu colo.

OBSESSÃO BRUTAL

99

Não me passa despercebido que tem uma ereção debaixo da minha bunda, e eu tento sair de cima.

Ele aumenta o aperto ao redor da minha cintura, me mantendo imóvel. Bom.

Finalmente respiro e relaxo, e ele também se tranquiliza. Como se agora estivesse feliz, por saber que não vou a lugar nenhum.

Mas não consigo olhar nos olhos da minha melhor amiga. Ela saberia que está acontecendo alguma coisa. E Greyson estava certo — acho que eles podem literalmente sentir o cheiro do sexo em mim.

— Então, humm… — engulo em seco. — Talvez eu devesse voltar para o apartamento. Ou arranjar um hotel.

— É um absurdo — responde Greyson. — Você não pode voltar esta noite. Não até que possamos verificar.

Eu franzo a testa.

— Nós?

Ele bate na minha coxa.

— Se você quer dormir, eu tenho uma cama.

— Você está amolecendo comigo.

Ele se inclina para a frente, com os dentes no meu pescoço.

— Jamais. — A sua respiração sopra na minha pele e me arrepio.

Willow balança a cabeça e olha para Knox.

— Você disse a ela que cuidaria disso, não que ela precisaria ficar aqui. Nós vamos para casa.

Ela se levanta e estende a mão para mim, balançando ligeiramente.

Eu hesito.

Amo a minha melhor amiga. Muito. Amo que ela sempre quer me manter segura, e que tenta fazer o que é melhor para nós. Amo que seja feroz, leal e inteligente. Mas tenho medo do homem da máscara voltar, sabendo que estamos lá — ou, pior, voltarmos e ele ter saqueado novamente.

Quando saí, deixei tudo trancado, mas não sei se é suficiente para detê-lo. Se estiver determinado o suficiente, pode quebrar a nossa porta ou arrombar outra janela.

— Você quer colocar a sua melhor amiga em perigo? — Greyson sussurra no meu ouvido.

Balanço a cabeça bruscamente e o ignoro.

— Violet — diz Willow. — Venha comigo. Não se preocupe, homem das cavernas, nós não vamos embora. Ainda.

Seu aperto em mim diminui ligeiramente. Pego a mão dela permitindo que me tire do colo de Greyson, e me arraste para a cozinha.

Imediatamente, parece mais sóbria.

Talvez haja uma diferença entre ser uma tonta despreocupada e estar bêbada, e ela apenas siga essa linha. Mas agora está claro que ela não exagerou, porque sua expressão é clara. E acusatória.

Ela estreita os olhos.

— Você subiu com ele. Sozinha.

Levanto um ombro e desvio o olhar para longe.

— Eu...

— Você está bem? — Ela chega mais perto. — Sem ofensa, mas parece que ele te torceu como um pretzel, e você gostou. Há marcas de mordida...

Cubro a marca no meu pescoço na mesma hora. Sabia que deveria ter ficado lá em cima. Porcaria.

— Está tudo bem — garanto. Não sei se é verdade, mas não quero cortar o barato dela. Ou, pior ainda, preocupá-la. — Sim, tivemos uma coisinha. Foi consensual. E excitante. Então, estamos bem.

— E você quer ficar aqui?

Eu mordo o lábio inferior e o umedeço com a língua. Não quero ficar, mas como disse Greyson: não quero colocá-la em perigo.

Eu digo isso, e ela acena com a cabeça.

A preocupação evidente deixa vincos nos seus olhos.

— Aquele cara... ele não fez nada, certo?

— Ele me viu e correu. — Eu pego um copo, encho de água e bebo.

Volto à pia, coloco mais e entrego a ela, depois gesticulo com a cabeça. Atravessamos a cozinha e cruzamos um pequeno corredor até um banheiro.

Ela tranca a porta e eu aproveito a tão necessária oportunidade para fazer xixi. Willow começa a futucar as unhas.

— Eu simplesmente não consigo entender o que alguém possa querer com você, em particular.

— Eu tinha certeza de que era Greyson. — Subo a *legging* apressadamente e lavo as mãos, depois a sigo para fora.

— Mas você ligou logo depois que aconteceu? — Ela olha pela porta da sala de estar, parando novamente na cozinha. Parece bastante seguro falar aqui sem que eles ouçam. — Ele estava aqui. Todo o time de hóquei, na verdade.

Eu fecho a cara.

OBSESSÃO BRUTAL

101

— Sim.

— Então, se descartarmos ele e a equipe... será que foi alguém que conhecemos? — Ela esfrega a testa. — Sabe de uma coisa? Talvez seja mais fácil conversar sobre isso quando eu não estiver bêbada.

— Amanhã? Brunch. — Somos obcecadas por brunch. Não sei porquê. Sempre foi um prazer de domingo.

— Fechado.

Assim que acaba de beber a água, Willow coloca o copo na pia. Quando entramos novamente na sala de estar, as luzes estão mais fracas. Alguém colocou um filme e todos se acomodaram para assistir. O olhar de Greyson sobre mim é intenso, e eu o sinto me observar enquanto vou em sua direção.

Tento me sentar ao seu lado, mas ele me puxa outra vez e me faz cair no seu colo, e ele não perde tempo em mudar a posição do meu corpo de acordo com o dele. Ele me acomoda para eu ficar de lado, com as pernas estendidas no sofá, em direção a Steele e sua garota. Greyson coloca um cobertor ao nosso redor, mas sei que não é por conta do conforto. É um gesto de posse.

Não sei como me dei conta disso, até que a mão dele deslize pelo cós da minha *legging*.

— Pensei que tinha falado para você me manter entre as suas pernas — diz ele no meu ouvido.

Balanço a cabeça.

— Você não pode simplesmente impedir as funções corporais.

Ele grunhe e move os dedos. Solto um ofego quando percebo a sua intenção. Meu clitóris está dolorido com o abuso anterior, mas ele é mais gentil agora. Minha boceta pulsa com necessidade, despertando, e eu agarro o pulso dele.

Na mesma hora, ele solta um grunhido de descontentamento.

— Assista o filme, Vi.

Vi. Ele também me chamou assim na mensagem que enviou para ele do meu celular. Ninguém me chama dessa forma, nem mesmo Willow. Quando criança, eu era muito contra apelidos. Detestava que o meu nome pudesse ser abreviado. Ao contrário do nome de Willow, cuja única opção real é Will, há muitas maneiras de encurtar o meu.

Violet pode se transformar em muitas coisas terríveis para crianças criativas. Vil era comum para os valentões. Lettie veio da minha bem-intencionada mãe, embora tenha o abandonado quando completei doze anos.

S. MASSERY

Quando conheci Willow, estava tão farta das pessoas me perguntarem o que eu preferia, que acabei exigindo o fim de todos os apelidos. Eu proibi qualquer um.

Mas, droga, tenho que admitir que gosto do som que sai da boca dele.

Eu mudo de posição, virando em sua direção. Encosto a cabeça no ombro dele e me faço uma promessa.

Amanhã voltaremos a nos odiar. Amanhã, todas as coisas más podem voltar ao meu cérebro. Amanhã, amanhã, amanhã.

Neste momento, fecho os olhos e aprecio os movimentos lentos do seu dedo no meu clitóris e a forma como a sua bochecha encaixa no topo da minha cabeça. E os sons do filme e das pessoas que nos rodeiam. Eu deveria ser cautelosa, ter medo, ou simplesmente não querer ter um orgasmo na frente das pessoas.

Mas quando ele se aproxima, eu viro o meu rosto para o pescoço de Greyson e mordo. Com força.

Seus dedos deslizam para dentro de mim, e eu contraio ao redor deles. Tento não fazer nenhum ruído, com os dentes cravados na pele dele. Minha língua se projeta para fora, automaticamente aliviando o ardor da mordida. Seu pênis endurece e pressiona contra o meu quadril.

Por que as garotas sempre preferem os caras maus?

Acho que não consigo mudar isso. Acho que não quero — na verdade, ficaria feliz se nunca mais tivesse nada a ver com ele. Se nos afastássemos agora mesmo, eu aceitaria.

Não, Violet. É uma mentira do caralho.

Garotas como eu precisam de caras como ele para treinar, para lutar. Para lançar as misérias e a raiva em alguém que possa lidar com isso.

Ele retira os dedos e os coloca nos meus lábios. Cerro os dentes e o ignoro. De jeito nenhum vou chupar os dedos que estavam dentro de mim. Não.

Sua risada ofegante é o único aviso que recebo antes dele beliscar o meu queixo com a mão livre. Ele agarra minhas bochechas com tanta força que a minha boca se abre para evitar a dor. E então os seus dedos deslizam para dentro dela, pressionando a minha língua, e ele espera.

Eu me sinto mortificada com o gosto, com a posição e com o poder dele sobre mim. Deteto, mas ele é mais teimoso do que eu, e esfrega os dedos para frente e para trás na minha língua até eu fechar os lábios em torno deles e sugá-los timidamente. Ele afasta a mão do meu queixo, e a desliza pelas minhas costas.

OBSESSÃO BRUTAL

103

Então deixa a minha língua explorar os seus dedos e a ponta das unhas. A textura das suas juntas. Quando acabo de fazer o que quer, ele os retira da minha boca. Lambo meus lábios e levanto a cabeça para olhar para ele, porém Greyson não está interessado na minha reação.

Não é com as consequências que ele se preocupa — é o ato. E como ele conseguiu o que queria, está pronto para se concentrar no filme.

Solto um suspiro e apoio a cabeça de volta no ombro dele.

Estou cansada pra caralho. Pouco me importo se os meus olhos se fecharem. Que qualquer um poderia ter visto o que acabou de acontecer. Em vez disso, adormeço.

15

VIOLET

Willow e eu seguimos Knox, Jacob e Greyson até o nosso apartamento. Jacob segura um taco de beisebol de metal, para o caso de alguém ainda estar lá. Knox e Greyson entram de mãos vazias.

Eles se separam e revistam o local, verificando cada centímetro quadrado. Willow e eu ignoramos as ordens para esperarmos lá fora e vamos junto. Sigo Greyson pelo corredor até o meu quarto. Ele o encontra com uma precisão infalível, que me faz pensar se estava por trás da primeira vez que foi destruído.

— Vê algo familiar? — Eu me encosto no batente da porta.

Ele gira em um pequeno círculo observando tudo, como eu fiz no quarto dele.

Esta manhã, acordei sozinha na cama de Greyson. Acho que não aconteceu nada, mas não me lembro do resto da noite. Em um minuto, eu gozei nos seus dedos e depois adormeci... No próximo, acordei na cama dele, com a luz do sol entrando pela janela.

Ele enxerga as coisas que não quero que ele veja, é claro. As coisas que derrubei da minha escrivaninha. O suporte de vidro do globo no chão. Ele vai até ele, o apanha, segura na palma da mão e depois coloca na minha cômoda. Em seguida, junta os papéis, folheando antes de arrumá-los em uma pilha e deixar na beirada da minha mesa.

— Acho que não foi o seu ladrão quem fez isso. — Continua a organizar, tanto que me pergunto se poderia ser uma compulsão. Ele organiza os meus textos em uma pilha que vai do maior para o menor e os adiciona à minha mesa. Então se ajoelha e se estica todo debaixo da minha cama.

Quando, por fim, se levanta e joga para mim a bola de vidro que rolou ontem à noite.

O globo em miniatura.

Pego o objeto no ar e dou uma conferida. Saiu um pouco mais da tinta azul, revelando linhas turvas e elevadas destinadas a serem vales e picos. O mundo em três dimensões. Ela costumava girá-lo sem motivos à noite. Achava que nunca teria a oportunidade de ver o mundo, e foi o que quase aconteceu com ela.

— É importante pra você?

Balanço a cabeça e coloco a peça de lado na estante. Eu me afasto do globo intencionalmente — e, na verdade, dele também. Não há necessidade de dar mais ideias sobre mim.

O que quero é perguntar onde ele dormiu. Por que não insistiu no assunto.

Minha garganta está ardendo e o meu corpo dói. Excitação demais, tensão demais. A dor na perna também piorou hoje. A temperatura baixou ainda mais, a ponto de precisarmos de casacos, chapéus e luvas. Teremos mais neve bem em breve.

Encontro Knox, Jacob e Willow na sala de estar.

Knox olha para mim e dá de ombros.

— Não vimos nada que serviu de ajuda — diz ele, se desculpando. — Sinto muito.

— O que devemos fazer? — Willow pergunta. — É tarde demais para chamar a polícia?

Jacob se vira.

— Quero dizer... Violet deveria ter ligado para eles ontem à noite.

Estremeço na hora.

— Meu pai é chefe de polícia. Lidar com esse tipo de coisa depois da ocorrência se torna mais difícil, porque as pistas são menos evidentes. Já pisamos na maior parte da casa, entende?

— Ele usava luvas. — Eu suspiro. — Mas compreendo o que você quer dizer.

— Da próxima vez — diz de forma prestativa.

Greyson dá um passo para fora e balança a cabeça.

— Nada de anormal no seu quarto.

Willow toma a decisão por nós.

— Estamos bem — diz a eles, principalmente para Knox.

Não acho que *ele* tenha sido nobre o suficiente para dormir no sofá... Só para constar. Ela tem a mesma vibe pós-transa que eu tinha ontem à noite. Parte de mim se orgulha dela. Ela merece uma aventura. Um pouco de diversão, já que nunca foi assim. Willow sempre quis compromisso.

E a maioria dos caras na faculdade hesita em, nas palavras deles, se amarrar.

Ela costumava dizer que tive sorte com o Jack, mas agora não sei se a sorte teve alguma coisa a ver com isso. Nós dois nos acomodamos.

—Tudo bem — ele concorda. — Mas se precisar de alguma coisa ligue para a polícia e nos avise.

Greyson resmunga a sua aprovação.

Os rapazes saem e Willow tranca a porta em seguida.

Entro no meu quarto e desabo na cama. Estou cansada e vagamente faminta. Necessito desesperadamente de outro banho, mas só quero dormir por um milhão de anos.

Willow se junta a mim, deitando bem pertinho e de lado para me encarar.

— Desembucha — diz ela.

Abro a boca para negar tudo, mas acabo contando toda a história. Mesmo as partes mais embaraçosas sobre Steele e Greyson no vestiário. Deixo de fora os detalhes sórdidos, como os dois gozando no meu rosto...

— Caramba — sussurra Willow. — Não me admira que esteja cansada.

— Pois é — concordo.

Nós duas cochilamos depois disso e acordamos com o toque do telefone dela. Ela procura cegamente atrás de si, finalmente encontrando e posicionando à sua frente. Assim que desbloqueia a tela e lê a mensagem, ela larga o celular entre nós, com a tela virada para o colchão.

— Agora você me deixou curiosa.

Pego o telefone antes que ela me possa impedir e leio a mensagem de Madison — que faz parte da equipe de dança. A mesma garota que jogava hóquei de amígdala com o Jacob ontem à noite. Também é a melhor amiga de Paris.

> Madison: Paris está revoltada. Ficou com raiva de Violet porque diz que viu Greyson primeiro. Não sei o que fazer. Como aconteceu alguma coisa entre ela e Greyson nas últimas semanas, apesar de se dar bem com Violet, acho que se sente insultada.

Largo o telefone e Willow se encolhe.

— Eu não sabia — diz ela. — Eu só vi os dois juntos naquela vez, na primeira noite depois que você voltou.

OBSESSÃO BRUTAL

— Tudo bem. Não estou mais na equipe de dança. — Ah, porra. Ergo meu corpo um pouco e seguro a mão de Willow. — Minha mãe me mandou uma mensagem ontem à noite. Disse que Mia Germain, diretora do *Crown Point Ballet*, entrou em contato com ela.

— Sua vadia! — Willow grita, sentando-se na mesma hora. — Que porra é essa? Esperou até agora para me falar?

— Desculpa, eu me esqueci! Muita coisa aconteceu ontem à noite. — Começo a rir e pego meu celular, me recostando na cabeceira.

Willow também se senta e inclina para perto de mim.

Disco o número de Mia e prendo a respiração. Coloco em viva-voz para acabar com o desespero de Willow. Caso contrário, teria de repetir toda a conversa para ela.

Toca duas vezes e ouço um clique quando alguém atende.

— Ramal da Sra. Germain, aqui é a Sylvie. Posso te ajudar?

— Olá, Sylvie — cumprimento. Deus, as minhas palmas estão suando. — É a Violet Reece. Minha mãe entrou em contato dizendo que Mia me procurou…

— Ah, oi, Violet. — A voz de Sylvie se alegra. — Um momento que vou transferir.

Ouço um tom de discagem e depois volta a chamar. Willow aperta a minha mão.

Ela sabe o quanto pode significar. Não tenho nenhuma esperança de eles me chamarem para voltar — quero dizer, não do jeito como estou. Mas talvez haja uma chance. Ou… uma oportunidade de trabalhar com ela de outra maneira. Ou algo assim.

— Bom dia, Violet! — A voz calorosa da Mia ressoa. — Eu tentei o número antigo, mas parece que você mudou. Peço desculpas porque tive que falar com a sua mãe. Como você está?

Tive que mudar o meu número depois do acidente. Continuei recebendo mensagens estranhas e ligações de números aleatórios, tornando impossível conseguir bloquear todos. Sem falar que perdi o meu telefone no acidente — o aparelho quebrou de um jeito irreparável. A operadora conseguiu transferir algumas das minhas fotografias e contatos antigos, mas perdi pelo menos uma semana de dados. Então, mudar o meu número sete dias ou mais depois disso, não parecia um grande problema. Considerando tudo o que aconteceu.

— Estou bem, obrigada. Como você está? — Eu sempre me sinto

formal perto dela, mesmo depois de me dizer, no ano passado, para tratá-la por Mia em vez de Srta. Germain… forma como eu a chamei nos últimos cinco anos. Não é tensão na minha voz, exatamente. É mais porque… eu a respeito demais para ser casual.

— Bom, Bom. Ouça, a sua mãe me explicou a situação com o médico. — Ela baixa a voz e uma porta ao fundo se fecha. — Lamento muito saber da sua perna. No entanto, tenho uma boa relação com alguns dos nossos fisioterapeutas. Estava pensando se você gostaria que eles dessem uma olhada. Eles conhecem o esforço necessário e específico que uma bailarina coloca nas pernas.

O meu coração salta na garganta.

— Oh, eu…

— Vou a Nova York na próxima semana para conseguir patrocinadores. Estamos terminando com *Lago Dos Cisnes* no próximo mês e abriremos audições para *A Bela Adormecida* alguns meses depois. — Ela faz uma pausa. — Se você puder e for liberada pelos nossos médicos, eu gostaria que fizesse uma audição. Para ver se temos um papel pra você.

— Nossa. Honestamente, eu não esperava… — Um nó se forma na minha garganta. — Me desculpe. Obrigada.

É a minha vez de agarrar a mão de Willow como se a minha vida dependesse disso. Ela se inclina para mim em um apoio silencioso, enquanto lágrimas nublam meus olhos.

Não posso perder essa oportunidade agora.

— Me disseram que era impossível por causa da dor.

Mia exala.

— Vou ser honesta com você, Violet. Pode até ser mesmo. No entanto, a sua mãe mencionou que o cirurgião ortopédico que te atendeu era um dos melhores do país, mas os médicos da equipe dele não eram especializados em cuidar de bailarinos. Você quer pendurar suas sapatilhas de ponta com apenas uma opinião?

— Não — respondo, em um piscar de olhos.

— Que bom. O Dr. Michaels atende em Vermont. Vamos encontrá-lo daqui a duas semanas e seguimos a partir daí. Tudo bem?

— Tudo bem. Obrigada. — Desligo o telefone deixando-o cair, e logo começo a chorar.

Puta merda.

Não estou preparada — e eu devo estar. Preciso provar que, dentro de

OBSESSÃO BRUTAL

um mês, posso voltar a ter alguma aparência fitness. Tenho a sensação de que eles poderiam ser um pouco generosos, por estar saindo de uma lesão, mas não *muito*.

E tudo depende disso.

Willow coloca o braço sobre os meus ombros e me aperta forte.

— Você consegue — ela sussurra ao meu ouvido. Apenas um segredo que passa entre nós. — Eu vou te ajudar. Em qualquer coisa que precisar para correr atrás do seu sonho.

Eu a abraço de volta e fecho os olhos. Há uma sensação estranha no meu peito, além das emoções que passei nos últimos seis meses. A dor de perder a dança passou, por si só. Mas talvez não tenha de ser para sempre.

— Ligue para a sua mãe — insiste Willow. — Ela vai dizer alguma coisa malcriada, mas ficará feliz por você.

Eu hesito.

— Sim, mas daí ela vai planejar vir aqui. Sabe como é, para visitar. Ou pior, tentar comparecer à consulta e atrapalhar. Ou querer ter certeza de que estou comendo direito.

Lanço um olhar de soslaio. Não muito tempo atrás — acho que no nosso primeiro ano —, a minha mãe reparou que eu tinha engordado um pouco, em uma conversa por vídeo. Nada demais. Nas palavras dela, o meu rosto parecia mais redondo. Então, ela veio aqui correndo e se livrou de todo o açúcar que tinha no nosso apartamento.

Até dos chocolates de Willow.

Jogou fora o sal, também, citando o fato de que pode causar retenção de líquido. Em vez disso, encheu nossa geladeira com verduras, frango e peixe. Muitas saladas. O suficiente para eu pensar que podia me transformar em um coelho e levar Willow comigo.

— Bem lembrado. — Ela suspira e rasteja para fora da cama. — Tá, tudo bem. Talvez seja melhor contar para ela só depois da consulta.

A não ser que ela ignore completamente a minha chamada, o que tem acontecido desde que voltei ao campus no fim de semana passado. O que os olhos não veem, o coração não sente.

Vem fácil, vai fácil.

Sinto o desejo de me livrar do globo e apagar o número dela do meu telefone. Mas isso é dramático… e exagerado.

Drama é com Paris e sua estranha reivindicação sobre Greyson. Eu faço um gesto para o telefone de Willow.

— Apenas diga a Madison que Paris pode ficar com ele. Pouco me importa o que ela vai fazer.

Outra mentira cabeluda, mas tanto faz. Não foi a primeira e não será a última. Willow me dá um olhar de quem sabe que é lorota e está me julgando, mas ainda digita e clica em enviar.

— Como você vai para Vermont?

Eu fecho a cara.

— Bem, vamos pensar nisso quando for o momento. O que está acontecendo entre você e Knox? Pensei que fosse só um casinho…

O rosto dela fica vermelho.

— Eu não sei. Pelo menos não era ele que estava te esperando no vestiário com Greyson.

— Eca, não. Eu teria recusado, alegando que você é minha melhor amiga e não fazemos isso uma com a outra.

Ela sorri.

— Tenho certeza de que Greyson ficaria mais do que feliz em desistir por esse motivo.

Dou de ombros.

— Valeria a pena.

Vamos para o brunch e conversamos sobre coisas normais. Quando voltamos para o apartamento, passamos o resto do dia no sofá, assistindo filmes e lutando com o dever de casa que temos adiado. Na minha aula de Economia Ambiental, precisamos escolher um projeto para apresentar no final do semestre. Alguns dos nossos trabalhos de casa caminham a passos de bebê. Tenho que escolher algo que esteja impactando o meio ambiente — poluição da água, por exemplo, ou culturas subsidiadas. Minha mente gira em torno de quão pouco sei sobre o mundo e como os seres humanos o destroem constantemente.

Nós fazemos o jantar e eu encaro a comida. O meu apetite é inexistente. Não ajuda que o meu foco continue a ser puxado para o balé como um ioiô.

Willow me olha de esguelha.

— Não faça isso.

— Não fazer o quê? — Porém, sei o que ela quer dizer. E, ainda assim… não posso evitar. Eu quero tanto estar pronta para uma audição, que posso praticamente sentir o gosto do renascimento dos meus sonhos. Tenho de me controlar para evitar pressionar a mão no estômago.

OBSESSÃO BRUTAL

Ela balança a cabeça.

— Você vai fazer o que quiser, não importa o que eu diga.

— Você disse que ia ajudar.

— Imaginei que você faria de uma maneira saudável, nada mais — ela murmura.

Eu aceno uma vez e pego um prato. O som da TV preenche o silêncio, mas acabou. Sinto que ela quer dizer algo mais, tentar melhorar, mas não há nada que ela possa fazer. Está esperando que eu a tranquilize.

— Eu só preciso fazer isso — digo a ela em voz baixa. — Depois, vou me acalmar. Tudo bem?

Ela se levanta abruptamente.

— Eu te amo e quero que corra atrás dos seus sonhos. Mas, Violet? Não acredito em você.

Passo o resto da noite assistindo as coreografias de Mia Germain. Vídeos antigos de suas aulas abertas, das bailarinas que se destacaram sob a sua orientação. Elas passaram a dançar para companhias famosas que fizeram turnês ao redor do mundo.

Meu coração dói de desejo.

Eu não tinha me deixado levar, e de repente tudo parece...

Estar lá outra vez. É uma possibilidade.

A esperança é perigosa. É silenciosa, calorosa e permanece trancada até que a alimentemos, e então explode em chamas. Ela pode nos consumir.

Pode muito bem me comer viva.

16

GREYSON

Eu recebo o mais breve aviso da chegada do meu pai. O meu telefone toca com um alerta de mídia social que configurei há muito tempo, e avisa quando a localização dele muda. Bem, quando a secretária dele faz a confirmação em cidades específicas.

Era assim que o monitorava sem entrar em contato. Quando estava sozinho em uma casa grande e vazia, sem nada para fazer, eu podia verificar e saber onde ele estava. Nebraska, Califórnia, Edimburgo, Dubai. O homem viajava muito para o exterior — especialmente em se tratando de alguém que deveria ser senador de Nova York.

Eu gostava de pensar que fiquei assim por culpa dele. Porque eu morria de tédio quando adolescente e procurava as minhas próprias emoções. Corria atrás de festas, e se não encontrasse? Eu fazia uma.

Ele sempre me deu acesso a um cartão de crédito que pagava mensalmente sem pestanejar, desde que eu não ultrapassasse o limite. Eu sabia a combinação do cofre onde ele guardava uma série de objetos de valor, incluindo dinheiro e armas de fogo.

De qualquer forma, recebo o alerta informando que o seu jato particular acabou de pousar em *Crown Point*, e me esforço para deixar o meu quarto apresentável. Escondo o álbum de fotos no meio dos livros didáticos, desço as escadas e enfio pratos e xícaras na máquina de lavar louça. Até passo a vassoura na metade do andar de baixo, quando o meu telefone toca novamente.

Desta vez, com uma chamada.

— Alô?

— Greyson? É a Martha.

A secretária de longa data do meu pai. Eu não mencionei que, apenas recentemente, ela cruzou a linha de amante. A desculpa dele? Nem todos podem ser santos.

Deixo o silêncio preencher a ligação.

Ela pigarreia de leve.

— Seu pai está na cidade. Ele vai se encontrar com os presidentes da universidade e da câmara, e depois quer jantar com você.

Abro a boca para responder e fecho em seguida. Com toda a certeza não é um convite. Ele nem sequer teve a coragem de ligar e me falar.

É uma manobra publicitária.

Jantar com o astro do hóquei em ascensão — não importa se eu já *era* reconhecido em Brickell. As pessoas tendem a ocultar esse fato por causa das calúnias do meu passado. E acredite em mim, aqueles artigos ainda existem. Estão enterrados e não aparecem em buscas regulares. O meu pai mexeu muitos pauzinhos para dar a ilusão de que o escândalo não abalou a nossa família.

— Um carro vai buscá-lo às seis — finalmente diz.

— Certo.

Ela solta um muxoxo vitorioso. E talvez tenha vencido, ao me fazer atender. Não sei o que pensa de mim, e realmente não dou a mínima. Vai saber o que o meu pai disse para ela, ou quais foram as opiniões que ela própria formou.

Só a encontrei algumas vezes.

Eu jogo a sujeira que varri para fora, depois subo de novo para me tornar apresentável. Erik está fazendo uma zoada no porão — com um videogame violento no volume máximo, a julgar pelos sons à deriva — e os outros caras não estão em casa. Assim que fecho a porta, o ruído desaparece.

Logo que termino o meu banho, envio uma mensagem para Violet.

> **EU: Quero te ver mais tarde.**

O meu telefone fica em silêncio por muito tempo. Os segundos passam e eu encaro a tela. Não a vejo há dois dias — tempo demais. Domingo é o nosso único dia sem treino, e isso significa que a maior parte do time de hóquei não faz absolutamente nada. Passei a manhã na academia, depois descansei e me envolvi com os trabalhos da faculdade.

Mas quero saber o que Violet está fazendo.

Quero saber o que está pensando, o que está vestindo e onde está.

Finalmente, aparece o *status* de digitação.

> **Vi: Mais tarde estarei ocupada.**

Isso não é aceitável.

> **Eu: Arranje tempo. Vou fazer valer a pena.**

Jogo o telefone na cama e acabo de me vestir. Uma camisa de botão que é o que meu pai espera, a corrente de prata que ele me deu quando fiz vinte anos. Calça preta e sapatos sociais — é uma roupa que eu usaria para ir a um jogo. Eles sempre exigem que nos apresentemos de uma certa forma. A vibração profissional.

Você nunca sabe quando um recrutador está assistindo.

> **Vi: Tudo bem. Se conseguir me encontrar, pode me ver.**

A mensagem me deixa empolgado. Sangue corre imediatamente para o meu pau e ele endurece contra o zíper. Existe uma certa emoção que acompanha a caçada. E é exatamente como parece: ela é a presa e eu sou um predador que está sempre tentando capturá-la.

Eventualmente, ela não vai conseguir fugir de mim.

O desejo de encontrá-la agora é forte. No entanto, eu me obrigo a permanecer no meu quarto, deitado e quieto. É um exercício de paciência que normalmente não faço muito bem. O silêncio é uma lembrança excessiva da minha infância.

Como meio-termo, abro o meu Instagram e procuro pelo seu nome. Não demora muito para encontrar a conta. Há uma foto dela em frente ao Hospital Beacon Hill, com a perna esquerda envolta em uma bota preta. O seu vestido solto vai até os joelhos. Há uma mulher que se parece muito com ela, com mais vincos ao redor dos olhos e da boca. Os lábios estão besuntados de vermelho, e o cabelo dela parece ser mais caro do que o guarda-roupa de Violet.

Pela primeira vez, me ocorre que ela pode ser pobre. Mesmo que a mãe tenha tendência a usar coisas chamativas — talvez até seja assim, apesar da sua situação financeira. Porque Violet dirige um carro tosco, divide o mesmo apartamento com uma colega há anos, e parece que nunca usa nada novo ou diferente.

OBSESSÃO BRUTAL

Talvez ela tenha escolhido este estilo de vida porque não havia outras opções. Por causa de uma mãe egoísta?

Seja o que for, quero saber os mínimos detalhes sobre ela.

Esse pensamento me irrita.

Continuo rolando a tela.

Há um vídeo dela e de Willow em uma competição da equipe de dança. Eu aproximo a tela, procurando por ela entre a multidão de meninas. Todas se vestem da mesma forma: regata azul-royal, short preto, meias azuis e brancas até os joelhos e tênis brancos. Cada uma está com um rabo de cavalo alto, puxado para trás e amarrado com fita azul e branca.

Não demorei muito para encontrá-la — afinal, está no centro da fileira da frente. As meninas se movem ao seu redor, deixando-a assumir a liderança. A minha boca saliva. Ela salta e gira. Em seguida, corre para trás para deixar as outras ficarem sob o holofote.

Passo para a próxima. Uma foto profissional dela em um collant de balé, capturada no meio do salto. O tipo de imagem que poderia facilmente estar em uma revista. Todos os músculos estão relaxados, e os membros estendidos para parecer que ela está flutuando. A sua expressão é pacífica.

Nenhum sinal da tensão física que deve suportar.

Nem mesmo seus olhos demostram. Aumento o zoom para ter certeza, estudando os seus lábios serenos e o queixo.

Minha ereção volta com força total. O que acontece com Violet Reece que me faz ficar tão duro? Paris certamente não recebeu essa reação minha, e sua boca estava no meu pau. Nenhuma outra garota da UCP chegou aos pés da minha fixação pela Violet.

Se ao menos eu a tivesse conhecido antes.

Ela estava na minha cidade natal. Podemos até ter cruzado os nossos caminhos.

Continuo rolando a tela para tentar descobrir que lugares ela frequentava. Eu teria notado uma garota como ela, não teria?

Entretanto, não notei. Essa é a questão. Mas agora que a vi, não consigo tirá-la da cabeça. A inclinação do seu nariz, a curva das bochechas, os olhos azuis, os cabelos loiros. Ela tem curvas agora, mais do que quando dançava. Os quadris são largos, a barriga é macia. É atraente pra caralho.

Na sequência, há fotos dela com os amigos durante o ano letivo. Ela e Willow com as bochechas coladas, sorrindo para a câmera. Ela e Jack com o braço sobre o ombro dela. Eu passo por essa com raiva.

É pior ainda quando chego à última desse grupo: os lábios dele estão pressionados contra os dela.

Além desses, existem apenas alguns posts recentes. Eu volto o máximo e assisto a um vídeo dela e de Willow abrindo suas cartas de aceitação para a UCP ao mesmo tempo. Há hesitação quando ambas desdobram o papel e o conferem a correspondência. A ansiedade e o nervosismo delas são visíveis até para mim. Então, a percepção de que ambas conseguiram.

Eu solto um pequeno suspiro. Fiquei feliz por ir para *Brickell*, é claro. Era uma boa faculdade, e o treinador de hóquei tinha assistido a alguns jogos meus pela Emery-Rose Elite. Mas não senti aquela vontade de pular de alegria que Violet e a sua melhor amiga sentiram. Pensei que tinha conseguido pelo meu sucesso, mas agora estou questionando.

E então o meu sucesso acabou sendo um fracasso épico.

O alarme dispara, jogo água no rosto e desço as escadas. A campainha toca pontualmente.

— Quem é? — Erik pergunta, vindo do canto. Ele repara na minha roupa e ergue as sobrancelhas. — Agora fiquei mais intrigado.

Reviro os olhos e passo a mão na camisa.

— Fui convocado.

Ele resmunga e a inveja irradia dos seus olhos.

— Pelo Treinador?

— Pelo filho da puta do meu pai — respondo e abro a porta.

O motorista que o vagabundo do meu pai enviou sorri para mim.

— Sr. Devereux…

Eu passo por ele, descendo os degraus de concreto até a calçada. Ele me segue correndo, deixa a porta da casa aberta, e chega ao carro um momento antes de mim. Sento-me no banco de trás, onde provavelmente quer que eu fique, e o encaro de forma branda quando ele baixa os braços.

Coitado. Deve ter servido ao meu pai — ou a políticos como ele — por toda a sua vida. O carro é agradável e limpo. Há pequenas garrafas de água em um porta-copos preto polido, localizado no apoio de braço central. Pego uma, abro e tomo um longo gole. O motorista finalmente fecha a minha porta e volta para o seu lugar.

Eu sorrio para mim mesmo e inclino a cabeça para trás.

Passamos pelo campus e seguimos para um restaurante sofisticado à beira da água. *Crown Point* recebeu o nome de *point* porque se parece com a peça central de uma coroa real. Um lago se espalha abaixo dele, mas é o penhasco que é realmente impressionante.

OBSESSÃO BRUTAL

Perfeito para saltar — que é exatamente o que o time de hóquei fez, como uma espécie de iniciação e experiência de ligação, no início do ano.

Nadar de volta para um lugar fácil de sair foi um pé no saco, e entrar de novo nas nossas roupas foi ainda pior.

— Mas, que seja. A queda era emocionante.

Agora está frio. Um vento gelado sopra por sobre a superfície da água.

O carro para em frente ao restaurante e vejo o meu pai através do vidro. A secretária não está com ele.

Ele provavelmente quer ter uma *conversinha* sobre como as coisas estão indo, e por mais que goste dela, não confia em ninguém além de si mesmo.

Eu herdei isso dele.

O motorista abre a minha porta e eu pisco diversas vezes, chocado por ficar tão focado nele que até me esqueci de sair.

— Obrigado. — Coloco uma nota de vinte dólares na palma da mão dele, depois caminho para dentro com a minha cara de blefe.

Sorriso. Charme.

Tudo o que o filho de um político precisa.

O anfitrião me leva até a mesa do meu pai, que se levanta quando me aproximo. Hesito, sem saber o que ele quer. Um aperto de mão? Um abraço? Em uma fração de segundo, eu entendo. A última opção — tudo para o show. Eu deveria saber.

Ele envolve os braços nos meus ombros e dá tapinhas nas minhas costas, com força suficiente para deixar marcas na pele. Sorri largamente e gesticula para eu me sentar. Ele é todo espetáculo, e tenho muita consciência de que estamos no centro de um lugar bem iluminado. Uma sensação se agarra à minha pele, como se nos olhassem pelas razões erradas.

Não sei por que ele está na cidade. A sua verdadeira motivação, quero dizer, além de se encontrar com o presidente da faculdade e com quem mais a secretária mencionou. Há sempre um motivo oculto quando se trata do meu pai.

— Como a Universidade de *Crown Point* tem te tratado? — ele pergunta.

Eu inclino a cabeça.

— Bem.

Não o vi durante as férias de Inverno. Ele estava na Califórnia, trocando ideias com o governador e a sua esposa, enquanto eu estava aqui. A um mundo de distância. Treinando e fingindo que não me importava em passar o Natal sozinho.

— O presidente disse que você foi uma excelente adição ao time de hóquei. — Ele me avalia, com os dedos entrelaçados à frente e os cotovelos sobre a mesa. — Eu me pergunto se isso é tudo que você faz.

Um arrepio percorre o meu corpo.

— É uma das minhas principais áreas de foco, sim.

— E por que…?

— Porque quero jogar pela NHL. — Entrecerro os olhos. — Por que a pergunta?

Ele se parece um pouco comigo. Cabelo grisalho, porque as pesquisas dizem que as pessoas confiam mais nos homens quando mostram sua idade nos cabelos. Pele lisa por conta das consultas rotineiras para aplicação de botox — porque as pesquisas dizem que as pessoas não querem que os seus políticos *pareçam* velhos — e sobrancelhas bem cuidadas. Tudo é uma criação, até a pele bronzeada.

É como couro contra a camisa branca.

Ainda assim, há indícios de similaridade. A cor dos nossos olhos, por exemplo. A mandíbula quadrada. Até os nossos narizes. Herdei alguns traços da minha mãe, como o seu cabelo loiro-escuro, a pele clara, o sorriso. Talvez seja por isso que o meu pai enruga o nariz de desgosto, sempre que demonstro estar feliz.

— É preciso estabelecer expectativas mais razoáveis — diz ele. — Há muitos olhos em nós. Os eleitores não nos perdoaram pela sua confusão.

Ah. Eu sabia que ele iria direto ao assunto mais cedo ou mais tarde, mas estou surpreso que seja isso. A sua campanha política estúpida.

— O que quer dizer com isso? — pergunto.

Ele balança a cabeça.

— Tem um repórter farejando. Descobriu a história ao perseguir a polícia local em busca de um furo, e algum novato lhe deu uma linha de raciocínio para seguir. Apontava na direção do ferro-velho que levou os carros. — Ele acena com a mão, depois se ocupa com os talheres.

Eu observo, perplexo, enquanto ele sacode o guardanapo. O tecido estala antes de ondular até o seu colo. Em seguida, ele endireita os copos de vinho e de água.

— Estou cuidando disso — acrescenta.

Uma consideração final.

— O que isso significa?

Eu mordo o interior da bochecha para me livrar da inquietação.

OBSESSÃO BRUTAL

119

Ele sempre odiou a minha necessidade de sempre me mover. *Águas paradas são profundas*, ele costumava me dizer. Como se insinuasse que, se eu me mover muito rápido, não posso ter nenhum pensamento ou emoção complexa.

— O repórter não vai encontrar nada. — O meu pai sorri para mim. — Você tem tirado boas notas?

Outra questão para marcar na sua lista de verificação.

Eu aceno com a cabeça.

— Sim. As melhores da turma no último semestre.

— E neste?

— Devo manter a pontuação máxima exigida. Provavelmente.

Eu me inclino para trás e estico as pernas, dando outra olhada ao redor do ambiente. Identifico um jornalista — provavelmente contratado pelo meu pai para documentar o momento tocante entre pai e filho — e a equipe de segurança numa mesa separada. Seus olhares também estão alertas, enquanto procuram sinais de problemas.

— Bom, Bom. — O meu pai verifica o celular e depois olha para cima.

Um garçom se aproxima com a comida, colocando rapidamente na nossa frente. Uma refeição que não pedi. Salmão grelhado, aspargos, arroz de coco. Eu me inclino, sinto o cheiro e o meu estômago embrulha na hora. Não como peixe desde os sete anos. Coco irrita a minha pele e me enche de urticárias. O cheiro também me faz mal, porque a agitação no meu intestino não diminui.

No prato do meu pai tem bife e purê de batatas, brócolis coberto com molho glaceado e sementes de gergelim. Ele olha para mim e franze a testa.

— Eu pedi para nós. Espero que não se importe, parecia que você ia se atrasar.

Não ia, mas não me preocupo em discutir. Ou comentar a sua incapacidade de ter noção das minhas preferências alimentares.

Para que isso acontecesse, ele teria que compartilhar mais de cinco refeições comigo no último ano.

Escolho o salmão e tiro os aspargos com cuidado, evitando o arroz de coco. Corto os talos verdes em pedaços pequenos e os enfio na boca, um de cada vez. Observo o meu pai devorar o bife como se nunca tivesse comido nada melhor, enquanto tomo goles de água entre cada pequena mordida de salmão.

Finalmente, a nossa refeição chega ao fim. Ele termina o vinho e a comida, e eu bagunço o meu prato o suficiente para parecer que comi um pouco de tudo. Ele limpa a boca de leve com o guardanapo e entrega o cartão para o garçom.

Assim que recebe a nota, assina o recibo com um floreio. Ele se levanta e eu faço o mesmo. Caminhamos juntos até a porta e ele me abraça outra vez. É uma daquelas situações que eu gostaria de poder me afastar, porque ele não merece essa publicidade. Talvez enxergue na minha expressão, pois me agarra com mais força.

Pelo canto do olho, vejo o *brilho* de um flash de câmera capturando o nosso momento encenado.

Ele pressiona a boca no meu ouvido.

— Você me deve, garoto. O mínimo que pode fazer é parecer feliz em ver o seu velho pai uma vez por trimestre. Agora sorria.

Sorrio no piloto automático enquanto nos afastamos. Estendo a mão e ele a sacode uma vez e dá um aperto com os dedos frios e secos, sem nenhum calo. Outro flash dispara. Então, estou livre.

Dou um passo para trás e o vejo entrar no carro. Percebo um borrão de tecido cor-de-rosa e sei que Martha já espera lá dentro, fora de vista. O motorista fecha a porta, os envolvendo numa bolha de vidro colorido, e eu permaneço na calçada. Enfio as mãos nos bolsos, e observo o carro se afastar do meio-fio, ignorando o repórter que permanece ao meu redor.

Nenhuma parte dentro de mim desejava que esta noite terminasse diferente, porque os meus pensamentos já estão voltando para Violet. Onde estaria ela?

A melhor pergunta: qual seria o lugar onde ela pensaria que eu não a encontraria?

Penso nisso e começo a andar. Desabotoo o colarinho da camisa e estalo o pescoço. Já consigo ver *Crown Point* na minha mente e começo a juntar mais daquilo que sei sobre a Violet. A antecipação triunfa sobre a minha pele. Estou ansioso para começar a caçada.

Ela ainda não sabe, mas este é o meu esporte favorito.

OBSESSÃO BRUTAL

17
VIOLET

A academia do campus fica no porão de uma das residências universitárias. Depois de me registrar, desço silenciosamente as escadas e entro no cômodo escuro. Ele tem paredes espelhadas, aparelhos de exercício e pesos.

É tão familiar quanto diferente.

Eu ignoro os pesos e sigo para o elíptico. Em teoria, ele deveria ser melhor para a minha perna. Menos impacto. Faço um rápido agradecimento ao meu corpo porque nove em cada dez vezes, pouso dos meus saltos com a perna direita. Ela sempre foi a mais forte, que me manteve em pé durante todos os exercícios e ensaios extenuantes.

Dançar de novo ainda parece um sonho. Considero isso ao subir e ligar o aparelho. Digito a minha altura e o meu peso, e, em seguida, configuro para um programa de perda de peso. Ele aumenta a carga rapidamente. Dentro de cinco minutos, estou encharcada de suor.

Arranco o moletom e coloco no aparelho ao meu lado. A camiseta gruda na pele, e os meus pulmões ardem com o pouco esforço que os fiz passar, depois de tanto tempo. Estou pronta para desistir imediatamente, mas não vou. Continuo me pressionando até as minhas coxas tremerem e eu ficar arfante a ponto de vomitar.

O tempo passa e eu cambaleio para fora do aparelho. Paro no meio do cômodo tentando recuperar o fôlego, e logo depois tomo água do bebedouro. A náusea diminui ligeiramente e, quando me endireito, levo um baita susto. Há uma pessoa oculta às sombras da entrada do porão. Recuo e encosto no espelho até ela se revelar.

É Greyson. Vestido com uma camisa de colarinho branca, a calça e a jaqueta aberta, pretas. Eu inclino a cabeça, me perguntando por que ele veio para uma academia em um porão aleatório. Vestido assim.

Então me lembro que mandei uma mensagem estúpida para ele mais cedo.

Um desafio para me encontrar.

— Como você soube onde eu estava?

Ele sorri e dá mais um passo em minha direção.

— Palpite de sorte.

Estremeço, mas ele não para. Chega perto de mim e se inclina. Passa a língua na minha têmpora, certamente para provar o meu suor. Arrepios sobem pelos meus braços.

— O negócio é o seguinte — diz ele, baixinho. — Gostei de encontrar você, mas foi fácil demais.

— Fácil demais — repito com a voz fraca. — Você me encontrou no porão de um dormitório onde não moro…

— Você vai correr. — Ele ergue os braços e me prende, contrariando a sua ordem. — Correr e não me deixar te pegar. Porque em qualquer lugar que eu te *achar*, vou arrancar a sua calça e te foder até gozar dentro da sua boceta. Pode ser em público, na frente da sua melhor amiga, da porra da sua equipe de dança, ou do seu precioso ex… não dou a mínima.

Minha boca escancara.

— Eu não…

— Se quiser que eu pare, você diz *pare*. Qualquer outra palavra não me importa. Se eu te pegar, vou te foder. — Ele arrasta um dedo por entre os meus seios. — O tanto que você lutar vai definir se pode gozar ou não. Mas entenda, Violet. Serei sempre o monstro que vai te caçar. Estarei sempre atrás de você… aonde quer que vá.

Ah, que ótimo.

— E se eu não correr? — Levanto o queixo. — Se eu ficar?

O dedo que ele passou pelo meu peito agora segura a bainha da minha camiseta. Ele a enrola no punho e me puxa para mais perto. Seu olhar se transforma em gelo.

— Você pode arriscar…

O meu corpo tensiona, e a mente vai imediatamente para o vídeo que ele possui. A porra da chantagem. Ele não fala nem insinua, mas não sou idiota. Também tenho uma boa imaginação. Existem outras maneiras de ele se vingar de mim.

Isso não deveria soar como se eu tivesse interessada, mas as batidas aceleradas do meu coração desmentem o meu nervosismo. O fato de eu não gritar *pare* agora e dar um fim nessa situação, significa que perdi oficialmente a cabeça.

OBSESSÃO BRUTAL

Correr parece a melhor escolha. Eu e ele sabemos disso.

Ele dá um passo para trás, abaixando os braços, e eu corro. É uma decisão instantânea. Lutar ou fugir. Correr ou... alguma coisa pior. *Esse vídeo não vai ser divulgado nem a pau.*

Deixo o meu moletom para trás e subo as escadas, irrompendo pelas portas. Eu levo meio segundo para escolher uma direção, mesmo com a garota do balcão gritando a respeito da minha carteira de estudante. A ameaça de me foder, onde quer que ele me encontre, soa nos meus ouvidos. Não posso me limitar às vias públicas — não quando ele, com certeza, está ávido por me capturar.

A floresta.

Olho para trás e o vejo sair pela porta. Sem pressa. Nem um pouco preocupado. Cada centímetro da sua aparência compõe um predador, e eu estou me transformando em uma presa assustada. Greyson diz alguma coisa para a garota do atendimento, e ela lhe entrega a minha carteirinha. Ele continua movimentando os lábios e o sorriso está no lugar, mas o vidro me impede de ouvir as mentiras que conta para ela.

Ele volta o olhar para mim, e sua expressão lasciva me faz ofegar. Eu poderia entrar em combustão instantânea ali mesmo, só pela intensidade do olhar. Mas ele também contém mais malícia do que eu esperava, e isso me obriga a agir.

Saio em disparada, me afastando do campus. Não quero que ele me encontre, talvez consiga enganá-lo em uma das muitas trilhas que serpenteiam pelo parque, que fica a um quarteirão de distância. É paralelo ao meu bairro, por isso, se eu for longe o suficiente, posso passar por ele e trancar Greyson do lado de fora do meu apartamento.

Minha respiração sai em arquejos irregulares no momento que chego ao início da trilha. Não é nada mais do que uma abertura entre uma cerca de dois postes, mas o caminho coberto por lascas de madeira é fácil de ver. Atrás de mim, o meu predador acelera o ritmo. Seus passos firmes ecoam no pavimento — e então o barulho diminui. Ele alcançou a trilha.

Eu me vejo envolta pela floresta, onde o ar é mais frio. Ela é iluminada por lâmpadas em postes intercalados, que emitem luz suficiente apenas para clarear um pequeno círculo em torno de cada um. Nem sequer alcança a escuridão dos arredores.

O meu medo aumenta e a adrenalina flui com força. Eu deveria estar apavorada, porque sei do que Greyson é capaz. Acelero o passo, mas não vou ganhar esta corrida. Ele está em boa forma. É alto. Forte.

S. MASSERY

Ele se aproxima. Implacavelmente mais perto.

Thump, thump, thump.

Não sei dizer se o que ouço são os meus batimentos cardíacos ou os passos dele.

Só sinto que é pior do que quando entrei no vestiário, em que não percebi se ele estava falando sério. Não sei qual versão dele vou ter quando me apanhar.

Desvio do caminho e caio entre dois arbustos. Os longos ramos se agarram à minha roupa e ao meu cabelo, e os galhos caídos estalam sob os meus tênis. Eu me obrigo a ser mais rápida, enredando por entre as árvores. Se não conseguir ultrapassar, talvez consiga despistar.

Mas isso também é falso. Ele me ataca do nada, e nós dois caímos no chão. Minhas mãos deslizam pela sujeira e pelas folhas pontiagudas dos pinheiros. O impacto da queda faz os meus dentes estalarem. Cravo as unhas na terra, tentando encontrar um ponto de apoio, mas ele agarra a minha nuca e empurra a minha cabeça para baixo, esfregando minha bochecha na sujeira. O cheiro de terra preenche o meu nariz.

Eu me debato, ainda tentando me libertar, quando algo pesado pressiona a parte inferior das minhas costas.

Eu sufoco um suspiro.

Greyson puxa a minha calça para baixo. Escorregadia de suor, recolho pedaços de folhas e agulhas enquanto me contorço no chão. Ele prende as minhas pernas, e o som da abertura do seu zíper é a minha ruína.

Ele vai foder a minha bunda.

Eu grito, tentando me virar a todo custo. Ele grunhe e enfia os dedos no meu cabelo, levanta a minha cabeça a empurra de volta.

Estrelas explodem na minha frente, brilhando na escuridão. O barulho na minha garganta se transforma em um pequeno grito, e o meu peito arqueja. No mesmo momento que sou surpreendida pela violência — não sou mais. Calor atravessa o meu corpo, fogo se acumula sob a pele e por entre as pernas.

Eu posso falar 'pare'.

Tento me mexer, abrindo e fechando a boca. Não quero dizer — ainda não. Estou agindo apenas por adrenalina e instinto.

Ele passa o dedo pela minha umidade, me deixando mais do que chocada. Sua risada gutural é o único aviso antes de ele agarrar os meus quadris, puxá-los ligeiramente para cima, e arremeter para dentro de mim.

OBSESSÃO BRUTAL

Não na minha bunda — *graças a Deus*. As coxas dele sustentam as minhas, me forçando a manter as pernas juntas.

A fricção que ele causa ao deslizar dentro de mim é demais, e eu gemo. Puta merda, não deveria querer isso. Tento me impulsionar para cima, mas ele pega os meus pulsos e prende às minhas costas. Torce um dos meus braços para cima e eu me vejo grudada de novo no chão. A dor começa a pulsar no meu ombro.

Mas então ele se move mais rápido e atinge um ponto dentro de mim, me penetrando como um animal selvagem.

Fomos reduzidos a isso — animais fodendo na floresta.

Eu me jogo para o lado, fazendo-o perder o equilíbrio, e fico livre tempo suficiente para disparar. A calça ao redor dos joelhos não me permite tanta agilidade e, em um piscar de olhos, Greyson está em cima de mim.

Com os dedos emaranhados no meu cabelo, ele puxa a minha cabeça para trás. Eu esmurro o seu peito, e ele me leva adiante, até me imprensar contra uma árvore. A casca áspera arranha a minha bochecha, a garganta, o peito. E então ele puxa os meus quadris de novo. Eu me agarro com força ao tronco para não cair. A minha pele queima.

Fecho os olhos quando o prazer e a dor irrompem e se misturam, até eu não saber qual é qual. Ele resmunga, não se preocupando em tocar o meu clitóris ou tentar me dar prazer. O orgasmo se avoluma lentamente a cada estocada do seu pau no meu ponto G, mas não é suficiente para me fazer gozar.

Ele estoca com energia renovada, e paralisa dentro de mim. Geme e se inclina para a frente. Encosta a testa no meu ombro.

Sem uma palavra, ele se afasta.

Imediatamente, sinto a umidade entre as minhas pernas. Ele gozou dentro de mim sem preservativo.

Outra vez.

Agradeço rapidamente à minha mãe, que me obrigou a tomar anticoncepcional quando completei dezessete anos. Ela não queria nenhum neto. Disse que eu ainda era uma criança, e acabaria sobrando para ela criar.

Os nós dos dedos de Greyson passam pelo meu queixo quando finalmente me levanto. A sua expressão perdeu a malícia e a raiva, e quero perguntar qual significado esta noite tem para ele. Parece que não tem muito a ver comigo.

Talvez apenas um pouco.

Ele puxa a minha calça, ajeitando o cós no lugar e se inclina para a frente. Não espero que me beije, mas é o que ele faz. Os seus lábios tocam os meus com rapidez e suavidade, e ele recua.

Um agradecimento silencioso? Será que ele sabe como dizer 'obrigado'? Eu aposto que não. O menino rico provavelmente nunca pronunciou essa palavra — nem *por favor* — na vida dele. Por causa da sua personalidade, a princípio, e também porque ele é um idiota.

Acho que as duas situações são similares.

— Você entendeu? — Ele passa os polegares ao longo dos meus quadris, bem em cima do cós da calça. — Deu para compreender melhor agora?

Acho que sim. A raiva dentro dele precisa de uma válvula de escape.

Os meus dentes estão batendo. Ele estreita os olhos e parece que só agora, percebeu que estamos em meados de janeiro. Pega o casaco do chão e guia os meus braços pelas mangas. Ele tem o cuidado de subir o zíper, demorando mais na altura dos meus seios. Deve tê-lo tirado antes. Sou rodeada pelo cheiro de terra e de outra especiaria que associo a Greyson. E por *calor*. Aqui estava eu, correndo pela floresta usando camiseta e *legging* molhadas de suor, como uma idiota.

A proximidade de Greyson inspira decisões estúpidas.

— Obrigada — sussurro.

Observo os braços dele através da camisa. Os músculos sobressaem contra o tecido branco. Eu resisto ao impulso de me aproximar e tocá-lo.

Ele solta um grunhido. Sua mão permanece pressionada entre as minhas escápulas, e ele me conduz para fora da floresta. Permito que me conduza vigorosamente até a esquina da minha rua, e depois o afasto.

— Até aqui está bom.

Ele semicerra os olhos e acena com a cabeça.

— Vá em frente, então.

Abaixo o zíper para devolver o casaco, mas ele me impede. Um sinal claro de que quer que eu fique com ele, pelo menos por agora.

Balanço a cabeça ligeiramente e me afasto.

— Ah, e Violet?

Olho para trás.

— Nem pense em se masturbar para gozar.

O meu rosto esquenta e eu engulo em seco. Eu me viro sem responder. Aumento ainda mais a distância entre nós, esperando que finalmente consiga respirar a cada passo dado.

OBSESSÃO BRUTAL

Alerta de *spoiler*: não dá certo.

O olhar dele permanece em mim até eu chegar no meu apartamento.

Assim que entro, perco a compostura. Um imenso nó se forma na minha garganta e os meus olhos se enchem de lágrimas. Solto um soluço tosco, rompendo o silêncio.

Pressiono as costas da mão na boca, tentando conter o ruído, mas é inútil. A minha perna está ardendo, uma dor latejando que circula da tíbia ao quadril. Eu massageio a coxa com desespero e sigo para o meu quarto.

A porta de Willow está fechada e a luz apagada.

É tarde — inventei uma desculpa para estudar na biblioteca e para ela não me esperar, então deve estar dormindo. Posso mentir e dizer a mim mesma que não sei o que estou fazendo, nem por quê. Mas estou com medo de ela tentar me convencer a não voltar a dançar.

Tenho um vislumbre do meu reflexo no espelho. O cabelo está um caos total. As roupas também. E Greyson está com a minha carteira de estudante. Eu praguejo, acendo a luz e vasculho os bolsos do casaco. Com certeza, o meu cartão está escondido com segurança no esquerdo.

Tiro o casaco e o coloco no encosto da minha cadeira. O telefone ainda está conectado ao carregador em cima da mesa de cabeceira, porque eu não queria que Willow acordasse e rastreasse a minha localização.

Está vendo? Comportamento de uma pessoa totalmente culpada.

Expiro fundo e ligo o chuveiro. Os meus braços e as minhas roupas estão imundos. A grama e as folhagens dos pinheiros onde rolamos parece ter voltado para casa comigo também.

Tirar a roupa é um processo lento. Outra pontada de dor atinge a minha perna esquerda quando tento me equilibrar nela. Então apoio a maior parte do peso no balcão, para tirar a *legging*. Eu toco o meu clitóris timidamente e a sensação me faz suspirar. Ele não me fez gozar — não quis, pelo que me pareceu.

Eu considero continuar e me fazer chegar lá… porém o aviso dele soa na minha cabeça. E por mais doloroso que seja, afasto a mão. Fico sem fôlego e com tesão. Depois, tomo o meu banho e tento apagar o que aconteceu esta noite.

18

VIOLET

Acordo com o telefone vibrando perto do meu rosto. Levanto a cabeça do travesseiro e vejo o nome da minha mãe na tela. O choque meio que me desperta, e eu deslizo a tela para atender.

— Ah, então você está viva. — A minha voz está rouca e áspera. Já passou da hora de verificar sobre Mia Germain, não é do feitio dela conter a curiosidade.

Bem, suponho que seja a forma como age hoje em dia. Eu só não conhecia ainda essa nova versão dela. Mas o que importa é que está ligando agora, certo?

— Você assinou um NDA — a minha mãe sibila. — Em que porra estava pensando?

Eu me afasto do telefone. Não é bem a reação que esperava.

— Humm... — Eu me esforço para entender. Será que Greyson divulgou o vídeo? Pensei que fosse chantagem... e que eu tinha feito o que ele queria. Pânico me domina em uma onda gélida, e afasto a coberta das minhas pernas. A cicatriz na canela se destaca em alto relevo contra a pele pálida. — Pode me atualizar?

— O *Times*. Olha na porra do *Times*. — Ela geme. — Oh, nossas vidas acabaram. Como pôde fazer isso conosco?

Eu não respondo, colocando no viva-voz enquanto pego o laptop e digito o site do jornal (é uma empresa de *Crown Point*) que tem impresso e digital. Acho que a minha mãe só abre os e-mails deles no caso de eu ter feito algo impressionante o suficiente para justificar uma captura de tela — ou, pior, para ela procurar uma cópia impressa e recortar cuidadosamente o artigo ou foto que me mencionou.

Isso foi há uma eternidade, no entanto.

Agora, é a imagem de Greyson que estampa a primeira página.

Rolo a tela, com o coração na garganta. A manchete diz: *O astro de hóquei em ascensão da Universidade de Crown Point tem um passado tórrido.*

Não consigo respirar. Mamãe ainda está falando sobre como eu nos arruinei, e que eles virão atrás de mim e dela. Eu a ignoro e leio o artigo. Ele apresenta uma acusação sem provas reais: diz que Greyson se envolveu em um acidente, dirigindo embriagado, e tudo foi varrido para debaixo do tapete.

— Eu não fiz isso — digo, fracamente.

— Claro que não! — grita a minha mãe. — É exatamente isso que vamos dizer.

A matéria continua narrando o que aconteceu comigo. Encontraram uma foto minha, do lado de fora do hospital e usando bota ortopédica. Uma que postei no meu Instagram, se não me engano.

Um arrepio passa por mim. Será que eles me investigaram? Será que só olharam as minhas redes sociais ou tentaram entrar em contato comigo? Parece que ninguém queria uma declaração. Não tenho nenhuma chamada perdida, nem e-mail...

Mais abaixo, há uma foto de Greyson no gelo com a sua camisa da UCP, patinando ao lado do muro. A sua expressão é séria. O escritor continua dizendo que tudo está bem em *Crown Point*, com suas transgressões passadas aparentemente varridas para debaixo do tapete.

Então, menciona nós dois. Eu e ele. Há uma foto nossa, com Steele desfocado ao fundo. No apartamento dele? Quem tirou essa foto?

Eu olho para as palavras na minha tela, que ficam borradas depois de um minuto.

VIOLET E GREYSON PARECEM NÃO TER PROBLEMAS EM SEGUIR EM FRENTE. TALVEZ CONCORDEM QUE A DESTRUIÇÃO MÚTUA É O CAMINHO A SER PERCORRIDO. DE QUALQUER FORMA, OS CIDADÃOS DE *CROWN POINT* DEVEM SABER POR QUEM ESTÃO TORCENDO QUANDO GREYSON DEVEREUX PISA NO GELO TODO FIM DE SEMANA.

— Você ainda está aí?

Eu me encolho.

— Sim.

— Tudo bem?

— Humm, desculpe, eu não... — Pigarreio de leve. — Eu não estou entendendo. Não tem nenhuma prova aqui de que falei alguma coisa... porque eu não disse.

Minha mãe zomba:

— Claro que não. Eu disse para não falar com ninguém. Isto é difamação, e vou contatar o jornal agora mesmo. É absolutamente ridículo. Para começar, esta matéria tinha que estar aprovada antes de ser impressa.

Meu estômago revira.

— Houve impressão?

— Notícia de primeira página — diz ela, seu tom transmitindo o desgosto contínuo.

Meu Deus.

Ele vai me matar. Vai divulgar o vídeo (que já prova que quebrei o acordo de NDA) e concluir com este artigo, depois vai entregar ambos para o pai dele. E então estarei bem e verdadeiramente fodida.

— Me mantenha informada. — Aperto a tecla para encerrar a chamada, sem me preocupar em dizer adeus.

Não sei se ela vai entrar em contato com eles ou não. Simples assim. E até lá, não vou ser vista em público. Sem chance. Posso me dar ao luxo de perder as minhas aulas de segunda-feira exatamente duas vezes antes de ficar para trás.

Já consigo imaginar o quanto Greyson vai se irritar e qual será a retaliação. O que já era um jogo para ele, está ficando pior. As apostas estão cada vez mais altas, e receio não gostar de até onde ele vai levar.

A bola está no campo dele… ou será que…?

E se eu agir primeiro, pela primeira vez na vida? E se eu esclarecer as coisas e fazê-lo entender que não tive nada a ver com isso?

Antes de perder a coragem, envio um texto.

> Eu: Não fui eu. Eu juro.

Ele responde um segundo depois.

> Greyson: Eu sei.

Eu entrecerro os olhos. Ele sabe?

Willow irrompe no meu quarto, com o telefone na mão.

— Violet…

Pego meu laptop, abro no meu colo e fecho a cara.

OBSESSÃO BRUTAL

— Recebi um telefonema da minha querida mamãe, me acusando de quebrar o contrato de confidencialidade.

Ela suspira e se senta ao meu lado.

— Não foi você.

— Eu sei. — Semicerro os olhos. — Mas alguém obviamente descobriu.

Ela recua.

— Acha que eu tive algo a ver com isso?

Meu Deus. Agarro a mão dela para impedir que vá longe demais.

— Caramba, não. Garota, tenho absoluta confiança em você. Mas me pergunto se Greyson falou alguma coisa para mais alguém.

Alívio flui pela sua expressão, rapidamente atormentada pela incerteza.

— Duvido. O objetivo era fingir que nada tinha acontecido, certo?

— Sem chance — murmuro.

Willow verifica o telefone novamente.

— Espere.

— O quê?

— Captura a tela da página — ela ordena. — Acho que eles acabaram de retirar.

Eu faço, me certificando de conseguir a manchete e todas as imagens. Atualizo a página e vejo que o título foi substituído. Um shopping abandonado que seria convertido em um parque coberto para cães, ainda este ano. Eu digito o nome de Greyson na barra de pesquisas e recebo uma mensagem de erro.

Encontro o olhar de Willow.

— Acha que quantas pessoas viram?

Ela estremece.

— Eu encontrei porque a manchete e a primeira imagem estavam na minha caixa de entrada.

Merda. Porra.

Sem dúvida vai gerar questionamento, independentemente de as pessoas terem lido a matéria toda ou não. Na verdade... pelo menos me inocentou. Eu não sou mencionada até a segunda parte. Mas Greyson?

— O pai dele esteve na cidade ontem à noite — diz ela.

Eu pauso.

— O quê?

— O pai dele. O senador. Eles foram fotografados jantando juntos, se abraçando, o pacote completo. A mídia social do senador estava fazendo um alvoroço a respeito da visita dele a *Crown Point* para se encontrar com o prefeito e o presidente da UCP.

— Protegendo o seu investimento. Ele não vai voltar para algum evento de caridade no próximo mês também?

Willow resmunga a sua afirmação. Paris mencionou, se gabando de como seus pais virão especificamente para isso.

Ando de um lado para o outro ao redor da minha cama.

— Certo, então este artigo pode ter sido planejado por um tempo, ou ser uma resolução de última hora. Tudo o que sabemos é que eu não disse nada, e também não imagino que Greyson tenha falado. Obviamente.

— Em um momento suspeito, com certeza.

Mordo o lábio inferior e penso em tudo o que aconteceu neste semestre. Parece que tudo está se desfazendo. Não apenas a faculdade, a minha vida também.

— Você acha que isso tem a ver com o arrombamento?

O rosto dela se ilumina e depois esmorece.

— E se tiver? De qualquer forma é sinistro pra caralho.

Eu franzo o cenho e pego o meu telefone novamente. Abro a foto que tirei da minha parede de quadros como prova. A palavra prostituta ainda é difícil de engolir, mas eu desconsidero e dou um zoom na imagem dos quadros.

— O que você está procurando? — Willow se ajoelha e olha por cima do meu ombro. — Isso é horrível, a propósito.

— Sim. Estou verificando se havia uma fotografia minha com a minha mãe, do lado de fora do hospital. É como a que postei no Instagram, mas naquela que o jornal usou nós duas estamos franzindo a testa. — Encolho os ombros. — É só um palpite.

— Você imprimiu a que vocês franziram a testa?

Solto um muxoxo desanimado.

— Não faço ideia.

Ela ri e balança a cabeça.

— Tudo Bem, detetive Reece. Vamos apenas… quero dizer, se já foi retirado, não é ruim. Na verdade, é provável que seja bom, eles só verão a manchete e o primeiro parágrafo no e-mail e pensarão que é… não sei, publicidade de uma equipe rival ou algo do tipo. Você sabe como todos ficam competitivos quando o fim da temporada regular se aproxima.

Certo. São apenas sete horas da manhã, há uma chance de ninguém ter visto.

Contra o meu melhor julgamento, me arrumo para ir à aula com Willow. Os meus músculos doem e encontro mais de uma contusão ao me vestir. Apesar de tudo, eu não me importo com isso. Na verdade, acho que gosto da recordação. Experimento pressionar uma das contusões como Greyson provavelmente faria.

Não interessa que as marcas de mordida que ele deixou no meu pescoço e no meu peito tenham apenas começado a desaparecer.

O homem é possessivo com um *P* maiúsculo.

De qualquer forma, vamos para a aula e tudo corre bem na primeira parte do dia. Duas pessoas me perguntam sobre o assunto, mas finjo não entender e elas deixam para lá.

No almoço, Paris marcha até onde estou, com uma carranca que estraga o seu rosto. Está horrível — com a maquiagem carregada de sempre, porém borrada. Ela precisa de um retoque de brilho labial, e o seu cabelo foi preso às pressas em um rabo de cavalo alto.

Nada mal, mas não é o estilo dela.

Pista número um de que ela está chateada.

Willow solta um ruído do fundo da garganta.

Pista número dois? Parece que a foto de Greyson no gelo que usaram na parte de baixo do artigo, está na tela dela.

— Como ela conseguiu? — pergunto a Willow, pelo canto da boca.

Há vinte minutos, estamos na nossa mesa com Jess, Amanda e algumas outras garotas da equipe de dança.

Paris se aproxima e me fuzila com o olhar.

Tardiamente, percebo que ela tem uma bebida azul na mão.

Eu nunca a vi beber outra coisa além de água ou vodca — segundo ela, está em dieta líquida —, e eu engulo em seco.

— Sua vadia! — Paris grita, parando na cabeceira da mesa.

Então, de uma maneira muito semelhante à de Greyson, ela vira o copo em cima de mim.

O líquido azul escorre pela minha cabeça, encharcando imediatamente a camiseta branca. Está congelando — na verdade, ela colocou gelo no copo. Os cubos deslizam pelo meu cabelo e descem pela gola da blusa, atingindo o meu colo e o sutiã.

Está tão gelado que, por um momento, não consigo me mexer.

O refeitório vai de barulhento a silencioso em um instante.

Lentamente, tiro as lascas de gelo e o líquido que escorre em mim. Os únicos ruídos são os sons das pedrinhas batendo no chão.

— É óbvio que você tem um problema comigo — resmungo.

Ela caçoa:

— Eu gostaria de ter metade dessa sua coragem, de ter a ousadia e estar tão desesperada a ponto de tentar ficar com o meu namorado...

Ergo a mão antes que a minha razão assuma. A minha palma estala na bochecha dela, e a sua cabeça pende para o lado. Sinto uma puta ardência na mão, mas finjo que nada aconteceu. Não acredito que acabei de dar um tapa nela, mas estou tão irritada que não tenho tempo para arrependimento.

— Estou muito farta das suas idiotices — digo. — Agora saia da porra do meu caminho.

Paris se vira lentamente, estreitando os olhos. Consigo ler os pensamentos que passam pela sua cabeça. Está pensando em retaliação. Está imaginando qual é a pior coisa que poderia fazer comigo. Sem mais uma palavra, ela gira e volta por onde veio.

Ela se dirige ao canto mais distante da sala, onde fica a mesa de hóquei.

O meu estômago embrulha.

— Eu não os vi — diz Willow, de repente, por cima do meu ombro.

Há um farfalhar de movimento por todo o refeitório, enquanto as pessoas se deslocam para ver aonde Paris vai. Com certeza, ela foca em Greyson assim como fez comigo. Sem a bebida azul. Em vez disso, ela agarra a frente de sua camisa e choca os lábios aos dele.

Da nossa mesa, tenho a visão perfeita.

O que me vem à mente é que ele não a afasta — ele a puxa para o seu colo e a beija como deveria ter me beijado ontem à noite. Suas bocas se fundem e ele a domina. É evidente pela forma que segura a bunda e o braço dela e na maneira que ela cede, mesmo estando por cima dele.

Eu vou passar mal.

— Violet...

— Não — sussurro.

Tenho duas opções. Fugir ou sair com a cabeça erguida. Sempre com a dignidade, levo o meu tempo para pegar o meu casaco e jogar sobre os ombros, em cima da camiseta molhada. Puxo o cabelo por cima do colarinho, ignorando a maneira que o líquido ainda escorre pelas minhas costas.

Eu tento pegar a minha bandeja, mas Amanda estende a mão e segura o meu pulso.

— Deixa com a gente — diz ela.

Levanto o olhar outra vez. Essa é a pior parte. Na verdade, olho para Greyson e Paris que ainda estão agarrados.

OBSESSÃO BRUTAL

135

Mas os olhos dele não estão fechados e nem estão sobre ela. Ele me observa pelo canto do olho. Não nos comunicamos. Não é como nos filmes que eu poderia saber o que diabos ele está pensando através do seu olhar, do outro lado da sala enquanto ele fica com outra garota.

Não, caralho.

Só posso demonstrar a minha raiva.

Isso ainda não acabou. Pensei que estava fazendo a coisa certa ao falar para ele que não fiz parte daquilo. Sou continuamente empurrada para a sujeira por ele, mais e mais e mais.

Essa porra acabou. Esta foi a gota d'agua que transbordou o copo.

Não vou ser aquela pessoa que cede à pressão. Nem fodendo. Nas circunstâncias certas, a pressão pode transformar carvão em diamante — e é exatamente o que vou me tornar.

Mais resistente do que ele poderia imaginar. Mais forte também.

Dou uma última olhada para Willow e peço desculpas. O meu celular está seguro no bolso do meu casaco e eu respiro fundo. Ninguém faz barulho enquanto sigo em direção à saída.

Não sei se conseguem sentir a minha energia. Como deixei acontecer, e embora passe muito longe de ser bom, e não seja engraçado... eu posso lidar com isso.

Mas então alguém bate palmas. Eu me pergunto se é Willow, enfurecida com Greyson, e tentando me defender como pode. No entanto, é contagioso. Todo o refeitório assistiu a um espetáculo inesperado, e agora me escolheu sobre ele.

Eles acenam para mim.

Eu aceno em resposta.

Mais Palmas. Elas me seguem até eu passar pela porta. Não é todo mundo, é claro. Não são as pessoas que, por alguma razão louca, pensam que estou entre Greyson e Paris, ou Greyson e o hóquei. O apoio dessas pessoas me pegou totalmente de surpresa. Ele é o figurão, é quem vai ganhar o campeonato de hóquei para a faculdade.

Mas sou eu quem está aqui há mais tempo.

Talvez isso importe para alguns deles.

E é só quando estou do lado de fora que me permito desmoronar.

19

GREYSON

Entro no escritório do técnico de hóquei com Knox atrás de mim. Avisto o jornal dobrado no canto da mesa do treinador Roake. A imagem do meu rosto está amassada na página e os meus olhos ficam mais escuros no papel fino. O técnico está reclinado com os braços cruzados atrás da cabeça, sua expressão totalmente estoica.

— Sente-se — ele ordena.

Knox, como capitão, assumiu a responsabilidade de vir comigo. Mas ele deve ter visto alguma coisa na expressão do nosso técnico que eu não notei, porque hesita na porta.

Pego a cadeira e giro, erguendo a sobrancelha para Knox. Gesticulo com o queixo e ele dá um passo para trás, fechando a porta ao sair. Quando viro para a frente outra vez, Roake não se mexeu.

— Falei com o seu antigo treinador — diz ele.

Sinto um aperto no peito, mas tento não alterar a expressão. Até agora, nos demos bem. Não sou de encher o saco de quem tem utilidade para mim. Mantenho as coisas tranquilas com o meu pai, com a administração da faculdade, com o homem sentado à minha frente... Todos podem fazer algo por mim.

Todos são relevantes para o meu sucesso.

Mas agora, me pergunto se cometi um erro. Se deveria ter me aproximado mais dele, ao invés de deixar o meu talento abrir o caminho. Cativá-lo com o encanto que me transborda.

Ele suspira e baixa os braços, apoiando-os na mesa.

— O de Brickell *e* o do ensino médio — esclarece.

Merda.

— E? — Cerro os punhos, apertando com força. Poucas coisas me interessam, mas o hóquei absolutamente é uma delas. Além disso, não faço ideia do que poderia ter dito o treinador Marzden, da Emery-Rose Elite. Pode ter cantado os meus louvores ... ou me puxado o tapete. Ele é um cara inconstante.

Mas o meu treinador de *Brickell*? Típico idiota. Principalmente porque não houve acusações, e eu fui dispensado por causa de uma matéria de jornal. Ele culpou a administração em geral, mas sei que não devo acreditar. Ele preferia uma equipe imaculada. Os jogadores eram anjos e tinham os registros limpos, e lá estava eu — acusado de dirigir embriagado —, preocupado com a possibilidade de ser preso por conduta imprudente.

Uma súbita manifestação de medo me faz perceber que esse assunto também poderia seguir nessa direção.

E então, onde eu estaria?

Roake suspira.

— Me deixe acabar com o seu desespero.

— Por favor. — Eu me sento e me preparo para o pior.

— Isso é uma vergonha. — Ele pega o jornal e atira para mim.

Não faço menção de pegar a porcaria. O jornal bate no meu peito e cai no meu colo. Ignoro por completo a imagem do meu rosto distorcido na matéria. O artigo foi retirado do ar e as impressões foram recolhidas. Mas isso não ajudou em nada com relação às pessoas que já haviam recebido cópias.

E, obviamente, jornais impressos não estão extintos ainda.

— Você vai me expulsar do time. — Eu me levanto e falo antes que ele tenha a chance: — Eu entendo. Este tipo de publicidade...

— Senta essa bunda de novo na cadeira, porra — dispara o treinador. — Não estou te expulsando do time. Mas este tipo de assunto não pode passar despercebido. Estão te acusando de muitas coisas. A sua *única* salvação é que é um artigo de opinião que o jornal decidiu jogar na cara de todo mundo.

Eu mudo de posição.

— Isso é...

— E essa garota, Violet. Ela está envolvida?

— Se ela disser que está, é mentira. — Encolho os ombros. — Para ser sincero, não sei onde a encontraram. E eles superestimaram o nosso relacionamento.

— Como é a relação de vocês? — Roake estreita os olhos.

— Dormi com ela uma vez. — Balanço a cabeça, me fazendo de coitado. — Talvez ela tenha conversado com o jornalista que veio especular, ou pode ser que eles tenham pagado para ela. Eu não sei.

Se continuar falando isso, vou acabar acreditando. Há uma pequena parte de mim que *realmente* acredita que Violet faria algo assim. Que ela iria ao extremo para se vingar. A outra parte sabe que ela está tão envolvida quanto eu.

Mas a minha raiva ainda não diminuiu.

Foi por isso que deixei Paris me beijar no refeitório. Porque os meus sentimentos estão feridos, e magoá-la alivia um pouco. Como apertar uma contusão até ela gritar, insultar ou lembrá-la de que nunca mais vai dançar.

— Bem, talvez essa seja a nossa solução — diz o meu treinador lentamente, medindo as palavras.

Eu me endireito.

— Qual?

Ele me encara.

— Acredito que você saiba que seu pai me ligou. Disse que não criticaria se você fosse dispensado. Mas, para mim, isso vai dar a entender que é culpado. Você é?

— Não. — Outra mentira.

Elas estão se acumulando, mas por que me importaria? É mentir e ficar aqui, ou falar a verdade e recomeçar em uma nova faculdade. A sinceridade não vai me levar para a NHL. A *verdade* nunca fez nada por mim.

— Certo. — Roake acena com a cabeça. — Você vai se encontrar com o relações públicas do time de hóquei e fazer uma declaração. Quero isso resolvido.

O alívio me domina. Ele não vai me forçar a sair.

— Feito.

— E também precisaremos de uma declaração de Violet. Apenas para cobrir as nossas bases.

Então, me pergunto como vou fazer isso acontecer. Ela pode mentir para um assessor de imprensa? Será que ela colaboraria? Isso não faz parte do NDA. Isso não faz parte de nada, a não ser, *quem sabe*, da sua bondade.

Mas — sejamos honestos. Depois da minha proeza com Paris?

É provável que não.

— Obrigado, treinador.

— De nada. Agora se manda, tenho trabalho a fazer.

Finalmente, pego o jornal e coloco debaixo do braço. Considero formas de manipular Violet para cumprir as minhas ordens, e dizer o que quero que ela diga.

Pressão. Como levantar o braço atrás das costas, torcer o ombro e fazê-la se contorcer do jeito que eu quiser.

Desse jeito… só que pior.

OBSESSÃO BRUTAL

20

VIOLET

Todos os dias, continuo com os estratagemas da minha rotina. Vou para a aula. Faço minhas refeições com Willow e algumas outras garotas da equipe de dança — aquelas que ficaram do meu lado desde que Paris declarou guerra. Estudo na biblioteca, vejo filmes no sofá à noite. Evito perguntas sobre a matéria, fazendo o meu melhor para ignorar os olhares acusadores.

Um dia, Willow chamou a minha atenção para o fato de alguém ter feito cópias do jornal e publicado em um blog. Todos queriam saber o que eu e Greyson fazíamos juntos e me culparam pela campanha difamatória.

Como uma coisa dessas é possível?

Como eles veem apenas uma foto de nós dois juntos, nem mesmo *junto*-junto, e me culpam pelas ações dele?

Não podem culpar o astro do hóquei deles. Não quando ele vai ajudar a equipe a ganhar um campeonato…

Não importa que tenham ficado do meu lado depois do incidente no refeitório. Parece que também não importa que não haja provas concretas contra mim. O que Greyson quer, Greyson consegue.

Ele fez com que a faculdade inteira me detestasse.

Faz dias que não o vejo.

Nem falo com Paris. Ela esteve ausente do campus, almoçando ou jantando no que acredito que são suas horas de folga. Não é para me evitar, provavelmente, mas para planejar o seu próximo ataque. Ela sempre guardou rancores. Já presenciei as suas investidas em outras pessoas, mas não pensei que fosse acontecer comigo.

Depois que Willow dorme, eu me esgueiro para uma academia local. A mensalidade não é muito cara, e é melhor do que, eventualmente, repetir o acontecimento no porão da UCP. Esgueirar também me dá a capacidade de não precisar dar explicação.

Uma semana passa. Minha perna dói constantemente, mas não por causa dos músculos. Não posso fazer nada a respeito da dor nos nervos. Ainda assim, me forço a acreditar que ela possa passar. Mente à frente do corpo.

Hoje é quarta-feira.

Coloco gelo na banheira. Willow está na aula e o meu corpo grita comigo. Músculos que esqueci que existiam resolveram aparecer agora. Assim que a banheira enche, programo um timer de cinco minutos e entro.

A água está fria o suficiente para tirar o meu fôlego.

Aperto a borda da banheira vitoriana e solto logo depois, enfiando os braços sob a água. Eu me afundo até o queixo quase tocar a superfície. Levo alguns segundos para normalizar a respiração.

— Relaxe — murmuro.

Fecho os olhos e me lembro porque estou fazendo isto.

É uma espécie de direcionamento pessoal, porque passei os últimos seis meses me convencendo de que o meu futuro seria diferente do que sempre sonhei. Mas, de repente, alguém voltou a jogá-lo no meu colo e estou desesperada. Eu quero agarrar essa chance. Quero segurar no peito e defender com todas as fibras do meu ser.

Dançar é a minha vida. Uma perna quebrada não poderia mudar isso.

O meu telefone toca, o timer dispara. Estendo a mão e toco cegamente na tela até o barulho cessar. Mas não estou disposta a desistir. Respiro profundamente e mergulho. Pedaços de gelo batem no meu rosto e solto um pequeno fluxo de bolhas.

Como bailarina, me acostumei com alguns níveis de dor. Não quero me deixar amolecer. Com esse pensamento em mente, permaneço submersa até os meus pulmões estarem a ponto de explodir.

Eu levanto a cabeça e respiro fundo. O meu cabelo gruda no rosto e os dedos estão dormentes, inclusive os dos pés. Ergo o corpo para fora da água.

A minha pele está rosada e formigando por todo lado. Tremendo de frio, tiro o tampo da banheira e observo o pequeno redemoinho sobre o ralo. Saio e pego uma toalha grossa, e quando ouço o celular tocar duas vezes seguidas, franzo o cenho.

A lista de pessoas que têm o meu novo número é pequena. Desde que o alterei, tomei a decisão de limitar quem teria acesso. Willow, claro, e a minha mãe. Greyson — contra a vontade — e parte da equipe de dança.

A primeira mensagem é de Greyson. Eu a ignoro em favor da segunda.

OBSESSÃO BRUTAL

> Mia: O Dr. Michaels pode nos atender na sexta-feira às 16h30.

Na sequência, ela envia o endereço dele de Vermont.

Certo. Agora eu só preciso *ir* para Vermont. Checo no mapa e vejo que fica a apenas duas horas de distância. Não é tão terrível — pelo menos ela não vai me fazer voar pelo país. Minha mãe com certeza descobriria.

Envio um emoji de 'joinha' e depois começo a falar com Willow, enviando o print da conversa com Mia, seguida pelo emoji de cabeça explodindo.

> Eu: Como vou chegar lá?

No passado, poderia pedir um carro emprestado... ou ter que chamar a minha mãe para me levar.

Os pequenos pontos que indicam que Willow está digitando aparecem e desaparecem. Então, de novo. Eu os encaro, mordendo o lábio, até a mensagem chegar.

> Willow: Tenho uma solução…, mas você não vai gostar.

Aaah.

Quando ela chega em casa uma hora depois, sua expressão é tímida.

— Já cuidei de tudo. — Também está com as mãos atrás das costas, o que é... estranho. Ela passa por mim indo para a cozinha e sorri. — Viu? Está tudo bem.

Eu a observo com desconfiança.

— Você arranjou um jeito de me levar para Vermont?

Ela revira os olhos.

— Você estava com a cabeça enfiada na areia. Adivinha quem vai viajar para Vermont para jogar na sexta à noite?

Ai, que merda.

— Não. — Dou um passo para trás na mesma hora. — De jeito nenhum.

Ela mostra o que está segurando. *Sim*, dois ingressos para o jogo de fora.

— É a única maneira de conseguir um quarto de hotel. E lugares no ônibus. Esta foi a melhor solução, e podemos ignorar totalmente o jogo. Mesmo que você queira ficar triste a noite toda, podemos pegar o ônibus de volta pela manhã... — Ela sorri, se iluminando. — De qualquer forma, o ônibus é basicamente um condutor designado.

Sim, certo. A única coisa que preciso mais do que um ataque de pânico é ir a um jogo fora de casa. Se Greyson tem ideias impróprias aqui, ele *definitivamente* terá ideias impróprias lá.

— Espere. — Pego um dos bilhetes examino. — Você acabou de falar em quarto de hotel? E ônibus?

— Você sabe que a faculdade gosta de ocupar toda a seção da torcida. — Ela dá de ombros. — Eu só paguei pelos ingressos. Podemos pegar um táxi para ir ao médico.

Engulo em seco.

Ela se aproxima e segura as minhas mãos.

— Vamos, Violet. Você está emburrada desde a cena de Paris e Greyson. Vou começar a me preocupar.

Não posso dizer que o mau humor é o meu corpo se rebelando contra o regime de treinamento repentino. *É apenas por mais algumas semanas.*

— Tudo bem — concordo discretamente.

— Ótimo! — Ela beija a minha bochecha. — Agora, proponho um pernoite.

Eu pisco para ela.

— Hein?

— Per. Noite. — Ela passa o braço pelo meu. — Vamos para o apartamento de Amanda. Passaram, literalmente, semanas desde que você saiu para socializar.

— É meio exagero dizer que foram semanas.

Ela faz biquinho.

— Você não ia sair no último fim de semana. Mesmo o time hóquei estando em um jogo fora.

Ela tem razão.

— Tudo bem. — Eu respiro fundo. — Preciso terminar de secar o meu cabelo.

Nós nos separamos e eu fico pensando em que diabos um pernoite implica. Tipo... uma festa do pijama? Como se ainda estivéssemos no ensino médio. Coloco a cabeça no corredor.

— Vamos passar a noite mesmo?

Willow ri.

— Sim, sua idiota. Vamos beber martinis, fazer as unhas e falar da vida de Paris e das suas companheiras.

OBSESSÃO BRUTAL

Está bem, sabe o que mais? Posso concordar com isso.

Termino de me arrumar, enfiando pijamas e artigos de higiene na minha mochila, e encontro Willow na porta da frente. Desde que o cara invadiu — até antes, quando meu quarto foi destruído pela primeira vez — o apartamento não foi o mesmo.

Todo o tempo que passo fora, sinto arrepios intensos na pele. Tanto que preciso resistir ao impulso de erguer a mochila o máximo possível para que meus ombros cubram um pouco mais os ouvidos. Willow não tem esse problema. Ela parece pronta para ir a uma pista de esqui, com chapéu de Argyle branco e rosa, jaqueta *puffer* e legging branca. As botas cor-de-rosa estão amarradas nas panturrilhas.

— Sério?

Ela sorri.

— Nunca se sabe, não é mesmo?

É justo, mas é melhor não haver homens na casa de Amanda. Ou qualquer outra pessoa além das poucas pessoas que Willow prometeu que estariam presentes.

Merda. Sinto que vou em direção a algo mais do que apenas uma festinha inocente do pijama.

Caminhamos até ao apartamento de Amanda, que fica a um quarteirão a oeste. Ela abre a porta assim que pisamos no corredor da frente, sorrindo, com um copo de vinho branco na mão. Amanda aluga metade do imóvel de uma idosa que vive ao lado, então essa é uma das ruas mais tranquilas.

Ela não costuma hospedar ninguém por esse motivo. Parte do contrato de aluguel é sobre respeitar a lei do silêncio, e acho que ela tem pavor de ser despejada. Eu não a culpo — ela tem um bom acordo.

Olho por cima do ombro e observo a rua, mas ela está sossegada.

— Vamos lá — Amanda chama, batendo os pés com meias. — Está congelando aqui.

Willow e eu corremos atrás dela, e eu paro subitamente.

Não é apenas uma *pequena* festa do pijama. Tem umas quinze garotas aqui. Reconheço apenas algumas da equipe de dança, mas não me surpreendo. Amanda faz um pouco de tudo ao redor do campus. Grêmio estudantil, clubes, trabalho em tempo parcial no gabinete do reitor. Ela conhece todos, e todos a conhecem.

Eu cutuco Willow, que apenas sorri.

— Acabamos de pedir pizza. Estou muito feliz por terem conseguido vir! — Amanda planta um beijo na minha bochecha e volta para a sala de estar.

É um cômodo de bom tamanho, mas ainda assim não há lugares suficientes. Muitas das meninas estão esparramadas no chão. Não que elas pareçam se importar com isso.

— Bebida? — Jess pergunta, vindo com dois copos vermelhos e um jarro de líquido rosa.

Willow ri.

— Que diabos é isso?

— Suco Jungle. — Ela se inclina e abaixa a voz. — Acho que a locatária saiu da cidade por uma semana, então Amanda está aproveitando ao máximo. Sem lei do silêncio esta noite!

As outras meninas gritam e aplaudem na mesma hora.

Estendo a mão para um dos copos e Willow pega o outro. Jess nos serve uma boa quantidade, e não penso antes de tomar um grande gole. O sabor é frutado, com toque cítrico. Tira completamente o gosto do álcool.

Calor se espalha por todo o meu corpo.

Jess bufa e reabastece o meu copo.

— Para um bom começo.

— Você esteve muito ausente — diz outra garota.

Volto a atenção para o grupo. Aquela que falou é uma veterana da equipe de dança. Acho que o nome dela é Michelle?

Eu mudo de posição, de repente desconfortável em ser o centro das atenções.

Não deveria estar. Cresci e fui criada dessa forma. Mas de alguma forma, o conflito com Greyson me deixou mais desgastada. Conheci a agonia de ser posta à prova e de não conseguir aprovação.

Foi isso que aconteceu? Não passei no teste dele?

As minhas bochechas ardem.

Willow agarra a minha mão livre.

— Ela está deixando Paris se acalmar. Você sabe como ela fica.

Outras garotas acenam com a cabeça e eu relaxo. Encontramos nossos lugares e a discussão passa de mim para Paris. Acho que não sou a única a sofrer com a ira dela ao longo dos anos. Depois de Paris, passamos para Greyson — e todo o time de hóquei. Eles estão em uma série de vitórias, destruíram o adversário no jogo fora de casa do fim de semana passado.

Sorrio, bebo e aceno com a cabeça por toda a noite.

Estou me sentindo tão artificial quanto o copo plástico na minha mão — e detesto me sentir assim. Quanto mais bêbada fico, mais molenga fico

OBSESSÃO BRUTAL

145

no chão. Vou até Willow e me sento ao seu lado, para encostar a cabeça no ombro dela.

Quando a pizza chega, me sirvo apenas de um pedaço e culpo o meu estômago agitado pelo álcool. Não quero saber quantas calorias estou bebendo, nem quanto açúcar... A ressaca vai ser o meu castigo.

Esta noite, só preciso deixar acontecer.

Antes que eu perceba, a pizza acaba e alguém coloca música.

Eu me levanto em um pulo, de repente revigorada. Levo Willow comigo.

— Festa dançante! — grito.

Elas me acompanham. O volume da música aumenta e eu me perco no ritmo. Demorei muito a aprender a me mexer como uma pessoa normal — não apenas como bailarina. Eu era flexível, mas não sabia como usar o meu corpo.

Foi por isso que me juntei à equipe de dança.

Isso, e o *Crown Point Ballet* tem um sabor contemporâneo distinto. Se eu queria ter sucesso, deveria incorporar novas teorias no meu estudo — uma frase comum de Mia. Ela quer o melhor, mas quer que seja *atual*. Excêntrico. Beleza que vem em formas estranhas.

Por isso ela é a melhor coreógrafa.

Eu danço e rodopio. As bebidas fizeram o efeito, já que não consigo sentir a dor na perna. Eu pego Jess pela mão e giro, depois puxo de volta para mim. Inclino a cabeça para trás, sentindo prazer em mover o meu corpo novamente, até que as paredes se desfocam e eu perco a noção de mim mesma.

Quanto mais tempo danço, mais me convenço de que eu precisava disso. Eu precisava esquecer por um tempo. E é exatamente isso que estou fazendo.

Estou esquecendo.

21

VIOLET

Não sei o que me desperta. Um barulho? Uma sensação?

Meus olhos se abrem na escuridão, e eu pisco algumas vezes tentando enxergar com mais clareza. Tudo que tem ao meu redor são os roncos das outras garotas. Um pouquinho de luz da lua passa pelas frestas das persianas.

Tento abrir a boca e percebo que algo cobre os meus lábios.

Que porra é essa?

Toco a textura ligeiramente irregular da fita sobre a minha boca, e uma sombra se inclina. Minhas mãos estão erguidas por sobre a cabeça e presas à alguma coisa. Há um suave *clique*, e o metal frio trava ao redor dos meus pulsos.

O medo me consome.

A sombra retorna, e levam preciosos segundos para eu perceber que é Greyson.

Seu rosto é uma máscara de gelo.

Fita adesiva.

Algemas.

Eu me contorço tentando erguer o corpo para os meus braços não ficarem inúteis, mas ele ignora e puxa meu short de dormir para baixo.

Fico quieta.

Meu coração se revolta, batendo contra as costelas. O meu pulso é tudo o que consigo ouvir, como água correndo pelos meus ouvidos. Luto para me acalmar.

Respiro pelo nariz.

Ele rasteja por cima de mim, montando em meus quadris. Se abaixa e lambe a lateral do meu rosto. Sua língua deixa um rastro molhado na minha bochecha e no canto do meu olho.

— Eu amo as suas lágrimas — ele confessa, com os lábios pressionados no meu ouvido. — Eu amo o seu pavor.

OBSESSÃO BRUTAL

Meu corpo inteiro se arrepia. Ele já disse isso antes — mas até que ponto vai conseguir?

— O que você acha que vai acontecer se uma delas acordar? — Ele vira a cabeça, olhando para as meninas espalhadas pela sala de estar.

Não me lembro de ter adormecido. Eu só me recordo da dança e, eventualmente, da exaustão. Fui eu que quis me deitar aqui? Todas nós decidimos dormir ao mesmo tempo?

Festas do pijama geralmente não envolvem *muito* sono.

E para Greyson ter chegado aqui...

Como foi que ele me encontrou?

Chacoalho as algemas, tentando me livrar, porém ele cobre a minha boca sobre a fita adesiva. É diferente, sentir a barreira entre a palma da mão dele e a minha pele.

Seus dedos roçam no meu nariz e eu viro o rosto.

Não adianta.

Ele tampa o meu nariz.

O meu pânico só piora as coisas. Mais uma vez, sacudo as algemas — que estão enroladas em algo que não faço ideia do que é — com mais força, e elas tilintam juntas.

Uma das meninas se mexe do outro lado da sala.

Greyson se inclina novamente.

— Você quer acordá-las? Não vou parar. Vou te foder de qualquer maneira.

O meu peito queima. Tento desesperadamente abrir a boca, mas é impossível.

Ele solta o meu nariz e eu inspiro ruidosamente, absorvendo o oxigênio. Estou tão desesperada para respirar e aliviar a dor nos meus pulmões, que não percebo a sua atenção baixar. Ele afasta minha calcinha para o lado e passa o dedo pela minha fenda.

Eu gemo através da fita adesiva, depois mordo a língua. Não quero testar se ele está falando sério sobre ser implacável, se uma das meninas acordar ou não.

Greyson levanta a minha perna e me penetra de uma só vez.

Meu corpo inteiro estremece, e mordo a língua com mais força. A minha boca enche de sangue, e sinto o gosto pungente. É só o que posso fazer para não deixar escapar outro ruído. Porra, isso é gostoso demais. Nem percebi que ele tinha tirado o pau de dentro da calça, e agora me estoca em golpes fortes.

A minha boceta contrai ao redor dele.

Eu quero isto?

Eu o odeio?

Eu me contorço tentando me afastar. Ele segura o meu quadril e a parte de baixo do meu joelho, mas consigo virar meu torso para o lado. Pressiono o rosto no braço e seguro a corrente entre as algemas. Está enrolada na perna do sofá.

Ele está dentro de mim, me invadindo, e todas à minha volta continuam adormecidas. Mesmo quando o prazer me domina. Estamos patinando em uma linha tênue entre o consentimento e algo muito pior. Então, acho que preciso decidir — o que ele está fazendo é certo? Eu estou de boa com isso? A sua mão desliza para baixo e acaricia a minha panturrilha. Ele passa o polegar sobre a cicatriz da cirurgia, uma e outra vez, em sincronia com as suas estocadas.

Ambos aceleramos.

Ele atinge um ponto profundo dentro de mim, mas não é suficiente. Ele não se aproxima do meu clitóris.

Deixei que acontecesse.

Permiti que ele fizesse isso comigo, e, parte de mim está aproveitando a experiência. Se eu realmente quisesse que ele parasse, poderia gritar através da fita. Estou em um quarto cheio de garotas adormecidas. Estou calada de propósito.

A parte racional do meu cérebro desligou e desapareceu. Ela se foi há muito tempo. No entanto, não posso simplesmente *facilitar*. Solto a perna do seu aperto e dou um chute nele.

Ele cai para trás com uma expiração profunda, apoiando-se nas mãos. Os meus olhos se ajustaram à escuridão, o suficiente para ver o seu sorriso arrogante.

Eu me sento e o encaro.

Ele só balança a cabeça e se lança em cima de mim.

Não é silencioso. O grunhido que escapa por entre meus lábios é alto, assim como o dele, quando sente a dor da colisão. Cravo meu joelho em sua barriga e acerto o cotovelo na garganta.

Ele agarra a minha mandíbula, vira a minha cabeça na direção dele e arranca a fita adesiva.

— Grite — ele ordena no meu ouvido. Sua voz é um pouco mais do que um sussurro. — Grite, Vi. Se você não está molhada, nem excitada por causa disso, então diga *pare*. Esta é a sua chance.

OBSESSÃO BRUTAL

149

Olho para ele e lambo os meus lábios. Eu não digo a palavra. Não falo nada.

Ele cobre a minha boca com a fita de novo. Eu me deito em posição fetal, mas ele não dá a mínima, já que me fode do mesmo jeito, pairando em cima de mim. Em busca do próprio orgasmo.

Não é suficiente para ele. Não basta eu concordar.

Então ele se inclina e corta o fluxo da minha respiração de novo.

Lágrimas inundam os meus olhos, e manchas brancas cintilam na minha visão, antes de ele me soltar novamente. Ele repete o mesmo gesto. De novo e de novo, até que eu seja uma confusão trêmula debaixo dele.

Só então ele se abaixa e toca o meu clitóris.

Não demora muito.

Quão patético é isso?

Estou tão tensa que ele só precisa me tocar algumas vezes para eu desmoronar.

Ele estoca dentro de mim enquanto eu gozo. Meus músculos internos se contraem ao seu redor, e o meu orgasmo silencioso desencadeia o dele. Ele cerra os dentes e explode dentro de mim.

Nós dois ficamos em total silêncio quando alguém boceja.

No silêncio, me esforço para ouvir a respiração lenta da garota, à medida que volta a dormir.

Greyson desliza para fora, e o ruído de nossos fluidos pegajosos ecoa alto. O peso dele me cobre quando se estica em cima de mim e destranca as algemas.

— Da próxima vez que você não responder a uma mensagem minha, vou repetir este joguinho... mas posso garantir que alguém nos veja. Eu gosto desta brincadeira de você resistir, Vi. — Ele encontra o meu olhar. Parte do gelo derreteu, mas ele continua indiferente.

Quero incendiá-lo.

— Você e eu temos uma reunião amanhã de manhã. Dez horas. — Ele me olha. — Com uma assessora de imprensa.

Engulo em seco.

— Lembre-se do NDA. Pense no que o meu pai pode fazer com você. — Ele avalia a expressão do meu rosto.

Será que demonstrei algo? Será que deixo transparecer o medo quando ele menciona o senador? Porque é verdade — não importa o que Greyson faça comigo, há sempre uma ameaça maior.

Greyson se esconde atrás do nome do pai. Ele se esconde atrás do dinheiro e do prestígio, e mesmo que ele seja um psicopata... existem monstros piores.

Como o pai dele.

Os seus olhos estreitam, mas ele não insiste no assunto.

Acho que não quer saber.

Ele sai de cima de mim e se levanta. Eu me recordo da sua ameaça anterior, e uma emoção se alastra por dentro. A minha mente está muito fodida, se isso me deixa com tesão. Se é por *isso* que estou ansiosa.

Tão corrompida.

Preciso examinar a minha cabeça.

Eu fico quieta até que ele se vá, depois arranco lentamente a fita da boca. Toco os meus lábios. Conto até cem na minha cabeça, depois me levanto. O seu esperma se espalhou pelas minhas coxas ao escorrer. Os meus músculos doem quando me alongo e na mesma hora sinto uma tontura.

Ainda estou agitada.

E totalmente confusa.

Greyson está obcecado por mim. E isso aconteceu de uma hora para outra — e penso que a minha reação a ele também colocou os meus sentimentos em perspectiva. Não estou obcecada... mas estou curiosa.

E com tesão.

Merda.

Quem diria que eu poderia ser tão depravada? Gostar que ele foda com a minha cabeça, quando me rouba o fôlego e quando transa comigo à força.

Jack era baunilha. Gentil. Ele me fazia gozar, o que é uma vantagem, mas não era tão devastador como acontece com Greyson.

Então agora... não sei o que pensar.

Antes, baunilha era bom. Eu estava contente. Havia muitas coisas interessantes para dedicar o meu tempo, e o balé sempre ganhava a disputa. Com Jack era do mesmo jeito, o futebol tomava muito da sua atenção. Ele gostava que eu torcesse por ele nos jogos, assim como eu gostava quando ele aparecia para ver a equipe de dança.

Não que ele tenha ido a uma apresentação de balé...

Não interessa. Balé era algo que ele simplesmente não *compreendia*, da mesma forma que eu não entendia por que o relógio tinha que parar a cada dez segundos em um jogo de futebol.

Algumas coisas simplesmente não merecem uma explicação, Jack disse na ocasião.

OBSESSÃO BRUTAL

151

Eu me estico e procuro o meu short de dormir que foi jogado longe. Entro no banheiro e quando volto, uma das garotas está sentada. Ela semicerra os olhos na sala escura.

— Violet?

Meu coração troveja.

— Sim?

— Pensei ter ouvido um barulho...

Engulo em seco o nó que se formou na garganta.

— Eu só tive que fazer xixi. Desculpa.

Ela assente com a cabeça e se deita. Eu faço o mesmo, puxando o meu cobertor de novo sobre mim. Amanda mantém o seu apartamento aquecido, mas acho que peguei um resfriado.

Um pensamento continua girando pela minha cabeça. Se estou me tornando uma nova pessoa... onde foi parar a verdadeira Violet?

22

GREYSON

Violet e Willow saíram do apartamento de Amanda uma hora antes do nosso encontro com a relações públicas da faculdade. Estou rangendo os dentes há dez minutos, mas me recuso a enviar uma mensagem ou bater na porta dela. Não quando ela não se incomodou em me responder ontem.

A sua indiferença em plena luz do dia me irrita. A semana toda, ela tem agido como se nada estivesse errado. Como se uma ex-amiga não tivesse derramado bebida na cabeça dela e depois ficado comigo. Como se isso não a tivesse *magoado*.

Talvez não tenha. Pode ser que Paris fosse uma inimiga desde sempre e ela já esteja acostumada ao seu comportamento.

Eu poderia ir mais fundo.

Ferir com mais força.

O meu pau se contrai e eu me inclino para a frente. Apoio o queixo no antebraço, sobre o volante. Eu quase consigo visualizar a forma que ela vai ficar quando eu terminar. Não consigo tirar a ideia de sangue da minha cabeça. Os pequenos tremores de dor, a desconfiança.

Outro dia, Knox me lembrou da nossa aposta. Disse que estava progredindo com Willow e parecia que eu não dava a mínima para Violet.

Errado.

Eu não dou a mínima para a *aposta*.

Mas ela o mantém ocupado.

Eu me inclino e pego o canivete do meu porta-copos. Eu o abro e pressiono a ponta no polegar, com força suficiente para arder, mas não para sangrar.

Vê-la algemada ontem à noite só aumentou o meu fascínio. Ela se contorcia e parecia estar assustada, mas depois um interruptor foi acionado.

Ela me queria.

Violet e Willow chegam à calçada.

Ela levanta a cabeça e avista o meu sedã — que não deveria estar ali — uns bons dez segundos antes de Willow notar que algo está errado. Ela me encara com as sobrancelhas franzidas.

Humm.

As janelas do meu veículo são escuras, o que torna impossível ver através dos vidros se não estiver bem de perto.

Eu me tornei um perseguidor de carteirinha.

Mas temos muito pouco tempo e preciso ter certeza de que ela está pronta para dizer o que é necessário. O treinador Roake quer que neguemos tudo. A foto foi uma coincidência, a festa foi apenas uma comemoração de hóquei na minha casa, em que outra pessoa a convidou. A amiga que mora com ela, ou talvez outro jogador.

Elas começam a caminhada para casa, e eu guardo o canivete no porta-copos outra vez, acionando o modo de direção automática atrás delas. Eu as ultrapasso, sem dar a mínima se isso alertaria Violet ou não da minha presença. Ela parece estar prestes a fugir.

Eu sorrio.

Esta versão assustada dela é nova.

É por causa do que aconteceu ontem à noite?

Willow finalmente hesita e observa em volta. Ela olha para o meu sedan, mas segue em frente de novo, aumentando o ritmo das passadas.

Finalmente, chegamos ao prédio do apartamento delas. Estaciono, pronto para sair, mas Violet já vem pisando firme em minha direção.

Abro a porta e saio.

Ela derrapa um pouco ao parar e abre a boca.

E demonstra… alívio?

Inclino a cabeça, sem saber por que ela fica aliviada ao me ver. No entanto, esse é um questionamento para mais tarde, já que ela avança novamente e bate no meu peito. O seu rosto bonito está pálido e o olhar aborrecido está focado em mim.

— Seu… — *tapa* — imbecil… — *tapa*. — Você — *tapa* —… me deixa — *tapa* —… louca!

Tenho que resistir à vontade de rir e, em vez disso, a agarro pelos pulsos e puxo para perto. O seu olhar é selvagem e ela se debate em meu agarre de um jeito surpreendente. Muito mais do que ontem à noite, quando a peguei de surpresa.

Eu a arrasto comigo enquanto abro a porta de trás do meu carro e a obrigo a entrar. Em seguida, eu entro e tranco as portas.

— Que porra é essa? — ela exige.

Tão atrevida.

— Diga alguma coisa. — Ela puxa os pulsos que ainda mantenho presos em uma mão apenas.

Ela é tão delicada. Eu poderia quebrar os seus ossos se apertasse com força suficiente.

Eu me estico para a frente e pego o canivete, abrindo-o.

Na mesma hora, Violet fica quieta.

Meu olhar está focado nela, que se encontra pressionada contra a janela mais distante, com os braços estendidos à frente; ela desistiu de soltar os pulsos do meu agarre. Com a minha mão livre, arrasto a lâmina pelos dedos dela.

A reação de Violet vem em forma de arrepios. Quando encontra algo que a intriga, que a assusta, que a tira de sua zona de conforto.

— Jack tirou a sua virgindade? — pergunto, ainda deslizando a ponta da lâmina para cima e para baixo. Trilho um pequeno caminho sobre os nódulos dos dedos, seguindo da ponta do polegar a outro. — Foi ele quem te fodeu primeiro, ou foi um namorado do ensino médio?

Violet adora não me dar nada de graça.

Um grunhido de desgosto me escapa.

— Até o seu silêncio me diz o que você quer esconder. Eu deveria saber.

Ela entrecerra os olhos.

Solto seus pulsos e abaixo a lâmina, rasgando a parte interna da costura da *legging*. O movimento inesperado acaba ferindo a pele. Ela se sobressalta, mas não tem para onde fugir. Sou o lobo que vai caçá-la, que fareja seu sangue.

E ele vai jorrar tão lindamente em sua pele pálida.

— Qual é o motivo disso? — Sua voz vacila.

Eu olho para cima.

— Você não respondeu à minha pergunta.

Violet se contorce e puxa a maçaneta da porta.

A porcaria nem se mexe, porque essa maçaneta é complicada e emperra do nada. Eu chego para a frente, afasto a mão dela da porta e depois beijo os nódulos dos dedos. Não deveria. Parece errado, como se eu estivesse fazendo carinho. É uma ação que pode causar a impressão de que me preocupo com ela.

OBSESSÃO BRUTAL

— Greyson — ela sussurra. — Me deixe sair.

Nego com um aceno de cabeça e me inclino, lambendo o pedaço de pele exposta na parte interna da coxa. O líquido atinge a minha língua e o meu pau endurece imediatamente. Porra. O seu sangue é quente e metálico, quando chupo e mordisco o ferimento raso.

Ela geme.

Enfia as mãos no meu cabelo, me empurrando para longe, mas eu ignoro. Eu arrasto os dentes ao longo da sua carne, depois lambo. Chupo. Repito.

A coxa dessa garota não deveria ser tão erótica.

O sangue dela não deveria me deixar com mais tesão do que um adolescente.

Eu a comi ontem à noite e já quero fazer tudo de novo. De um jeito selvagem e brutal.

— Grey — diz ela, mais alto.

Droga, eu gosto quando ela me chama assim.

Deslizo a mão pelo rasgo da *legging*, até encontrar a calcinha. Devagar, arrasto o dedo ao longo da peça úmida de lingerie, e esfrego o seu clitóris por sobre a barreira. Não é tão satisfatório, mas ela rebola os quadris da mesma forma.

— Você é a minha putinha — eu digo a ela. — Ninguém mais vai te dar prazer.

— Vá se foder — ela retruca sem fôlego.

Não diz '*pare*'. Eu deveria ter escolhido um termo mais atípico para ela. Uma palavra de segurança que não saísse com facilidade dos seus lábios.

Mas ela não falou, mesmo quando lhe dei a oportunidade ontem à noite.

O que solidifica algumas coisas em minha mente, principalmente que ela *quer* isto. Ela é uma gulosa. E posso continuar insistindo até ela se render... ou *eu* me render.

— Por favor — ela implora. — Jesus, me toca logo, caralho!

Eu observo as suas bochechas rosadas, o rubor atravessando a pele exposta das clavículas.

Encaro, contemplo e a levo à beira do êxtase, e depois me retiro.

É preciso toda a força de vontade para não arrancar a roupa dela.

Em vez disso, abro a porta e me recosto no banco.

Inclino a cabeça para a rua.

— Prepare-se para a entrevista e tente não parecer recém-fodida enquanto estiver lá.

Ela recua.

Estou diretamente no seu caminho, e ela espera que eu me mova.

Porém, não pretendo me mover nem um centímetro.

Ela percebe apenas alguns segundos depois, e passa por cima de mim. Sua bunda empinada desliza pela minha virilha, e ela solta um assovio quando roça no meu pau. Não faço menção alguma de tocá-la, ainda praticando o autocontrole. E então seus pés estão no asfalto, onde ela deve se sentir segura o suficiente para virar e olhar para mim.

O olhar furioso se concentra na minha virilha.

— Sempre que quiser uma voltinha, querida — incito.

Violet entrecerra os olhos.

— Você tem uma hora.

Isso faz a linda Violet parar.

— Para me encontrar com a relações públicas?

Verifico o meu relógio.

— Tecnicamente, encontraremos com ela em quarenta minutos.

— Por que eu deveria ir com você?

Ah, um teste? Adoro. Eu puxo meu telefone do bolso e abro o vídeo dela explicitamente rompendo o acordo de confidencialidade. A raiva emana dela em ondas através da tela, e é palpável até mesmo daqui. Deixo o vídeo rodar, apreciando a cena. Assim que acaba, eu a observo.

— Se você não falar comigo, isso vai para o meu pai. Lembra?

— Isso é chantagem — diz ela.

Sorrio.

— O tempo está passando, Vi.

— Você é um idiota controlador — murmura ela, já voltando para o seu apartamento.

Não me incomodo em contestar. Os terapeutas me disseram que tenho uma natureza controladora. Tem a ver com os meus pais. A criação indiferente do meu pai, o abandono da minha mãe. O meu pai só se importava com sucesso, prestígio, dinheiro. *Poder*. Ele me criou para só me preocupar com essas coisas, também, e apenas com elas.

O terapeuta disse que eu tentava controlar as pessoas através da manipulação para recuperar o poder sobre o meu ambiente.

Que seja.

Quinze minutos depois, Violet ressurge do seu apartamento e se acomoda no meu banco do passageiro. Ela ajeita a saia longa cinza-escuro e o

OBSESSÃO BRUTAL

157

suéter decorado com grandes botões pretos. A cor é adequada, mesmo que ela ainda não saiba.

Ela mordisca o lábio inferior enquanto sigo o caminho de volta ao campus. Os dedos dela massageiam em um ritmo sincronizado a coxa esquerda. Eu continuo olhando de soslaio.

Ela está no meu carro.

Cheira bem.

Eu não deveria gostar de seu perfume floral, nem do cabelo loiro escovado e espalhado sobre os ombros, nem mesmo de maquiagem perfeita.

Isso me dá vontade de foder a boca dela até o rímel escorrer pelo seu rosto. Se ao menos fosse uma opção...

— Tire uma foto — diz ela, sem olhar para mim. — Vai durar mais tempo.

Eu sorrio.

— Para que tirar uma foto quando tenho um vídeo seu? Dois, na verdade...

— Nossa, justamente quando eu estava pensando que você não era muito sinistro. — Ela olha fixamente para o exterior da janela, com os dedos ainda cravados na perna.

Verifico o relógio — temos tempo de sobra — e paro rapidamente. Em um impulso de irritação, estendo a mão e agarro o queixo dela. Eu a puxo de volta para mim e espero que os seus olhos se foquem aos meus. O olhar vai acompanhando, a cada segundo, da minha boca aos meus olhos. Ela coloca a língua para fora e molha os lábios.

— Vamos esclarecer uma coisa — digo, devagar, com o olhar fixo nos lábios dela. É uma verdadeira luta não a beijar. — Eu sou *muito sinistro*, e sou ainda pior. Lembre-se disso, querida, quando for dormir com vontade de sonhar. Porque só vai ter pesadelos. E eu? Sou o pior pesadelo que você pode imaginar.

Seus olhos brilham, não por medo, mas por mágoa. Como se ela tivesse em mente uma imagem melhor de mim, e eu a arruinasse.

Bom. Deve ser arruinada.

Eu a solto e coloco o carro em movimento na rua novamente.

23

VIOLET

Ele vai me matar.

Não pensei nisso antes. Quando nos esbarramos pela primeira vez — bem, não a *primeira* vez —, pensei que era forte o suficiente para suportá-lo. Para sobreviver à sua raiva e ao seu ego.

Agora, não tenho tanta certeza.

É engraçado como as coisas mudam quando a esperança entra em cena.

Eu briguei com ele porque havia uma imprudência dentro de mim que não dava a mínima se eu ia sair ilesa. Na verdade, acho que esperava trocar farpas mesmo que apenas para me distrair da minha própria dor. Da voz na minha cabeça que dizia que eu nunca mais iria dançar. Da aflição porque a minha mãe tinha se cansado de mim. Do medo de não saber o que faria depois da faculdade.

De Mia Germain que renovou a minha esperança com um telefonema.

Estou a menos de quarenta e oito horas de saber se os meus sonhos ainda serão possíveis.

E. Isso. É. Chato. Pra. Caralho.

Nunca estive tão estressada.

Estacionamos fora do estádio, em uma das vagas VIP — como se Greyson precisasse de mais alimento para o ego — e entramos. Está frio, escuro e um silêncio mortal por aqui.

— Você treina aqui?

— Na maioria das noites. — Ele endireita a camisa e olha para mim. — Algumas garotas assistem.

— Por que elas fariam isso? — Parece ser enfadonho vê-los fazer exercícios repetidas vezes. No mínimo, sem graça.

Ele ergue um ombro. Quando olho para ele, noto o sorriso.

Eu paro.

OBSESSÃO BRUTAL

— Elas vêm atrás de você, não é?

Os lábios de Greyson se alargam em um sorriso arrogante.

— De mim, Knox, Steele...

Entrecerro os olhos.

— Sim, eu sei de forma muito íntima porque elas viriam atrás de Steele.

Seu olhar endurece, o sorriso desvanece. Ele não responde a esse comentário — como poderia? Foi ele quem me obrigou a ficar de joelhos.

No fundo da minha mente, sei que tive uma escolha. Poderia ter me afastado.

Mas então eu teria que lidar com as repercussões — piores do que estas.

Ele me leva até um elevador e aperta o botão de subida. Esperamos em silêncio, depois entramos. Imediatamente, parece que estamos no vácuo. O silêncio aumenta.

Minha pele formiga diante da necessidade de rompê-lo. Dizer alguma coisa.

Demoro dois andares para fazer exatamente isso.

— O que vamos falar para ela?

Seu sorriso arrogante e seguro de si está de volta. Tenho certeza de que é o mesmo de quando saiu da delegacia depois do pai tê-lo libertado. Provavelmente é o mesmo de quando saiu do local do crime. Ele gira os ombros e depois estala o pescoço, relaxando por completo. Até mesmo os pequenos músculos ao redor dos seus olhos que, até este ponto, demonstravam o estresse.

Desvio o olhar. Este Greyson anda escondido. Longe da vista, porque todos com quem interagimos já o conhecem e o amam. Estou fascinada por isso. Pela forma que ele parece irradiar uma confiança descontraída. Este é o personagem que ele trouxe para a relações públicas.

Ela vai se apaixonar por ele antes do nosso tempo acabar.

Estou indo para ser o bode expiatório?

Ou a sua salvadora?

Olho para ele de novo, atraída pela expressão que ostenta como uma máscara. Talvez eu tenha entendido mal. Ao contrário. A raiva, a forma como ele age ao meu redor... talvez essa seja a sua verdadeira natureza, e *esta* seja a máscara. É mais fácil acreditar nisso do que pensar que ele usa a sua raiva como defesa.

Não. Ele me mostrou quem realmente é, a sua verdadeira essência. Nem todos conseguem ver isso.

Na hora que as portas do elevador se abrem, meu estado de nervos está me comendo viva. E ele ainda não me respondeu sobre o que vamos dizer a ela — o que espera que eu fale, se quer que eu fale. Presumo que tenha que dizer alguma coisa. Caso contrário, a minha presença aqui é inútil.

Saímos para um saguão bem iluminado. As janelas ficam à nossa esquerda e um conjunto de portas de vidro à direita. Nós as atravessamos e paramos diante da ampla mesa da recepcionista.

Greyson sorri e diz a ela o nome de quem viemos encontrar. Seu olhar sobe e desce pelo corpo da mulher, e ele pisca.

Ela cora.

Eu silencio a minha descrença.

Ela se levanta e faz um gesto para a seguirmos, e Greyson pisca para *mim*. Tudo isto é um jogo elaborado para ele. Quando chegamos a um escritório de canto, a recepcionista abre a porta de vidro e recua para nos deixar passar.

— Obrigado — ele diz. Então sua atenção muda para a mulher que sai de trás da mesa para vir em nossa direção, e seu sorriso se alarga. — Sra. Dumont.

— Sr. Devereux — responde ela.

Eles apertam as mãos.

Ela é, provavelmente, alguns anos mais nova do que a minha mãe. Seu cabelo loiro platinado está puxado para trás em uma trança elaborada. Sua maquiagem é impecável, e seu vestido roxo-berinjela é justo. Ela tem o tipo de energia de quem não se envolve em trapaças. Eu imagino que ela teve que se tornar um tubarão para sobreviver em um esporte dominado por homens.

Como ela acabou se tornando a relações públicas da UCP? Com nada menos que um escritório de esquina no estádio.

— Bom jogo o da semana passada — ela comenta. — Os minutos finais foram emocionantes.

— Foi a única vez que comecei a suar — responde. — Mas conseguimos deixá-los para trás.

— Conseguiram. — Ela gesticula para que nos sentemos. — Este ano foi ótimo para os patrocinadores. Eles gostaram especialmente de ver a natureza autoconfiante da equipe. Houve o mínimo de estresse e o mínimo de suor, como você disse.

— Bem, isso resume o nosso treinador. — Greyson pega a minha mão e me leva junto com ele para o sofá encostado em uma das paredes. Há uma mesa de centro feita de vidro em frente, e duas cadeiras individuais paralelas do outro lado. Ele me puxa para que eu me sente, e eu quase caio em cima dele. — Esta é Violet Reece.

OBSESSÃO BRUTAL

A assessora de imprensa olha para mim.

— Ah, sim, reconheço seu rosto pelas fotos.

Engulo em seco e, lentamente, liberto a minha mão do aperto de Greyson.

— Certo. Aquela...

— É por isso que estamos nos encontrando com você — termina Greyson. — A ordem do treinador é resolver isso.

— Claro. A sua reputação é a nossa reputação.

Ele concorda com um aceno de cabeça, depois se recosta no sofá, apoiando o braço às minhas costas e em uma postura relaxada. Ocupar espaço é fácil para ele, penso eu. É natural. Enquanto as meninas são ensinadas a se encolher.

Por um segundo insano, penso em imitá-lo. Em me sentar toda solta como ele, com as pernas arreganhadas.

Talvez eu não me torne a queridinha da assessora, que está sentada na cadeira como se algo estivesse espetando a sua bunda. A mulher está sentada bem na beirada da poltrona, com os tornozelos cruzados. Ela destrava o telefone, digita algo, volta com ele para o lugar e pega o laptop da mesa.

Assim que se senta novamente com o laptop aberto em cima dos joelhos, ela olha para cima e encontra o olhar de Grey.

— Então, Greyson. Existem algumas acusações muito perigosas contra você.

Ele dá um aceno com a cabeça. O movimento é incerto, desanimado. Gostaria de ter relido o artigo antes de entrar no carro dele, só para me familiarizar mais. Parece um borrão. Faz tanto tempo.

— E Violet. O autor da matéria parece insinuar que vocês estão envolvidos.

Meu olhar se intercala entre os dois.

É tudo ou nada?

— É uma invenção — minto. — Não há nada entre nós. Nunca houve.

Raiva não conta. Vergonha não conta. Ódio distorcido, a obsessão brutal dele. Tudo isso não faz o menor sentido, porque não protege nenhum de nós.

— Violet Reece era uma bailarina — diz Greyson, de repente. — Ela tinha patrocinadores e, depois que lesionou a perna e encerrou a carreira, acho que algumas pessoas ficaram chateadas.

Eu cerro os dentes. *Era. Tinha. Encerrou a carreira.* Quero desesperadamente desmentir, mas não posso. Essa esperança no meu peito, que arde tão intensamente e, às vezes, não me deixa dormir à noite, é só minha.

162

— Oh, Violet, lamento muito ouvir isso. — Suas feições suavizam.

Não me lembro do nome dela. Isso não é terrível? Greyson sabe. Tenho certeza de que ele, provavelmente, já tenha falado. Talvez ele fale novamente em algum momento, como parte de sua encenação de cara encantador e idiota.

— O que aconteceu? Você se importa que eu pergunte?

A mão quente de Greyson pousa na minha coxa acima da minha saia, e eu pisco. É um aviso.

— Um acidente de carro — digo. — Não me lembro muito. Fui levada às pressas para a cirurgia...

Os dedos de Greyson roçam a minha cabeça, empurrando para trás a franja lateral para revelar a cicatriz feia da minha têmpora. Evito olhar para essa coisa medonha, tanto quanto possível. Eu mantenho a franja longa para escondê-la. E agora ele me toca, a assessora me olha horrorizada, e não consigo respirar.

Eu me levanto.

— Sinto muito. Não sei o que mais vocês esperam de mim, só preciso de um pouco de ar.

Corro porta afora. Eles deixam que eu vá. Acho que nem sequer se movem quando sigo pelo corredor de volta para o elevador e bato a palma da mão no botão. As portas se abrem e eu entro.

Assim que começo a descer, me encosto na parede. Só então solto a respiração.

Todos pensam que o balé acabou para mim.

Eu tenho dois dias para provar o contrário.

Quando as portas se abrem no primeiro andar, eu saio e quase trombo com Steele.

Ele agarra os meus braços para me equilibrar, e depois olha de cima a baixo. Eu me pego fazendo o mesmo com ele. Está vestido com moletom e tênis. Seu cabelo escuro está úmido e penteado para trás, e seu queixo tem a sombra de uma barba por fazer. O que lhe deixa com a aparência mais rústica.

Os lábios dele se curvam.

— Tudo bem com você, Violet?

Eu me recomponho.

— Sim, perfeitamente bem.

Ele ergue o olhar para as portas do elevador, agora fechadas.

OBSESSÃO BRUTAL

— Vai se encontrar com Rebecca?

Confusa, arqueio as sobrancelhas.

— Quem?

— A relações públicas da faculdade. O treinador disse que Greyson teve que se encontrar com ela para esclarecer sobre a matéria no jornal, e como você foi citada... — Ele dá de ombros. — É isso, ou você está vindo para assistir o nosso treino... e chegou bem adiantada. Muito adiantada.

— Não é à noite que vocês treinam? Por que já está aqui?

— Academia. — Ele sacode as sobrancelhas. — É a melhor de *Crown Point*. Obviamente a maioria dos atletas da UCP a utilizam, por isso tem que superar o padrão.

Uma academia. Estou cansada de caminhar até a pública — sem mencionar que nas últimas noites havia um cara assustador lá. Pavoroso o suficiente para me impedir de voltar naquele horário. Ele fica encarando a minha bunda quando corro e se transforma em minha sombra quando perambulo pela área dos pesos.

— Está aberta pra todo mundo?

Steele sorri.

— Todo mundo? Não. Mas se você quiser entrar, posso te ajudar. Ser um acompanhante, entende?

Sorrio diante das palavras de duplo sentido.

— Não imaginei que fosse acompanhante, Steele. — Dou de ombros. — Mas de qualquer forma, nossos horários não são compatíveis. Eu treino à noite.

— Tudo bem, Violet. Também gosto de suar à noite. Tome. — Ele pega seu telefone e abre a tela para um novo contato. — Coloque o seu número, vamos ver se conseguimos combinar alguma coisa.

É uma má ideia, mas o pensamento de irritar Greyson me causa um certo nível de satisfação. Sem pensar duas vezes, pego o telefone e digito o meu número antes de devolvê-lo.

— Vou te mandar uma mensagem.

— Tudo bem. — Passo por ele. — Tenho que ir para a aula.

Ele ri.

— Okay. Bem, não seja uma estranha.

Olho para ele.

— Tenho certeza de que isso está fora de questão. Depois de...

Sua risada se transforma em uma gargalhada completa.

— Sim. Certo. Se alguma vez quiser repetir, sabe, fazer um tipo diferente de treino? Eu estaria aberto a isso.

— Oh, humm ... não, acho que estou bem. — Balanço a cabeça ligeiramente e me afasto dele.

Só tenho espaço para um idiota na minha vida. Bem, talvez isso nem seja verdade. Eu me atrevo a dizer que não tenho espaço para nenhum, uma vez que Greyson ocupa toda a minha capacidade para lidar com eles.

Mas se Steele me arranjar acesso a uma academia melhor, ele pode ser útil. E Greyson só tem que... lidar com *isso*.

OBSESSÃO BRUTAL

24

VIOLET

Encontro Willow no centro estudantil. Usamos o azul e o branco obrigatórios, deixando as jaquetas abertas para as cores ficarem visíveis e, principalmente, para a coordenadora não brigar conosco. Ela é um membro da equipe de atividades, fica em um estande supervisionando as pessoas.

Sairemos dali em grupo.

— Atenção! — grita a coordenadora, Lauren. — Serão dois ônibus. O primeiro é o da torcida zoneira, que já está cheio. Então temos espaço no do time.

O meu estômago revira.

— Precisamos conseguir uma vaga no primeiro ônibus.

As portas se abrem e Paris chega com a sua tropa — umas meninas da equipe de dança que ela ganhou no que Willow apelidou de "*o divórcio*". Não olho para ela desde quando jogou a bebida na minha cabeça. Não que eu queira fazer isso de qualquer maneira. Tenho vontade de arrancar o seu cabelo toda vez que penso nela.

E, sim, é pior quando a vejo pessoalmente.

— Se os olhares pudessem matar — murmura Willow. — Calma, garota.

Eu me obrigo a desviar o olhar. Quem eu odiaria ver mais? Greyson ou Paris?

— Você acha que teremos sorte de Paris ficar no ônibus do time? — pergunto a Willow. — Tipo, o carma não pode realmente me odiar *tanto* assim, certo?

— Certo ... — A minha melhor amiga faz uma careta. — Sim, não. Acho que não.

Eu olho por cima do meu ombro. Paris pegou a placa para o ônibus da farra. O seu cabelo dourado está perfeitamente cacheado, o delineador é azul e o iluminador realça as maçãs do rosto ao virar a cabeça.

Ela, definitivamente, é o tipo de garota por quem todos os caras se apaixonam — não me admira ela pensar que pode pisar em cima de mim.

— Você está encarando.

Encontro o olhar de Willow e dou de ombros.

— Não estou.

— Está. É como se fosse uma conspiração, mas pior. O que é mais agravante do que conspirar? — Ela passa o braço pelo meu. — Acho que Paris tem a ver com isso. Escute, vamos apenas nos sentar com Jess e Amanda no ônibus do time, e ignorar os caras totalmente.

Eu bufo uma risada zombeteira. Já fui em jogos fora de casa, no ônibus do time de futebol. Eles são barulhentos. Bagunceiros. Cantam, discutem e sempre causam tumulto. A adrenalina é alta, a ansiedade é maior.

Greyson não vai me deixar ficar sentada lá. Tenho certeza de que não é da sua natureza me deixar fazer nada que ele não tenha controle.

Ela coloca a bolsa no ombro.

— Vamos, estamos saindo.

Seguimos na direção dos dois ônibus que nos esperam. Paris mantém a sua placa para cima. Percebo que outra garota está com a placa do ônibus do time em mãos, mas ficou para trás. Parece que foi designada para ele — e quem pode culpá-la? Ela, provavelmente, queria estar com as garotas. Cheias de disposição e essas besteiradas.

O time de hóquei ainda não chegou. Acho que teremos que buscá-los no estádio, afinal. Vai ser um grande acontecimento.

Willow segura o meu braço e me puxa para o lado.

— Vai valer a pena — ela sussurra. — Aconteça o que acontecer. Vai ser bom ir ao médico, certo?

Concordo com um aceno veemente. *Vai* valer a pena.

Ontem foi tranquilo. Tenho duas aulas com Greyson às quintas-feiras, mas não o vi em nenhuma delas. Ele não tem o hábito de faltar, e longe de mim perguntar o motivo.

Também não mandou mensagens. Nem se esgueirou para o meu quarto e me assediou daquele jeito.

Jess e Amanda se afastam da multidão, assim que Paris entra no ônibus da torcida com as amigas. Seguimos para o outro, acompanhadas pelo assistente e pela coordenadora.

— Mais cinco estudantes estão chegando — ela diz ao motorista. — Depois vamos para o estádio buscar o time.

OBSESSÃO BRUTAL

Jogamos as nossas malas no bagageiro inferior e subimos os degraus. É melhor do que um ônibus escolar — os assentos são individuais e acolchoados. Tem até um pequeno banheiro na parte traseira. Amanda e Jess escolhem os seus lugares, e Willow e eu nos sentamos em uma fileira depois da delas. Mais pessoas se aproximam, vestidas de azul e prata como nós, com *Hawks* ou *Universidade de Crown Point* estampados pelo peito.

Duas garotas da festa do pijama de Amanda ficam em uma fileira paralela, do outro lado do corredor.

A menina do lado da janela, Michelle, se inclina em nossa direção.

— Trouxemos tinta para o rosto, se alguém tiver vontade de fazer listas azuis nas bochechas...

— Mais tarde — decide Jess. — Não quero ficar com o rosto pintado por duas horas.

Se eu comparecesse à minha consulta médica com listras azuis no rosto, acho que ele, automaticamente, me definiria como um fiasco total. Então, sim, isso não vai acontecer.

— Como vamos fazer? — questiono baixinho para Willow. Não fiz muitas perguntas, mas agora gostaria de ter feito.

— A sua consulta será às 16h30 — diz ela, em um murmúrio. — Chegaremos às quatro para fazer o check-in no hotel. O jogo começa às sete. Vamos sair escondidas do hotel, daí podemos chamar um Uber. Deve ser fácil.

Engulo em seco. Parece até um lance tranquilo.

Tirando a parte de correr contra o tempo, mas não menciono isso. Só não preciso lembrar de que toda a minha vida depende da consulta deste médico.

Dramática?

Talvez.

Sinto que tenho direito a alguns dramas.

As portas do ônibus se fecham e saímos do estacionamento. Em pouco tempo, paramos na frente do estádio.

Os caras do time de hóquei saem com as mochilas penduradas sobre os ombros. O motorista salta para fora, abre as portas do bagageiro externo, e eu assisto cada um deles atirar as bolsas e depois subir no ônibus. O treinador observa a todos com cuidado.

O meu foco está voltado para Greyson. É claro. Ele é um dos últimos a sair do estádio. Usa calça preta e um suéter marrom que se molda com perfeição à forma esguia. Realça bastante o seu corpo, infelizmente.

Acho que se sairia melhor usando um saco de papel.

Tento não fixar muito o olhar nele, convencida de que vai sentir que está sendo observado. Eu me obrigo a ficar quietinha no meu lugar.

Jess e Amanda estão com o corpo estendido, conversando com Michelle e a garota ao lado dela. Lucy, eu acho. Ela usa delineador e o seu cabelo de sereia, em uma mescla de cores azuis-esverdeadas, está preso em um coque no topo da cabeça. Ela sorri muito. Eu não a conheço muito bem, mas ela parece ser bem *legal*.

Alguns dos jogadores — patinadores que não ficam muito tempo no gelo, eu acho — passam por nós para se sentar lá atrás. Mal notam a nossa presença ali.

Outros ocupam o meio, e, em seguida, Greyson, Knox, e Steele seguem pelo corredor.

O olhar de Greyson se fixa em mim. Ele não tem uma grande reação, além da leve curvatura no canto dos lábios. Apenas por um segundo.

Puta que pariu.

Não sei bem o que estava pensando ao me sujeitar a duas horas disto. Bem, não *disto*. Mas o que quer que Greyson tenha reservado para mim, sei que não será agradável.

Ou será bastante agradável… de uma forma humilhante.

Engulo em seco e o meu estômago dá um nó.

Willow aperta a minha mão. Knox provavelmente já a viu, ou ela disse a ele que viria. Não reparo na reação dele quando desliza em um dos assentos da frente.

Steele levanta as sobrancelhas e sorri.

— Oi, Violet.

Disfarço o estremecimento do meu corpo.

Ele desaba no banco atrás de mim e depois se inclina para a frente.

— Que surpresa agradável.

— Sim. O ônibus da torcida estava cheio.

Ele dá um sorriso mais do que arrogante.

— Hum-hum. Ei, você não respondeu a minha mensagem.

Willow arqueja, chocada, ao meu lado.

— Tenho andado ocupada. — Não me preocupo em observar que Amanda também está com os olhos grudados na minha cabeça. Sinto daqui. Além disso, me esqueci da paixão dela por ele.

Droga. Isso significa que mereço o prêmio de melhor amiga. Eu literalmente não pensei em nada, além de usá-lo, quando coloquei o meu número no seu telefone. Mas não posso dizer a ela, posso?

OBSESSÃO BRUTAL

Não agora.

Miles cruza o corredor e para ao lado de Steele.

— Ei, mano. Greyson quer falar com você.

Steele ri.

— Quer? — Ele se inclina para trás no assento, estendendo as pernas longas. Esse movimento não deveria ser sexy, mas é. Sempre. Especialmente em alguém atraente como Steele, cujo abdômen provavelmente poderia ter o próprio código postal.

Quero dizer, o de Greyson também poderia, mas ele não está na minha frente neste momento. E quando foi que prestei atenção nele sem camisa? Nunca. Está vendo? Greyson não está na minha mente. E ele definitivamente não está mexendo com a minha cabeça. *Comigo não.*

— Estou confortável aqui — continua Steele. — Conversando com a minha amiga, Violet.

Willow pigarreia alto novamente, e esse é o único aviso que recebo antes de Greyson pairar sobre nós.

Miles sai do caminho.

Greyson agarra a camisa de Steele e o levanta da poltrona. Ele não olha para mim enquanto arrasta o companheiro de casa até a frente do ônibus. Em seguida, ele o joga em um assento e volta para o lugar onde estou. Com o joelho apoiado na beirada do assento, se inclina sobre mim.

— Pare de fazer joguinhos — sibila.

Encontro o seu olhar.

De alguma forma, isso ficou sob a pele dele mais do que qualquer outra coisa. Chego para a frente, até estarmos quase nariz com nariz.

— Você não é o meu dono.

Ele sorri.

— Não?

— Não.

— Isso é o que veremos. — Ele endireita e se afasta.

Bem a tempo de o treinador atravessar o corredor apertado, parando pouco antes de colidir com Greyson.

— Volte para o seu lugar, Devereux — ele dispara. Sua atenção passa sobre nós, e o rosto encolhe em desgosto. — Ônibus da torcida, o caralho. E *você.* — Ele olha para mim. — Você deveria ter mais juízo.

Fico tão surpresa que não consigo dizer nada. Não até ele virar e voltar para a frente. Somente quando ele se senta, é que exalo uma respiração lenta e trêmula.

— Que porra foi esta?

Willow faz uma careta.

— E eu que pensei que poderíamos passar despercebidas.

— Odeio ser desmancha prazeres, mas isso nunca iria acontecer.

25

GREYSON

Eu deveria estar me preparando para o jogo. Mentalmente. O time que vamos enfrentar está invicto, o que já é um contratempo. Eles chegarão confiantes. Se o treinador deles fez o seu trabalho direito, não serão arrogantes. Não vão fazer jogadas ridículas. Claro, estaremos à procura de pontos fracos.

Passamos a semana revendo gravações, tanto dos nossos jogos anteriores como dos deles, à procura de vulnerabilidades.

Esta partida é importante. O técnico nos avisou desde o início que se jogarmos de forma inteligente, *esta* fase da temporada pode nos levar ao sucesso ou ao fracasso. E ele tem razão. Estamos a duas vitórias da classificação para o torneio nacional. Faltam dois jogos. Se perdermos, estamos fora.

Então a verdadeira batalha vai começar.

Mesmo se avançarmos no campeonato, teremos de enfrentar este time de novo. Os *Knights* têm mais recursos e uma faculdade maior do que a nossa. São gigantes. Quem diria que esta pequena cidade de Vermont seria tão louca por hóquei?

Mas em vez de me preparar mentalmente, estou pensando em Violet.

E em Steele.

Fico enfurecido por ele pensar que pode, simplesmente, chegar e tirá-la de mim. Se essa for a sua intenção, ele vai perder alguns dentes. Vou vencê-lo e não pretendo jogar limpo. O idiota é cinco centímetros mais alto do que eu e tem vinte e cinco quilos de músculos a mais. É o que faz dele um bom defensor. Ele pode bloquear alguém contra o vidro como ninguém.

Mesmo assim, eu arriscaria.

Steele está no assento à minha frente. Coloquei fones de ouvido, tentando bloquear tudo. Inspiro pelo nariz e expiro pela boca, forçando os músculos a relaxarem enquanto repasso jogadas na minha mente.

Quando passamos por um buraco na estrada, perco o fio da meada dos meus pensamentos.

— Porra! — grito. Tiro os fones e me levanto, então me inclino sobre a parte de trás do assento ao lado de Steele, quase grudando o meu rosto ao dele. — Qual é o seu problema?

Ele sorri.

— Gosto de te irritar. Coisas interessantes acontecem.

— Se nós perdermos…

— Relaxa, gostosão. Talvez você deixe Erik marcar pela primeira vez.

Solto uma risada de escárnio.

— Há um motivo para vocês, idiotas, não conseguirem participar do torneio há anos. Porque Erik é bom, mas não é ótimo. *Ele não é como eu.*

Apenas esclarecendo os fatos.

O olhar de Steele endurece.

Eu me sento, depois ajoelho. Dez filas atrás, Violet conversa com a sua melhor amiga, algumas outras garotas… e Miles. Jacob também tomou o lugar de Steele. Eu cerro os punhos e fico em pé. Estou a meio caminho antes que ela perceba, e o resto deles também.

— Qual é o seu problema, mano? — Erik me encara quando estou passando. — Apenas relaxe um pouco.

Como se eu estivesse interrompendo o tempo de Miles e Jacob com as garotas? Que merda é essa?

Porra, todo mundo está me dando nos nervos, e tudo porque ela está neste maldito ônibus. Antes que possa estragar ainda mais as coisas ao abrir a boca, agarro o seu pulso e a faço se levantar. Ela não diz uma palavra em protesto enquanto eu a arrasto pelo corredor.

Da mesma forma como fiz com Steele, porém com um pouco mais de gentileza.

Apenas o mínimo.

Eu me sento e a acomodo no meu colo. Ela solta um pequeno grito de protesto, tenta se levantar, mas meu agarre é firme. Suas costas estão apoiadas à janela, as pernas viradas para o corredor. Não sei o quanto ela está confortável, mas não dou a mínima.

Isto não é sobre ela.

— Apenas fique quieta — rosno.

Pego os fones e recoloco nos meus ouvidos. Dou início à minha playlist especial, selecionada para repetir as mesmas poucas melodias. Elas sempre me ajudam a concentrar, e eu as conheço tão bem que posso recitar todas as letras.

Ela está quieta. As mãos delicadas estão sobre o colo, a cabeça agora repousa contra o vidro.

OBSESSÃO BRUTAL

Pouco depois, ela se mexe.

Eu deveria fechar os olhos, mas a observo tentar não se contorcer.

Acho que ela é mais curiosa do que tudo. Eu mudo de posição, e o peso dela recai sobre o meu peito agora. Ela está olhando para Roake, que tem a cabeça enterrada em um livro. Ele não vai olhar para cima até chegarmos lá, isso é uma certeza. Quando percebe, ela relaxa um pouco.

Então o problema não sou eu, é o que os outros vão pensar.

Interessante.

Eu me aninho ainda mais na poltrona, facilitando para que ela se aconchegue a mim. Um tempo depois, é exatamente o que ela faz. Parece resignada quando põe a cabeça no meu ombro. Cada respiração que exala aquece o meu pescoço.

Mas eu prefiro lidar com isso, com os arrepios, e com a maneira como o sangue corre para o meu pau, do que com o ciúme.

Ela estende a mão e tira um dos meus fones. Quase protesto, mas mantenho a boca fechada. Ela o ajeita no próprio ouvido e fecha os olhos, pousando a mão no meu antebraço. E então permanece quieta, e o resto do mundo também desaparece.

Finalmente, *finalmente*, posso me concentrar no que preciso. As jogadas. O gelo. Imagino o taco na minha mão, as minhas lâminas deslizando sobre a pista. O arranhar suave quando escavo e me lanço à frente. O peso do disco quando o empurro adiante.

De repente, o ódio aperta o meu peito.

Não deveria ter de ir buscar Violet para conseguir me concentrar. Estou chateado até mesmo por ser uma opção. Os meus colegas de time se meterem comigo — e pior, Violet me colocar nesta posição.

Sem pensar, enfio a mão dentro do jeans dela.

Ela fica tensa, mas não se afasta. Olho para a esquerda e descubro que Knox foi para outro lado. Não há ninguém na nossa fileira. E ninguém mais pode ver — não que eu me importaria se alguém visse minha mão na calça dela, mas acho que ela iria tentar me deter.

E esse tipo de conflito não pegaria bem em público.

Eu toco o seu clitóris. Ela está molhada e suspira fundo quando o esfrego lentamente, para frente e para trás. Ela não levanta a cabeça do meu ombro, nem quando roço os lábios na orelha dela.

— Lembra do último jogo que você foi, Violet? Lembra do que aconteceu conosco?

Eu e ela. Andando em círculos.

Ela assente em concordância, entreabrindo os lábios.

Meu toque se aprofunda ainda mais, e deslizo dois dedos dentro dela. Sua boceta me aperta, e eu acaricio sua intimidade. Em seguida, volto ao clitóris. E repito. Ela mexe os quadris, tentando obter mais de mim.

— Se nós ganharmos desta vez, o que você vai me dar?

Ela abre mais a boca e fecha em seguida. Ela não sabe que diabos eu quero dela — nem eu sei. Eu me pergunto se o seu corte cicatrizou, se começou a curar. Imagino se ela me deixaria cortá-la de novo.

Meu pau está duro como pedra, aprisionado entre nós.

Este tipo de energia vai me ajudar no jogo.

— O que você quer? — enfim ela pergunta.

A música muda para algo um pouco mais agitado. Esfrego o seu clitóris no ritmo, sabendo que a melodia toca simultaneamente para nós dois. Quero tantas coisas dela. Quero tudo.

— Acho que não vou te dizer — comento.

Movimento os dedos com mais rapidez e ela estremece.

Uma pista. Outra porra de pista.

— Talvez envolva a minha equipe. Talvez eu deixe Steele me ver foder você, então ele vai saber que não há como fazer melhor do que eu… — Mordisco o lóbulo de sua orelha, e noto que está mais excitada agora do que há um minuto. *Bingo*. Ela é tão depravada quanto eu. — Você gosta disso? Gosta da ideia dos outros te observarem?

— Em seus sonhos — ela responde.

Mordo sua orelha com mais força. Agora ela começa a ofegar, rebolando os quadris. Está me causando uma puta agonia na virilha.

— Nos meus sonhos e nas suas fantasias, eu acho. Está tudo bem, querida. Você pode ser tão perversa quanto eu, e não vou julgá-la por isso.

Ela vira o rosto para se esconder ainda mais no vão do meu pescoço, e goza nos meus dedos. Gosto do espasmo dos músculos dela. A conexão do êxtase dela com qualquer loucura que me passe pela cabeça deixa tudo dez vezes melhor.

Eu tiro a mão da calça jeans dela. Os meus dedos brilham.

Ela levanta a cabeça e me observa lambê-los. O seu sabor é doce, diferente de tudo que já experimentei. Não sei por que ela é como uma droga para mim.

— Boa menina — murmuro em seu ouvido.

Voltaremos ao normal amanhã à tarde. E na segunda-feira, o que eu disse à assessora de imprensa vai ao ar. A nossa destruição é iminente.

OBSESSÃO BRUTAL

26

VIOLET

Willow me leva ao consultório do Dr. Michaels cinco minutos antes da hora marcada. Mia Germain se levanta do assento na sala de espera e vem na minha direção. Ela parece a mesma, se não um pouco mais velha. Afinal, o tempo passa para todos nós.

Eu prendo a respiração quando ela se aproxima, convencida de que vai fazer um comentário sobre o meu físico.

Em vez disso, ela apenas abre os braços e me envolve em um abraço gigante.

O cabelo escuro enrolado em um coque no topo da cabeça, tem mechas prateadas aleatórias, que lhe dão uma aparência brilhante de um festão. O suéter grande faz com que ela pareça menor.

— Estou muito feliz por você ter conseguido — diz ela, se afastando.

Solto uma risada nervosa.

— Eu também. Esta é a minha melhor amiga, Willow Reed.

— Os meus pais são hippies — diz ela, tentando explicar o significado do seu nome, ao apertar a mão de Mia. — Ouvi muito sobre você.

Mia ri.

— Eu não ia comentar. Conheci algumas moças e rapazes extraordinariamente talentosos que têm os nomes mais excêntricos.

Willow abre um sorriso.

— Eu teria me encaixado bem, então. Droga.

— Posso dar uma carona à Violet para casa — diz Mia a Willow. — Essas consultas costumam demorar um pouco.

A minha melhor amiga assente.

— Tudo bem. Te vejo no hotel.

Eu sigo Mia por um corredor até a sala de consultas. O Dr. Michaels aparece alguns minutos depois, se apresentando com uma espécie de encanto que espero de Greyson. Tipo: o mundo está aos meus pés.

Por mais estranho que seja, me faz ficar à vontade.

Se alguém deve ser o mais inteligente da sala, prefiro que seja o médico que tem a minha carreira nas mãos.

Ele nos conduz para o seu consultório. Na parede às suas costas, estão duas imagens de raios-x. Ele acende o painel de contraste onde estão fixadas e se senta. Gesticula para nos sentarmos também, em frente à sua mesa.

— Você fez esses raios-x na semana passada, correto?

Eu aceno com a cabeça. Parece ter uma vida desde que escapei para fazê-los no meio da semana. Depois, foram enviados para o Dr. Michaels.

— A boa notícia é que você se curou bem. Os ossos realinharam perfeitamente e o cirurgião usou o mínimo de metal. — Ele aponta para uma área no meio da minha perna. — Quando falamos que uma fratura é *cominutiva*, geralmente implica que ela foi triturada, e significa que o osso está quebrado em vários pedaços e precisa ser recomposto. Não vejo evidências aqui, ou a sua cura foi espetacular.

— Boa notícia — repito o que ele disse.

É a primeira vez que ouço essas palavras...

Mia aperta a minha mão.

— Então, o que vem a seguir?

— Vamos testar a mobilidade, verificar a causa da dor e fazer os testes de força. Será uma consulta longa, Violet, e desconfortável às vezes. — Sua expressão se torna simpática. — Muitos dançarinos passam por nossa clínica após lesões. Antes de começarmos, tem certeza de que é o que deseja?

Se eu tenho certeza? Nunca estive tão convicta na minha vida.

— Espero por essa oportunidade há meses.

Ele sorri.

— Tudo bem. Vamos começar.

O resto da consulta é um borrão. Ele me faz vestir um short esportivo e subir em uma mesa. Arrasta as mãos por cada lado da minha perna, com os olhos semicerrados em concentração. Ele passa muito tempo apertando, sentindo o osso através dos meus músculos.

Em seguida, vamos para uma sala diferente, onde Mia me instrui a fazer exercícios de aquecimento. Ela aumenta gradualmente o nível de cada habilidade. Ao terminar o último, a dor faz o meu joelho dobrar.

E desabo no chão.

O Dr. Michaels me ajuda a levantar, me apoiando por baixo do cotovelo.

— O que você sentiu?

OBSESSÃO BRUTAL

177

Quero dar de ombros, mas não posso continuar desmaiando depois dos exercícios, se quiser subir no palco. Ninguém me selecionaria.

— Sinto uma dor aguda, ocasionalmente — murmuro.

— Ocasionalmente? — Mia levanta as sobrancelhas.

— Normalmente, todos os dias — corrijo.

Porra. Porra. Porra.

— Eu pensei que fosse passar. Ela vai...

— É mais provável que haja danos nos nervos — diz o Dr. Michaels. — Os problemas musculares causariam uma dor mais imediata e o próprio conjunto de limitações.

Ele me ajuda a voltar para o consultório. Depois de alguns passos, consigo fingir que a dor diminuiu. Continua intensa, mas está melhorando. Mia nos segue, e sinto o seu olhar nas minhas costas. Pouco depois, nós nos sentamos de novo. Eu balanço a perna direita. Normalmente não sou uma pessoa ansiosa. A dança foi a minha válvula de escape para o estresse por muito tempo e eu aproveitei para ficar mais confiante. Mas agora estou me desintegrando lentamente.

— Faz muito tempo que você sente essa dor?

Mordo o lábio, incapaz de responder. Os médicos pensaram que a dor nos nervos seria a culpada por eu não voltar a dançar. Eu só esperava que ele tivesse uma teoria diferente.

— Quero que faça uma ressonância magnética para verificar se deixamos passar alguma coisa. Fraturas por estresse também podem ser a causa da dor, e são mais bem detectadas com imagens mais detalhistas. — Ele embaralha os papéis, e é claro que a nossa consulta está terminando. O que é bom, porque estamos aqui há muito tempo.

Eu poderia ter fraturas de *estresse*. As garotas da companhia tinham de vez em quando, especialmente antes de uma audição. As aulas adicionais nos deixavam exaustas, porque queríamos ser as melhores. Era fazer ou falhar, não tinha meio-termo.

Será que correr de Greyson pela floresta fez com que minha dor piorasse?

Será que foram os meus exercícios extenuantes?

Mia dá um tapinha no meu joelho.

— Este não é o resultado que queríamos, mas está tudo bem, Violet.

Está muito longe de estar bem, não tem nem graça.

— Por enquanto, a minha secretária vai providenciar uma receita para ajudar com a dor...

— Não está doendo — deixo escapar. — Eu devo ter feito algum movimento errado, então hoje não preciso…

— Violet. — Dr. Michaels tira os óculos. — Sinto muito. Mas por agora, dançar não é uma opção.

Aquela esperança dentro de mim? Cresceu e cresceu e cresceu, e agora *arrebentou*. A dor é aguda, como se eu fosse perfurada por um atiçador quente. Cada batida do meu coração é dolorosa e difícil.

Eu me levanto. A minha perna não dói como ele diz que deveria. Não mesmo.

— Eu posso dançar — reafirmo a Mia, segurando suas mãos. — Por favor.

— Violet — diz ela, baixinho.

Dr. Michaels pigarreia para chamar nossa atenção.

— Vou recomendar a hidroterapia. É do nosso conhecimento que faz muito sucesso com pacientes que têm dores nos nervos. Depois poderemos te reavaliar.

Engulo em seco. Hidroterapia, basicamente. Natação e qualquer disparate que me mandarem fazer dentro de uma piscina.

— Ah, e Violet — acrescenta. — Por favor, passe pela mesa da recepcionista ao sair. Ela vai agendar a sua próxima consulta e registrar o seu convênio.

Aaah.

— Convênio?

Ele me dá um olhar comedido.

— Se você tiver. Caso contrário, cobraremos de você. Ou da sua mãe?

Por que *caralhos* não pensei em dinheiro? A minha mãe está bem de vida, claro, mas não é… rica para pagar por uma consulta médica aleatória. E ela, definitivamente, vai receber a conta. Sou dependente no convênio de saúde dela por enquanto, até que eu possa resolver as minhas próprias coisas.

De repente, detesto não ter pensado nisso.

Não vou deixar minha mãe descobrir de jeito nenhum. Nada disso.

O que significa… que isto não vai acontecer. Não pode.

Aceno com a cabeça e deixo Mia e o Dr. Michaels para trás. Paro na mesa da recepcionista e digo que não tenho convênio, e que ela pode me cobrar diretamente pela consulta. Ela é simpática, ao me passar a fatura.

— Só vou precisar de um dia… pagarei em breve. — Engulo em seco, com a vergonha me devorando viva. — Vou ligar para agendar a ressonância magnética em *Crown Point*.

É uma mentira.

OBSESSÃO BRUTAL

As minhas finanças não têm sido um problema, porque tenho uma poupança que meu pai criou. Ele colocou dinheiro suficiente para pagar tudo que eu pudesse precisar durante a faculdade. A minha mãe também investiu parte do dinheiro do seguro de vida dele. Mas com o meu primeiro ano terminando, não posso pagar milhares de dólares — o que imagino que vá custar sem um convênio —, já que não tenho um emprego para me amparar.

Sempre fui sensata com relação ao dinheiro, e isso parece estar fora do meu alcance de conhecimento.

Preciso sair daqui. Não consigo respirar. As paredes do consultório se fecham. Os meus dedos adormecem. Quero fugir, mais do que tudo, e é o que faço. Eu me desculpo rapidamente e saio correndo do consultório.

Pode ser que eu arruíne a minha relação com a Mia. Não que isso importe, de qualquer maneira.

Saio apressada pelas portas e chego à calçada com o peito arfando. Apoio os antebraços nas coxas, baixo a cabeça e me concentro em inspirar profundamente. Os meus pulmões estão fracos, liberando um silvo a cada inspiração, como se a minha garganta estivesse fechada.

Minutos depois, o meu peito relaxa. Respiro mais fundo, contando até cinco em cada expiração, mas não elimino a necessidade de sair daqui. Dou dois passos e as portas se abrem atrás de mim.

— Violet! — diz Mia. Ela passa a bolsa por cima do ombro e me alcança. — Eu disse que te daria uma carona.

Luto para controlar as emoções. *Porra*, é realmente difícil não começar a chorar. Quero dizer, eu me senti como uma pessoa louca há dois segundos, mas cair em prantos tornaria as coisas piores. Eu acho. Dinheiro, dor nos nervos e mais exames. Tudo está descendo pelo ralo.

Até essa conta vai me atrapalhar. Foi uma *estupidez* nem ao menos perceber que eu mesma pagaria por isto.

Imagino a minha mãe se afastando de mim, deixando migalhas e pedaços em seu rastro. Eu sou o que ela continua tentando deixar para trás, e de alguma forma continuo sendo devolvida para ela, apenas para ser desprezada novamente.

Está tudo bem — já peguei a dica. Ela não atende aos meus telefonemas, e apenas me liga ou envia mensagens de texto quando é absolutamente necessário. Como no caso de Mia e do artigo de jornal.

— Além disso — acrescenta Mia —, caminhar seria uma droga.

Engasgo com uma risada. Ela tem razão. Aponta para o carro e eu deslizo no banco do passageiro. Nós nos afastamos do meio-fio, e seguimos pela rua antes de ela olhar para mim.

— Você sabia que eu já quebrei o tornozelo?

— Como? Quando? — insisto.

— Nos meus primeiros anos de bailarina. Eu tinha dezenove anos e era voraz. Em um ensaio particularmente brutal, enquanto eu perseguia os meus sonhos e fui escolhida como principal, dei um salto ruim. Aterrissei de mau jeito, e a coisa estalou sob o meu peso. — Ela se cala.

Todas nós já ouvimos histórias horríveis sobre isso, mas eu não sabia que tinha acontecido com ela.

— Fiquei fora por um ano. — Ela me lança um olhar de soslaio. — Eu queria muito voltar. Passei por três cirurgias antes do meu tornozelo aguentar. Nesse momento, não estou aconselhando. Só estou dizendo que o 'não' de agora pode ser por um motivo que vai te fazer melhorar. Não por causa do acidente que quebrou a sua perna.

Aceno com a cabeça uma vez e fixo o olhar na janela lateral. Vermont é muito bonita. Há mais neve cobrindo o solo aqui, e a maioria dos pinheiros é de um exuberante verde-escuro. Compreendo por que razão, entre tantos lugares, um cirurgião ortopédico especialista escolheu vir para cá.

— Vai ficar tudo bem — ela diz, novamente. — Você pareceu nervosa por causa do convênio. Você está preocupada?

— Mamãe e eu não estamos em um bom momento. — Eu suspiro. — Se ela descobrir, vai ser um pesadelo. E como estou como dependente no convênio dela…

— Você está por sua conta.

— Sim.

Ela acena com a cabeça, depois olha para o papel dobrado na minha mão.

— Eu consegui marcar essa consulta para você e não percebi a situação com a sua mãe. Deixe-me cuidar disso. Não posso fazer o resto, tenho orçamento limitado para o balé, mas isso? Para você? Sem dúvida.

Ela estende a mão para pegar a fatura.

Eu a encaro.

— Você não precisa fazer isso.

— Eu quero. Quero que volte a dançar, Violet. Acho que seria uma pena se o mundo nunca mais a visse em cima de um palco. Pense em contar à sua mãe sobre a hidroterapia. Controle a dor dos nervos. Tenho certeza de que parte disso seria coberto pela seguradora de saúde dela.

OBSESSÃO BRUTAL

Uma dor preenche o meu peito. Tão forte, que não sei o que dizer por um longo momento. Mas lentamente, entrego a fatura. Ela pega, confere o valor total e acena para si mesma. Em seguida, ela o guarda em seu porta-copos.

— Me prometa mais uma coisa. — Ela sorri. — Quando você estiver de pé novamente, me ligue.

Aceno com a cabeça e saio do carro em frente ao hotel. Eu me curvo, do lado de fora, e encontro o olhar dela.

— Obrigada por tudo.

Ela franze a testa.

— Isso parece um adeus.

— E é... pelas próximas seis semanas. Talvez mais. Quem sabe se estarei bem o suficiente até lá. Talvez precise de mais seis, ou oito, ou doze para voltar a dançar.

Amargura. Estou tão amargurada que sinto o gosto na minha língua, como cinzas.

— Nós vamos chegar lá — diz ela.

Fecho a porta e me viro. O maldito caroço está na minha garganta de novo, impedindo as palavras, enquanto sinto o fundo dos meus olhos arderem. Eu chego ao hotel, pego o cartão-chave depois de dar o meu nome à recepcionista e subo as escadas.

O jogo começou há quinze minutos, o que significa que devo estar sozinha. Felizmente. Eu passo o cartão e entro no quarto, que é bem melhor do que pensei. Duas camas *queen size*, as cortinas abertas revelando a bela vista da montanha de esqui.

Envio uma mensagem para Willow avisando que estou de volta, já pensando em dormir.

> Willow: Há uma passarela no terceiro andar que te levará ao estádio. Paris está registrando presença e já perguntou onde você está.

Eu gemo e viro para a direita.

Cinco minutos depois, estou no estádio. Felizmente, Willow me espera do outro lado da bilheteria e entrega o meu ingresso para o cara. Sorrio para ela enquanto ele me permite passar.

— Como foi? — ela pergunta. — Ele te falou alguma coisa boa?

O meu sorriso oscila. Não sei se me sinto esperançosa ou derrotada. Neste momento, as duas emoções estão em guerra na minha cabeça — e a derrota está vencendo.

— Oh, não. — Ela para de repente e me impede de continuar andando. — Você precisa de um abraço? Ou de uma distração? Ou...

— Distração — digo. — Definitivamente uma distração.

Ela acena com a cabeça.

— Okay, bem, vamos assistir os *Hawks* chutarem a bunda de alguns *Knights*, certo? — Ela solta um grito alto, atraindo alguns olhares.

As cores dos *Knights* são vermelha e branca, e todos os participantes fazem uso delas. Percorremos o exterior do estádio, passando por quiosques que vendem pipocas, cerveja, sorvetes.

— Uau — murmuro. — Temos uma boa vista do nosso quarto, não é?

Ela balança a cabeça.

— Esta cidade é louca por hóquei.

Nem me dou ao trabalho de alegar que *Crown Point* também é. Nós apenas disfarçamos um pouco melhor o nosso nível de loucura.

Encontramos os nossos lugares e avisto Paris virando ao redor para contar as cabeças. Eu mexo os meus dedos em sua direção, e ela fecha a cara.

— Ela leva o trabalho a sério, não é?

Willow dá uma risadinha.

— As meninas não a aceitaram como capitã de dança, então ela tem que encontrar diversão em algum lugar.

— Como as coisas estão indo, afinal de contas?

— Dança? — Ela parece se surpreender. Temos seguido a política de *não vamos falar sobre isso*. No começo, eu queria saber tudo. As novas rotinas, as novas pessoas. Mesmo não estando em *Crown Point*, senti que deveria continuar a fazer parte. E então, mais à frente na minha recuperação, percebi que as coisas não estavam indo do meu jeito.

Obviamente, não tenho nenhum problema em continuar a amizade com metade das garotas da equipe. Quando você faz parte, você come, respira e dorme equipe de dança. Elas formam o meu círculo de amigas. E de alguma forma, conseguiram me fazer sentir como a mesma garota que aparecia para treinar com elas todos os dias, sem nunca falar sobre isso.

Talvez tenham conversado com Willow antes de eu voltar. Minha melhor amiga é astuta e uma boa juíza de caráter — a não ser que um cara esteja envolvido —, então ela, provavelmente, seria capaz de expulsar qualquer pessoa negativa.

OBSESSÃO BRUTAL

— Aqui está você — Amanda me cumprimenta. — Não perdeu muita coisa. Apenas um monte de barulho.

Seis fileiras abaixo, os jogadores de hóquei passam pelos nossos lugares. Tento encontrar Greyson, mas não o vejo imediatamente. Levo um minuto para me orientar com as camisas de cor azul-royal, listradas de prata, em comparação com as outras predominantemente brancas dos *Knights*, destacadas com letras vermelhas. Nos jogos em casa, os *Hawks* usam seus uniformes de cores claras.

Miles está na rede. Steele e Jacob patinam à sua frente, saindo para se defenderem da linha ofensiva dos *Knights*. Um dos seus jogadores tem o disco e acelera para o nosso lado. Jacob o intercepta e os dois colidem. Ambos caem.

Um apito soa.

Imediatamente, o jogador dos *Knights* dá um salto. Ele parece furioso, com os dentes cerrados e empurra Jacob. O nosso defensor desliza para trás, entrecerra os olhos e corre para a frente. Jacob agarra o *Knight* pela frente da camisa, arranca o capacete e o usa para bater no rosto dele.

Eu me inclino para a frente no meu assento. O caos se instala.

Tenho um vislumbre de uma camisa azul com *Devereux* nas costas correndo para a briga.

Os árbitros apitam e entram no meio da confusão. Depois de alguns segundos meticulosos, todos os jogadores se separam. Jacob também perdeu o capacete e dá um sorriso sangrento para os *Knights*.

— Oh, merda — murmura Jess.

O árbitro acena com a mão, mandando todos para os bancos. Ele patina até o centro do rinque para conversar com os demais e, finalmente, anuncia que os *Hawks* serão penalizados. Dois minutos de *power play* para os *Knights*.

A multidão — excluindo a nossa seção — grita e canta. Até eu estou indignada o suficiente por saber que não começamos essa briga. Estamos sendo punidos apenas por acabar com ela.

Greyson patina ao lado do vidro, e o seu olhar examina a multidão. Não sei se ele me encontra ou se está mesmo me procurando, antes de voltar à linha central.

Knox e um *Knight* se alinham. Jacob está visivelmente ausente, preso na zona de penalidade durante o *power play*, ou até os *Knights* marcarem.

Nervosa, começo a mordiscar o lábio inferior. Sou péssima em acompanhar jogos de hóquei, principalmente porque as regras são nebulosas.

É emocionante, claro, e eu gosto de *assistir* ativamente. Mas compreender é a minha principal dificuldade.

Tento lembrar se Greyson estava envolvido. Será que ele acertou algum golpe? Será que ele *levou* algum golpe?

O árbitro deixa cair o disco e sai do caminho enquanto o centro-avante dos *Knights* assume o controle. A sua equipe avança rapidamente, aproveitando a defesa reduzida. Steele cobre o melhor que pode, atirando-o para fora do alcance antes que outro ala dos *Knights* o traga de volta.

Dentro de um minuto, eles marcam.

A multidão explode.

Os jogadores de branco e vermelho fazem uma pequena volta da vitória, batendo nas costas uns dos outros e sorrindo amplamente atrás das máscaras. Greyson patina até o banco e se senta. Do outro lado do rinque, eu o observo pegar uma garrafa de água e jogar um jato do líquido na sua boca aberta.

Ele engole com a cabeça inclinada para trás e volta a se concentrar no jogo.

Eles precisam vencer. Jess explicou no ônibus, antes de Greyson me arrastar como um neandertal, que eles tinham que vencer este e o último jogo da temporada se quiserem avançar.

É estressante.

O meu telefone vibra e eu o arranco do bolso.

> Greyson: Você parece preocupada. Não fique.

> Eu: Não estou preocupada com você.

> Greyson: Se pensar assim te faz dormir melhor...

Egomaníaco.

> EU: Por que não está no gelo?

> Greyson: Porque joguei o tempo todo desde o início do jogo. Por que você perdeu metade do primeiro tempo?

Maldito seja ele por perceber — e por trazer à tona memórias que não quero lembrar agora.

OBSESSÃO BRUTAL

> **Eu:** É o seguinte... Vencer é um esforço de equipe. Se quer saber os meus segredos, precisa provar que merece.

Sua pequena bolha de digitação aparece e desaparece. Outra vez. Eu observo, ignorando o restante do jogo. Inferno, ignorando o resto do mundo. Então acontece.

> **Greyson:** Tem alguma coisa em mente?

Posso sentir a sua artimanha daqui. Mordo o lábio. Sei imediatamente o que quero pedir, mas hesito por uma fração de segundo. Os meus dedos pairam sobre a tela. Será que eu deveria? Ou não deveria? Vacilo, mas logo sigo em frente.

> **Eu:** Deixe as suas mãos ensanguentadas da próxima vez.

É um desafio que eu não deveria propor. Não deveria induzir a sua violência. Mas levanto o olhar e o encontro me encarando. Sem capacete, com o cabelo bagunçado. Está arrepiado, como se tivesse passado os dedos por ele algumas vezes. Sua expressão é de... admiração.

Ou pavor.

É difícil dizer deste ângulo.

Ele não esperava por isso. E por que esperaria? Por que ele iria imaginar que eu teria esse nível de sede de sangue? Estou começando a descobrir que gosto do lado sombrio dele. Que acho estranhamente atraente — mas quero vê-lo confrontar outra pessoa. Quero ver até onde ele irá.

Ele se inclina e diz algo ao treinador, que acena em resposta.

Olho para o placar, para a marcação dos segundos que faltam para o fim do primeiro tempo. Os *Knights* estão ganhando de um a zero. A campainha soa. O jogo para.

Eu me sento. Ele vai aceitar o desafio?

E a pergunta mais importante: vou contar a ele os meus segredos se ele aceitar?

27

GREYSON

O treinador bate a mão no meu braço, e eu pulo o muro que divide a pista do nosso banco. O meu substituto, um júnior chamado Finch, patina em minha direção e praticamente se joga por cima dele. Uma fração de segundo depois, as minhas lâminas tocam no gelo e eu me distancio do banco.

Eu me posiciono, os meus músculos se alongam e se aquecem novamente. Tive algumas pausas preciosas, todos os iniciantes revezaram e nos deram a chance de respirar, e então estamos de volta. O outro time não está melhor.

Este jogo está nos testando. Os *knights* não estão jogando limpo, e suspeito que os árbitros não estão do nosso lado. Por causa disso, joguei o segundo tempo com a cabeça no lugar. O suor escorre pelas minhas costas.

Ainda assim, adoro este esporte. O meu sangue vibra, a adrenalina aumenta e o barulho da multidão só me faz lutar com mais garra.

Pego um vislumbre de Violet pelo canto do meu olho. Todas as suas amigas estão preocupadas, e ela parece perdida.

O ala-direita dos *Knights* passa por mim e empurra o taco na minha frente. Não o vejo até estar bem em cima, e ele se prender ao meu tornozelo.

Eu me esparramo pelo gelo.

A raiva explode, fervendo dentro de mim, e eu me levanto novamente. Agora é a minha chance.

— EI! — grito, perseguindo o cara que me fez tropeçar.

Normalmente, seria uma infração. Um *power play* para nós significa um tempo na zona de penalidade para o filho da mãe que cometeu a falta. Mas os árbitros não prestam atenção, nem mesmo quando patino a toda velocidade para cima do *Knight*. Esbarro nele e imediatamente agarro a frente da sua camisa. Eu enrolo os dedos sob a borda de seu capacete e puxo até arrancá-lo da sua cabeça.

Ele me empurra para trás, com um sorriso de escárnio curvando os lábios. Sacana do caralho.

Não vou mentir — eu fico putaço. Dou dois golpes na cara dele, antes das nossas equipes se atracarem. Estou vagamente ciente de Knox ao meu lado, empurrando algum idiota do outro time. Os nossos membros se emaranham. A dor atravessa os nós dos meus dedos. Sinto um estalo, mas continuo a briga.

Finalmente, alguém me tira de cima do cara.

Eu nem percebi que ele e eu tínhamos caído e eu estava em cima dele.

Alguém prende os meus braços para trás, pressionando as mãos na minha nuca.

— Calma, Devereux. — É o treinador falando ao meu ouvido, me arrastando para longe.

Eu debato por um segundo, depois fico quieto. Deixo que me afaste para longe e então me endireito. Eu nunca o vi no gelo antes. Não durante um jogo — nem mesmo quando as brigas começavam. Ele não gosta de amarrotar o terno.

— Vá para o banco — ele ordena.

Pego o taco esquecido e me sento. A minha bochecha lateja. Em algum lugar ao longo do caminho, também perdi o capacete. Knox chega, se jogando ao meu lado, e o entrega para mim. Eu agradeço apenas com um aceno.

— Não comece — resmungo.

— O idiota fez você tropeçar e os árbitros não fizeram nada. — Knox encolhe os ombros. — O time inteiro mereceu a surra.

Eu olho para ele. Sua sobrancelha está ferida, com sangue escorrendo pela têmpora.

Todo mundo já saiu do gelo, menos os árbitros e os dois treinadores. Parece haver alguma discussão em curso.

— Aqui — diz um dos técnicos assistentes, chegando na linha atrás de nós. Ele entrega a mim e a Knox um pacote de gaze.

Eu desvio o olhar.

Bem, estou com as mãos ensanguentadas pra caralho. Como Violet queria.

Violet … está mais para *Violent*. Quem diria que sob um rosto angelical viveria um monstro tão sádico quanto eu?

Uma junta da minha mão esquerda está quente ao toque. A pele está aberta em ambas as mãos, mas essa lesão parece pior.

S. MASSERY

Quebrada, talvez.

Puta que pariu.

O treinador assistente volta e passa por Knox. Ele pega as minhas mãos e pressiona as juntas. Quando sibilo de dor, ele estala a língua. Deveria ter mantido a boca fechada, porque agora ele me olha como se eu nunca mais fosse voltar a jogar. Dramático do caralho.

Estou pronto para lutar contra tudo e contra todos.

— Está tudo bem — reclamo.

Meu dedo anelar está formigando.

O assistente do treinador, recém-saído da faculdade, caçoa:

— Sim, com certeza.

Ele envolve minha mão em gaze, imobilizando os dedos juntos. Em seguida, aponta para a gaze no meu colo e diz:

— Use isso para cuidar da sua outra mão.

Ele se afasta. Knox e eu trocamos um olhar. Não sei o que dizer, porra, o cara me fez tropeçar. As consequências deveriam recair sobre os *Knights*, não sobre nós. Eu me inclino para a frente e baixo o olhar para a linha. Alguns estão em mau estado — Miles tem sangue na camisa e um sorriso ensanguentado. Ele também está sem capacete, sentado como se estivesse muito disposto — e faminto por mais sangue.

— Bom.

Estamos perdendo por um gol. Precisamos da sede de sangue para continuar e nos esforçarmos mais. Restam apenas dois minutos do terceiro tempo.

Treinador Roake, o técnico dos *Knights*, e os árbitros finalmente desfazem o seu pequeno amontoado. Roake atravessa o gelo com a porra dos sapatos sociais como se andasse pelo concreto, saindo da pista. Ele está irritado.

— Devereux — fala o treinador —, vá para a zona de penalidade por cinco minutos, mas depois disso, você está fora.

Eu me levanto.

— Treinador — protesto —, como assim fora?

Ele aponta para mim.

— Uma porra de um *power play* de cinco minutos porque não consegue se controlar. Você acha que os seus colegas de time querem compensar a sua negligência?

Puta que pariu.

Eu pulo por cima do muro e patino até a zona de penalidade. Morro quando os outros titulares tomam as suas posições. Pelo menos a defesa é forte.

OBSESSÃO BRUTAL

Miles me dá um sorriso ao passar. O cara de terno que fica sentado ao meu lado, para ter certeza de que eu realmente fico o tempo previsto e ninguém mais me substitui no gelo, me ignora.

Eu me sento no banco pequeno e começo a bater o taco no chão. Mesmo quando sair daqui, aparentemente serei substituído.

O jogo recomeça. Eu me obrigo a observar cada movimento deles, à procura de fraqueza. A dor na minha mão aumenta por causa da força que seguro o meu taco. Ficar preso por tanto tempo está me matando.

A culpa é de Violet.

Eu teria enlouquecido tanto se ela não colocasse a ideia na minha cabeça?

Não. Sou sempre calmo, inabalável, controlado. Eu sou o patinador que os treinadores sonham em ter na equipe. Não começo brigas, mas, às vezes, acabo com elas.

Esta noite, dei o primeiro soco.

Os árbitros não me tirariam do jogo por isso. A luta é tecnicamente permitida. Afinal, é um esporte brutal. Não, esta decisão é de Roake.

Resmungo para mim mesmo, me inclinando para a frente e apoiando os cotovelos nos joelhos.

De alguma forma, conseguimos detê-los. Ninguém pontua.

Quando o homem abre a porta para mim, entro no gelo e sigo em frente. O treinador grita o meu nome e eu o ignoro. Ele vai me encher o saco por isso. Pego um vislumbre do meu substituto encostado no muro, me esperando chegar lá.

Knox patina ao meu lado.

— Você está bem?

— Demais.

— Vai levar uma surra.

Eu resmungo. Se vencermos, vai valer a pena.

O disco volta para nós, com uma longa tacada de Steele. Eu o recebo e atiro para a frente, me esquivando de um jogador dos Knights que se aproxima. Não é o mesmo idiota que me fez tropeçar — acho que ele também deve ter saído, para cuidar do seu rosto. Passo para Knox, que o mantém por um momento antes de enviá-lo de volta para mim.

Erik, do outro lado do rinque, corre em direção ao gol.

Eu cerro os dentes e lanço o disco para ele.

Ele simula uma tacada, fazendo o goleiro reagir, mas em vez disso, atira de volta para mim. Eu lanço o disco acima da luva estendida do goleiro, e ele sobe para a rede.

Jogo empatado.

Eu bato no ombro de Erik. Ele me retribui, e os seus lábios alargam em um sorriso por trás do seu protetor bucal.

— DEVEREUX! — grita o treinador.

Eu tremo. Erik está calado, o que é incomum. Ele sempre faz um comentário meio idiota quando um de nós é advertido. Patino até o muro e paro antes de bater nele.

O treinador agarra a frente da minha camisa.

— Você acha isso engraçado?

Balanço a cabeça.

— Não, senhor.

— Acha que pode simplesmente tomar suas próprias decisões?

Humm… Bem, funcionou a nosso favor. Não que haja a mínima chance de eu dizer isso em voz alta. Eu sei que o treinador é bom para dar uma surra, se merecermos. Ou uma agressão verbal — ambos são desagradáveis, na minha experiência.

— Sente-se — ordena o treinador. — Não mexa a porra de um músculo pelo resto do jogo. Se você se levantar, ou pelo menos mudar de posição, está fora do time.

Arrepios descem pela minha coluna.

Ele não está brincando.

Sem pressa, eu pulo o muro e fico a uma boa distância dele. Encontro um assento na fila de trás, encostado a uma parede, e desabo. Tiro o capacete e coloco ao meu lado. Depois as luvas, que não favoreceram os meus dedos em nada. Encosto o taco na parede.

E depois vejo o meu time lutar pra caralho para vencer.

Mas, eventualmente, o meu olhar percorre a multidão.

Encontro Violet de novo, por mais que não devesse tê-la procurado para início de conversa.

Quero saber no que ela está pensando. Os seus olhos se desviam para os meus, aparentemente de forma aleatória. Nós nos encaramos, ignorando o mundo, e meu estômago dá um nó. Outro motivo para culpá-la.

Outro motivo para puni-la.

Estou ansioso por isso.

OBSESSÃO BRUTAL

28

VIOLET

> Greyson: Fique depois do jogo.

> Greyson: No seu assento.

> Eu: Por quê?

> Greyson: Porque eu mandei, caralho.

> Eu: Parece perigoso.

> Greyson: Desde quando você não gosta do perigo?

> Greyson: Admita… há uma emoção passando por você agora. Pode ser que feche as mãos em um punho para lutar contra, ou aperte as coxas juntas. O pensamento de nós dois sozinhos… neste estádio?

Eu me arrepio e não respondo.
Não posso.
Porque ele tem razão, as suas palavras causam efeito em mim. Algo desconfortável, que não estou disposta a admitir. Nem mesmo para mim.
Knox marca nos dez segundos restantes, acabando oficialmente com o empate. Willow e as outras meninas saltam de suas cadeiras, gritando e aplaudindo. A minha reação é atrasada, pois estou apertando com força o celular na minha mão. Eu me obrigo a ficar feliz, bater palmas e gritar junto com as minhas amigas.

Há mais uma jogada, o árbitro deixa o disco cair, e a campainha toca. Fim do jogo.

Os Hawks venceram — por pouco. Por um triz, com Greyson no banco durante a segunda metade do último tempo. Ambas as equipes parecem ter passado por uma guerra, mas a nossa equipe azul e prata corre para o gelo em comemoração.

— Vamos lá — diz Willow, puxando a minha mão. — Vamos sair para comemorar.

Sorrio e continuo sentada.

— Eu vou atrás de vocês.

O seu olhar avalia a expressão no meu rosto, e ela finalmente acena com a cabeça.

— Mande uma mensagem se quiser que eu volte para o quarto do hotel. Mesmo se for daqui a dez minutos. Entendeu?

A minha respiração falha e dou mais um sorriso forçado.

— Entendi. Obrigada, Willow.

Ela sai com Jess e Amanda. Leva algum tempo para todos deixarem a seção. Paris não me olha quando passa, mas a ouço mencionar o nome de Greyson. Talvez ela pense que esta é a sua própria versão de um *power play*. Fazer o que ela faz de melhor, flertar com ele em meio a uma multidão de pessoas.

Eu engulo em seco.

Lentamente, bem lentamente, todo o estádio esvazia. Um Zamboni segue em direção ao gelo, conduzido por um motorista velho e abatido. Ele traça um caminho de rastreamento em torno da pista, e o gelo volta a ser uma lousa lisa e em branco. Eu o sigo com o olhar, incapaz de fazer qualquer outra coisa.

Os meus nervos estão à flor da pele.

Eventualmente, ele termina e passa ruidosamente pela entrada. Então o silêncio reina, me obrigando a concentrar no meu batimento cardíaco. No meu corpo. Na constante agonia na minha perna.

Na dor nos nervos.

Não quero pensar em quanto tempo o meu corpo vem me traindo. Eu quero... algo mais do que uma distração. Alguma coisa pior.

E então uma porta do banco dos jogadores se abre e Greyson sai para o gelo. Ele tirou as ombreiras e o uniforme. Usa um suéter preto ajustado e calça jeans. Os patins estão atados por cima. O cabelo dele está molhado.

Ele desliza em minha direção e pressiona as mãos no vidro.

OBSESSÃO BRUTAL

Olhamos um para o outro e, determinado, ele inclina a cabeça para o portão que o Zamboni deixou aberto. Quero ir para o gelo? Não particularmente.

Ainda assim, me levanto e sigo o caminho até lá. Demoro vários minutos até chegar em um corredor acarpetado. Vejo o Zamboni primeiro, estacionado contra uma parede, e depois a entrada.

Greyson me espera bem ali.

Suas mãos estão enfaixadas, a atadura da esquerda mais espessa do que a direita. Isso não o impede de estendê-las em minha direção, e não me impede de aceitar. Ele me ajuda a manter o equilíbrio quando dou o meu primeiro passo para a pista de gelo.

As minhas botas não foram feitas para isto. Eu escorrego um pouco e ele ri. Ele fica mais alto de patins. Enquanto a nossa diferença de altura costumava ser administrável — de uma forma irritante, mas administrável —, agora ele me domina.

Sem aviso, me ergue em seus braços. Um por baixo dos meus joelhos, o outro contra as minhas costas. Os seus dedos cravam com força em minhas costelas.

Eu grito e me agarro aos ombros dele. Uma parte minha está convencida de que ele vai me deixar cair no meio do gelo e assistir enquanto tento voltar para o alambrado.

Ele ri.

— Tudo bem com você, *Violent?*

Entrecerro os olhos.

— Novo apelido. — Ele patina para longe da entrada. Seus movimentos são fluidos, fáceis. Como se tivesse nascido para patinar ao invés de andar. O ar assobia por nós quando ele ganha velocidade. — Você gosta?

— De *Violent?* Não exatamente.

— Combina com você. — Ele flexiona a mão esquerda, visível sob os meus joelhos. — Eu te culpo por isso.

— Você teria feito de qualquer forma — argumento.

No centro, ele derrapa até parar e me coloca no chão.

Merda.

Está vendo? Sabia que isto iria acontecer.

Eu seguro nos antebraços dele enquanto estou ereta, embora não espere ficar em pé por muito tempo. Ele me move em um círculo lento, patinando ao meu redor. Minhas botas facilitam o movimento — como se fosse impossível me impedir de ir aonde ele quiser.

— Você pôs a ideia na minha cabeça. — Ele se inclina, com o rosto quase grudado ao meu. — Você fode comigo em cada chance que tem.

Eu rio. É uma risada maldosa e áspera, até para os meus próprios ouvidos.

— Eu? Olha quem fala.

Eu me solto dele e dou um passo para trás.

Péssima ideia.

Os meus braços giram e tento me agarrar a ele. É tarde demais e os meus pés deslizam, me fazendo cair de bunda no chão, com as pernas entre as de Greyson. Sua metade superior é arrastada para baixo comigo, curvando-o, mas ele consegue ficar de pé.

— Isto está indo muito bem — murmuro.

Ele grunhe e traça o dedo sobre a minha clavícula.

— Algum problema?

Eu me arrepio.

— Nenhum.

— Hum-hum.

Ele me levanta de novo, desta vez me incentivando a envolver as pernas ao redor de sua cintura. As mãos fortes espalmam parte da minha bunda e das coxas. Eu me seguro em seus ombros e travo os tornozelos às costas dele. É estranho, mas me sinto segura assim. De qualquer forma, é menos provável que ele vá me derrubar. A parte boa é que ele se mantém estável. Eu me inclino um pouco para trás, para olhar nos olhos dele. Ele não está sendo desagradável — pela primeira vez.

Abro a boca para perguntar o motivo.

Primeiro o ônibus, quando me fez sentar em seu colo... e me deu um orgasmo. Agora aqui.

— Eu não quero que você seja legal — sussurro.

Ele dá de ombros e patina. Em vez de seguir para a parede, ou para a entrada, ele faz um círculo amplo. Sua mão desliza pelas minhas costas, me pressionando para mais perto.

Deve ser estranho patinar comigo agarrada assim, mas ele não diz uma palavra. Na verdade, parece gostar. Suas lâminas deixam rastros no gelo, formando um imenso círculo. Parece que os únicos sons audíveis são os dos patins cortando o gelo e da nossa respiração.

— Eu amo gelo fresco — diz ele ao meu ouvido. — Amo que não haja outras marcas além das feitas pela minha lâmina. Há algo na perfeição disso que me impressiona.

OBSESSÃO BRUTAL

— Com que frequência você consegue patinar no gelo fresco?

Ele me muda de posição ligeiramente, reajustando o aperto.

— Depende do dia. Algumas vezes, entro furtivamente no rinque de *Crown Point* apenas para esculpi-lo antes de qualquer outra pessoa.

— Então você gosta de tirar a oportunidade dos outros — retruco.

A risada de Greyson é rouca.

— Sim, claro. Se eles quisessem, acordariam cedo como eu.

Humm.

Olho por cima do ombro para ver aonde estamos indo quando, de repente, mudamos de direção. Ele vai para o banco do time, me coloca em cima da mureta e desliza para trás.

Eu o observo ir.

Ele abre os braços e se afasta. É quase como se estivesse correndo no gelo, a toda velocidade na direção oposta. É impressionante. Cativante.

Eu tenho um desejo insano de dançar para ele — porém descarto de imediato.

A raiva me domina por causa do diagnóstico do Dr. Michaels. Estúpido. É muito estúpido como uma coisa pode acontecer, e depois outra, e *outra* acima dessa.

As luzes se apagam, e eu solto um pequeno grito quando ficamos imersos na escuridão.

O som áspero dos patins é a única coisa que me diz que Greyson se aproxima.

Ele para pouco antes de me tocar, lançando lascas de gelo contra a parede. Um segundo depois, os seus dedos deslizam para cima do meu joelho.

— Podemos ficar presos aqui. — Os dedos continuam a subir.

Enquanto isso, o meu coração corre a mais de cem quilômetros por minuto. E então, me dou conta: ele reage melhor ao meu medo. Ele gosta. Ele quer.

O meu medo é como sangue no ar, e ele é o lobo que persegue o cheiro fascinante.

Ele puxa a minha calça jeans, os dedos hábeis a desabotoam e abrem o zíper antes que eu seja capaz de protestar. Logo depois, o tecido está enrolado ao redor dos meus tornozelos. O ar frio toca a minha pele. Meus olhos não se ajustam rápido o suficiente. É como um sentido ausente, pois estou às cegas.

Mas os meus ouvidos captam o som de um segundo zíper e um farfalhar.

E então o pau dele pressiona contra a minha fenda. Os seus patins o deixam na altura perfeita para isso. Para entrar em mim.

Ele me agarra pelo quadril e arremete tão lentamente que eu poderia morrer.

— Esperei o dia inteiro para me afundar dentro de você. — Ele avança mais.

A minha cabeça se inclina para trás. É muito bom, e depois do dia que eu tive? Preciso disso mais do que estou disposta a admitir. Os meus músculos ficam tensos até ele tocá-los. O meu cérebro gira até os seus lábios encontrarem os meus na escuridão.

Eu o trago para mais perto.

Os seus lábios se afastam dos meus, descem do meu rosto até o queixo. Depois passam pela pele sensível logo abaixo do ouvido. Solto um gemido quando os dentes arranham meu pescoço. Com a ponta dos dedos, ergo a bainha da camisa dele, deslizando as mãos pelo seu abdômen.

Sim, antes eu estava certa — eles são definidos o suficiente para ter o próprio código postal. Belisco o seu mamilo, e ele solta uma risada rouca.

— Atrevida. — Estoca com mais força, o suficiente para o meu corpo se chocar contra a madeira lascada e pintada. Ele me puxa para ele de novo, e as suas mãos começam a vagar. Tocam por baixo da minha blusa, depois do sutiã, e espalmam os meus seios. — Perfeitos pra caralho. Os seus peitos são fantásticos.

Ele abaixa a cabeça, termina de levantar a minha blusa e me força a inclinar para trás. Então morde a minha carne.

— Deus, mais — eu gemo. Meus músculos se apertam ao redor dele.

Preciso desta dor para manter a minha lucidez.

— Grey. Mais forte. Porra. — Cada palavra vem com um arquejo. Eu só quero mais crueldade dele. Coloco as minhas mãos sobre as enfaixadas dele e pressiono. Seu corpo libera um espasmo, respondendo a uma pontada involuntária de dor, e ele resmunga.

Ele me pega com um movimento e me deita no gelo.

O frio me penetra, quase queimando, e eu arqueio a coluna para me livrar da sensação. Mas ele já está entre minhas pernas golpeando dentro de mim outra vez, me imprensando à superfície gelada. A sensação é intensa, como se agulhas estivessem me perfurando em cada lugar que ele toca. A bunda, os ombros, a cabeça. O meu cabelo está espalhado e o suor que se acumula na nuca, imediatamente me causa arrepios.

Mas depois de um minuto, só consigo me concentrar em Greyson.

A sensação do corpo quente *dele*, contra o meu, frio. O atrito do seu

OBSESSÃO BRUTAL

pau entrando e saindo, e os lábios dele na minha pele. Sempre em movimento. Peito, garganta, clavícula. Ele deposita uma trilha de beijos suaves em contraste com a dureza do gelo. Apoia os antebraços me ladeando e enrola as mãos na minha blusa.

Ele desloca para o lado e desliza a mão entre nós. Toca o meu clitóris, com suavidade no início, depois com mais força. Dá um puxão e eu quase grito.

— Quero te ouvir — fala ao meu ouvido. — Quero que qualquer pessoa que ainda esteja aqui, saiba exatamente quem está fodendo você.

Fico em silêncio.

Ele gira, um novo ângulo, um novo castigo. Mais forte *e* mais rápido.

— Diga o meu nome.

— Porra. — Fecho os olhos.

Ele tira a mão do meu clitóris e fico sem ar. O seu orgasmo vem rapidamente, do nada, e ele se acalma. Enterrado em mim.

No fundo da minha cabeça, sei que deveria me preocupar. O controle de natalidade não me protege de tudo.

Ele levanta a cabeça e eu lentamente abro os olhos. A minha visão se ajusta. O luar se infiltra pelas claraboias e janelas altas. Fora do rinque há uma suave iluminação de emergência, pouco visível daqui.

O frio me atinge e um arrepio se alastra.

Ele desliza para fora de mim e volta a se ajoelhar. Em seguida, agarra meus joelhos e separa as minhas pernas o máximo possível. Os meus tornozelos continuam presos pelos jeans, que estão dentro das botas.

Quando ele segue o dedo da minha fenda até o clitóris, os meus lábios se entreabrem.

— Aqui está um pequeno desafio para você, *Violent*. — Ele brinca com o clitóris novamente, analisando a minha reação.

Eu me contorço. Quero gozar, estou *quase lá*, na beirada, mas ele se afasta antes que eu consiga. Outra vez. E outra vez. Continuamos assim por toda a eternidade, até eu me desesperar o suficiente para resolver sozinha.

Então eu resolvo.

Eu me toco enquanto ele me observa tremer e gemer, tentando não deixar que ele veja tudo de mim. Odeio isso. Para onde foi o meu autocontrole? Para onde foi a minha determinação? Mas o olhar dele combate o frio, e eu sei como me levar até lá.

Em segundos, estou flutuando.

Ele enfia dois dedos dentro de mim, e eu suspiro com a sensação adicional. Eu aperto ao redor dele, assustada, mas meu orgasmo continua.

Ele acaricia profundamente dentro de mim. Eu estremeço. Continuo a tremer. A minha visão nubla.

— Parece que a sua boceta foi feita para receber a minha porra — diz, eventualmente.

Ele me levanta antes de eu estar totalmente pronta, me colocando de pé. Puxa a calça jeans pelas minhas pernas, se certificando de tocar a pele fria e vermelha enquanto faz isso.

Nós realmente acabamos de transar no gelo?

O meu rosto esquenta de vergonha.

Estou perto o suficiente da mureta para alcançá-la sozinha, deslizando e me atrapalhando até chegar na entrada. Quando estou de volta ao piso estável, passo pelos bancos e entro no corredor que leva aos vestiários.

Sim, não vou voltar lá.

Greyson está atrás de mim.

Ele segura o meu pulso, e não me deixa ir muito longe, fazendo com que eu dê meia-volta. Está um pouco mais claro aqui, as luzes de emergência da parede incidem sobre nós com um brilho amarelado.

O seu olhar vagueia pelo meu corpo novamente.

— Esqueci de dizer antes, mas gosto do seu espírito escolar. Nos veremos em breve, Vi.

E então ele me solta e dá um passo para trás. Eu fico lá, parada, até ele desaparecer na esquina.

OBSESSÃO BRUTAL

29

VIOLET

Volto depressa para o quarto e troco de roupa, pois preciso tirar o cheiro dele da minha pele. Também necessito de um banho quente, mas isso não vai acontecer.

O meu celular pipoca com mensagens de Willow, Jess e Amanda. Elas estão cada vez mais bêbadas.

Penteio o cabelo e retoco o rímel, para realçar. É um visual um pouco mais ousado do que estou habituada, mas me sinto pronta para apenas... deixar acontecer.

A quem preciso impressionar, afinal?

Por toda a minha vida, fui a pessoa feliz. Adorava balé, adorava aulas de dança, adorava os meus amigos. A minha mãe era boa o suficiente para me criar. O meu pai... tanto faz. Crescer sem pai não foi a pior coisa que poderia acontecer comigo.

Embora às vezes pense nele, e no que ele diria se pudesse me ver agora, não consigo saber se ficaria orgulhoso ou desapontado. A minha mãe não ajudava quando eu queria respostas sobre ele. Que tipo de pessoa ele era. Que tipo de *pai* ele foi.

Ele morreu quando eu tinha sete anos.

Sete anos é uma idade estranha.

Consigo me lembrar dele nas mais vagas memórias. Como se a minha mente tivesse pegado aqueles dias, aquelas semanas, e aquelas *anos* e transformado em pinturas em aquarela. Com as bordas borradas e as cores misturadas.

Bonitas, no entanto.

Eu me sento em uma das camas. A minha perna queima pra caralho, e uma dor sobe para o quadril. Lágrimas enchem os meus olhos, e olho para o teto, piscando rapidamente para me livrar delas.

Está tudo bem, digo a mim mesma. *Só preciso sair daqui.*

Willow me enviou o endereço do bar que o time e metade do ônibus encontraram. Ela enviou uma foto de um palco com dois pianos e a área em frente a ele cheia de pessoas. Pego o meu casaco e desço para o primeiro andar, pedindo instruções de como chegar lá.

O recepcionista, com um sorriso, me guia corretamente. Encontro sem muita dificuldade, pago a taxa de *couvert* e entro. Imediatamente, os meus sentidos são afetados.

Está escuro e barulhento demais. Flashes de luzes coloridas tomam conta do palco que é iluminado por dois pianos lustrosos. É um duelo de instrumentos, eu acho, a julgar pela forma como os dois músicos tocam entre si.

Abro caminho em direção ao bar oval no centro do salão, mas decido contorná-lo para encontrar Willow. Ou Jess. Ou qualquer pessoa com roupa azul prateada.

Encontro Miles e Jacob no canto, no modo paquera habitual. A amiga de Paris, Madison, está sentada quase em cima de Jacob. Ele me vê e levanta o copo em um brinde silencioso.

Eu aceno em resposta e sigo o meu caminho.

— Violet! — Steele aparece ao meu lado e passa a mão pelo meu braço. — Ei, aí está você! Nós estávamos te procurando.

— Nós? — Olho em volta, mas não vejo ninguém. Só ele, me encarando. — Você viu Willow?

Ele muda de posição.

— Podemos conversar em algum lugar?

Levanto a sobrancelha, depois aceno com a cabeça. Envio uma mensagem para Willow dizendo que cheguei, mas vou conversar com Steele. Depois guardo o telefone no bolso e o sigo através da multidão. Ele tem os ombros largos e facilmente afasta as pessoas.

Quando tentei percorrer o lugar pouco antes — sem ninguém agindo como um removedor de humanos — tive que empurrar, me embrenhar e esbarrar para chegar aonde queria.

Assim é muito mais fácil.

Conheço Steele desde que comecei a estudar na Universidade de *Crown Point*. Fazíamos parte dos mesmos círculos, especialmente quando comecei a namorar Jack. Ele não tem interesse por mim. Estou certa disso, porque ele vem cobiçando Amanda por anos. Desde que eles ficaram em uma noite, e ela o dispensou logo depois.

OBSESSÃO BRUTAL

201

É um caso de atração e mágoas, e isso é muito mais do que qualquer coisa que eu o tenha oferecido.

A não ser aquele boquete forçado.

O meu estômago revira. Ele vai falar sobre isso? Tentar me convencer a fazer algo do tipo outra vez? Considero parar e voltar para o outro lado, mas não faço. Sigo o meu instinto, ao acompanhá-lo por um corredor vazio. No fim dele tem banheiros e um armário de casacos.

Eu aperto a jaqueta ao meu redor.

— O que houve? — Mantenho o tom suave. Pelo menos Willow sabe com quem estou, no caso de ele surtar aqui comigo.

Ele esfrega o rosto e depois encontra os meus olhos.

— Eu só...

Inclino a cabeça para trás.

— Desembucha logo, Steele.

— Olha, eu só queria me desculpar. Por forçar você...

Estremeço e levanto a mão.

— Pare.

— Violet...

— Pare, Steele. — Não acredito que vou defender Greyson, mas aqui vai: — Greyson e eu temos uma... coisa. É meio fodida. Mas presumo que ele já tenha te contado. — *Mentira.* — Eu não disse nada porque pensei que você estivesse de acordo. Você sabe como é.

Ele semicerra os olhos.

— Você tem algo com Greyson.

— Sim. — Vou me matar por isto mais tarde. — Gostamos de sacanear um ao outro...

Ele dá um passo para trás e ri, mas está nervoso.

— Oh, então... tudo bem. Você sabia? Porque parecia muito perturbada.

Bem... Foda-se. Sim, acho que tentei pedir e implorar pela minha saída. Sem nenhum sucesso. Greyson é duro e inflexível quando quer. Ele é um monstro. Não que alguém precise saber. Eu sempre assumi que, em algum nível, os seus companheiros de equipe soubessem. E estavam de boa com isso.

Acho que há uma linha tênue entre ser um demônio no gelo e fora dele.

— Não tem nenhuma garota por quem você ficaria tão louco, que seria capaz de fazer coisas terríveis? Por ela?

Ele tem a decência de corar.

Então há alguém.

Deixo a curiosidade me queimar, rápido e instantaneamente, e depois a abafo. Se é Amanda ou alguma outra garota que teve a infelicidade de chamar a atenção dele? Não quero nem saber. Pense em mexer em uma casa de marimbondos.

— Foi um castigo — digo, baixinho, me aproximando de Steele. — Mas está sob controle. Tudo bem?

Ele coça a nuca.

— Sim, se é o que você está dizendo, Violet.

— É, sim.

Ele acena e passa por mim, me deixando sozinha no corredor. Eu me recosto à parede, chocada por ter inventado uma desculpa esfarrapada para Greyson.

— Está se sentindo culpada, não está?

Eu olho e encontro Greyson no início do corredor.

— Quanto você ouviu?

Ele dá de ombros.

Meus olhos se entrecerram.

— Isso foi combinado?

Ele sorri.

Merda. Posso ter caído em outra armadilha. Imagine.

Eu estremeço, e ele caminha em minha direção. Não saio de onde estou encostada na parede, porque estou curiosa. Pode até me processar, mas quero ver o que ele vai fazer. Uma pequena parte minha espera que ele enrole a mão no meu pescoço e me obrigue a ficar de joelhos.

Mas ele não faz isso. Ele para e fica com vergonha de me tocar.

E então a pergunta circula na minha mente outra vez, e eu olho para ele.

— Por que me sentiria culpada?

Ele levanta um ombro.

— Só estou pensando que você não me entregou desta vez, porque odeia ter me entregado na outra. — Agora ele se inclina, e a sua respiração sopra no meu rosto.

Aposto que ele tem gosto de uísque. Não sabia que esse era um tipo de noite para embebedar depressa, mas aqui estamos nós.

— Você está delirando.

— Estou? — Ele ri. — Não importa o quanto eu te foda, querida. Ainda te odeio pra caralho.

O meu peito aperta e os meus olhos ardem. Outra vez.

OBSESSÃO BRUTAL

Merda.

Por que diabos estou tendo uma reação tão emocional? Não quero me preocupar com o que ele diz. Parece ser a sua marca registrada de brutalidade. Ele me deixa obcecada e depois age *assim*. Puxa o tapete debaixo de mim.

Eu o empurro e passo por ele. Não levo muito tempo para encontrar Willow, Jess e Amanda. Elas estão dançando com as outras garotas, com bebidas nas mãos. Willow me abraça forte quando apareço, e não se opõe quando pego o seu copo e tomo alguns goles de vodca com tônica.

— Vou comprar a próxima pra você — digo ao devolver.

Eu não quero ficar muito bêbada, apenas o suficiente para aliviar a situação precária que estou vivendo.

Uma das outras garotas agarra o meu braço e se aproxima.

— Parece que você precisa de algo para te estimular, não para deprimir. Eu tenho uma coisa para isso, se estiver interessada...

Eu levanto as sobrancelhas.

— É?

Ela estende a mão, abrindo os dedos para revelar uma pílula branca, inofensiva.

— Molly — diz ela.

— Violet.

Ela ri.

— Não, a droga. Bem, é um coquetel. Vai te estimular como *ecstasy* e te acalmar suavemente quando o efeito acabar... — Ela pisca. — Sou a Sav.

Eu recebo e coloco na minha língua, engolindo em seco. Willow me observa com os olhos arregalados e depois ri. Ela enlaça o meu pescoço e planta um beijo na minha bochecha.

Ah, talvez ela já tenha tomado uma, também.

— Leva quanto tempo para fazer efeito? — pergunto à garota, mas ela já está se afastando.

Deixo para lá e arrasto Willow de volta para onde Jess e Amanda estão dançando. Os pianistas tocam uma música de Lady Gaga, mas há uma batida por trás. Uma sequência estrondosa de notas que mantém a música em sincronia — e nos mantém dançando.

— Você encontrou a nossa amiga da noite? — Amanda pergunta. — Jess é a responsável que vai nos levar para casa.

Ah, bom, esse é um plano brilhante.

— Preciso de uma bebida — digo.

Elas acenam para mim.

Fico parada no bar, em silêncio por um momento. Depois puxo a blusa para baixo, com cuidado. Eu não tenho um decote enorme, mas acho que faz efeito. Segundos depois, o barman para na minha frente. O seu olhar desce, depois volta para o meu rosto.

— Você tem namorado, coração?

Sorrio docemente.

— Não, mas espero conseguir um *screwdriver*. E uma vodca com tônica para a minha amiga.

Ele sorri.

— Eu posso fazer isso por você.

— Obrigada. — Minhas bochechas se aquecem com a insinuação.

Ele me entrega um copo cheio até a borda com suco de laranja e vodca. Eu entrego o dinheiro, espero o troco, depois tomo um gole. O sabor do álcool fica preso no meu nariz, mas eu ignoro.

Fiquei longe das drogas por toda a minha vida. Eu era a boa garota. Aquela que tentava não fazer nada de errado, porque pensava que, por isso, seria salva no final.

Notícia de última hora: isso é uma piada do caralho.

Quando reencontro com as meninas e entrego a bebida fresca para Willow, elas me recebem no seu círculo. Eu deixo a música fluir através de mim, bebo o coquetel e danço. As outras garotas estão mais loucas. Elas pulam e agitam as mãos, gritando junto com a letra.

As luzes verdes, vermelhas e amarelas refletem no rosto de Willow. Tenho sorte em possuir uma melhor amiga como ela. Ela é tão leal como deve ser. Mesmo agora, desliza a mão pelo meu pulso para segurar os meus dedos, se mantendo comigo enquanto nos aproximamos do palco.

Os pianistas em duelo foram substituídos por um DJ que fica em frente a um pódio, entre os enormes instrumentos. Ele liga alguma coisa, e o som se alastra pela minha pele. Eu absorvo as suas palavras por um momento.

Vocês estão prontos para a festa?

Em seguida, elas se desfazem, espalhando-se pelo chão.

Eu sorrio e giro. O meu corpo está mais leve do que há meses. A minha perna não dói.

Ai, meu Deus, a minha *perna* não dói.

Que milagre.

Eu pulo para cima e para baixo cantando junto com a música. Sigo as

OBSESSÃO BRUTAL

205

luzes ao redor do salão com os olhos, o rosto, e todo o corpo. Como se estivesse apenas tentando acompanhar a aventura delas.

— Ei, ei — alguém diz, segurando o meu bíceps.

Eu tropeço para trás.

— Estou bem.

— Você não parece muito bem.

Meu olhar vai subindo cada vez mais.

Grey. Paris. Bem, o primeiro segura as minhas mãos. Eu o afasto e ele coloca o braço em volta do ombro de Paris. O dela está em volta da cintura dele.

Eles estão enrolados juntos, como cobras.

Sim, eles são cobras. Malignas, escorregadias e horríveis.

Eu dou uma risada e bato a mão na boca para suprimir o som. Não importa, a música ofusca o ruído de qualquer maneira. Não tem como conseguir superá-la.

Grey dá um passo para mais perto de mim. Suas sobrancelhas estão franzidas. Não muda o fato de Paris continuar agarrada a ele como se lhe pertencesse.

— Vocês formam um casal bonito. — Eu me aproximo e dou um tapinha na bochecha de Paris. — Conheço o gosto do pau dele. Eu sei que você também, obviamente. Mas só estou dizendo... que acho que ele gosta mais da minha boca.

Ela cambaleia para trás, com a boca aberta.

Eu viro. As minhas pernas não estão funcionando bem, mas faço um movimento de fuga rápido pra caralho.

Jess desapareceu, e Willow também. Mas Amanda me encontra no meio do caminho, acompanhada da menina que me deu a pílula. Dançamos e dançamos até eu pensar que não posso mais me mexer. Os meus pensamentos ficam em branco. Não tem mais Greyson, não tem mais Paris, não tem mais balé. Só música, os meus batimentos cardíacos e as luzes dançando pela nossa pele.

Elas continuam chamando a minha atenção. As luzes, é isso. Elas me lembram das que costumamos usar nos espetáculos. *Usávamos*, eu acho, já que não faço mais parte desse mundo. Ficar sob os holofotes no palco me aquecia. Até mesmo me queimava. Adicione sapatilhas de ponta e coreografia difícil... era demais, mas eu sinto falta.

E então estou no ar.

206 **S. MASSERY**

30

VIOLET

Eu sou levantada, virada e atirada por cima de um ombro. Um braço firma a parte de trás das minhas coxas, me prendendo ao peito do meu agressor. Levanto a cabeça, mas não vejo Paris, nem a lacaia dela, nem a cobra com quem ela se enroscava. Até eu inalar o seu cheiro e eu me dar conta.

Ah.

Grey me leva para fora e desce o quarteirão. Ele não me põe no chão, e eu não luto contra isso. O mundo está inclinando e eu prefiro cair de cabeça na calçada do que deixar que ele me ajude. Neste momento, ele está apenas assumindo o comando.

Não posso fazer nada a esse respeito.

— Sua namorada já te tirou do sério? Foi por isso que voltou para mim? — pergunto ao piso de concreto.

— Ela não é minha namorada.

— Ela sabe chupar o seu pau como eu?

Ele grunhe.

— Você falou isso alto pra caralho lá atrás, sabia?

Reviro os olhos e relaxo ainda mais. Seus passos nem sequer estão me dando dor de cabeça. Na verdade, é bom estar de cabeça para baixo. Eu me deixo levar pelos movimentos dele.

— Ei. Você desmaiou? — Ele me sacode.

Eu grito e agarro a sua cintura.

— Calma, Idiota. Acha que sou o quê? Um saco de batatas? — Reflito em minhas palavras por um tempo, então franzo a testa. — Não responda.

Ele ri.

— Estamos quase chegando.

— Não estou com a minha chave — minto.

— Não está no seu bolso?

É estranho conversar com ele enquanto a minha bunda está bem ao lado da sua cara. No entanto, ele não parece incomodado com isso. Na verdade, o seu ritmo está diminuindo. Pouco depois, ele me coloca no chão, e o mundo vira de novo.

— Opa! — Fecho os olhos. — Eu não me inscrevi para este passeio.

— Você ficou dançando por horas. — Greyson posiciona o meu braço ao redor da cintura dele, e coloca o dele ao redor dos meus ombros.

— Horas? — Balanço a cabeça e o meu estômago revira. — Está mais para minutos. Tinha acabado de chegar lá.

Ele ri e me mostra o celular. Três horas da manhã. O jogo terminou uma eternidade atrás...

Gemo e fecho os olhos, mas ele balança o meu braço.

— Mantenha os olhos abertos, Vi. Temos que te levar para dentro.

Eu resmungo em um suspiro:

— Não quero entrar.

Greyson para e me coloca contra a parede do lado de fora do hotel. O letreiro brilha acima da porta, a poucos metros de distância.

— Por que não?

Esfrego a mão debaixo do nariz.

— Porque lá dentro, tudo vai se tornar real. E eu só quero viver fora do mundo real por mais algum tempo.

Ele olha para mim. Gosta de me encarar. Não sei se percebe que não fixa o olhar em mais ninguém. Apenas em mim. E é meio assustador, às vezes. Mas outras vezes, parece estar tentando abrir um lugar na minha alma para ele, e isso é bem legal. Como se quisesse ter um espaço dentro de mim.

O que ele não sabe é que tem cavado a sua sepultura no meu peito há semanas, e eu no dele. Nós vamos negociar um dia. O meu coração pelo dele. Uma troca justa.

— Você vai fazer perversidades comigo, Sr. Devereux? — Passo o dedo pelo seu peitoral.

Ele se aproxima e se posiciona entre as minhas pernas.

Cara, isso é muito familiar. Não estou zangada com isso.

Não importa o quanto eu te foda, eu ainda vou te odiar pra caralho.

Tenho que me perguntar se há lugar para ódio e amor no mesmo espaço. Em nós. Não sei se quero considerar essa hipótese. Pender para o ódio parece muito menos assustador.

Mas, com ou sem o acidente eu não estaria ainda na mesma situação? Com a possibilidade de fraturas por estresse me tirarem de cena? Indefinidamente, talvez.

Tenho vinte anos. Por quanto tempo conseguiria sustentar esta carreira?

Esse sempre foi o pesadelo que pairou sobre a minha cabeça. O meu corpo ceder antes de eu estar pronta para me aposentar. Isso me levou à UCP. Isso me levou ao curso de negócios do qual eu nem gosto, porque um plano B é melhor do que nada. As aulas de dança vinham primeiro e, ajustar as disciplinas regulares da faculdade em torno do horário delas, era sempre a minha prioridade.

Mas, agora? O único pensamento que passa pela minha cabeça é que eu *não deveria* ter um plano B. Eu deveria ter cerrado os dentes e me empenhado mais no tratamento da fratura, ter passado pela dor, e saído mais forte por não ter outras opções.

Ter um plano B me enfraqueceu?

Tantas perguntas e nenhuma resposta.

— Violet — Greyson fala baixinho. — Você não está em condições para isso.

— Estou tão bem quanto poderia estar. — Solto uma risada rouca. Uma que arranha as minhas cordas vocais. — Deixa eu te contar uma coisinha, Grey: eu sou a garota quebrada.

Ele baixa o olhar para a sua mão e depois volta para mim.

— Diga o que você tem em mente.

Dou uma risada zombeteira. A tal Molly deveria ter me deixado feliz, eu ainda deveria estar flutuando. Sinto falta dessa experiência. Sinto falta da euforia.

Em vez disso, estou encostada a uma parede fria de tijolos, com um homem ainda mais frio à minha frente. E estou ardendo por ele.

Então, ao invés de responder, agarro a frente da camisa dele como eu o vi fazer com um adversário antes de agredi-lo. No entanto, não dou o golpe. Eu o trago para baixo e me levanto ao mesmo tempo, chocando os lábios aos dele.

Eles deslizam contra os meus, e eu recebo a carícia como um consolo. Eu tomo. É o que eu faço.

Eu tomo cada vez mais.

As pessoas da minha vida que me conhecem bem, sabem que eu pego e não devolvo. A minha mãe, por exemplo, deixa sempre aqueles pedaços

OBSESSÃO BRUTAL

209

de si mesma para trás. Eu os coleciono porque a alternativa é pior. Eu os guardo para me lembrar dela, porque mesmo quando estamos uma na frente da outra, ela não está presente. Ela vive em bugigangas e pedaços esquecidos.

O meu pai? Eu guardo as lembranças que tenho dele em aquarela.

Willow? Roubo a sua generosidade e sugo o consolo que ela me oferece. Greyson.

Vou sugar toda a raiva de seu corpo, porque acho que ele pode viver sem ela — enquanto *eu* preciso dela para seguir em frente.

Os lábios dele se movem contra os meus, me dando exatamente o que preciso, e eu abro a boca. Pego a sua língua. Espalmo o pau dele por sobre a roupa e puxo o cós da calça jeans para aproximá-lo. Foda-se a indecência pública. Mordo o seu lábio e depois o acaricio com a ponta da língua. O sangue é metálico e quente.

Nós exploramos um ao outro. Dentes, unhas e dor, até ambos respirarmos com dificuldade.

Ele é quem se afasta primeiro.

É ele que nos mantém firmes, e me seca com o olhar. Eu continuaria pegando até não aguentar mais, eu acho.

— Vamos. — Ele me guia para dentro, passando o polegar sobre o lábio inferior.

O seu braço está quente sobre meus ombros, e eu enrolo os dedos na sua camisa enquanto caminhamos. A minha unha traça um padrão indefinível na pele que consigo alcançar, e ele estremece contra mim.

Quando chegamos ao meu andar, me ajuda e me leva até o quarto. Ele desliza a chave e abre a porta.

As minhas coisas estão em uma das camas do quarto familiar que usei para me arrumar, mas não tem nada de Willow.

Devagar, dou uma voltinha e paro quando ele fecha a porta.

— O que você está fazendo?

Ele abre o armário e revela... As coisas dele.

Meu coração dá um salto.

— Grey?

— Eu troquei o seu quarto — admite, muito casualmente.

Não consigo responder por um bom tempo. Minha boca escancara. Ele trocou o meu quarto? Onde está Willow? Como ele conseguiu fazer isso?

— Knox colocou Willow na reserva do quarto dele. E eu te coloquei na minha. Vocês duas fizeram o check-in separadamente... — Ele dá de ombros. — Foi bem fácil. Cancelamos o outro quarto de vocês.

Eu balanço a cabeça, que começa a latejar.

— Aposto que você tinha uma noite ardente planejada, hein? E então o que aconteceu? Em vez disso, você decidiu me foder no gelo e depois pediu a Steele que tentasse armar pra mim outra vez. — Aceno com a cabeça, minha raiva aumentando. Não estou chapada. A ira atinge um nível para o qual eu não estou preparada. O meu cérebro parece acalmar antes do meu rosto avermelhar ou das mãos tremerem. Eu só sinto a raiva circular sob a pele, pulsando e depois diminuindo. — Eles estão juntos de novo?

— Saíram do bar uma hora antes de eu pegar você.

Perambulo pelo quarto, observando as minhas roupas, a variedade que coloquei na cama quando me troquei, e as enfio de volta na bolsa.

— Qual é o quarto?

Ele balança a cabeça, encostado na parede. Casualmente me bloqueando da porta.

— Não.

— Qual. É. O. Quarto. — Eu o fuzilo com o olhar. — Tudo bem. Vou mandar uma mensagem pra ela.

Tateio meus bolsos... vazios.

— Procurando por isso? — Ele segura o meu telefone.

— É batedor de carteiras agora? Você gosta de se arriscar somente com as coisas das quais pode se safar.

Ele dá de ombros.

— Prove isso num tribunal, Srta. Reece.

Eu me jogo em cima dele, e a minha perna esquerda cede. Desabo no chão com força, evitando por pouco bater o rosto na beirada da cama.

Greyson se ajoelha ao meu lado.

— O que aconteceu?

Coloco o peso sobre o quadril, girando a perna. Observo o seu olhar ir para meu rosto e voltar, e a mandíbula enrijecer.

— Por que você não me fala?

Abro e fecho a boca inúmeras vezes. Não posso dizer a ele. Eu não posso falar sobre isso. E também... tenho um medo enorme de ele rir na minha cara.

—Vi — ele insiste.

— Você já teve vontade de dizer algo muito ruim — sussurro, com a

OBSESSÃO BRUTAL

211

atenção fixa nos meus sapatos —, mas sabendo que ninguém daria tanta importância quanto você?

Ele acena com a cabeça lentamente, depois estende a mão e puxa o cadarço da minha bota. Eu assisto em silêncio enquanto ele o desfaz completamente e desliza o calçado do meu pé, com suavidade. Depois a meia.

Os meus pés são... pés de dançarina. Eles melhoraram desde que parei de treinar, mas os danos remanescentes estão lá. As unhas dos pés lascadas e curtas. Os meus dedos tortos por anos em sapatilhas de ponta. Os pés e tornozelos continuam flexíveis. Eu me alongo todas as manhãs e estalo as articulações. Meus pés até que são bonitos para os padrões de balé, mas para um expectador inexperiente...

Puxo a perna, mas ele agarra o meu tornozelo.

— *Pare.* — Conheço o poder que essa palavra tem, mas falo de qualquer forma.

Ele paralisa.

Essa é a palavra. O vocábulo mágico que acaba com tudo entre nós. Uma parede que cai no lugar — aquela que é a sua proteção e a minha defesa contra ele. Ela vai salvar a nós dois.

Eu expiro. Posso lidar com ele me sufocando, me perseguindo através de uma floresta, me fodendo em uma estratosfera diferente, me intimidando — mas não posso suportar essa bondade.

Não quando não acredito que seja verdade.

— Se vamos dividir um quarto, tudo bem. Posso viver com isso — digo a ele. — Mas não vou fazer... o que você estava prestes a fazer. Levanto e pego os meus produtos de higiene pessoal. — Eu preciso de um banho.

E é melhor ele acreditar que vou trancar a porta atrás de mim.

31

GREYSON

Eu analiso Violet Reece. *A de antes*. Era a garota que parecia ter tudo sob controle.

As aparências exteriores enganam. Sei disso melhor do que ninguém.

Enquanto ela se esconde no banheiro, eu baixo um vídeo do *Crown Point Ballet*. Um dos espetáculos tem a minha garota como protagonista. Mantenho a tela próxima ao rosto, tentando examinar cada expressão dela enquanto dança.

Há outro vídeo na lista sugerida ao lado — uma entrevista com Mia Germain e Violet. Não sei quem é Mia, mas estou curioso para *ver* Violet. Não apenas dançando, também o seu comportamento.

Ela é diferente na frente de uma câmera, e isso fica óbvio logo de cara. Ela está com uma mulher mais velha e as duas se sentam lado a lado em cadeiras acolchoadas. A Violet da tela está mais magra do que agora. Ela usa camiseta, calça *legging* e um cardigã transpassado ajustado na cintura. A parte de cima está aberta e o seu cabelo está penteado para trás em um coque. Até o rosto dela tem uma determinação que não está presente hoje em dia.

A data do vídeo é de um ano atrás.

Aperto o play.

"— Mia — *diz uma mulher fora das câmeras* —, *você criou uma empresa impressionante, e este último show é, provavelmente, o seu melhor trabalho até hoje. Foi uma decisão difícil escolher o seu próximo balé?*"

Mia Germain, diretora. Nome e título aparecem na legenda do vídeo, pairando ali por um momento e depois desaparecendo. Eu avanço a resposta.

"— *E Violet* — pergunta o entrevistador —, *você está com dezenove anos, tem o mundo à sua frente, e acabou de ser escalada como protagonista da próxima produção de Mia,* Lago Dos Cisnes. *Pode nos dizer o que passou pela sua cabeça quando descobriu?*"

OBSESSÃO BRUTAL 213

Violet esfrega as mãos e se inclina para a frente. O seu sorriso é enigmático.

"— *É um sonho que se tornou realidade. Na verdade, Mia ligou para me contar há poucos dias. Houve algumas lágrimas… depois que esse espetáculo acabar, começaremos os ensaios. Não poderia estar mais grata a ela por me dar esta oportunidade.*

— Violet tem um enorme potencial — Mia interrompe, dando tapinhas na perna de Violet. — Ela tem a capacidade única de retratar a inocência do cisne branco e o lado sombrio do nosso cisne negro.

— Você se inspirou em outras bailarinas, Violet?"

— Desliga isso.

Eu solto o telefone. Ele quica na cama e cai no chão, parando embaixo da mesa. Continua a reproduzir enquanto olho para a verdadeira Violet. A garota em carne e osso.

Como está diferente agora. A pele está corada e o cabelo brilhante. Não acho que o seu corpo vá se quebrar quando me afundar dentro ela.

Eu me levanto e me aproximo. Ela recua até se encostar na parede. Usa uma camiseta velha e furada com short. Sem sutiã. Os mamilos endurecem sob o meu olhar, se projetando sob o algodão.

Atrás de mim, a voz metálica da antiga Violet fala sobre quem quer que ela tenha se inspirado.

Eu já assisti *Cisne Negro*, mas é até onde o meu conhecimento sobre balé vai. Sei que esse tipo de papel pode enlouquecer alguém, e era sobre isso que elas falavam. Era *nesse* espetáculo que Violet estava investindo…

— Você seria o cisne quando bati no seu carro. — Eu nunca a vi se apresentar. Será que sua oportunidade foi tolhida antes de ser protagonista?

Ela recua, como se eu tivesse batido nela.

— Não quero falar sobre isso — repete. — Fui forçada a dividir um quarto com você, que agora está agindo como um idiota. — Ela passa por mim, ignorando a reação do seu corpo.

Reviro os olhos e tiro a camisa. Jogo no chão e acompanho Violet, que se afasta do banheiro repleto de vapor e segue em direção às camas. Deveria ter pedido uma do tamanho *king*, mas não sou eu quem vai pagar a conta. O treinador certamente faria perguntas.

Quando ela se vira, a sua respiração falha.

— Sabe o que eu quero, Violet?

Ela ergue o ombro por alguns centímetros e relaxa em seguida. Consigo ver a batalha interior, intensa como um furacão. Ela não sabe qual versão quer de mim. Cruel, brutal, amável, gentil. Eu mudo a toda hora.

Bem, ela faz a mesma coisa.

— Não — responde —, mas você vai me dizer.

Eu brinco:

— Quero uma trégua. Apenas durante o resto desta viagem, até voltarmos para *Crown Point*.

Ela entrecerra os olhos.

— Uma trégua — repete. Coisinha cética.

— Apenas acredite que estou sendo legal de verdade. — Então, caço:
— Não é totalmente estranho para mim.

— É para mim — diz baixinho.

Ainda assim, ela parece intrigada.

O tempo passa. São quase três e meia, e o meu alarme está programado para as 9h. O ônibus sai ao meio-dia e chegamos no meio da tarde. Não é muito tempo. É factível.

— Vamos lá... — pressiono.

Ela finalmente acena.

Dou um passo para a frente e enlaço seu corpo.

A ação a surpreende, mas tanto faz. Sinto que ela precisa de um abraço. Os segundos passam e quase duvido de mim mesmo. Mas então os seus braços retribuem o gesto e ela me agarra com força. Percebo que estou sem camisa no mesmo instante em que ela se dá conta, quando sua bochecha toca o meu peito nu e os dedos afundam na minha pele.

Não importa. O seu corpo se agita e ela começa a chorar.

Oh.

Bem.

— Shhh...

Tento acalmá-la e esfrego as costas dela. Não tenho a mínima ideia de como lidar com uma mulher chorando, mas ela não se opõe ao meu terrível som reconfortante. Continuo acariciando para cima e para baixo, e lentamente nos conduzo para uma das camas. Pelo menos o vídeo no meu telefone parou de ser reproduzido.

Ela respira fundo e estremece, depois dá um passo para trás.

— Obrigada — murmura.

O seu rosto aquece com o constrangimento. O vermelho desce pelo seu pescoço, onde os meus chupões começam a trilhar para o sul. Aposto que se divertiu ao descobrir o corpo marcado.

Dobro a ponta da coberta e pego o meu telefone. Conecto o meu no

OBSESSÃO BRUTAL

carregador e o dela ao lado. Ele está aberto em uma conversa com a mãe. Tem algumas mensagens de Violet — pelo menos cinco — ao longo de três dias, que ficaram sem resposta.

Com os dentes cerrados, viro a tela para baixo e depois coloco no silencioso.

A mãe dela parece ter o mesmo nível de idiotice do meu pai.

Quando me viro, Violet está na cama. Apago a luz e me acomodo ao lado dela, que solta um grito de surpresa.

— O que foi?

— O que está fazendo? — Sua voz é cautelosa novamente. — Você tem a sua cama.

— Estamos dando uma trégua. — Eu me aproximo, ajusto o meu travesseiro, e coloco o braço em volta da cintura delgada. — Fique à vontade.

— Isso é constrangedor — diz ela. — E se eu peidar?

Eu bufo uma risada.

— Ainda bem que estou plenamente consciente de que as mulheres têm funções corporais.

Ela muda de posição.

Péssima ideia.

Sua bunda encosta na minha virilha, acordando o meu pau. Fecho os olhos e tento pensar em outra coisa, mas não funciona. Ela se mexe outra vez, e fico duro de imediato.

Nunca conheci um afrodisíaco que funcionasse como o corpo dela. E por mais que eu queira me afundar no seu calor de novo, não vou. Estou cansado pra caralho — mental e fisicamente.

Ela faz um barulho, mas eu a silencio.

— Ignore o meu pau duro. Vai passar.

Sua risada é ofegante, e ela rola para cima de mim. Uma atitude que eu não esperava de alguém que, há um minuto, não tinha certeza se me queria na cama. Agora estamos cara a cara, e eu me dou conta de que nunca *dormi* uma noite inteira com ninguém antes.

Não havia nenhum motivo para isso.

Queria que ela me dissesse por que está chateada. Se eu especular agora, pode ser que ela me diga. Mas em vez de abrir a boca, me inclino para a frente e lhe dou um beijo.

Quando foi a última vez que fiz isto? Apenas beijei alguém para sentir os seus lábios nos meus?

216   **S. MASSERY**

Não gosto que Violet tenha controle sobre mim, e em breve, o castelo de areia que estamos construindo vai desabar à nossa volta. Mas, por enquanto, eu a abraço e a beijo enquanto as suas mãos vagam pela parte superior do meu corpo. Cada toque parece me acender por dentro, até me queimar.

E, então, eventualmente, nos separamos.

Respiramos em silêncio.

Leva um bom tempo até o sono surgir depois disso.

OBSESSÃO BRUTAL

32

GREYSON

Eu me levanto antes de Violet. Escovo os dentes silenciosamente, visto outras roupas e me sento na cama não utilizada. Desconecto o telefone dela do carregador e ligo, ainda meio irritado por ela não ter pensado em colocar uma senha.

Algumas pessoas são confiantes demais.

Como Violet, que está dormindo na minha cama. Olho para ela e observo o cabelo espalhado pelo seu rosto e os lábios carnudos entreabertos enquanto ela respira longa e profundamente. As pálpebras se contraem, como se os olhos se movimentassem em um sonho, e os dedos se enrolam no travesseiro.

Além do forte aperto, ela parece relaxada.

A minha mão dói, mas cuidarei dela mais tarde. Ambas ainda estão enfaixadas. Ontem à noite as pessoas continuaram falando sobre elas, quando eu tentava ficar de olho em Violet. A urgência habitual de estar no centro das atenções não apareceu, porque *ela* não estava prestando atenção em mim.

Quando foi que o meu cérebro passou a se importar com ela?

Não gosto disso.

Vou para as mensagens, e uma conversa com Mia Germain chama a minha atenção. É a diretora da sua última apresentação, que participou do vídeo. Se parou de dançar balé, por que está falando com ela? Então vejo a hora da consulta, o nome do médico e um nó aperta minha garganta. Volto algumas mensagens, mas não parece ter mais nada a respeito.

Pesquiso Dr. Michaels no Google. Ele atende em Vermont. Na verdade, esta cidade, o que pode explicar o humor estranho de Violet... e, em primeiro lugar, o motivo de ela ter vindo nessa viagem. Será que Mia Germain lhe inspirou esperança, e o médico — um cirurgião ortopédico especializado em trabalhar com atletas — a tirou?

Bem, acho que isso resolve um pouco do mistério. Eu apago o histórico de pesquisa e continuo. Clico nas redes sociais dela e faço com que seu perfil me siga em várias plataformas. Examino os seus *e-mails*, o que se revela um pouco mais proveitoso.

O seu orientador acadêmico enviou o formulário de graduação. O meu polegar paira sobre o botão delete, mas então eu olho para Violet de novo. Ela se afasta de mim, enterrando a cabeça no travesseiro.

Volto às suas mensagens.

O ex-namorado dela enviou várias, que me fizeram ranger os dentes. Há muitas enviadas imediatamente após o acidente: *Estou muito ansioso para você voltar* e *termos um excelente primeiro ano*, e algumas semanas depois: *Porra, Violet, sinto a sua falta. Não me importo com a sua perna, apenas me aceite de volta. Sinto muito.* Então as mensagens param até o momento quando ela volta para a faculdade. Uma grande lacuna.

Eu apago as mensagens dele e bloqueio o seu número.

O que ele disse para ela? Que linha ele cruzou para fazê-la terminar com ele? Por um segundo, eu me enxergo o segurando e arrancando sua língua. As imagens são satisfatórias, apesar de um pouco violentas.

Como ela.

Deixo o seu telefone e dou a volta para o outro lado da cama. Tiro as cobertas dela e deixo tudo deslizar para o chão. Lençóis, edredom. Até não haver nada, além dela. Eu me agacho ao lado da cama, na altura dos seus joelhos, e observo a sua perna esquerda com mais atenção. A cicatriz traça uma linha reta na parte da frente da canela. Estendo a mão e passo o dedo por cima.

Quanto tempo esteve em cirurgia?

Quando foi que disseram a ela que não voltaria a dançar?

Levanto a perna, com cuidado, mudando o seu peso até ela rolar de costas. Espero alguns segundos, mas ela não se mexe.

O que quer que tenha tomado ontem à noite fez o efeito. Primeiro a chapação do momento, depois o apagão completo.

Ela não se move quando puxo a calcinha para baixo, expondo a sua boceta rosa. Foi depilada, os pelos são curtos. Ela já está molhada — sonhando comigo, espero. Toco um dos grandes lábios, traçando a pele quente para baixo, e voltando pelo outro lado.

Umedeço meus lábios com a ponta da língua e me inclino para a frente, rastejando entre as pernas dela. A expressão de seu rosto ainda é

OBSESSÃO BRUTAL

angelical, pacífica. Está totalmente relaxada. Raramente a vejo sem algum tipo de semblante tenso, zangado. Mesmo quando ela goza, ela se segura.

É irritante.

Superficialmente, eu até a compreendo. Não confiamos um no outro. Na maioria das vezes, mal nos toleramos. Mas, em alguns momentos, tudo o que quero é me aproximar o suficiente para entrar na sua pele.

Isso eu não entendo.

Pressiono um beijo no interior da coxa dela. Suas pernas estão abertas e ela não reage ao meu toque. Ainda não. Eu deslizo um dedo nela, e o meu olhar vai da boceta para o seu rosto, uma e outra vez. Empurro para dentro e para fora, dobrando o dedo quando está dentro dela. Depois adiciono outro. Ao esticá-los um pouco, ela muda de posição.

Acrescento outro, depois me curvo para a frente para prová-la. Ela tem um gosto doce, com uma pitada de sal, do suor. Eu a lambo, depois me concentro no clitóris. A minha mão não para de se mexer. Mordo o seu clitóris e mantenho a pressão. O meu foco está no corpo, no rosto dela.

Ela se contorce e os músculos apertam os meus dedos.

É lindo quando goza.

Ela abre a boca e arqueia as costas na cama, empurrando os seios para cima. Os seus mamilos estão duros e eriçados, aparecendo através da blusa fina.

Violet solta um gemido e estremece. O orgasmo a domina.

Espero que o seu sonho seja bom.

Retiro os dedos lentamente, mas o meu pau está muito duro. Sem pensar, subo na cama, tiro o meu short e arremeto dentro dela.

Com força.

Ela abre os olhos e a expressão sonolenta se transforma em surpresa. Acho que não me reconhece. O quarto está meio escuro, o sol ainda não nasceu, e ela empurra o meu peito.

Capturo os seus pulsos e prendo ao lado da cabeça.

— Calma — digo ao seu ouvido. — Sou eu.

— Grey — ela geme. — Sai de cima de mim.

— *Sair* de cima de você? — Giro os quadris, arrancando outro gemido da sua boca linda. — Sério?

Ela se contorce debaixo de mim, e seguro os seus pulsos com mais força. Eu recomeço, porque a compressão da sua boceta no meu pau vai me fazer perder o controle muito em breve. Quando me movo, ela para, pisca rapidamente e me olha com os olhos semicerrados.

— Você teve um sonho bom? — Sorrio com malícia.

Sinto a pulsação agitada sob as pontas dos meus dedos. Os chupões no pescoço dela estão mais escuros agora.

Não há como esconder o que eu fiz.

— Você...

— Se por acaso não acreditar em mim, eu tenho o seu gosto na boca pra provar. — Eu a beijo. Não dou escolha.

Nada é escolha dela, o que não impede a nenhum de nós de perseguir o sentimento.

Eu forço os lábios dela e coloco a língua dentro da sua boca. O hálito matinal, surpreendentemente, não é muito ruim. Sempre achei que todo mundo acordava com bafo de dragão. Eu escovei os dentes antes de bisbilhotar o telefone dela.

Mas não... eu meio que gosto.

Será que Jack a beijava com hálito matinal? Ou ela insistia em correr para o banheiro antes que eles tivessem qualquer tipo de intimidade?

O meu pau fica ainda mais duro quando me lembro que estou experimentando uma Violet sem máscaras. O nosso beijo se torna ardente. Mordo o lábio dela e arrasto os dentes pela sua carne. Ela empurra os pulsos contra o meu aperto e luta por um segundo. Um minuto.

Fogo queima entre nós. Ela afasta os lábios dos meus, vira a cabeça para o lado e beija o meu pescoço. Choques sobem e descem pela minha coluna por causa do seu toque. Ela me marca assim como fiz com ela. De forma feroz a princípio, e com suavidade em seguida. Até eu não aguentar mais.

Minhas bolas se contraem, e eu estoco dentro dela mais uma vez. Em seguida, paraliso, gozando forte, e relaxando alguns momentos depois.

Suavizo o aperto nos pulsos dela.

Ela esfrega o rosto.

— Você não pode fazer isso.

— O que foi? — Continuo dentro dela. Gosto demais da sensação. Não que ela esteja, realmente, com pressa de me tirar de cima. Está praticamente encaixada no colchão. — Não posso te fazer gozar? Ou não posso...?

— Não pode deixar de usar preservativo.

Eu sorrio.

— Por que não?

— Porque você poderia ter uma doença sexualmente transmissível...

— Não tenho. — Franzo a testa. — Eu faço exames regulares. Não sou um neandertal.

OBSESSÃO BRUTAL

— Uh-huh. — Ela estende a mão e passa pela minha mandíbula. — Estou com a pior dor de cabeça do mundo.

— Sorte sua que tenho algo para isso. — Saio de dentro dela e me levanto, mas sou capturado por outro transe. Vou te dizer uma coisa, a boceta dela é fascinante. E a forma como o meu esperma escorre... me faz voltar e enfiar dois dedos dentro dela.

Ela se apoia sobre os cotovelos e me observa.

Olho para cima e esfrego o seu clitóris de novo.

— Estou dolorida. — Tenta afastar a minha mão.

— Isso é ruim. — O corpo dela é um instrumento que aprendi a tocar rapidamente. E estou adorando a experiência, o jeito que as suas coxas tremem e as mãos se agarram aos lençóis. Há um leve brilho de suor na sua clavícula.

Eu empurro a blusa dela para cima e toco o seu seio com a mão livre. Belisco o mamilo não muito forte, apenas o suficiente para deixá-lo mais rígido.

— Grey — ela ofega. — Eu não consigo...

— Você vai. Pela segunda vez, eu acho. — Aceno com a cabeça, para enfatizar.

Algo me acontece quando ela encurta o meu nome desse jeito, mas ignoro a sensação de calor no meu peito. Mais alguns orgasmos farão bem. Em seguida, ela toma os analgésicos para cuidar da dor de cabeça. É provável que precise beber água também. O treinador está sempre no nosso pé por causa de hidratação. Devemos cuidar dos nossos corpos como um templo.

Ela rola para longe de mim. O movimento afasta as minhas mãos e a observo se mover para o outro lado da cama. De bruços.

A bunda dela é perfeita. Meio arredondada, pálida.

Eu subo de novo e monto as suas pernas. Bato forte na bunda dela. Sinto uma dor brutal na mão, especialmente nos dedos. Provavelmente terei que passar a semana com ela no gelo, para estar bem no próximo jogo. Treinar, nem pensar.

Porra, estou me distraindo.

A pele de Violet fica com uma marca vermelha.

Ela não fez barulho na primeira vez, e agora, o seu rosto está pressionado contra um travesseiro.

Entrecerro o olhar na mesma hora.

— Vi.

Ela não responde, se transformou em uma estátua debaixo do meu corpo.

222 **S. MASSERY**

Uma emoção desconhecida passa por mim, formando uma dor estranha na garganta. Apreensão? Preocupação *maior* do que já senti por qualquer pessoa, penso eu, agravando a ansiedade.

É uma reação muito anormal com relação a ela, e fico um minuto sem saber o que fazer.

Então saio de cima e viro o seu corpo, tão rígido que se move como uma tábua. Lágrimas escorrem dos seus olhos fechados, deslizando pelo rosto.

Qual foi a causa?

— Violet. O que aconteceu?

— Nada. — Ela cobre o rosto.

Afasto as suas mãos e a coloco sentada. A blusa escorrega para o lugar.

— Desembucha logo.

Ela inclina para a frente e pressiona a testa no meu ombro.

— Eu só não gosto... disso. Me traz más recordações.

Semicerro os olhos novamente. Já fizeram isso com ela? A espancaram de forma que deixou uma impressão negativa e permanente?

Ela segura a minha mão e funga, depois endireita a posição. A sua expressão é severa quando me encara.

— Seria pedir muito se eu traçar um limite a respeito disso?

— Sim — digo. Sinceramente. — Você não estabelece limites para mim.

Violet estreita os olhos. Gosto de irritá-la, e este assunto parece ser delicado para ela.

— Por quê? — pergunto, deixando mais do meu peso em cima dela.

— É uma razão a mais para eu acabar com o que te faz sentir como se fosse ruim.

— É imoral. — Ela empurra o meu ombro. — Me solte.

— Não até você me contar mais.

— O meu professor de dança costumava nos bater quando errávamos. — Seu rosto fica ainda mais vermelho e ela desvia os olhos.

Eu ergo o meu lábio.

— Pelada?

— Não!

— De forma sexual?

— Greyson.

— Grey — eu a corrijo automaticamente.

Ela me encara com os olhos entrecerrados.

Dou de ombros, me fazendo de indiferente.

OBSESSÃO BRUTAL

— Violet e Grey? Faz sentido para mim.

Felizmente, ela deixa para lá. E com isso, eu a solto. Voltarei com o assunto em outro dia, mas estou satisfeito com as poucas perguntas que fiz. Um professor de dança monstruoso que espancava as alunas por punição, não por prazer.

Que vergonha. Os dois deveriam ser muito próximos.

Mas definitivamente não quando ela tinha...

— Quantos anos você tinha?

Ela cobre o rosto de novo.

— Dez.

Eu fecho a cara. Definitivamente *não* por prazer, então. Minha mãe tinha o seu tipo de punição particular, mas eram maneiras variadas e inesperadas. Acho que ela queria me desequilibrar, ao invés de machucar. O meu pai sempre optava pela dor, como um lembrete para não fazer de novo.

Depois de tomar um Advil, ela entra no banheiro mancando de leve, mas é quase imperceptível. Eu só consigo perceber por que observo a sua bunda enquanto ela passa, e o balanço dos seus quadris é desigual.

O meu telefone vibra.

> Rebecca (RP): Tudo pronto para publicar. Roake aprovou.

Engulo em seco e olho para a porta fechada do banheiro.

Agora não tem como voltar atrás.

33

VIOLET

Os organizadores da viagem alugaram uma das salas de conferência para o café da manhã. Estudantes da UCP se reúnem no local, espalhados pelas mesas e na fila do buffet. No entanto, ignoro a todos, procurando por Willow.

Acabei não mandando mensagem para ela ontem à noite, e sinto uma pontada de culpa. Porém, a sensação diminui um pouco quando a vejo imprensada entre Knox e Amanda.

Grey para ao meu lado. Saber que ele gostou do apelido que usei — especialmente porque partiu de mim, eu acho — me causa uma variedade de emoções. Bons sentimentos. Sentimentos estranhos. É um passo em uma direção inesperada. Como a nossa trégua. Como fingir que não nos odiamos.

Tenho certeza de que queimei a bunda no gelo.

— Está com fome?

Eu olho para ele.

— Um pouco.

Ele sorri.

— Vá se sentar. Vou buscar alguma coisa para nós.

— Não, está tudo bem. — Sigo em direção ao buffet.

Ele segura o meu pulso.

— Vi.

— Grey. — Eu o encaro. — Tenho uma relação estranha com a comida, tá? Não discuta a esse respeito comigo.

Ele me avalia e a compreensão ilumina o seu semblante. Enfim, acena com a cabeça e me solta, mas segue logo atrás. Tenho a impressão de que ele vai observar o que eu pego, o que fico em dúvida e o que recuso sem hesitar.

— Você está tentando dançar de novo?

Eu enrijeço.

OBSESSÃO BRUTAL

— O quê?

— Se estivesse fora de questão, teoricamente, você poderia comer o que quiser. — Ele olha fixamente para o meu prato. — Em vez disso, você está tomando um café da manhã que equivale à comida de um coelho.

Eu resmungo. A hidroterapia é provavelmente um tiro no escuro, e vai me colocar em dívida. Mas caramba, ainda vou tentar. Não vou me permitir definhar, nem me negligenciar. Em algum momento no meio da noite, tomei essa decisão. Prefiro comprometer alguns cartões de crédito a não voltar a dançar. Estou pouco me fodendo para as consequências.

— Não vou perder as esperanças — digo a ele.

Ele rosna baixinho.

Paro e o encaro novamente. O seu cabelo loiro-escuro ainda está úmido. É mais comprido na parte de cima, curto nas laterais, e algumas mechas se enrolam na testa. Olhos azuis. Lábios carnudos. Mandíbula linda de morrer. E, neste momento, emite a vibração de investigar alguma coisa.

O que é, eu não sei.

— Você vai me dizer? — ele pergunta novamente.

Balanço a cabeça. Falei sério quando disse ontem, que não vou revelar o meu medo mais íntimo a alguém que sei que não vai se importar. No fundo, sei que Grey não se incomoda. Ele é incapaz disso.

Somos inimigos.

Esta trégua é exatamente o que ele disse ontem: temporária. Vai acabar assim que chegarmos ao campus.

Então, por que eu deveria navegar em águas profundas com ele agora? Quando sei que ele pode distorcer isso para me machucar mais tarde?

Termino de encher o prato e vou em direção a Willow. A minha dor de cabeça está diminuindo, mas os meus músculos doem. Também me sinto acordada, de uma forma estranha. Como se estivesse atordoada por falta de cafeína.

Pode ser porque Greyson te fez gozar antes de acordar.

Ele perguntou se eu tive um sonho bom. É irônico, claro, mas eu tive. Acabei descobrindo que a reação visceral do meu corpo foi por causa dele.

Embora eu não possa dizer que tenha odiado ser acordada daquela maneira...

É um pouco invasivo. Mas sejamos honestos. *Greyson* é um pouco invasivo. Como ser humano.

— Bom dia! — A voz cantante de Willow precede o seu sorriso besta. — Dormiu bem?

Eu fecho a cara.

— Você me abandonou.

Ela ri e se inclina sobre a mesa.

— Eu estava dançando e, de repente, você sumiu. Pensei que tinha me abandonado.

Olho para ela. *Humm*. A memória da noite passada está nebulosa, por isso vou ter de acreditar na sua palavra. Mas, de qualquer forma, não era a isso a que me referia. Eu falava sobre o quarto de hotel. Olho para o outro lado da sala, para onde Greyson está enchendo o prato. Esteve muito focado nas minhas escolhas, para cuidar da própria refeição.

Ele tira o telefone do bolso, coloca a comida de lado e sai da sala.

— Terra para Violet — diz Amanda.

Eu me viro, com o rosto esquentando.

— Me desculpe. — O que foi?

— Você está bem?

— Estou bem. — Sou boa para disfarçar a dor. Sou ótima em minimizar as emoções. Então, faço exatamente isso: engulo-as lentamente, junto com o café da manhã. O meu estômago revira.

Steele chega, toma o lugar ao meu lado e sorri para mim.

— Oi, Violet.

Oh, sim. Estou zangada com ele por concordar com o estratagema estúpido de Greyson, para tentar piorar as coisas para mim. Como se fosse possível. Talvez Steele *estivesse* se desculpando de verdade, e Grey apenas tenha decidido distorcer as coisas.

Incerta, como em silêncio e ignoro Steele. Ignoro todo mundo, depois descarto o meu prato. Pego um café na cafeteira do hotel e volto para o quarto. Greyson não está aqui e a minha cabeça ainda dói.

Tomo outro analgésico, coloco a minha bebida em cima da mesinha de cabeceira e depois me jogo na cama em que não dormimos. O meu telefone imediatamente vibra, trepidando no lugar. Eu o alcanço e suspiro ao ver um número não identificado.

Se fosse para apostar, eu diria que é um operador de telemarketing ou a minha mãe.

— Alô?

Há um segundo de silêncio.

— Alô? — repito.

— Violet Reece? — Uma mulher. Não reconheço a voz, mas parece

OBSESSÃO BRUTAL

227

bastante profissional. Não do jeito de alguém que quer vender alguma coisa, ou *tenta contato para falar sobre a garantia estendida do seu carro*.

— Sou eu — digo, com cuidado. — Com quem estou falando?

— Martha Sanders — diz ela. — Assistente do Senador Devereux.

Eu me sento tão abruptamente, que o quarto gira. Fecho os olhos e tento não vomitar o meu café da manhã no colo. Que porra ele quer de mim?

— Humm… okay… — respondo fracamente. — Como posso te ajudar?

— Greyson nos informou que você está estudando na Universidade de *Crown Point*.

Mordo o lábio e depois me forço a soltá-lo. Não consigo disfarçar o tom quando respondo:

— Sim. Desde o primeiro ano.

Ela se cala por um momento.

— Veja, não esperávamos nos deparar com essa… complicação.

Não respondo. Que merda eu deveria dizer a respeito disso? Como posso ser culpada por eles terem enviado Greyson para a mesma faculdade que *eu* frequento…?

— O negócio é o seguinte, Violet. Acreditamos que Greyson teria melhor rendimento sem distrações. Ele te falou que está se empenhando para chegar à NHL?

— Não — eu sussurro.

Ela estala a língua.

— Bem. Existem rumores de que vocês dois estão romanticamente envolvidos. Tenho certeza de que sabe como os rumores são prejudiciais. Especialmente porque as coisas na internet nunca desaparecem para sempre. Não é mesmo, querida?

Eu *realmente* sei que as coisas na internet nunca desaparecem para sempre. Sei que tem um vídeo meu, fazendo um boquete em Jack. Há uma matéria que suja o nome de Greyson, juntamente com o meu. Existe outro artigo, de seis meses atrás, que *não* partiu de mim — mas poderia ter sido. Os meios de comunicação divulgaram por vinte e quatro horas antes de ser bloqueado e eliminado. *O filho do senador dirige bêbado, bate e sai impune.* O jornal divulgou um pedido de desculpas pouco depois, e foi silenciado, mas a internet é para sempre.

Havia muita coisa acontecendo naqueles dias. Muitos traumas. Eu estava confusa por causa da medicação para dor, da minha perna engessada e do meu futuro acabado. Greyson foi solto da prisão antes mesmo de eu sair da cirurgia. Que porra foi essa?

Fiquei contente por ele ter sido difamado.

Eu fiquei feliz por *alguém* prestar atenção no que me aconteceu.

Mas isso me prejudicou e parece que vai me atrapalhar para sempre.

— O que você quer? — Minha voz está rouca.

Martha pigarreia de leve antes de dizer:

— Chegou ao nosso conhecimento que você pode ser capaz de dançar novamente. É verdade?

Eu congelo. A minha mão, quase que por vontade própria, desliza pela perna. Eu envolvo os dedos ao redor da panturrilha, segurando forte.

— Não sei — respondo. — Talvez.

— O seguro de saúde é inconstante a respeito dessas coisas — continua ela. — E se você necessitar de mais fisioterapia ou cirurgia…estamos dispostos a ajudar. A sua mãe não nada em dinheiro, não é mesmo? — Ela faz uma pausa. — Considere como uma doação para o seu futuro.

Eu encaro a parede. Os meus olhos ardem. Eles pagariam pelo que preciso para dançar de novo? A ressonância magnética, a hidroterapia. A minha dor nos nervos pode desaparecer. Eu poderia *dançar* outra vez.

Onde está Grey?

— Me ajudar — repito, enquanto o meu cérebro tenta captar o significado subentendido. — Como…

— Como fizemos antes.

Hein?

— Espere…

— Violet — interrompe Martha. — A questão é essa. Você e Greyson só precisam ficar longe um do outro. Não nos interessa como vocês farão. Ele está se distraindo, até o treinador concorda. Naquela briga de ontem, não se comportou como de costume, e você é a única novidade. O futuro dele é importante.

Eu o induzi a brigar. Uma lágrima escorre pela minha bochecha, pois ela está certa. Eu sou uma distração para ele. E eles estão me entregando os meus sonhos de bandeja.

O futuro dele é importante. E o meu também.

— Tudo bem. — digo, porque, se fizesse o contrário, jamais me perdoaria. Se eu não lutar pelo balé o máximo que puder, vou entrar em combustão. — Enviarei as contas pra você.

— Boa escolha. — A linha fica muda.

E eu fico pensando no tipo de acordo que fiz com o diabo.

OBSESSÃO BRUTAL

Jogo o telefone de lado.

Um momento depois, a porta se abre e Greyson aparece. Ele me vê na cama e sorri.

— Tire a roupa.

Os meus lábios se entreabrem.

— Vamos embora em breve.

— O ônibus sai daqui a uma hora. É tempo de sobra. — Ele mexe as sobrancelhas. — Vamos, Vi. Trégua temporária e tudo mais... este é o meu lado mais simpático que você vai conhecer.

Engulo em seco. *Isso é verdade.* Ele ainda não sabe. Então, não é incômodo nenhum baixar a minha calça e me livrar dela chutando o tecido para o lado. Ele fica parado no pé da cama e observa o meu pequeno show. Sento e tiro a minha blusa, depois desabotoo e removo o sutiã. O ar frio toca os meus mamilos, e eles instantaneamente enrijecem.

Eu me inclino para trás outra vez, e levanto os braços acima da cabeça. As minhas pernas estão abertas.

A sua expressão se torna intensa e ele arranca as roupas. O pau dele já está duro, balançando à frente enquanto ele rasteja em minha direção. Ele paira sobre mim, espera um momento, depois afunda no meu interior com um impulso forte.

Eu arqueio as costas e o meu peito roça no dele, que solta o peso em cima do meu corpo e me envolve com os braços, imprensando meu corpo ao colchão.

Enlaço seus quadris com as pernas, cruzo os tornozelos, e abraço o pescoço dele.

Sinto como se fosse uma despedida.

A vibração foi de divertida à séria em um piscar de olhos.

Arrependimento se alastra por mim, mas eu o coloco de lado e tomo os lábios de Grey. Amo a sensação dele deslizando para dentro e para fora, com a pele pressionada contra a minha. O seu peso me estabiliza.

Não deveria, mas aqui estamos nós.

As línguas se tocam, explorando as nossas bocas. Sinto o gosto de suco de laranja.

Eu não imaginava que iria gozar assim. Nunca gozei sem estimulação do clitóris. Mas, de repente, o êxtase me atravessa, e eu aumento o aperto ao redor dele. Os meus músculos contraem. Ele bombeia mais duas vezes, permanece dentro de mim e solta um rugido que reverbera por nós dois.

S. MASSERY

O meu coração bate descontrolado.

Ele afasta os lábios dos meus e enfia a cabeça no meu ombro. Talvez seja o dia de hoje, o telefonema, ou o que quer que tenha acontecido ontem, mas dói. Tudo dói. A minha pele, os meus pensamentos, os meus ossos, o meu coração.

Fico abraçada a ele mais um tempo. Até os nossos telefones tocarem, os alarmes dispararem nos alertando que o ônibus sairá em cinco minutos. Ele me solta, desce da cama e desaparece no banheiro. Eu continuo deitada, pensando se vou conseguir me mover depois disso.

Não foi fisicamente intenso, mas emocionalmente?

Quanto podemos transmitir sem palavras?

Ele volta com uma toalha na mão. Se senta ao lado do meu quadril, e eu me assusto quando passa o tecido úmido nas minhas partes íntimas.

— Está tudo bem — digo baixinho.

Eu me levanto e entro no banheiro. Os nossos pertences estão embalados perto da porta, então, depois de limpos e vestidos, ambos saímos.

Ele não diz nada, nem eu.

Willow me leva para o ônibus da torcida, longe de Greyson e do time de hóquei.

E sabe o que mais? A esta altura, estou de boa com isso. Tenho vergonha de dizer que me apeguei. Gosto do comportamento idiota dele. Gosto quando ele aperta os meus gatilhos — e eu os dele. Temos fixação um pelo outro. Nós *estávamos* grudados, mas então...

Por ordem de seu pai, teremos que nos afastar. Por que não começar agora?

OBSESSÃO BRUTAL

34

VIOLET

Willow me apressa depois da primeira aula. Ela quase me atropela; derrapa a centímetros de distância, e me arrasta para o banheiro. Depois de verificar todas as cabines, tranca a porta principal.

— Que porra é essa, Violet?

Eu recuo.

— O que foi?

— Que. Porra. É. Essa. Violet. — Ela me encara. — Você deveria avisar quando for sair fora do roteiro.

Solto a mochila e dou de ombros, perdida e mais do que um pouco confusa.

— Eu não tenho a mínima ideia do que você está falando. Vai me dizer ou continuar me repreendendo?

— Isto. — Ela pega o celular e o empurra para mim.

É um blog dos *Hawks* da UCP. Tem todos os tipos de postagens sobre times, relatórios e cobertura dos jogos... além de anúncios divulgados pela assessora de imprensa, Rebecca Dumont.

— A gente teve uma reunião com ela um dia desses — digo lentamente.

Clico na postagem mais recente que foi publicada há vinte minutos.

Willow logo a encontrou, em seguida eu também. Não sei bem o que espero descobrir. Eu disse à Rebecca que o artigo anterior publicado no jornal era uma invenção completa. Que além daquela fotografia, não havia nada que me ligasse a Greyson.

Parece que agora, a versão oficial é que *eu* fui responsável por ele. Outra vez.

Justamente quando foi varrido para debaixo do tapete, eles o arrastam de novo para o centro das atenções.

Ela faz referências a mim e a Greyson — mais a ele, é claro. E poucas ao seu treinador. Até Steele e Knox. Todos concluem que estou obcecada por Greyson e sua ascensão à fama, desde que cheguei à Universidade de *Crown Point*. E que, sim, eu tenho uma história com ele. Nós nos conhecemos porque crescemos na mesma cidade. E o acidente que tirou a minha carreira me deixou amargurada.

Eu.

Amargurada.

Olho para as palavras de Steele, que apenas confirmam que ele e Greyson estavam sacaneando comigo. Típico.

Sufoco uma risada.

— Isso só pode ser uma piada. Certo?

Eles dizem que fui eu que entreguei a história para o jornalista. Que uma pessoa próxima a mim tirou a fotografia na casa de Greyson.

Todas as pontas foram amarradas. Minha culpa, minha amargura, meu arrependimento.

Bem, *é ele* quem vai se arrepender por ter me irritado.

— Provavelmente não terá muitas visualizações — comenta Willow.

Eu balanço a cabeça e devolvo o telefone dela. Recebi reação negativa pelo artigo que foi publicado e posteriormente retirado. Isto vai espalhar como fogo... e ninguém vai aliviar a pressão em cima de mim.

As únicas pessoas que conseguiram abafar a repercussão dos outros artigos têm participação nisso. O sobrenome Devereux. Jogaram tudo em cima de *mim*, e a responsabilidade é de Greyson. Do treinador. E dos seus companheiros de time.

Porra.

— Vamos sair daqui — finalmente digo.

Ela abre a porta do banheiro e caminha ao meu lado até a minha próxima aula. No mesmo instante, começo a receber mais atenção e eu odeio isso. Todos me encaram. Um cara para na minha frente, me olha de cima a baixo, depois ri. Como se me julgasse em dois segundos e me declarasse culpada.

Eu tremo.

Willow agarra a minha mão e continua me puxando.

— Ignore.

Falar é fácil. Nós nos separamos meia hora depois, e eu me sinto... ligeiramente melhor. Mas o resto do dia é um inferno.

Entro na biblioteca depois da minha última aula, com a intenção de terminar um trabalho antes de ir para casa. A única coisa boa é que a maioria das pessoas não tem o meu novo número, e felizmente, tudo está silencioso.

OBSESSÃO BRUTAL

Greyson tinha de saber que isto ia acontecer. Queria ter a ingenuidade de pensar que não participou disso. Ele conversou com a relações públicas depois que eu saí da sala. Conseguiu o apoio dos seus colegas.

Maldito time de hóquei.

Eu me obrigo a deixar as garotas da dança em paz. Não quero arrastá-las comigo. Na verdade, todas deveriam fingir que eu não existo até tudo acabar.

Greyson ganhou desta vez.

— Ninguém quer você aqui.

Eu olho por cima do meu laptop. Um cara do time de futebol está parado na beirada da minha mesa, com a testa franzida em sinal de raiva.

— Todos vocês tomam a opinião como uma seita, não é?

Ele chega mais perto.

— Está me chamando de idiota?

Não, mas você provavelmente é. Sorrio docemente para ele, escondendo os meus dentes cerrados.

— Jamais.

Ele se inclina para baixo no meu espaço, me forçando a recuar na cadeira e colocar alguma distância entre os nossos rostos.

— Se você fode com o time, fode com a faculdade inteira. Entendeu?

— Você realmente deveria arranjar uma frase mais criativa. — Eu reviro os olhos. — Vá embora.

Ele fala com escárnio:

— Espere pra ver. Prostituta.

Ele não vê a minha hesitação. Já se virou, passando pelas estantes para voltar para ao salão principal. Estúpida que sou, não deveria ter escolhido uma mesa isolada. Era para ficar livre dos olhares.

É claro que, em vez disso, sou abordada.

Finalizo o meu trabalho rapidamente, mas não consigo me livrar do sentimento instável.

Prostituta. Nunca consegui resolver o mistério de quem destruiu o meu quarto. Pensei ser a mesma pessoa que o invadiu na segunda vez, mas quanto mais penso, menos faz sentido.

Viro a página do caderno e começo uma lista.

Greyson e eu descobrimos que estávamos na mesma faculdade na noite que voltei. Antes mesmo de o semestre ter começado oficialmente. Na mesma oportunidade, ele conseguiu gravar um vídeo meu, bêbada fazendo um boquete no Jack.

A propósito, um erro enorme. Mal me lembro de ter feito essa porcaria. Acho que fiz, porque gosto das emoções que acompanham esse tipo de situação. Arriscar a ser apanhada. Bem, é óbvio que fomos pegos. Será que Jack notou? Viu que Greyson estava filmando e não disse nada?

Depois, alguém invade o apartamento e acaba com o meu quarto. Deixa o de Willow — e o resto da casa — intactos. Escreve *prostituta* na minha parede de fotos. Destrói a maioria das minhas roupas.

Suspeitei de Greyson, mas ele nunca falou nada a respeito. Em absoluto. Ele já teria encontrado uma maneira de esfregar na minha cara.

Em seguida houve o incidente no vestiário e imediatamente após, a segunda invasão.

Não muito tempo depois, aparece um artigo que inclui uma foto que, com certeza, esteve na minha parede. Na imagem, estamos eu e a minha mãe na porta do hospital, com expressões não muito felizes. Não era aquela do meu Instagram, onde fingimos os nossos sorrisos. Lembro que depois disso tive uma pausa.

O artigo, tanto on-line quanto o impresso, foi removido. Não sei se todas as cópias impressas foram destruídas, mas sei que foram retiradas do campus. E talvez de outros lugares também.

Toco os meus lábios.

Desde o artigo, é claro que aconteceram outras merdas entre mim e Greyson. Mas, além disso… eu tinha a impressão de ser vigiada.

Mas descartei a sensação. Eu, estupidamente, pensei que era Greyson quem me perseguia, mesmo quando eu estava com ele, ou indo encontrá-lo. Sou mais idiota do que me dou crédito. Será que tem alguém me observando?

Quem destruiu o meu quarto teve alguma coisa a ver com o artigo?

Quando a segunda invasão aconteceu, a maioria dos meus pertences pessoais já tinham sido jogados fora. Neste momento, o meu quarto não está melhor do que uma lousa vazia. Roupas, umas bugigangas, algumas fotos que recuperei e coloquei em molduras. Se queriam mais alguma coisa, não encontraram nada aproveitável.

Então, qual é a ligação?

Não tenho resposta.

Em vez disso, arrumo as minhas coisas e vou para casa. A caminhada me dá calafrios. Mantenho as chaves entre os dedos, escondidas sob as mangas do casaco. O meu gorro está puxado para baixo, cobrindo os ouvidos, e eu continuo olhando ao redor como se alguém fosse pular em cima de mim.

OBSESSÃO BRUTAL

Willow se encontra em um ensaio extenso de dança, e o apartamento está escuro quando chego na calçada da frente.

— Violet.

Depois de quase dar um grito, me concentro na pessoa sentada nos degraus da minha varanda. Era apenas uma sombra curvada, até ele se levantar e abaixar o capuz.

Jack.

O alívio me inunda e eu caminho em direção a ele. Bato no seu ombro.

— Você quase me matou de susto.

Ele ri.

— Me desculpe. Tentei ligar, mas vai direto para a caixa postal.

Passo por ele e destranco a porta, acendendo as luzes pelo caminho. Ele vem atrás de mim e tira os sapatos. Faço uma pausa, depois me livro do casaco e das botas.

— Não tocou — digo, percorrendo minhas chamadas recentes. — Não sei o que aconteceu.

Ele passa a mão pelo cabelo.

— Bem, eu só queria oferecer o meu apoio. Eu sei que você não deve ter muito nesse momento...

— É verdade. — Eu franzo a testa. — Para ser sincera, um dos seus amigos do futebol me ofendeu na biblioteca.

Ele levanta uma sobrancelha.

— O quê? Quem?

— Bem que eu queria saber. — Suspiro. — Na realidade, talvez seja melhor não. Quem diria que as pessoas investiriam tanto em um cara?

Um popular, sexy, encantador...

Para com isso, cérebro.

— Bem, estou aqui para você se sentir melhor. — Ele dá um passo à frente e passa as mãos para cima e para baixo nos meus braços. — Jantar? Filme?

Eu respiro e me vejo concordar, embora alguma coisa revire dentro da minha barriga. Não sei por que não quero passar um tempo com ele — provavelmente porque não é ele quem eu realmente gostaria que estivesse aqui. Mas a pessoa a quem desejo é fruto da minha imaginação. A trégua que eu e Greyson combinamos foi temporária. Terminou no minuto em que chegamos a *Crown Point*.

Por isso, não me vou iludir.

— Parece uma boa ideia — acrescento tardiamente.

Ele desaba no sofá e bate no espaço ao seu lado.

— Sabe — diz ele. — Se eu fosse você? Eu iria querer me vingar dele.

Eu levanto a sobrancelha.

— Como?

— Eu não sei. Encontrar o seu ponto fraco. É óbvio que Greyson está por trás disso, certo? Nunca gostei daquele cara. — Ele bate no espaço novamente.

Eu o ignoro e me sento do outro lado do sofá, envolvendo as pernas com os braços.

— Encontrar o ponto fraco? O cara é praticamente feito de armadura.

— Você tem razão. Nem mesmo um artigo difamatório poderia derrubá-lo.

Sim. Aquela matéria. Penso na minha lista, nas coisas estranhas que estão acontecendo desde que voltei. Talvez tenha menos a ver com Greyson e mais a ver comigo. Eu sou a vulnerável.

De qualquer forma, não vou resolver o mistério esta noite.

Eu me acomodo e deixo Jack escolher um filme. Ele também pede comida e corre para a porta quando ela chega. Não vou mentir… é bom ter companhia. Eu me sinto melhor por não estar sozinha no apartamento.

Ainda assim, o fato de Jack ter me deixado tão rápido depois que o vídeo viralizou, ainda dói.

E a preocupação de que ele possa ter visto Greyson gravar…

— O que tem acontecido com você desde…? — Mordo o lábio e coloco minha comida na mesinha. A maior parte da pizza já se foi, o filme está pela metade. Não tinha a intenção de falar do vídeo, mas aqui estamos. Ele foi muito frio, do lado de fora do refeitório. Até mesmo, detestável. E aqui estou eu, sentada junto dele no meu sofá, como se estivesse tudo bem. Não está. Está longe de estar bem. — Na verdade, Jack, acho que você me deve um pedido de desculpas.

Sua expressão é de puro arrependimento.

Conversamos brevemente depois que me criticou. Mas ele fingiu que a coisa toda não aconteceu — e agora está sentado no meu sofá fazendo a mesma coisa. Não quero que esta noite seja assim. Especialmente se ele vai fingir que estamos bem.

Ele se vira para me encarar e pega as minhas mãos.

— Você está certa. Lamento muito a atitude que tive depois da publicação do vídeo. Sabia que você não tinha nada a ver com aquilo, foi influência do Devereux.

OBSESSÃO BRUTAL

237

Eu pauso.

— O que isso quer dizer?

— Apenas que ele estava zoando com os seus amigos sobre isso. Ele deu umas boas risadas à nossa custa e meio que culpou você... — ele muda de posição.

Jack me chamou de vadia. As suas desculpas não apagam minha memória.

Solto minhas mãos do seu aperto e me levanto.

— Já volto.

Que porra está acontecendo comigo? Eu me tranco no banheiro e fecho os olhos. Não deveria fazer nada com Jack. Eu nem deveria tê-lo convidado... espere, não, eu *não* o convidei para entrar. Ele apenas... invadiu o meu espaço.

Mas ele tem razão em uma coisa. Eu preciso encontrar o ponto fraco de Greyson.

Contra-atacar.

Não podemos ficar juntos, ele e eu.

Então podemos muito bem ser inimigos.

A questão é que Greyson não se importa com muita coisa. Hóquei, claro, e os seus amigos. Como eu e Willow, duvido que sejam fáceis de separar. Mas... existe algo mais.

Respingo água no rosto e volto para o quarto. Uma onda de tontura toma conta de mim e agarro o batente da porta.

— Você está bem?

Eu levanto a cabeça. Jack está sentado na beirada da minha cama, com o olhar fixo em mim.

— Só fiquei tonta.

Ele murmura.

— Que pena.

— O quê?

Ele inclina a cabeça.

— O filme ainda não acabou. Mas talvez deveríamos te levar para a cama.

Sinto arrepios na parte de trás dos meus braços, e eu vou para o corredor.

— Vai passar.

— Vai piorar. — Ele se levanta e agarra os meus antebraços quando passo à sua frente. Ele me segura por baixo dos cotovelos, e os meus joelhos cedem.

Eu pisco, e parece que o movimento é lento. Como se os meus olhos ficassem fechados muito mais tempo do que deveriam.

Quando finalmente forço as pálpebras a se abrirem, nos aproximamos da cama.

— O que você fez?

Ele faz uma careta.

— Nada que você não mereça.

Jack me coloca na beira da cama e espera. O quarto gira ao meu redor e eu posiciono as mãos nos joelhos. Tento me levantar de novo, mas as minhas pernas não funcionam. É como se alguém soltasse a minha cabeça e eu flutuasse para o teto. Ele levanta as minhas pernas, coloca a minha cabeça no travesseiro, e puxa o seu telefone. Pisco outra vez e perco segundos preciosos.

Um alarme dispara na minha mente.

Um brilho vem do seu telefone, e o *clique* da câmera é alto.

— Ei! — Eu não disse isso. E Jack também não.

Ele se vira em direção à voz.

Tento erguer meu corpo, mas os meus músculos não aguentam. Tenho um vislumbre de Greyson invadindo o quarto.

Ele pega o telefone de Jack e olha para a tela.

— Que porra você acha que está fazendo?

Jack debocha:

— Você não é o único que pode usá-la…

Greyson dá um soco nele.

Fecho os olhos e tento rolar para o lado. Como estou na beirada do colchão, minhas pernas desabam, e logo em seguida o meu corpo. O baque é forte e o meu ombro se choca contra a mesa de cabeceira. A dor aguda irrompe pelo meu braço, deixando-o dormente na hora. O quarto continua a entrar e sair de foco, e a minha audição também. Como se eu flutuasse em uma onda, sendo levada pela correnteza. Sinto náuseas, o meu estômago embrulha. Só consigo ouvir os grunhidos que reconheço como os de Greyson. Eles me são familiares de uma forma que Jack nunca foi.

O que Jack iria fazer comigo?

— Vamos — diz Greyson, de repente, próximo. Ele me agarra por baixo dos braços e me levanta.

Enrolo os dedos na camisa dele, fracamente. Eu forço os meus olhos a abrirem e mal vejo as pernas de Jack se estendendo além do fim da minha cama.

Greyson o ignora e me levanta em seus braços.

Ele me carrega pelo corredor. Eu, praticamente, sinto a sua mente funcionando. Ele entra no banheiro e me posiciona na frente do vaso sanitário.

OBSESSÃO BRUTAL

— Desculpe, Vi — ele sussurra.

Depois, enfia os dedos na minha garganta.

Eu me engasgo e tento me livrar dele, mas é inútil. Dois dedos pressionam minha goela e o meu estômago se contrai. Inclino na direção do vaso enquanto vomito. Estou vagamente ciente de uma mão nas minhas costas, segurando o meu cabelo, e da outra apoiando o meu torso. Envergo para o lado e fecho os olhos.

Algo de plástico toca os meus lábios e depois sinto a água fria. Eu abro a boca e engulo, e então desaparece.

— Mais uma vez — sussurra.

— Não — eu choramingo.

— Ele drogou você. — Greyson aperta o meu queixo, direcionando o meu rosto de volta para ele. Não me importo que as pálpebras estejam meio lentas, eu não consigo mantê-las abertas. — O bastardo veio aqui e te deu um "Boa-noite, Cinderela".

Ele não precisa enfiar a mão na minha garganta de novo, pensar nisso é suficiente para me fazer vomitar. Eu tusso e faço ânsia de vômito, o gosto acre da bile irritando a garganta. Ele me dá mais água e depois me pega em seus braços.

Em seguida, me leva de volta e me coloca sobre a cama.

— O quê...?

— Você está em segurança. Durma. Está tudo bem.

Ele tira a minha calça jeans e cobre minhas pernas com o edredom. Eu me deito de lado, sentindo dores em todas as partes do corpo de novo. Não consigo uma pausa.

Meus pensamentos são lentos. Estou vagamente ciente de Greyson se movendo pelo meu quarto e, algum tempo depois, silêncio.

Só me resta uma pergunta.

Por que ele veio aqui em primeiro lugar?

35

GREYSON

Knox me encontra na calçada, com o capuz cobrindo a cabeça e as mãos nos bolsos. Ele levanta uma sobrancelha, mas não falamos até estarmos longe da casa, com ele no meu banco do passageiro.

Vamos direto ao ponto. O penhasco de onde o time de hóquei saltou meses atrás. Eu estava aqui com meu pai, no restaurante que tem vista para o lago.

— Você vai me contar? — finalmente pergunta.

— Jack Michaels.

Ele se vira para mim.

— O que tem ele?

— Tentou estuprar Violet.

Knox fica em silêncio.

Não sei se era a intenção dele. Nem até onde teria avançado se fosse. Mas presumo que era, sim, o que o filho da puta queria; afinal de contas, qual o motivo de drogá-la? Por que iria tão longe?

Aperto o volante com mais força.

— Ele está na carroceria.

Da minha caminhonete, quero dizer.

Knox observa à sua volta, mas está muito escuro. Estamos em uma estrada sem iluminação pública. Além disso, Jack está contido, e preso a uns blocos de cimento. Coberto por uma lona. Não vai sufocá-lo, mas ele deve estar com frio.

Fevereiro não nos aliviou em termos meteorológicos.

O que funciona ao nosso favor esta noite.

— Qual é a jogada?

Sorrio.

— Vamos fazê-lo lamentar ter vindo para *Crown Point*.

OBSESSÃO BRUTAL

Ele acena com a cabeça, lentamente.

— Você está enviando mensagens confusas, não está?

— Por causa daquele comunicado de imprensa? — Olho para cima e depois volto a atenção para a estrada. — Ela é minha. Isso não mudou. É apenas uma jogada para o público. Um mal necessário, se me perguntarem.

— Hum-hum.

— Nós dois negamos o nosso envolvimento um com o outro — digo. Não sei por que tenho que explicar, mas sinto a obrigação de fazer o meu amigo entender. — Não por nossa causa, e, sim por todo mundo que vá se importar. O meu pai, a mãe dela…

— Por causa do passado de vocês — supõe Knox.

— Algo assim.

— Há muita merda e enganação acontecendo por aqui. — Ele suspira. — Que seja. Não dou a mínima, desde que ganhemos o nosso jogo na próxima semana. O que significa garantir que o Jackie boy aqui não cause a nossa expulsão do time.

Aceno com a cabeça.

— Eu sei.

— Então… vou perguntar de novo: qual é a jogada? O plano de verdade, Devereux. Sem enrolação. Intimidação? Chantagem?

Levanto um ombro, indiferente. Ele vai descobrir quando chegarmos lá.

Percorremos o resto do caminho em silêncio. Tenho a impressão de que Knox não será contra isto. Acho mais fácil ele antecipar. É tão sanguinário como eu. Só lamento Violet não estar aqui para testemunhar. Mas com a droga no seu sistema, não estaria acordada para isso.

Ela também não se recordaria.

Pode ser que nem se lembre da minha presença lá.

O que é o melhor.

Visualizamos o brilho do restaurante, descemos um pequeno declínio na estrada, e o asfalto desaparece. É daqui que a maioria das pessoas salta, desde que, tecnicamente, o salto de penhascos é contra as regras. É um segredo aqui de *Crown Point.* A iniciação é acompanhada pela emoção de um evento ilegal. Não é motivo para prisão, mas há repreensão se eles pegarem.

Para alguns, é a mesma coisa.

Estacionamos em um acostamento de cascalho e descemos. Vou até a carroceria e bato na lona. Jack se encolhe sob ela e se debate contra as suas amarras. Um grito abafado ecoa.

Knox, à minha frente, arqueia as sobrancelhas.

Dou de ombros. Eu abro a porta da carroceria e puxo a lona. Ele nos observa, com os olhos arregalados, e eu sorrio. Subo ao lado dele e pego o meu canivete. Ele se contorce, tentando se afastar de mim, mas a corda e os blocos de concreto os mantêm firme.

Eu corto a amarra que liga as suas pernas e os braços ao concreto, depois salto para o chão. Knox e eu o agarramos pelos pés e o puxamos para fora, fazendo com que ele desabe no cascalho.

— Pronto? — pergunto a Knox.

Ele me encara e franze a testa. Estou pedindo que confie em mim e, em troca, estou confiando nele. Estaremos nisso juntos.

Depois de parecer refletir a respeito, ele sorri. Eu sabia que tinha interpretado direito.

Levantamos Jack pelos braços. Os seus pés se arrastam entre nós, ainda amarrados, e ele tenta se libertar algumas vezes. Finalmente, chegamos à beira do penhasco.

Nós o jogamos no chão e abro o canivete de novo. Eu me inclino e traço ao longo de sua garganta. O seu pomo-de-adão se agita quando engole com força.

O medo é real agora. Acho que finalmente o entendimento passa pela sua cabeça dura.

Não é tão inebriante quanto o medo de Violet.

Ao pensar nela, sinto um aperto no peito. A raiva me consome quando olho para ele e para o que quase fez com ela.

Tiro a fita da sua boca. Existem crostas de sangue nos cantos dos lábios e do nariz, adereços que lhe proporcionei no quarto de Violet. Há também o início de um hematoma, e uma contusão em forma de meia-lua no osso próximo à cavidade ocular.

Ele cospe na terra ao seu lado.

— O quê...?

— Cale-se — sibilo. — Olha só o que vai acontecer. Você vai me contar, com riqueza de detalhes, o que planejava fazer com Violet Reece.

Ele me encara por um momento. Eu me pergunto o que algum dia ela viu nele, porque eu só vejo veneno.

— E se eu não falar?

Permito que ele perceba o quanto, realmente, sou desprovido de emoções. Às vezes é fácil deixar a máscara cair. De vez em quando, solto os

OBSESSÃO BRUTAL

243

meus demônios em cima de Violet, como no ginásio, na floresta, e no gelo. Quando somos pressionados por uma vitória e não há outras opções. Causar medo nas pessoas apenas acrescenta outra camada à minha personalidade.

Duas porções de charme, uma de insanidade.

E um nome de família poderoso para me favorecer.

Dou um sorriso. Do tipo que *expõe* a loucura. E, pela forma como arregala os olhos, deve ter percebido.

— Se não disser, vou quebrar as suas pernas e garantir que você nunca mais toque em uma bola de futebol.

Ele cai para trás.

— Você não faria isso. Você...

— Eu o quê? — Aperto a sua garganta e o arrasto em minha direção, até ficarmos no mesmo nível dos olhos. — Eu sou o pior monstro que você já encontrou, idiota. — Jogo o meu telefone para Knox. — Pode filmar essa porra.

Liberto Jack e dou um passo para trás, deixando-o deitado no chão. Ele engole em seco de novo e tenta se levantar. A lanterna acende, iluminando o seu rosto, e ele engole de novo. Os seus olhos observam os arredores, como se tentasse inventar uma mentira boa o suficiente.

Uma boa desculpa.

Mas eis a questão: não existe.

Ele queria pegar o que é meu. Queria magoá-la da pior maneira possível. Ele queria *roubar, usar* e *destruir*. Mas ela tem um perseguidor mais cruel, mais assustador e *mais louco*.

Eu.

E vou protegê-la a cada respiração minha.

— Fui ao apartamento dela depois de ver o comunicado de imprensa. — Os seus olhos perdem o foco, como se estivesse se lembrando. Ou inventando.

Olho para Knox, que está com as sobrancelhas franzidas.

— Eu uso medicação para dormir. Levei comigo e esmaguei para colocar na bebida dela. Demorou um pouco pra fazer efeito. Nem precisei forçá-la a ir para o quarto, ela caminhou até lá sozinha. — Ele me encara, e os seus olhos estão secos. Sem um pingo de remorso. — Eu ia foder com ela, filmar e enviar o vídeo pra você.

Para mim.

Entrecerro os olhos e faço um gesto para ele continuar falando.

Ele continua:

— Eu namoro com Violet desde sempre. Ela esteve ao meu lado nos últimos três anos.

Eu fecho a cara.

— Tecnicamente, ela terminou com você há seis meses.

— E então você aparece e atinge a vida dela — continua como se eu não o tivesse interrompido. — E, de repente, ela não quer mais nada comigo. — Ele chuta a terra e avança para trás. — Eu a odeio por isso. Isso é uma traição. Ela simplesmente me *deixou*? Não.

Eu inclino a cabeça.

— Você queria reconquistá-la?

Ele ri.

— Eu tentei mexer com a cabeça dela como você faz. Especialmente depois que o vídeo dela me chupando foi postado. Mas em vez de ter a mesma reação que tem com *você*, ela apenas... terminou comigo.

O meu lábio se curva. É óbvio que terminou com ele. Ela rompeu com ele há meses, pelo jeito. Ele só não estava pronto para sofrer as consequências.

— Como você mexeu com ela?

Jack faz uma expressão de aflição.

— Qual é, cara?

— Você sabia que ela estava bêbada demais para se lembrar, quando enfiou seu pau na boca dela no lado de fora do *Haven*? — Cerro os punhos e me obrigo a relaxá-los em seguida.

Ele apenas ri.

— E pode apostar que eu vi você filmando, idiota.

Faço um gesto para Knox interromper a gravação. A luz se apaga, envolvendo Jack na escuridão outra vez. Knox me devolve o telefone. Eu assisto o vídeo, ouvindo atentamente para ter certeza de que registramos todas as suas palavras, e corto a última parte quando menciona o meu envolvimento. É irrelevante, de qualquer forma.

— Espere aqui — digo a Knox.

Ele inclina o queixo.

Eu volto à minha caminhonete. O que quero fazer e o que devo fazer, são duas coisas muito diferentes. Eu *quero* amarrá-lo aos blocos de cimento que estão na carroceria e empurrá-lo em direção ao penhasco.

Não posso fazer isso. Assassinato é um pouco longe demais, até mesmo para mim.

OBSESSÃO BRUTAL

245

Em vez disso, encontro o pé de cabra que está no banco de trás e fico com ele na mão. Quando volto, Jack está implorando a Knox. Ele rasteja para frente novamente, longe do local em que foi deixado, e olha para Knox como se o meu amigo fosse salvá-lo.

Ele não vai.

— Esse aí é estritamente profissional — informo a Jack.

Ele volta a atenção para mim, mas é tarde demais para me impedir. Ou para fugir. Estou focado na minha missão, a fúria sob o meu sangue quente exige vingança.

Levanto o pé de cabra. Espesso, pesado e firme na minha mão, com certeza. Eu o ergo acima da cabeça. Aprecio a expressão de horror que cruza o seu rosto, e o reconhecimento de que não pode me impedir. Por um momento perfeito, todos nós congelamos. Em seguida, acerto o seu joelho.

36

VIOLET

Eu me sinto como se tivesse sido atropelada por um caminhão. Esfrego os olhos e me viro para sair da cama. Minha boca está com um gosto amargo, e escovo os dentes duas vezes para me livrar dele. A minha cabeça lateja. Com uma rápida olhada no meu telefone vejo que está no meio da manhã. Mais tarde do que eu teria acordado normalmente... em uma terça-feira. Estou perdendo aulas.

— Merda — murmuro.

Consigo me arrumar quase toda, antes de perceber que não tenho como chegar ao campus. Tropeço na sala de estar e olho em volta. Está limpa e organizada, como...

Espere.

O que aconteceu ontem à noite?

Eu paro em frente ao sofá, olhando para ele, e a confusão dificulta meu raciocínio. Houve o comunicado de imprensa no blog esportivo, o jogador de futebol na biblioteca, Jack esperando por mim no degrau da frente de casa.

E depois... nada.

Como se as minhas memórias tivessem se corroído. Não sobrou nada, além daquele gosto na minha boca. Não me lembro de me deitar na cama e nem do que Jack queria...

Pânico sobe pela garganta. Coloco a mão sobre o peito e tento respirar, mas o problema parece ser na entrada de ar.

A porta da frente se abre e Willow entra. A voz dela, ao chamar o meu nome, parece vir de muito longe.

Alguma coisa cai e logo ela está bem na minha frente. Ela me ajuda a sentar no chão e se ajoelha ao meu lado. Em seguida, coloca minha mão em seu peito, simulando respirações profundas.

Fecho os olhos e tento imitá-la. Desacelerar a subida e a descida. Ainda estou em pânico, mas depois de algumas tentativas, consigo recuperar o fôlego. Eu inspiro e expiro até que a minha frequência cardíaca também diminua.

— Você está bem agora?

Abro os olhos.

— Desculpe — resmungo.

A expressão dela é de preocupação genuína.

— O que aconteceu?

Eu franzo o cenho.

— Não sei.

Ela também franze a testa, e se senta ao meu lado. Nós nos encostamos na parede.

— Consegue me explicar?

Essa é a questão. Não sei o que aconteceu e não consigo me expressar. Em vez disso, pergunto:

— A que horas chegou em casa?

— Onze. A treinadora nos passou uma nova coreografia, e demorou uma eternidade para concluirmos. — Ela estala a língua. — Mas você já estava dormindo. Pediu comida?

Eu viro a cabeça em direção a ela.

— Quer saber se eu pedi comida?

— Sim. — Ela cutuca o meu ombro com o dela. — Há caixas no lixo. Garrafas de cerveja, também. O que aconteceu?

O meu coração salta e depois acelera.

— Não consigo me lembrar.

Ela me observa com atenção.

— Willow. — Os meus olhos se enchem de lágrimas. — Eu caminhei para casa e Jack estava no degrau da frente me esperando. Lembro de ele ter entrado, e depois... nada. Está em branco.

— Será que ele...? — Ela baixa o olhar.

Cruzo os braços ao meu redor.

— O que você quer dizer?

— A última vez que falou com você, ele foi ridículo. Eu nunca acusaria alguém de... daquilo...

— Ele não fez isso. — Não sei como posso afirmar, mas estou certa. Ele não me estuprou. Esse é o tipo de coisa que eu seria capaz de sentir, certo? Ficaria dolorida. Ou haveria provas. Hematomas, rupturas. Todo o tipo de coisas cruéis que ouvimos sobre os ataques sexuais.

Certo?

Porém, quanto mais penso, mais fico desconfiada. Por que não me lembro? Eu me levanto e vou até a lixeira. Há duas garrafas de cerveja dentro do saco de lixo, juntamente com uma caixa de pizza. Coisas que não costumávamos jogar fora.

Gostamos de reciclar, para início de conversa.

Eu tenho a mesma sensação de descontrole de quando estava sob o efeito da *Molly*. Como se eu estivesse perdida e pudesse apenas flutuar. Então encho um copo de água e me obrigo a beber a maior parte dele, depois reabasteço e repito.

A preocupação faz o meu estômago embrulhar. Não posso deixar isso passar batido. Alguma coisa aconteceu e não consigo me lembrar. Está simplesmente fora do meu alcance. Todos os músculos do meu corpo ficam tensos.

Willow me guia de volta para a cama, e nós duas paramos abruptamente no meu quarto.

O criado está inclinado, como se algo o tivesse atingido. O abajur está torto, tombado ao acaso em cima do relógio. Parece um milagre não ter caído e quebrado. Todas as coisas que costumavam ficar bonitas e arrumadas em cima dele, também foram arrastadas. O meu livro está no chão.

— Alguma coisa aconteceu — diz Willow em voz baixa. — Não sei o quê, mas... precisamos descobrir.

— Concordo. — Estou com medo, mas, ao mesmo tempo, tenho que saber.

— Você quer ficar no meu quarto?

Balanço a cabeça e vou até a minha cama. Ajeito o abajur, endireito o resto, depois me sento pesadamente.

— Assim que essa dor de cabeça desaparecer, vou brincar de detetive com você — digo.

Ela assente e me observa. Preocupação enruga os cantos externos dos olhos dela, os seus lábios se contraem, mas ela não diz nada.

— Vá para a aula — suspiro no travesseiro. Envolvo os meus braços nele e enterro o meu rosto. — Vou ficar bem.

Ela hesita.

— É verdade, Willow.

— *Tá bom.* Sob pressão. Eu vou ver se... — Ela muda de posição, tamborilando os dedos na minha cômoda. — Talvez alguém saiba alguma coisa. Um dos nossos vizinhos.

OBSESSÃO BRUTAL

Vivemos do outro lado da rua de outros estudantes universitários. É comum nesta área, na verdade. Mas se ela acha que eles viram alguma coisa, tenho a sensação de que está enganada.

Ainda assim, não a contradigo. Eu quero saber — não, eu *preciso* saber. O desconhecido é um desejo irreprimível. A minha pele arrepia e não consigo desviar os pensamentos do que *poderia* ter acontecido comigo.

Fecho os olhos. Willow deixa a minha porta aberta ao sair, e eu não a culpo por isso. Ela está preocupada. Eu estou preocupada.

Ela liga o chuveiro, e eu não consigo relaxar completamente. Sempre que tento, alguma coisa me preocupa. O sono me assombra. Está aqui, depois desaparece. Os meus olhos parecem ter uma lixa por trás das pálpebras. As lágrimas que continuam escorrendo não ajudam.

Preciso saber o que aconteceu ontem à noite.

O que significa confrontar Jack.

Assim que a porta da frente se fecha, me forço a sair da cama. Tomo um banho e me visto rapidamente com um moletom azul-claro por cima de uma camiseta branca de mangas compridas escrito *Dança de Crown Point* na frente. Escovo o cabelo e faço uma trança, depois procuro um gorro. Casaco de Inverno. Jeans. Botas.

Armadura.

Aplico maquiagem para disfarçar como me sinto por dentro, e engulo um comprimido de Advil.

Depois vou para o campus.

Atraio mais olhares hoje. Eu realmente não estou preocupada com eles, a minha missão é encontrar Jack. É quase hora do jantar, então o melhor lugar para procurá-lo é no centro estudantil.

E, com certeza, o encontro junto de seus amigos de futebol, do lado de fora do refeitório. Ele se vira e examina o lugar, como se pudesse sentir a minha chegada, e rapidamente desvia o olhar.

O sentimento de raiva cresce dentro de mim.

É a confirmação que preciso.

Eu marcho em sua direção e paro de uma vez. A perna dele está engessada, e há muletas apoiadas na mesa ao lado. Ele me ignora intencionalmente neste momento, assim como os seus amigos. Embora duvide que eles tenham me visto, já que ainda estou longe o suficiente para não impor minha presença. E Jack não demonstra para eles que está desconfortável.

Mas *alguma coisa* aconteceu... e sinto que sei quem poderia ser responsável por isso. A única pessoa que tem pouca consideração por qualquer outra. Ou pela lei. E ele é possessivo o suficiente para atacar Jack se, de alguma forma, soubesse...

Eu giro nos calcanhares e saio dali.

Quando estou longe do centro estudantil, pego o meu telefone.

> **Eu: A que horas começa o treino?**

Espero um momento, até as bolinhas saltarem na tela.

> **Steele: Seis. Por quê?**

Não respondo. Já são quase seis horas, o que significa que há uma chance muito real de encontrar Grey antes do treino. Puxo o zíper do casaco mais para cima, enfiando o queixo na gola, e corro para o estádio.

A minha pele exposta está congelada quando chego. Uma vez lá dentro, abro o zíper do casaco e esfrego as mãos. Através de uma das entradas, espreito os assentos do estádio.

Sorte grande. Apenas algumas pessoas estão no gelo, usando ombreiras e segurando os seus tacos. Corro para o nível inferior e observo novamente, para ter certeza de que um deles é Greyson. Fico enojada por reconhecê-lo apenas pela forma com que se move e pela nuca. A maneira como ele patina.

Ah, bem.

Nada melhor como o agora. Só que mais pessoas estão entrando no gelo por uma das portas abertas. Mais jogadores. Eles patinam ao redor, e um deles levanta a cabeça ao me ver.

Ainda assim, eu entro. Estou numa missão e sinto que ninguém vai me parar. Ao contrário da última vez que Greyson me colocou no gelo, não deixo o medo me afastar.

— Ei! — alguém grita. — Você não pode entrar aqui.

Eu ignoro e vou direto para Greyson. Ele se vira e me observa aproximar. É óbvio que não tenta chegar mais perto para me ajudar. Não, ele apenas me observa por trás da máscara com um brilho no olhar.

Respostas. Estou aqui por *respostas*.

Então, quando paro bem na frente dele e cutuco o seu peito, me surpreendo por não sair nenhuma palavra.

Bato no peito dele de novo, com mais força.

OBSESSÃO BRUTAL

Ele apenas continua lá, parado, mais alto do que deveria em seus patins.

Um caroço se forma na minha garganta e eu bato nele novamente. Não me faz sentir melhor.

Por que consegui dizer a Willow o que me lembro, e aqui não?

— Violet — diz Greyson, em voz baixa. — Se você veio aqui apenas para me bater... poderia ter esperado.

— Você é um idiota — arquejo. As palavras saem como pedaços de vidro que atravessam a minha garganta. Eu cambaleio para trás.

Ele levanta uma sobrancelha.

— Tudo bem.

— Você está fodendo com a minha cabeça. Não faz ideia do que passei. E então ontem à noite...

Ele desliza para a frente. Para o meu espaço pessoal. Tira o capacete, se inclina para baixo, e ficamos cara a cara.

— Nada aconteceu ontem à noite.

Eu cerro os dentes.

— Não. — Tento ser paciente, mas esse não é o meu ponto forte. — Não. Algo *realmente* aconteceu...

— Não aconteceu nada com você. Não aconteceu nada comigo. — Ele estreita os olhos. — E nada aconteceu com Jack.

Então foi ele.

Não sei por que estou surpresa — foi exatamente a primeira pessoa em quem pensei quando vi o gesso. Mas ele é *Greyson*. É o tipo de idiota que bate o carro e coloca uma passageira inocente no banco do condutor. Ele não espanca ex-namorados por diversão.

Ele não se importa tanto.

— Srta. Reece! — Treinador Roake patina em nossa direção. — O que você está fazendo no meu gelo?

Eu o encaro e hesito.

— Humm...

— E eu sei que você não é a minha mais nova jogadora de hóquei — Roake dispara. — Porque os testes foram há três meses.

As minhas bochechas esquentam.

— Me desculpe, senhor. Eu vou só...

Dou um passo e, para o meu azar, o meu calcanhar escorrega debaixo de mim.

Greyson me agarra por trás antes que eu caia.

— Peguei, treinador.

Consigo ouvir o sorriso atrevido, embora não consiga ver o seu rosto. Ele mantém as mãos onde estão e me levanta de novo, os meus pés quase não perdem o contato com o gelo. Ele acelera em direção à entrada por onde passei e não me coloca no chão até chegarmos no tapete.

— Não terminamos — adverte.

Entretanto, nós terminamos. Não posso esquecer a conversa que tive com a secretária do pai dele. Não posso esquecer do balé e da ajuda que posso obter. Os recursos para a minha perna.

Recebi a confirmação de que ele fez alguma coisa com Jack. Por que motivo ele estava no meu apartamento é uma pergunta que vou ter que conviver — especialmente se eu quiser o meu futuro de volta. Afastar-me dele outra vez dói, mais ainda porque não consegui as minhas respostas. Respiro fundo e exalo a minha frustração.

— Adeus, Greyson.

Ele estremece.

Tenho que deixar isso aqui. Primeiramente, foi um erro vir a esse lugar. Preciso me concentrar no meu futuro, e ele tem de se concentrar no dele.

OBSESSÃO BRUTAL

37

VIOLET

Quanto mais ignoro Greyson, mais zangado ele fica. Talvez zangado não seja a palavra, parece mais birra de criança.

Um moleque segurando uma granada, ainda assim.

Fevereiro escorrega para março. O time de hóquei vence o último jogo da temporada e se classifica para o torneio nacional. Tiveram dois jogos fora — venceram ambos — e na próxima semana a partida é em casa. A faculdade inteira está animada.

É também o fim de semana que dá início ao recesso de primavera.

Para manter a sanidade, tenho entrado furtivamente no estúdio de dança à noite. *Melhor do que a academia*, eu argumento. Fiz a ressonância magnética no final de uma tarde, há algumas semanas, e o Dr. Michaels me liberou para hidroterapia logo depois. Senti apenas um pouco de culpa, quando enviei a conta pelo correio para o gabinete do senador Devereux.

Será que liguei para a clínica todos os dias durante uma semana para verificar o saldo?

Sim.

Alguém ficou mais surpreso do que eu ao descobrir que eles *realmente* pagaram?

A hidroterapia parece ridícula no início, e eu visto o maiô, constrangida. A mulher que me acompanha durante os alongamentos e exercícios é dedicada e calma. Ela tem uma voz que diminui a adrenalina e relaxa os meus músculos.

Está me ajudando. Tanto que também comecei a ter aulas de dança novamente. Lentamente voltando à forma, ensinando o meu corpo a se movimentar de novo. A instrutora grita comigo muitas vezes, mas sinto uma melhora nos meus músculos doloridos.

Willow não concorda no que diz respeito à dança. Ela acha que me esforço muito. Quanto a me manter longe de Greyson, no entanto, ela me apoia totalmente. Em solidariedade, parou de ver Knox. Ela disse que não precisava ir à casa deles todas as noites, esfregando isso na cara de Greyson. Acho que ela preferiu não ver o desfile de mulheres que, provavelmente, entram e saem.

Paris reiniciou as tentativas de conquistá-lo. Ela se senta ao lado dele no refeitório, lançando olhares furtivos em minha direção, como se quisesse testemunhar o meu interesse. Talvez ela pense que vai me ver chorar na minha tigela de sopa.

Improvável.

Apesar de ser atraída pela nuvem sombria que é Greyson Devereux, finalmente estou me sentindo... *feliz*. E, de alguma forma, voltando ao normal. Até as notícias sobre o comunicado de imprensa diminuíram. Jack saiu de cena, cuidando da sua perna quebrada.

Faço o possível para tirar ele e aquela noite da cabeça, apesar de a minha confiança nos homens ter sido oficialmente quebrada. De qualquer forma, estou seguindo em frente.

Mas, como sempre, o que é bom tem que acabar.

Greyson finalmente chega ao seu limite.

Não sei o que provoca, mas acontece depois da última aula que frequentamos juntos na semana. Durante um mês, me sentei o mais longe dele possível. Eu me concentrei cuidadosamente no meu livro, no caderno, no professor. Em tudo, além dos olhares ardentes que ele me enviava.

Parte de mim está ávida por ele explodir de vez. Ele não está acostumado às coisas não serem do seu jeito. Espero ansiosamente a explosão da granada. Mas por muito tempo, tudo o que ele faz é olhar de longe.

Infelizmente para nós dois, o pai dele está mais acostumado ao jeito *dele*, e é exatamente o que está acontecendo. Greyson apenas não sabe disso.

Só para constar, estou cuidando da minha vida. Como sempre. A minha nova amiga, Stacy, e eu estamos debatendo temas para os nossos projetos finais em economia ambiental — uma das aulas que tenho com Greyson. Willow, Jess e Amanda estão na aula de dança. Pelo menos, por causa disso, Paris também não está por perto.

Parte da minha missão ao longo do último mês tem sido fazer amigos fora da equipe de dança, por nenhuma outra razão além de elas estarem cada vez mais ocupadas, e eu não querer comer sozinha todas as noites. Estão se preparando para uma grande competição que acontece durante o recesso de primavera.

OBSESSÃO BRUTAL

Stacy arregala os olhos, e então a cadeira ao meu lado é puxada. Eu sei que é ele. Ele emite a sensação de projetar energia bruta. Ele se senta de frente para mim, pressionando os joelhos na minha coxa.

Continuo a ignorá-lo.

— Violet.

Não. Isto não vai acontecer.

Ele agarra o meu queixo e vira a minha cabeça. A conexão e o seu olhar ardente quando se aproxima, me fazem soltar um pequeno suspiro. Ele olha para os meus lábios, depois mais para baixo. Para o meu pescoço, o meu peito ofegante. Então ele recua e sorri quando os nossos olhares colidem de novo.

Ele não parece deprimido. Há barba por fazer em suas bochechas. Ele não grita para a minha nova amiga ir embora. Na verdade, ele não faz nada além de olhar nos meus olhos. Está pensando que eu devo algo para ele?

Eu não devo. Estou, no máximo, agradecida.

Ele crava as unhas na minha bochecha. Passa o polegar pelo meu lábio. Muita raiva.

A vida dele está correndo muito bem. Ele voltou ao topo. Amanda me contou os detalhes dos últimos jogos. Greyson está na melhor forma, se entregando por completo no gelo. Foi entrevistado para o jornal local algumas vezes. Saiu uma reportagem no *New York Times*, junto com uma foto sorridente dele e do seu pai, que compareceu em uma partida.

— Você não está me deixando nenhuma escolha — ele murmura.

Ergo as sobrancelhas e abro a boca para retrucar. Rapidamente, ele segura o meu queixo e pressiona o polegar no meu lábio com mais força.

— Não quero as suas desculpas. Você vai se levantar e vir comigo. Vai se sentar ao meu lado e mudar a expressão para parecer menos surpresa.

— Eu *estou* muito surpresa — digo, contra o polegar dele. — Não quero nada com você.

Ele ri. De forma baixa e gutural e causa algum efeito em mim.

Foi um longo mês.

— Sabe de uma coisa, Violet? — Ele se aproxima ainda mais. — Eu não acredito em você.

Não respondo. Não posso.

Mal acredito em mim mesma.

— Ameaças funcionam melhor com você, suponho. — A expressão dele se torna contemplativa. — Okay, que tal isso? Você vai me acompanhar,

256   **S. MASSERY**

ou vou te espalhar nessa mesa e te fazer gozar. Então ninguém vai duvidar de que você é minha.

O sangue do meu rosto se esvai. Consigo visualizá-lo, claramente, fazendo isso. Eu contraio as coxas, porque... *puta que pariu*. Ele está mexendo comigo. Uma pequena parte minha quer que ele cumpra a ameaça. Fico com tesão só de pensar.

E se eu não conhecesse a maioria dos alunos — talvez não os nomes, mas com certeza os rostos — eu nem me importaria.

O que isto diz a meu respeito?

— Garota depravada. Você gosta disso? O Seu olhar baixa para as minhas pernas, depois sobe novamente. — Humm, você gosta. Vou te dizer uma coisa. Vamos realizar essa fantasia um dia, se você fizer o que estou dizendo. Caso contrário, vai acontecer agora mesmo.

Eu me levanto. A sua mão escorrega do meu rosto, e ele rapidamente se levanta, também. Ele me segue de tão perto, que é praticamente a minha sombra.

Se as sombras fossem jogadores de hóquei corpulentos, gostosos e perigosos.

Chegamos à mesa dele. Aquela que tenho evitado, mais ou menos, pelo último mês. Steele, Knox, Jacob, Miles, Erik. Todos conversam e comem, como se nada estivesse errado. Para eles, não está.

Paris e Madison também estão aqui. Suponho que a aula de dança delas tenha terminado.

Greyson puxa uma cadeira para mim.

Eu me sento e ele coloca o prato à minha frente. Ele aproxima tanto a cadeira que a sua coxa gruda à minha outra vez. Ele coloca o braço no encosto da cadeira em que estou sentada.

— Sua expressão — ele me lembra.

Pressiono os lábios e rapidamente passo o olhar pela mesa. Das pessoas presentes, tenho certeza de que Steele, Paris e Madison não gostam de mim. Knox deve me odiar por causa de Willow. E o resto é neutro. Ainda assim, há muita gente aqui. É o horário de maior movimento no jantar.

É por isso que eu não deveria me surpreender quando Willow e Amanda entram no refeitório em suas roupas de ginástica, como Paris e Madison.

Paris olha para mim e eu sorrio para ela. Talvez não seja um sorriso, está mais para sorriso forçado, mas Greyson vai ter que aceitar o que puder. Não posso, em um passe de mágica, reorganizar o meu rosto mais do que ele.

Eu me inclino para trás, esbarrando no seu braço, e o calor que emana dele é... bom. Não deveria, mas é.

OBSESSÃO BRUTAL

Outra coisa fodida entre nós.

— Quando chegou aqui, Violet? — Paris pergunta.

Eu inclino a cabeça.

— O quê?

— Quando. Você. Chegou. Aqui?

Greyson bufa uma risada de escárnio.

— Ela é mais bem-vinda do que você.

Sabe como é... quando quero que ele a repreenda, ele não faz. Permite que ela suba em cima dele, sente perto, flerte e bajule. E quando prefiro estar em qualquer lugar, além de aqui, ele dá um fora nela.

Adorável.

— Grey... — ela tenta.

Ah, caralho, isso não.

— Você não acabou de chamá-lo assim.

Sua expressão muda na hora.

— Por que, você reivindicou esse apelido?

Cruzo os braços.

— Na verdade, sim.

Jesus. Quem poderia imaginar que eu discutiria por causa de um apelido... Esta noite toda está uma merda. E no fundo da minha mente, vejo a secretária do senador Devereux me lembrando do acordo que fiz com eles. O fato de a minha hidroterapia custar centenas de dólares que eu não tenho, e eles pagarem a conta.

— Você não tem nada de especial — Paris fala para mim, lançando o cabelo por cima do ombro.

Eu reviro os olhos. Estou farta da atitude dela, mas não tenho energia para lidar com isso hoje.

— Você também não, Paris. Tenho certeza de que nunca passou um pensamento original pela sua cabeça.

Ela olha para mim, depois se levanta. Pega a bebida e sai marchando.

Ah, não... de jeito nenhum. Não vou aceitar outra bebida na cabeça.

Começo a me levantar, mas Greyson se adianta. Ele arranca da mão dela e bate o copo na mesa, depois desaba na cadeira de novo.

— Você é uma vergonha — diz a ela. — Fique longe de nós.

Paris congela.

Seria muito gratificante se eu não estivesse com raiva de mim mesma, por ter vindo aqui.

Então ocorre uma falha. É a única maneira de descrever. A boca dela abre e fecha, os seus olhos se contraem. Ela está imóvel à nossa frente. Se fosse um computador, seria a roda giratória da morte, apenas pensando sem parar.

Por isso, faço a única coisa em que consigo pensar para piorar ainda mais a crise dela.

Eu me viro e pego a frente da camisa de Greyson, puxando-o para perto de mim.

Os nossos lábios se tocam.

Ele solta um bufo de surpresa, e então suas mãos envolvem as minhas costas. Presunção irradia dele. Qualquer elemento de surpresa, de controle, foi rapidamente perdido. Ele se inclina para mim, me apoiando no encosto da cadeira, e separa os meus lábios com a língua. Ele me prova e conquista a minha boca. Eu me sinto completamente reivindicada quando ele termina.

E quando isso acontece, quando finalmente me endireito, Paris foi embora.

Madison também.

Acabei de beijar Greyson.

Algo que eu *não deveria* ter feito.

Eu me inclino para trás.

— Talvez eu não tenha sido clara antes.

Ele inclina a cabeça de lado.

— Nós terminamos. — Levanto e ele me imita, me seguindo quando me afasto. — Não existe um nós. Não há você e eu juntos em uma mesa, nos beijando, ou… ou olhando um para o outro.

Ele me observa.

Não basta dizer a ele que terminamos.

Tenho de ir mais longe.

Ele dá um passo à frente e, de repente, tudo se torna um jogo em sua mente. Tenho de lhe dar alguma coisa. Um brilho no olhar, um espasmo. Algo que possa lembrá-lo que ele tem o poder de me amedrontar, e ele gosta disso.

— Você não dá as ordens, Vi.

Eu me viro e me afasto rapidamente. Saio do refeitório antes que ele me alcance. Ele é civilizado em público — um pouco. Provavelmente porque não pode haver outra matéria difamatória chamando-o de abusador. Embora o Papaizinho Querido o removesse com rapidez, e provavelmente processasse o jornal.

OBSESSÃO BRUTAL

Nada se prende a Greyson Devereux.

Ele me arrasta pelas escadas, para uma área de descanso, e me encosta em um canto. Não há ninguém aqui. Estão todos lá embaixo, entrando ou saindo do refeitório.

Provavelmente, foi por isso que ele escolheu esse lugar. Mesmo à beira de ser descoberto.

Ele me empurra de joelhos e desabotoa a calça.

Eu me levanto de novo e o encaro.

— Grey.

— Não. — Ele afasta as mãos da braguilha. — Pegue o meu pau e chupe, Violet.

Desvio o olhar. Fico morta de vergonha. Se eu fizer barulho, seremos apanhados. Se alguém decidir vir até aqui e verificar este canto escuro, seremos descobertos.

Um arrepio desliza pela minha coluna.

— Talvez eu grave um vídeo e poste na página principal da faculdade outra vez? Dois caras, um semestre, uma boca perversa. — Agarra a minha mandíbula de novo e força o polegar na minha boca. Ele abre, pressionando a minha língua. — Apenas diga a palavra. Ou…

Eu estremeço e abaixo o zíper dele. Puxo a calça e a cueca boxer para baixo, apenas o suficiente para libertar o seu pau. Seu membro balança, na altura dos meus olhos, endurecendo mais a cada segundo. Estendo a mão e deslizo pelo eixo dele.

Ele libera o meu queixo e envolve os dedos no meu cabelo. O meu controle é inexistente… porque estou exatamente no lugar em que Greyson me quer. Como uma mosca na sua teia. Ele movimenta a minha cabeça para a frente e eu abro bem a boca. O seu gosto é familiar, mas ele não me dá um momento para adaptar. Os seus quadris balançam para a frente, e a ponta do seu pau atinge a parte de trás da minha garganta, depois desliza mais fundo.

Eu me engasgo ao redor dele, sufocando quando minha respiração é interrompida.

Tinha me esquecido que ele gosta disso. Adora ver o meu rosto ficar vermelho e os meus olhos se encherem de lágrimas. Ele puxa para fora, e eu respiro profundamente pelo nariz antes de perder a capacidade novamente. Seguro as suas coxas enquanto ele fode o meu rosto, com uma mão na minha nuca e a outra apoiada na parede às minhas costas.

Alguém suspira atrás dele. Fogo me consome, vergonha e constrangimento transformam todo o meu corpo em um inferno.

Fomos apanhados.

— Saiam daqui — Greyson grunhe por cima do ombro.

Não sei se escutam. Mantenho os olhos semicerrados até ele empurrar a minha cabeça para trás. Levanto o olhar e fixo nele. Está embaçado pelas lágrimas. O meu nariz também escorre e não posso fazer nada em relação à saliva.

Ele se move mais rápido, tomando e tomando e tomando.

— Você. Não. Vai. Me. Deixar.

Espero que os meus olhos traduzam os meus pensamentos.

Vá se foder, Greyson.

Os dedos dele agarram meu cabelo. As alfinetadas de dor deixam a minha mandíbula tensa. Os meus dentes roçam o seu pau, e ele estremece. E então goza. Ele geme e enche minha garganta de forma tão profunda que não tenho escolha a não ser engolir. A sua cabeça se inclina para a frente e os olhos dele consomem o meu rosto. Não consigo respirar assim, e um alarme toca no meu sistema. A necessidade de me libertar. Para conseguir oxigênio.

— Qual seria a sensação de morrer assim? — pergunta, lendo a minha mente. — Sufocada pelo meu pau.

Ele espera mais um segundo. Então puxa para fora, e eu caio para trás. Só que agora não é um momento para compaixão nem para me encolher no chão em uma confusão de lágrimas. Eu me levanto depressa, limpando o rosto com a parte de baixo da camisa. Logo após vem o ódio, por ele se sentir livre para me usar dessa forma.

Você não tem nada de especial. Paris disse isso.

Então, por que fui escolhida no meio de tanta gente? Por causa de uma noite?

— Você faria isso com Paris se eu não tivesse vindo?

Ele levanta um ombro. Acho que o seu olhar não me deixou nenhuma vez, e preciso saber o que ele vê em mim.

— Não. Ela é do tipo de puta que implora pelo meu pau. E se não for o meu, pode ser de Knox ou Miles ou qualquer pessoa que saiba praticar um esporte. Você é o meu alvo, Violet. Você é aquela que não deixa ninguém mais entrar. Nem o bastardo do seu ex-namorado conseguiu enxergar você de verdade. — Ele passa o dedo debaixo do meu olho. — O seu eu verdadeiro anseia por isso. O seu eu *verdadeiro* é tão fodido da cabeça quanto eu. Não é verdade?

OBSESSÃO BRUTAL

261

Eu me afasto. Mesmo que ele tenha razão, nunca vou admitir.

— Mesmo se não tivesse *vindo*, como você disse... — Ele se aproxima ainda mais. — Mesmo assim, estávamos destinados a nos encontrar.

— Tudo o que fazemos é magoar um ao outro. — Eu inclino o queixo e dou as costas para ele. Preciso pegar a minha bolsa e me afastar daqui.

Tenho que me distanciar dele — como se isso fosse, pelo menos, uma possibilidade.

Ele me deixa ir por enquanto, e assim que pego os meus pertences, corro para longe do campus. O seu treino noturno de hóquei acontecerá em breve. Esse pode ser o único motivo que o impede de me seguir.

As minhas sapatilhas de ponta estão loucas para dar uma voltinha, e eu estou ansiosa para colocar os músculos em ação. Em vez disso, os meus pés me levam até a calçada em frente à casa de Greyson.

Verifico o relógio. Deve estar vazia.

Fora do juízo perfeito, caminho até a porta da frente e tento a maçaneta, que se abre com facilidade.

Eles não trancam? É provável que pensem que são invencíveis — se Knox ainda não havia instruído aos calouros deles —, e eu poderia ter certeza de que Greyson trouxe isso com ele. A aura que acompanha as pessoas acostumadas a conseguir o que querem.

Hesito na porta e escuto. Deixaram as luzes acesas. Há um leve cheiro de bebida aqui, resultado de muitas celebrações. Quando apenas o silêncio me cumprimenta, fecho a porta e corro para as escadas.

A porta de Greyson está fechada, mas também não está trancada. Não que eu soubesse por antecipação... isso teria jogado um balde de água fria nos meus planos.

O quarto dele está tão arrumado quanto me lembro, se não estiver um pouco mais habitável. Há um cesto cheio de roupas no canto, mas esse é o único sinal de que ele possa ser negligente.

Culpa minha?

Passo o dedo pela borda da mesa e folheio os seus papéis. Há uma cópia impressa, um trabalho de pesquisa de economia ambiental, uma das nossas aulas compartilhadas. Na verdade, estou gostando muito mais dessa matéria, agora que presto mais atenção.

Acontece que não tenho muita vida social quando não estou na equipe de dança.

Dobro as páginas grampeadas e enfio no bolso do casaco. Então sigo até o verdadeiro prêmio.

Está na estante, ligeiramente puxado para fora, como se Greyson o tivesse olhado recentemente. O álbum de fotos que ele praticamente me implorou para não tocar.

É assim que revido, e faço Greyson me abandonar de uma vez por todas.

Quase me sinto culpada por fechar o casaco, mantendo-o escondido e protegido. Poderia ter colocado na minha bolsa, ainda pendurada no meu ombro, ou mantê-lo nos meus braços. Mas parte de mim quer tratá-lo tão bem quanto Greyson.

Ele é fino e fácil de esconder. Posso examiná-lo mais tarde, mas, por agora, corro de volta para a rua. Sinto um formigamento na pele e olho ao redor. A rua é escura, com círculos iluminados formados pelas lâmpadas espalhadas.

Não consigo entender por que sinto o cabelo da nuca arrepiar, então eu fujo. Eu não deveria correr — afinal, ainda estou tentando melhorar as condições da minha perna —, mas não consigo me conter. Saio em disparada pela calçada por um quarteirão, depois outro. O álbum roça minha pele. A bolsa bate no quadril a cada passo.

Finalmente, diminuo o passo e respiro.

Quando chego ao meu apartamento em segurança, eu o retiro. Tem a encadernação em couro, com *Devereux* estampado na frente. Quero saber mais sobre o lugar de onde veio e quem escolheu as fotos que o preenchem. Vi apenas algumas, e tenho a necessidade de analisar as restantes.

Não posso.

Procuro um esconderijo no apartamento e acabo encontrando.

Quando sinto que está em um lugar seguro, saio de novo. Rumo ao estúdio.

Preciso liberar a adrenalina através da dança... e me preparar para o próximo passo de Greyson.

OBSESSÃO BRUTAL

38

GREYSON

Violet, Violet, Violet.

Consigo sentir o aroma doce e floral no meu quarto, como se ela tivesse se esfregado nas minhas paredes e nos meus lençóis. Não há nenhuma marca. Nenhum sinal dela, além do cheiro. Acho que é algo que a minha imaginação não poderia criar.

Eu me sento na cama e inalo novamente, não querendo exalar.

O meu pai me liga. Considero deixar cair no correio de voz, mas da última vez que fiz isso, ele apareceu no meu jogo.

Ele. Em um jogo.

Há anos que não o vejo assistir um jogo meu, muito menos falar comigo depois. Provavelmente tem alguma coisa a ver com nossas reputações conflitantes. Um adorado senador poderia mesmo ter um jogador de hóquei sanguinário como filho?

Como o nosso próximo jogo é em casa, não quero arriscar. O treinador Roake agiu como se ele andasse sobre a água, e eu fui lembrado, mais uma vez, do complexo de poder que o meu pai detém. Vai muito além do domínio de Nova Iorque.

Não sei se há um lugar que a sua influência não alcance.

— Oi, pai.

— Greyson — ele me cumprimenta. De forma rápida e profissional, embora sejam nove horas da noite. — Como foi o treino?

— Bom. — Responder dessa forma é um reflexo. Eu estava distraído, então... não foi muito bom.

— Sério? Porque recebi uma ligação esta noite, me informando que o meu filho quase foi tirado do gelo.

Oh, isso. Bem, Erik devia manter a boca fechada quando se trata de Violet. Ele fez alguns comentários sobre ela, ao passar, e eu fui longe demais. Mas tenho plena certeza de que não vou admitir isso para o meu pai.

— Se for um problema de equipe, você precisa esclarecer até o fim de semana.

Obviamente.

— Nós já resolvemos — minto.

Ao contrário de Violet, eu sei mentir. Bem o suficiente para enganar o meu pai na cara dele? Provavelmente não. Mas o telefone é uma barreira que torna mais fácil enrolar. O que ele não sabe não o magoará.

— Aquela garota Reece está te deixando em paz?

Eu me arrepio e quase deixo o meu telefone cair.

— Humm...

— Não tenho visto o mérito do hóquei — ele continua. — Mas tenho vários patrocinadores que acompanham o seu jogo de perto. Planejamos assistir às finais do campeonato em abril, por isso é melhor a sua equipe estar lá. Roake mencionou que alguns times têm sondado sobre você?

Passamos por uma crise de mudança de tópicos. De Violet para patrocinadores e olheiros.

— Sim. Alguns vieram falar comigo e com o treinador depois dos jogos.

Ele murmura:

— Bom, bom.

— Por que perguntou sobre Violet?

Ele hesita.

Eu me levanto de repente, com o estômago embrulhado. Violet. Patrocinadores. Olheiros.

— O que você fez, pai?

— Eu não vou falar sobre esse assunto. — Ele ri com escárnio. — Se concentre em jogar bem para a Universidade de *Crown Point*, filho, porque o mundo real vai te passar uma rasteira se você não estiver pronto para isso.

Grande coisa.

— Estou pronto.

— Prove ao manter o *foco* no que é importante. — Ele pausa. — Hóquei. As suas notas. É isso.

Ele fez alguma coisa. Sinto no meu âmago, mas ele não vai confessar.

— Ah, e Greyson?

Eu me impeço de desligar na cara dele.

— Você virá para casa na próxima semana. Recesso de primavera. Vamos comemorar. — Ele parece... satisfeito consigo mesmo. — Vou mandar um carro te buscar.

OBSESSÃO BRUTAL

Um carro para uma viagem de cinco horas de volta à minha cidade natal, Rose Hill. Eu, um motorista e nada além de silêncio constrangedor — e música, se tivermos sorte. Às vezes, eles tocam um monte de porcaria ou meus fones de ouvido ficam guardados no porta-malas por acidente.

Concordo com um aceno de cabeça — imaginando o que poderia fazer para sair fora disso. Não preciso ir para casa; não moro em um dormitório que vai ficar fechado. A UCP realmente não oferece *muito* mais do que um alojamento no campus. Aposto que a maioria dos alunos vai ficar por aqui durante a semana de recesso.

— Parece uma boa ideia — concordo, principalmente para não gerar discussão. Outra. Passo o olhar pela minha estante... e vejo o espaço na fileira de lombadas. O meu coração para. — Tenho que ir — falo. — Trabalhos de casa.

— Faça isso. — A linha fica muda antes que eu possa desligar. Se há uma coisa em que o meu pai tem habilidade, é em ter a última palavra.

Mas isso não importa.

Eu me levanto e vou até as prateleiras, passando os dedos sobre as lombadas. Livros que arrumei pessoalmente. Um exemplar que fica no centro se inclina por uma lacuna, e encosta no seu vizinho.

Falta uma peça.

E é a única que tem importância para mim.

Sinto náuseas.

Senti o cheiro dela. Notei que ela esteve aqui. Eu soube e não pensei em inspecionar cada centímetro. Estava distraído. Mas agora não estou. Agora sei que ela veio aqui por apenas um motivo: roubar as últimas recordações da minha mãe.

O meu pai a erradicou das nossas vidas quando ela partiu.

E então ela morreu um ano depois, sozinha em um quarto de hospital. Ela não queria contar a ele sobre o câncer. E em troca, eu nunca consegui me despedir.

Quando soubemos — quando a família dela nos avisou —, ela já estava morta há uma semana.

Perdemos o pequeno funeral em *Long Island*. Eles espalharam as cinzas no Oceano Atlântico a partir de um pequeno barco de pesca. O meu pai já tinha retirado as evidências dela da sua casa. Ele arrancou as fotos penduradas da parede, doou ou jogou fora as roupas e joias que ela deixou para trás. Sem que ela estivesse fisicamente por lá. E depois ela simplesmente... se foi. Como se nunca tivesse existido.

Então, as fotos daquele álbum são os últimos pedaços dela.

Sem elas, tenho medo de esquecer o seu rosto. A voz já é uma memória distante. O sorriso, a expressão séria — de mentira — quando me pegava fazendo algo que não deveria, e ela fazia de tudo para não explodir em risos... O tipo de coisas que se fixam na lembrança. A risada dela também. Espero nunca esquecer.

Calço os sapatos novamente e pego minhas chaves. Esbarro em Knox e Miles e saio enfurecido. Eu deveria estar cansado. Fisicamente. Mas o álbum de fotos desaparecido me deu um novo fôlego, e eu abro o aplicativo para encontrar Violet.

Da última vez que estive com o telefone dela, peguei o acesso à sua localização.

Ainda bem, porque ela não está em casa. A esta hora?

Também não está no campus.

Eu amplio a imagem, mas não estou muito familiarizado com o lugar onde ela está. Porém, não dou a mínima. Independentemente de onde estiver, ela vai me devolver aquele álbum de fotografias. De imediato.

É próximo o suficiente para ir a pé, então eu vou. E me encontro no exterior de um antigo edifício de tijolos, com o pequeno ponto azul no mapa me mostrando que ela ainda está aqui. A porta da frente, que se abre para um corredor longo e estreito, está destrancada. Entro e mantenho o meu passo o mais silencioso possível. A primeira porta que alcanço revela o que parece ser um estúdio de dança. Está escuro, mas a luz do corredor mostra as barras ao longo da parede, e uma parede cheia de espelhos. Também há um piano no canto.

Eu ignoro e vou para a próxima.

A luz e a música vêm da terceira e última.

Paro e espreito pela abertura. A melodia do piano ressoa pela sala, e lá está ela, no centro. Apenas uma fileira de lâmpadas fluorescentes está acesa, deixando os cantos da sala obscuros. Ela usa sapatilhas de ponta — tenho certeza, a propósito — e está equilibrada em uma perna que aponta direto para o chão. É impossível simplificar. A outra está curvada, e ela gira graciosamente.

Então se inclina para a frente até a cintura, e sua perna dobrada aparece por trás. Ainda está se equilibrando nos dedos do pé, mas desce lentamente. Ela desfaz essa pose e passa para outra. O olhar está fixo em si mesma no espelho.

Ela usa shorts esportivos e um top curto, que traçam todos os músculos

OBSESSÃO BRUTAL

267

em relevo. As luzes fortes e as sombras dão a ela uma aparência perigosamente frágil. Como de um pássaro prestes a voar.

A música faz pausas e repetições, e a peça começa de novo.

Violet se move com perfeição, e não sei se ela está criando enquanto dança ou se é parte de uma antiga coreografia que particularmente tenha decorado... de qualquer forma, estou preso.

O que é a última coisa que quero estar.

Quando pisco, eu a vejo no carro novamente. Machucada, sangrando.

Então pisco de novo, e enxergo o arco do pé de cabra batendo no joelho de Jack.

Outra vez, e Violet está contra uma árvore.

Mais uma vez, e ela está no meu carro, com sangue jorrando da sua coxa.

Balanço a cabeça para expulsar essas imagens.

A violência que desejo contra a mulher que dança à minha frente.

— Estou te vendo — diz ela. A cabeça acompanha cada rotação na ponta dos pés. Ela se torna muito rápida, mas não perde o equilíbrio.

Não até eu entrar na sala.

Então ela vacila.

— Está com medo?

Ela estreita os olhos.

— Não.

A música volta a ressoar.

— O que está tocando?

— É a "Sonata ao Luar". O primeiro movimento. — Ela inclina a cabeça. — Como você me encontrou?

Bato no queixo, fingindo pensar enquanto me aproximo. Eu a rodeio à direita, longe dos espelhos. Ela se vira, me mantendo sob as vistas. Garota esperta por pensar que está em perigo neste momento. Eu a quero contra os espelhos, eu a desejo no chão. Anseio rasgar o tecido fino do seu short e fazê-la voltar para casa seminua.

Quero a sua humilhação e quero a sua dor.

Mas, acima de tudo, gostaria de saber onde está o meu álbum de fotografias.

— Você pegou uma coisa minha — eu digo.

Ela sorri.

Sorri.

Puta que pariu, ela é linda.

S. MASSERY

— Eu sei.

É a minha vez de entrecerrar os olhos.

— Suponho que sim.

Ela desce graciosamente para o chão e começa a desfazer as faixas ao redor dos tornozelos.

— O que quer que você queira fazer comigo... é melhor eu tirar essas sapatilhas. São muito caras para você estragar.

— Mas o seu corpo não é? — Eu me concentro nela e os meus lábios se curvam.

Sim, ouço um apito no fundo da minha mente. *Arruíne-a para qualquer outra pessoa.*

— O meu corpo vai se curar. — Ela me encara. — A não ser que você esteja pensando em me quebrar de novo.

Também sorrio. Não posso evitar.

— Quando eu for quebrar, não será a sua perna. Ou as costelas. Ou as cordas vocais. É a sua mente que eu quero, Violet. A sua mente e a sua alma, porque, esse coração sombrio que bate por trás da sua caixa torácica? Ele já pertence a *mim*.

Eu bato no peito.

Ela começa a se levantar, acabou de ficar descalça. Continua graciosa, mesmo com medo.

Ah, a adrenalina. Outra dose, melhor do que uma droga, flui através de mim. Eu inalo. O cheiro dela é o mesmo: floral e doce, com um toque de suor. Quando eu a pegar, vou lamber entre os seus seios. Entre as pernas também.

Nenhuma parte está livre de mim.

E ela sabe disso, julgando pela forma que começa a tremer de repente.

Eu levanto a sobrancelha.

— O que está esperando, Violet? Você conhece esse jogo.

Ainda assim, ela espera.

Que eu dê a ordem? Que eu anuncie qual é a versão que estamos jogando?

Aquela que não tem palavras de segurança. Nem proteção.

Já era tempo de eliminarmos essas barreiras.

Eu me encosto no espelho e cruzo os braços sobre o peito. Ela respira com dificuldade, mas não sei se percebe. O seu peito sobe e desce rapidamente. É um elixir do qual eu não sabia que precisava, por isso abro a boca e dou a única ordem que ela vai ouvir:

— Corra.

OBSESSÃO BRUTAL

A esta altura, algo a leva a acreditar que dessa vez será diferente, porque ela não hesita. Deixa tudo para trás — as preciosas sapatilhas de ponta, o telefone e a bolsa que está no canto.

Ela sai correndo pela porta e eu conto até cinco mentalmente. Arranco meu moletom e jogo no chão, ao lado das sapatilhas dela. Estalo o pescoço e giro os ombros para trás, respirando fundo.

Então eu a persigo.

A porta da rua está quase fechando quando a empurro. O baque surdo ecoa na noite silenciosa. Eu a vejo na calçada, se escondendo de mim, mas o som faz com que ela recue. Começo a correr atrás dela.

Sou mais rápido.

Não vou demorar muito para pegá-la, a não ser que eu queira brincar com a minha comida antes de devorar...

Ela deve ter pisado em uma pedra, porque tropeça de repente. Eu reduzo a velocidade de propósito, deixando-a sentir a minha mão roçar nas suas costas. Se quisesse detê-la, teria conseguido. Mas ela solta um grito assustado e corre mais rápido.

Ela sabe que essa perseguição é diferente.

Da última vez, foi em direção ao bosque. Ela queria estar escondida quando eu a fodesse. Desta vez... desta vez, não vou ficar com ela onde eu encontrá-la. Por mais que eu queira, não vou arruinar esta nossa experiência.

Estamos no limite da vizinhança quando perco a paciência. O jogo do gato e do rato só pode durar por determinado tempo, e hoje eu já sofri com os treinos do hóquei. O meu cabelo ainda está úmido do banho que tomei no estádio.

Ela estava muitos metros à minha frente, mas agora não mais. Então, centímetros.

Não quero atacá-la, por isso agarro o seu cabelo. Entrelaço os dedos nos fios macios e a conduzo para uma corrida mais lenta, trazendo-a de volta para mim.

Ela se vira e me empurra, mais disposta a lutar do que eu esperava, claro, mas fico satisfeito com o rumo dos acontecimentos. No entanto, não importa de que maneira ela faz. Se ela me arranha, se atinge o meu rosto. Eu tenho um foco: seu adorável pescocinho.

Coloco as mãos ao redor, ignorando o jeito que empurra e agarra os meus pulsos. Eu a aproximo de mim, e aperto. Não as vias respiratórias, mas o pulso. Eu desejo senti-lo calmamente sob os meus dedos.

Quero perceber o momento que ela perder a consciência. Estamos próximos a um dos postes de luz. O meu corpo sombreia o dela, iluminado por trás, mas seu rosto de anjo é cristalino.

Ela abre e fecha a boca. Talvez tente me dizer que está farta, que fui longe demais. Não tem jeito. Não há como *me* deter.

Os seus dedos escorregam dos meus pulsos e os olhos reviram para trás. Ela amolece, e eu rapidamente capturo o seu corpo em queda.

Ela tem razão: não é como antes. Não vou foder até ela gozar, ou qualquer tolice assim. Iremos direto ao assunto.

Isto é um interrogatório.

OBSESSÃO BRUTAL

39

VIOLET

— Hora de acordar — diz Greyson ao meu ouvido.

Abro os olhos e pisco rapidamente, tentando descobrir onde estamos. Com certeza não é mais na calçada. O ar é quente, não há brisa. Estou sentada com os braços acima da cabeça. Eu puxo, mas eles não se mexem. Os pulsos foram amarrados com firmeza.

Um ruído à direita chama a minha atenção. Em frente à parede de janelas, ele puxa uma corrente para abrir as persianas verticais. Estamos no estúdio de dança com as luzes apagadas. Fixo os meus olhos no espelho, mas é difícil conciliar o que vejo com a verdade.

Estou nua da cintura para cima, com os pulsos amarrados a uma barra logo acima da cabeça. Sinto pontadas na pele e arrepios sobem pela minha pele. Volto a me concentrar em Greyson — que continua em pé junto às grandes janelas —, mas agora tem o foco em mim. Ele abre as cortinas. A luz da lua se infiltra na sala.

— O que você está fazendo? — Recuo, até ficar o mais ereta possível. As minhas costas batem na parede e eu inclino a cabeça para trás, observando melhor o que prende as minhas mãos. Parece que ele usou um cadarço. Giro os pulsos, tentando encontrar uma maneira de me libertar, mas não vou longe.

Greyson para bem na minha frente.

Eu pauso e olho para ele.

— Você não vai se soltar. — Ele cutuca o meu pé descalço.

Fico trêmula. Eu o movimento, dobro os joelhos para juntar as pernas, e um rastro de sangue vem junto.

Pisei em alguma coisa.

A minha cabeça dói. A garganta também quando engulo. Como se tivessem lâminas nas cordas vocais.

Quando ele se agacha para ficar no meu nível e se coloca entre as minhas pernas, me ocorre que isto não é mais um jogo. Não sei quem cruzou a linha primeiro, mas já a ultrapassamos.

Não me incomodo em pedir para ele parar, para me soltar. Sei que não vai. Por isso, volto a inclinar a cabeça para trás, deixando-a encostada à parede.

Ele estreita os olhos.

— Você perdeu o medo.

— Inútil, não é?

— Sim. — Começando pelo tornozelo, ele desliza a mão para cima da minha perna direita. — Vamos acabar logo com isso. Você não está aqui por prazer.

A minha boca seca.

— Você está aqui porque tirou algo de mim.

Não demorei muito para perceber. Isso é satisfatório.

Escolhi corretamente. Eu o avaliei de forma precisa.

Eu me inclino para a frente o mais longe que posso. Os meus braços alongam para trás, os ombros esticam. Mesmo sendo flexível, isso é demais.

— Tudo bem. — A minha voz está baixa. — Eu sei do que se trata.

Ele engole, e o seu olhar desvia dos meus olhos para os lábios. Parece se render, por um momento, quando mordo o lábio inferior.

— Me diga onde ele está. — Ele se aproxima.

Isso só vai irritá-lo mais.

Ele para e se inclina, dominado pelos meus lábios. Também estive encarando os dele, e agora encontro o seu olhar. Está indiferente. Frio o suficiente para congelar.

— Você nunca vai encontrá-lo — eu digo. — Porque o queimei até as cinzas.

Ele pausa. Até o seu peito para de subir e descer. E então ele ri. Com vontade. Balança os calcanhares e tomba a cabeça para trás, liberando um barulho que causa a impressão de ter surtado. Ele limpa as lágrimas dos olhos com os dedos e finalmente exala, reduzindo a risada.

Greyson me alcança e eu não tenho para onde ir. Não me surpreende quando fecha a mão ao redor da minha garganta.

Ele me empurra contra a parede e vem junto, mantendo o rosto colado no meu. Com a respiração quente na minha pele febril, ele sorri.

— Você não é uma boa mentirosa, querida.

OBSESSÃO BRUTAL

O meu coração dá um salto.

— Eu te peguei por um momento.

— E por um momento, pensei em te estrangular e deixar o corpo aqui. *Mais mentiras.* Certo?

— Vou perguntar outra vez — continua. — A última oportunidade para esta noite acabar... bem, não *ótima*. Mas é melhor do que o caminho que está seguindo.

Eu engulo em seco.

— Onde está?

Imagino o álbum de fotos. Quem diria que um livro de memórias encadernado em couro poderia causar tantos problemas? E eu sei que, se quiser que a minha vida continue nos trilhos *em todos os sentidos*, não vou quebrar. Não posso fazer isso comigo.

No fim do dia, eu sou a única que vai lutar por *mim*.

Eu o peguei, para Greyson finalmente me odiar o suficiente e me deixar em paz.

— Vá se foder, Devereux — sibilo.

A mão dele aperta a minha garganta. O oxigênio é cortado e ele me observa, até o meu rosto, certamente, ficar vermelho. Todo o meu corpo está quente, ardendo ao toque. Olhando dentro dos olhos dele, lembro de ter acreditado que seria forte. Pensei que poderia sobreviver a ele.

Não posso mais. A necessidade de respirar é muito grande. Eu puxo as amarras e luto para me afastar, simplesmente por amor-próprio.

Mas não há como escapar.

Outra vez.

Eu entro na escuridão.

Quando acordo novamente, estou na mesma posição, com quase todo corpo apoiado na parede. Os meus dedos estão dormentes e formigando, por ficarem acima da cabeça por tanto tempo.

Não importa *quantas* horas tenham passado.

Desta vez, o short também desapareceu. As minhas pernas estão abertas. Eu mudo de posição e sinto algo... *dentro* de mim? É muito escuro para ver.

Então o objeto começa a vibrar.

Está dentro de mim e pressiona o meu clitóris. Suspiro com a sensação, que continua crescendo até quase se tornar violenta. As minhas costas arqueiam e os meus pés arranham o chão em busca de apoio.

E então vejo Greyson, nas sombras, do outro lado da sala, e isso me faz gozar.

Violentamente.

Ele não desliga. Contraio as pernas, mas não sei se fica melhor ou pior. Provavelmente pior, porque o meu clitóris lateja sob as vibrações. Eu grito quando outro orgasmo é arrancado de mim. Um grito sem palavras. O meu corpo treme e eu desabo para trás quando, finalmente, ele desliga.

O único som da sala é a minha respiração irregular.

— Onde está?

Não respondo.

Ele liga novamente, mas em baixa vibração. Não o suficiente para fazer qualquer coisa além de vibrar dentro de mim. Eu me contorço, segurando a barra acima da cabeça e me puxando para cima novamente.

— Este é o seu pior? — pergunto.

Ele passeia pelo cômodo e abre um canivete. O movimento faz um pequeno *ruído* e a luz da lua incide sobre o metal. Ele olha para as minhas pernas abertas e ajoelha entre elas. Arrasta a ponta da lâmina pelo meu peito, entre os meus seios.

Em seguida, sobe novamente até a parte inferior dos meus peitos, fazendo espirais perto do meu mamilo. Mesmo sabendo que poderia me ferir de maneiras mais físicas, fico encantada com isso.

Estou horrorizada com a minha reação.

E o vibrador só faz piorar. Ou melhorar.

— Não, Violet — diz ele baixinho. — Este não é o meu pior. Nem de longe.

Fica mais difícil respirar. O meu coração dispara. E quando, finalmente, enfia a lâmina na minha pele, arrastando pelo meu peito em diagonal, não me surpreende. A dor que gira pelos nervos mais sensíveis se mistura com o prazer latejando na boceta.

— Eu nunca cheguei a explorar esse meu lado — ele admite.

Estamos ambos obcecados pelo sangue que jorra da minha pele.

— Mais fundo — sussurro.

Ele rosna e se inclina para a frente, lambendo o fio. Sua língua raspa contra o corte, pegando o meu sangue.

E então ele o devolve para mim, me segurando pela nuca e pressionando a boca aberta na minha. A sua mão apalpa o meu peito e as unhas cravam no corte.

Depois disso, eu gozo. Com o meu sangue nas nossas línguas e a mistura inebriante de dor e prazer.

OBSESSÃO BRUTAL

Ele se acaricia, então agarra os meus quadris e me vira de joelhos, de costas para ele. O vibrador muda de posição, atingindo uma nova profundidade, e eu arqueio. A minha única visão agora é da parede à frente. Torço os pulsos para agarrar melhor a barra, apoiando o tronco.

— Onde está, Vi?

Ele puxa os meus quadris para trás em sua direção e espalma o brinquedo. Ele pressiona o meu clitóris com mais força e, embora a vibração ainda seja baixa, o meu corpo está tenso devido aos múltiplos orgasmos. Os músculos doem, e sinto como se não tivesse ossos.

Eu gemo, inclinando a cabeça.

— Não existe a mínima possibilidade de te dizer. Não até você prometer me deixar em paz.

A sua risada é desprovida de qualquer humor.

E então o dedo molhado toca o meu ânus, e eu enrijeço.

— Alguém já te fodeu aqui? — Ele pressiona o dedo, empurrando para dentro.

Não sei se é bom ou não, é estranho. E ele não parece se importar com os choramingos desesperados que saem da minha garganta. Ele puxa para fora e empurra de novo, me testando.

— Não?

— Não — digo em uma expiração.

— Bom.

O dedo dele desaparece. Ouço algo se abrindo, e depois uma embalagem de preservativo flutua para o chão.

— A segunda rodada será na sua boceta — ele me informa. — Sem proteção.

Engulo em seco.

Ele encosta a ponta do pau... *lá*. Tento relaxar, mas não sei se consigo fazer os músculos cooperarem. Ele cospe na minha bunda e eu fecho os olhos. Envolvo as mãos na barra, e os cadarços machucam os meus pulsos. Dói quando força a sua entrada. Ele não é gentil. Em um minuto provoca tocando as minhas coxas, depois me agarra com força e empurra para dentro.

— Consigo sentir o brinquedo vibrar dentro de você — ele me diz.

Mordo o lábio com tanta força que o sangue enche a minha boca. Não quero fazer nenhum som para ele.

Ele espera um segundo para eu me ajustar, depois começa a se mexer. O meu corpo pega fogo. E então, por mais estranho que pareça, algo muda em meu cérebro.

Não é ruim. Nem parece uma invasão.

Balanço os quadris para trás, e o seu pau desliza mais fundo. A dupla penetração me faz sentir muito cheia, mas é uma sensação única, e eu fico toda arrepiada.

— Dê para mim — ele grunhe. — Diga para mim que você gosta do meu pau na sua bunda.

Eu não falo. Foda-se.

Ele se aproxima de mim, pressiona o peito nas minhas costas, e belisca o meu mamilo. O vibrador atinge um nível mais intenso, e ele geme. Esfrega o meu peito, raspando a unha ao longo do lugar onde me feriu. Sangue fresco escorre para o chão. Ele alterna entre tocar o corte e beliscar os meus mamilos.

Ele estoca com mais força, e eu solto um gemido.

Não posso gozar de novo.

Mas ele parece ter outros planos, porque não desiste. Circula os quadris e os meus olhos reviram. Ele arremete contra mim de forma despreocupada e selvagem.

— Tão apertada. — Desliza a mão entre os meus seios, desce até o abdômen, e a mantém lá. — Você não sabe o que o seu último buraco virgem está fazendo comigo.

Ele goza com um rugido, estocando uma última vez.

É demais. *De novo.*

Eu me deixo levar, e tenho a impressão de desmaiar quando o orgasmo me atinge. O meu corpo relaxa de uma vez, e Greyson me agarra antes que eu bata a cabeça na parede. Ainda assim, os meus olhos se fecham.

Quando volto a abri-los, estou deitada costas. De alguma forma, viemos de lá para cá, os meus pulsos agora estão desamarrados e soltos ao lado. Eu flexiono os dedos para ativar a circulação, e me movimento para me sentar.

Greyson me impede.

— Conta pra mim o que o meu pai te disse.

Meu corpo enrijece na hora.

Ele sacode a cabeça e segura a minha nuca, me erguendo um pouco.

— Não ouse mentir para mim, Vi. O que ele está te dando em troca para você... me evitar? — Ele estreita os olhos. — Para não querer ter nada a ver comigo?

Ele sabe.

De alguma forma, ele sabe.

OBSESSÃO BRUTAL

O pavor me invade e agarro o seu pulso. Eu o mantenho no meu pescoço. Não sei o que sentir — parte de mim está exausta demais para qualquer sentimento. Mas sei que gosto muito mais de Greyson do que deveria.

Sei que este último mês que o evitei foi um inferno.

— É uma longa história — eu disfarço.

Ele se senta ao meu lado. Franze as sobrancelhas.

— Então conte.

Um arrepio me percorre.

Ele faz uma pausa, depois vai buscar o seu moletom. Ele me ajuda a deslizar os braços pelas mangas, tocando brevemente os meus pulsos. Eu o visto e imediatamente suspiro. Não está frio aqui, mas quando você está nua...

O moletom também tem o cheiro dele.

— Fui a Vermont para me consultar com um especialista, a pedido da diretora artística do *Crown Point Ballet* — começo.

— Mia Germain.

— Hum-hum. — Eu o encaro. — Como você sabe?

Ele dá de ombros.

— Eu li a sua troca de mensagens com ela.

Ah, que ótimo. Eu realmente deveria proteger a porcaria do meu celular com senha. Willow me critica por ser muito confiante, também.

— De qualquer forma. — Eu mudo de posição e tento ignorar a dor na minha bunda. *Argh.* — Dr. Michaels disse que a minha perna está bem curada e seria fisicamente capaz de suportar a dança, mas a dor nos nervos me impede.

— Dor nos nervos. — O seu olhar desce para as minhas pernas, e sobe novamente. — Há quanto tempo isso está acontecendo?

— Desde o acidente? — Encolho os ombros.

— Às vezes, você toca nela. Na sua perna, quero dizer. Como se doesse. Pensei que fizesse por hábito. — Ele estremece. — E você tem corrido...

— Dr. Michaels solicitou uma ressonância magnética para verificar se há fraturas por estresse e, em seguida, sugeriu hidroterapia para as dores dos nervos — digo, apressada. — Mas eu não poderia pagar por nada disso. A minha mãe e eu... não sei o que aconteceu, mas já não temos mais uma relação.

A culpa pelo nosso afastamento é dela, ou minha?

De quem é a responsabilidade de manter uma família unida?

— Vi — diz Greyson.

Eu passo os dedos no seu pulso.

— A secretária do seu pai me ligou quando ainda estávamos em Vermont. Ela sabia...

— Porque eu mencionei o Dr. Michaels. — Ele esfrega os olhos. — Caramba, eu só queria saber se ele tinha ouvido alguma coisa sobre o homem. Eu não esperava que ele juntasse tudo, especialmente porque ele sabia em que pé estávamos.

— Ela disse, e eu presumo ter vindo do seu pai, que eu era uma distração pra você. Que eles tinham grandes esperanças para a NHL ou algo assim. — Detesto que tenham me distorcido dessa forma, me manipulado. — Eles cuidaram das minhas contas médicas. A ressonância magnética, a hidroterapia. Toda vez que faço, a conta é enviada pra lá.

Estou morrendo de vergonha.

— Não sei o que fazer. Porque o balé, finalmente, está ao meu alcance de novo. A minha perna está melhor do que nos meses passados. Mas... *você*.

Ele se inclina para a frente e me beija. Com força. O corte do meu lábio onde o mordi antes reabre, mas nenhum de nós se importa. De repente, estamos morrendo de vontade de aproximarmos um do outro.

Eu rastejo, monto no colo dele e envolvo os braços no seu pescoço. Estamos peito a peito. Nem é surpresa quando o pau dele desliza para dentro de mim novamente. Eu me apoio nos joelhos, erguendo o corpo de leve e me abaixo devagar. O meu gemido se perde na sua boca.

Ele se afasta um pouco, ainda flexionando os quadris para me encontrar.

— É isso? É assim que te subornam?

— É isso — confirmo. — Mas parece ser muito.

— Violet, eu tenho um fundo fiduciário. Posso acessá-lo desde que completei vinte e um anos, há três meses. — Ele segura as minhas bochechas. — O meu pai pode ir se foder. Se você precisa de alguém para cobrir essa terapia, sou *eu*.

Balanço a cabeça.

— Eu não te pediria para fazer isso...

— Você não está pedindo. — Ele se impulsiona com mais força, depois traz o meu rosto para perto. Beija o canto dos meus lábios e segue até a minha orelha. — Estou te dizendo, Vi. Somos eu e você. Só nós. Não vou permitir que nada, nem ninguém se interponha novamente. Pode contar com isso.

— Só nós — repito, agarrando-o com mais força. — Tudo bem.

OBSESSÃO BRUTAL

40

GREYSON

Violet vem para casa comigo.

Não pergunto sobre o álbum de fotos. Ela parece não acreditar que eu esteja falando sério, e não a culpo por isso. Ela não vai me dizer até se sentir segura outra vez. E por enquanto, estou de boa com isso. Depois da sua terrível mentira sobre queimá-lo. Ela tinha razão. Por uma fração de segundo, acreditei nela. Então o meu bom senso entrou em ação... e consegui decifrar as suas intenções.

Tudo o que disse a ela era verdade. O último mês foi o mais frustrante, e o hóquei foi a minha válvula de escape. Agora eu voo alto com adrenalina e *ela*. O cheiro dela. O gosto dela. Ela está deitada de lado, com a cabeça no meu ombro. Com ela aconchegada a mim, as nossas pernas emaranhadas, eu me sinto... contente.

Porém, há mais bombas para explodir.

Segredos que acho que ela não sabe.

Ela me pareceu ingênua sobre o meu pai pagar as suas contas médicas, porque essa oferta não era de se surpreender.

Foi uma tentativa — com grande sucesso.

Eu me forço a fechar os olhos. Há seis meses, éramos pessoas diferentes. Ela estava magoada, eu estava com raiva. *Okay*, ela ainda está magoada e eu ainda estou com raiva, mas isso era *novo* para nós. Ainda não sabíamos como conviver com isso. Eu sempre fui nervoso, mas o que aconteceu com ela, a mídia... transformou tudo em um descontrole dos infernos.

As complicações adicionais aconteceram por causa das nossas famílias. Seria tudo diferente se fôssemos apenas eu e ela?

Sim — eu estaria apodrecendo na prisão. Provavelmente. Na verdade, não sei do que teriam me acusado nem por quanto tempo seria condenado. São mistérios que espero nunca descobrir.

A respiração dela é uniforme, e não muda quando abro os olhos e, lentamente, pego o meu telefone.

Eu salvei a postagem antiga.

Aquela que divulgou a matéria dizendo que eu dirigi embriagado, e tudo foi varrido para debaixo do tapete, com facilidade. Eles incluíram uma foto minha na saída da delegacia de polícia com o boné puxado para baixo, escondendo o rosto. Um dos guarda-costas do meu pai me conduzia para o carro.

O meu pai estava lutando para aprovar um projeto de lei e sempre aparecia nos noticiários. Por isso os *paparazzi* estavam no restaurante naquela noite. Provavelmente foram avisados de que um Devereux — o nome da reserva — jantaria por lá naquela noite, e apareceram para me encontrar.

Eu não costumava ser uma pessoa de prestígio nos jornais. Não vendia exemplares como o meu pai.

Ainda não, se formos claros. Há peixes muito maiores para pescar em *Rose Hill*.

Havia também uma foto de Violet. Não lhe deram muito destaque. Ela foi usada, principalmente, para provocar raiva em relação ao nome Devereux. Disseram que a sua carreira como primeira bailarina foi arrancada. Encontro esse parágrafo e leio novamente.

Violet Reece, uma estrela em ascensão no mundo do balé, tinha uma carreira promissora como primeira bailarina. Infelizmente, nunca mais poderá dançar. A condução imprudente do Sr. Devereux tirou dela essa possibilidade e ele não enfrentará quaisquer consequências por suas ações.

Uma sensação diferente aparece no meu peito. Como se liberasse uma pressão.

Bem, ela *vai* ter a carreira dela.

Vamos garantir que isso aconteça.

A primeira vez que li, fiquei irritado. Apareceu em uma versão impressa. Meu pai tentou embolá-lo, mas não havia muito que pudesse fazer depois que ele pegou fogo. Os meios de comunicação on-line perceberam e divulgaram, depois todos os olhos estavam voltados para mim.

E então… fracasso. Como acaba acontecendo com tudo.

Logo que aconteceu, foi fácil removê-lo das buscas e das memórias das pessoas. Sempre há uma manchete nova e chamativa que aparece e desvia o foco.

Já o reli algumas vezes desde então, nem que seja para me lembrar do que pode acontecer se eu não for cuidadoso.

OBSESSÃO BRUTAL

Mas, depois, o penúltimo parágrafo chama a minha atenção e faço uma pausa.

Embora, em breve, o mundo esqueça o papel de Greyson Devereux como antagonista da vida de Reece, ela tem apoiadores que não a abandonarão. Ela tem o suporte da comunidade de balé.

Não brinca.

Olho para a tela e penso em acordá-la. Mas ela parece em paz. E está tarde.

Palpites e teorias podem esperar até a manhã.

Mas a minha mente gira. Ela tem apoiadores que trariam o meu passado à tona? Ela tem fãs que... fariam alguma coisa por ela?

E quão zangados ficariam por ela estar comigo?

Eu a abraço mais forte ao meu lado.

A minha preocupação é em vão... ou assim espero.

41

VIOLET

Algo está errado. Eu tento alcançar Grey — ele colocou isso na minha mente de novo, aparentemente da noite para o dia —, mas o lado da cama dele está frio. O travesseiro ainda tem a marca da sua cabeça, mas ele desapareceu.

Ao invés de apenas presumir que ele foi ao banheiro, eu me sento. O meu estômago revira. Pego uma das camisetas dele e visto a calça de moletom, porque se for procurá-lo, não quero encontrar um dos seus colegas de casa, seminua.

Nesse caso... vestir uma das suas roupas parece a melhor opção.

Com creme dental no dedo, rapidamente limpo os dentes no banheiro do corredor, depois sigo os sons até a cozinha. Faço uma pausa no último degrau e tento ouvir o que as duas vozes estão dizendo.

— Acho que ela tem um perseguidor — diz Greyson.

As minhas sobrancelhas arqueiam na hora.

— Talvez você esteja supervalorizando esse assunto. — Knox, eu acho. Ou Miles.

Os dois irmãos têm timbres semelhantes.

— Não estou. Veja.

Eu realmente gostaria de saber o que Grey mostrava para *ele* e não para *mim*. Especialmente se sou eu quem tem um perseguidor. Sério? É ridículo.

Entro na cozinha.

— O único que me persegue é você — eu o informo.

O olhar de Grey pousa em mim. Ele me encara, percorre o meu corpo e recua.

Miles se apoia no balcão da cozinha, com os braços cruzados. A atenção dele alterna entre nós dois.

— Quer dizer que se beijaram e fizeram as pazes?

Dou um sorriso forçado e não respondo.

OBSESSÃO BRUTAL

— Sim — diz Grey. — Você pode nos dar um minuto?

Miles revira os olhos. Ele pega a caneca que estava ao lado do seu cotovelo e sai. Eu me afasto para ele passar, ainda com aquela sensação estranha de *mau* presságio. Não é ele, mas... talvez seja o fato de estar aqui. Nesta casa.

— Um perseguidor? — questiono.

Ele se aproxima e segura as minhas mãos, me puxando para ele com facilidade. Os meus braços envolvem automaticamente a sua cintura e ele me abraça com força. Apoio a cabeça no seu peito. O coração está disparado, mas externamente ele parece calmo. Os seus lábios tocam o topo da minha cabeça.

— Eu percebi uma coisa — diz ele, contra o meu cabelo.

— Compartilhe, por favor.

— Estamos do mesmo lado.

Oh.

Oh.

Eu me afasto e encontro o seu olhar novamente. Ele parece cem por cento sério, e eu... não sei o que fazer com isso. Ele apenas *decidiu* que estamos do mesmo lado? Depois dos últimos meses que foram um inferno...

— Vi, escute. — Ele me leva até o balcão, me levanta e logo estou sentada em cima da bancada. Serve uma xícara de café para mim, e adiciona uma quantidade decente de creme de avelã da geladeira. Exatamente do jeito que eu gosto. Quando volta e envolve os meus dedos na caneca, ele apenas sorri. — Eu presto atenção.

— E foi assim que deduziu que tenho um perseguidor que não é você.

— Sim. — Ele inclina o queixo. — Mas sejamos honestos um com o outro. De verdade.

Engulo o nó na garganta.

— Tudo bem — eu sussurro.

— Vou dizer para o meu pai ir se foder na primeira oportunidade que eu tiver. — Suas palmas pousam em minhas coxas, espalhando-as para ele se aproximar ainda mais. — Eu vou cuidar da terapia. Isso é... isso é o mínimo que posso fazer por você.

Os meus olhos nublam. Deixo a caneca de lado e agarro o pescoço dele com as mãos. Não sei como transmitir a minha gratidão... e a vergonha que sinto por ele ter que me oferecer, em primeiro lugar.

— Você vai me contar tudo o que aconteceu na época do acidente — diz ele. — O hospital, quem te visitou, os médicos....tudo.

E então ele vai saber que o pai dele apareceu e me obrigou a assinar o NDA. Foi logo após a publicação do artigo. Eu queria processar os Devereux por danos pessoais, desde que Greyson foi autorizado a ir embora com tanta facilidade. Em vez disso, fui ameaçada com outro processo por difamação.

O senador pediria muito mais dinheiro do que a minha mãe e eu tínhamos. Poderia ter nos falido. Mas, em vez disso, me ofereceu um bom acordo... assinar um NDA, abrir mão do processo e todos seguirem caminhos separados.

Desnecessário dizer que desisti e assinei o documento.

Grey sabe, obviamente. Ele repete isso desde que cheguei na faculdade. Mas sabe quão longe o seu pai foi?

Ele traça um desenho na minha perna e percebo que não lhe dei uma resposta. Eu deveria dizer, para deixar tudo esclarecido. Deveria contar a ele de maneira geral, mesmo que ele já saiba.

— Eu vou dizer — murmuro, em um suspiro. — Mas eu gostaria de ouvir a sua teoria do perseguidor primeiro.

Esquivando. Outra vez.

Ele faz que sim com a cabeça.

— Certo. Eu salvei isto aqui.

Greyson pega o telefone e me mostra algo na tela do celular invertido. Eu olho por cima dele e vejo a manchete tão familiar que nos assombrou durante meses. Ele desliza, e eu percebo que devem ser capturas de tela.

Inteligente.

Ele chega ao fim e vira o telefone. Observo a página e os meus olhos fixam no penúltimo parágrafo. Quando estava magoada, zangada e assustada, li essas palavras e pensei que fossem uma bênção. Eu também pensei, *sim, ele acabou com a minha carreira. Alguém mais se importa*. Mas agora, com suspeita — e uma forte dose de realidade — é assustador.

Embora, em breve, o mundo esqueça o papel de Greyson Devereux como antagonista da vida de Reece, ela tem apoiadores que não a abandonarão. Ela tem o apoio da comunidade de balé.

— Quem são esses supostos apoiadores que não esquecerão o que você fez? — Eu olho para cima. — Eu dançava para o *Crown Point* quando me machuquei. Foi um acaso eu estar em *Rose Hill*.

Ele contrai os lábios.

Entretanto, eu liguei os pontos. Significa que quem quer que esteja bastante zangado com isso — que *estivesse*, devo dizer — está em *Crown Point*.

OBSESSÃO BRUTAL

Só pode ser isso. Talvez não um dos dançarinos, porque somos cruéis com relação aos papéis. Mas na comunidade talvez?

E como souberam do meu acidente que aconteceu a horas de distância?

— O CPB é implacável — sussurro. — Se esta pessoa estivesse lá, saberia que o meu lugar seria preenchido em um minuto. Mia me procurou porque me conhece desde sempre e se preocupa comigo. É só por isso que estou voltando.

Cubro a boca com a mão.

Obviamente, não é Mia. Ela é a diretora artística e tem muito a perder — e a minha lesão não afeta significativamente a ela *nem* a empresa.

Mas... ela está ligada a isso?

Será que sabe quem escreveu?

— Esse artigo tem seis meses — aponta Grey. Ele gentilmente puxa a minha mão do meu rosto. — Talvez eu esteja errado...

— Alguém invadiu o meu quarto — eu desabafo.

Ele me olha de forma misteriosa.

— Eu sei.

— Antes disso. — O meu rosto esquenta. — Eles o destruíram. Eu tinha uma parede de fotos, e pintaram *prostituta* nela. Tudo foi arruinado.

O corpo dele retesa. Vejo o momento que deduz, porque me ocorre também.

Isto está acontecendo. O que começou como uma simples invasão e a sensação de ser observada — que atribuí a Greyson — parece vir à tona.

Ele me desce do balcão.

— Você e Willow não estão seguras naquele apartamento — declara. Digita uma mensagem no celular e o guarda em seguida. — Você vai pegar as suas coisas. Agora mesmo.

— E...?

— E vir morar comigo.

Balanço a cabeça.

— De jeito nenhum.

Ele está doido? Nós *acabamos* de fazer as pazes e foi bastante violento. Ainda tenho hematomas e as marcas de seus dedos ao redor do pescoço. O corte no meu peito está formando uma pequena crosta. Existem hematomas nos meus pulsos também, por causa dos cadarços que ele usou para me amarrar.

Ainda há *evidências* de que nossa raiva e ódio se chocaram, e o meu corpo sofreu as consequências.

O seu telefone toca, e eu espio por cima do ombro dele novamente.

Knox: Concordo.

— Ele concorda com o quê? — pergunto, com suspeita.

Ele apenas sorri.

— Não se preocupe, vi. Você e Willow ainda podem ser colegas de casa.

Balanço a cabeça e me afasto dele.

— Eu preciso de um banho. E das minhas próprias roupas antes da aula.

Isto não pode estar acontecendo.

Tudo isso.

Nada disso.

Volto para o quarto dele e encontro a minha bolsa na escrivaninha. Ontem à noite ele jogou-a ao acaso, sem se incomodar por ter derrubado tudo. Eu a vasculho pela primeira vez. As minhas sapatilhas de ponta estão lá, as fitas cuidadosamente enroladas para não se emaranharem. Eu certamente não fiz isso, e uma sensação calorosa e tocante passa por mim.

Quem somos nós?

Deveríamos ser inimigos.

Éramos, até ele decidir que não somos mais.

Penso que, de certa forma, ele sabia o resultado da noite passada antes mesmo de chegar ao estúdio de dança. Por mais que dê murros em ponta de faca — às vezes, literalmente —, ele é melhor quando tem um plano. Como no hóquei, eles têm jogadas. Um livro de regras. Às vezes, eles saem do roteiro, mas ele brilha quando sabe onde colocar os pés.

De qualquer maneira, essa é a minha interpretação.

O pai dele deve ter se entregado.

De alguma forma.

Eu não tenho muitas roupas. Ele guardou a minha calcinha aqui também. Eu a pego, junto com a calça jeans. No seu armário, encontro uma toalha dobrada e levo comigo.

Espero que haja xampu e condicionador no banheiro, mas parte de mim não quer contar com isso. Os homens podem ser uns bárbaros, no que diz respeito à pele e ao cabelo deles.

Tranco a porta e imediatamente abro o jato de água quente. *Há* um pequeno pote de condicionador debaixo da pia, e eu silenciosamente aplaudo quem tenha dormido com essa garota inteligente. Eu tiro as roupas de Greyson e entro debaixo da ducha.

OBSESSÃO BRUTAL

Depois de um, ou vários minutos, a porta se abre e fecha. Os meus olhos, que estavam cerrados enquanto eu massageava o xampu pelo cabelo, se abrem.

Então a cortina é afastada para trás e Grey entra, se juntando a mim. Nu, é claro. Os seus músculos abdominais são de outro mundo. Antes que eu possa me deter, estendo a mão e toco o seu abdome, baixando em seguida. O pau dele está duro e balança entre nós.

Ele é lindo, e eu meio que odeio isso. É a beleza que lhe permite se safar de quase tudo. Talvez de *qualquer coisa*.

Um sorriso se alastra pelo seu rosto.

— Você acha que uma fechadura poderia me impedir?

Eu reviro os olhos.

Ele faz um gesto para eu me virar. Com cuidado, fico de costas para ele. A água bate no meu peito. Os dedos dele massageando as minhas têmporas é bom demais. Eu me inclino em suas mãos. Ele continua por mais alguns minutos — provavelmente mais do que o meu cabelo precisa — e depois me gira com suavidade. Eu o encaro outra vez e mantenho contato visual enquanto volto para debaixo da água.

Assim que me livro da espuma, trocamos de lugar. Eu espirro condicionador na palma da mão e passo pelos fios. Ele pega o xampu e aplica no próprio cabelo, até que eu o detenha. Com um estalo da língua, eu me aproximo mais.

Estamos fazendo isto.

Estendo os braços e passo a mão pelo seu cabelo. Ele me observa com atenção. Eu arrasto as unhas levemente contra o seu couro cabeludo, e ele murmura em apreciação.

— Eu posso me acostumar com isso — murmura.

— Não.

— Por que não?

— Eu gosto de tomar banho sozinha — retruco. — Já estou com frio por estar fora da ducha. Jack desperdiçava muita água. Eu não tomava mais banho com ele.

— Você está pensando em outro cara quando estou aqui? — Os seus olhos escurecem.

— Não — minto.

Ele dá uma risada debochada e inclina a cabeça para trás, enxaguando--a sem fazer comentários.

Por um momento, acho que é o fim. Ele vai ficar chateado e sair — o que deveria ser o meu objetivo final.

Mas então ele me guia de volta para debaixo da ducha quente. Estende a mão acima de mim e vira o chuveiro, apontando-o para a parede. As mãos fortes deslizam pelas minhas costelas, os meus quadris, a minha bunda. Então ele me levanta sem aviso, me imprensando contra a parede de azulejos, agora quente.

Ele pensa em tudo.

Eu envolvo as pernas nos seus quadris.

— Você pensa em qualquer outro além de mim, e eu não tenho escolha a não ser eliminá-lo. — Ele levanta uma sobrancelha. — A melhor decisão que tomei foi bloquear o número de Jack do seu telefone.

Eu o encaro.

— Você é…

Ele empurra dentro de mim, acabando com a minha capacidade de falar.

— Sou possessivo? — Ele se inclina um pouco e beija a minha garganta. — Não vou deixar que nada, nem ninguém, fique entre nós dois? — Os dentes dele roçam a minha pele, seguidos pela língua. — Quer saber se estou falando *sério*?

Curvo a cabeça para o lado, dando mais acesso.

— Em qualquer uma das alternativas.

— A resposta é sim. — Ele passa o nariz pelo meu pescoço. — Em todas as opções acima.

Eu bufo uma risada.

— É claro que eu namoro um psicopata.

Ele paralisa.

Inferno, *eu* paraliso. Quem fala demais dá bom dia ao cavalo.

— Nós, humm, eu não quis dizer…

— Namoro é um pouco casual — ele finalmente diz.

— Casual? Namoro é um grande passo. — Os meus músculos apertam automaticamente ao redor do seu pau, ainda enterrado dentro de mim.

Ele sorri.

— Vamos ver… você nunca vai se afastar de mim. Que nome damos a isso? Certamente não é *namoro*. — A sua mão cobre a minha mandíbula e depois desliza para baixo. Por cima do meu peito, pela minha barriga. Ele faz uma pausa lá. — Você está tomando anticoncepcional.

Fico boquiaberta.

OBSESSÃO BRUTAL

— Só pensou nisso agora?

Ele dá de ombros.

— Vi os comprimidos no seu banheiro uma vez. Mas não estou preocupado.

— Por que não?

— Se você engravidar, vai ser apenas mais um motivo para ficarmos juntos.

Eu o empurro — não faz muito efeito, mas o que vale é a intenção.

— Se eu engravidar, a minha carreira como bailarina explode pelos ares. Então, não, obrigada.

Ele ri.

— Tudo bem, tudo bem. Não agora, mas um dia.

Olho para ele. Talvez não. Ele não pode vencer *todas* as discussões.

— Agora... — Ele continua a se movimentar, saindo quase todo de dentro de mim e estocando de volta. A mão dele está na minha bunda, entre as nádegas. Ele empurra o dedo na minha abertura traseira.

Eu suspiro.

— Você gostou de ontem à noite, *Violent?* — Beija a minha garganta. — Você gostou de gozar comigo e um brinquedo dentro de você?

Ele empurra o dedo mais para dentro, e eu me contorço contra ele.

— Um dia vou te contar a minha maior fantasia — acrescenta.

Quando finalmente acelera o ritmo, estou ofegante. Eu me inclino para a frente e o beijo de novo, mantendo os lábios nos dele. De alguma forma, eu gozo assim. Com ele me fodendo com o seu pau e enfiando o dedo na minha bunda. Os meus seios deslizando contra o peito dele.

Tudo tensiona quando eu gozo.

Ele goza um momento depois, gemendo e se derramando dentro de mim.

Greyson se afasta lentamente, me segurando pelos quadris até que os meus dedos dos pés se apoiem no piso molhado. Ainda tenho condicionador no cabelo. O espaço está cheio de vapor, tão espesso que parece uma sauna.

A porta abre.

— Anda logo, caralho — diz um dos caras.

Grey resmunga, e a porta bate antes que ele possa responder.

Enxaguo o cabelo e ele aproveita a oportunidade para esguichar sabonete líquido nas mãos. Leva o seu tempo arrastando as mãos ensaboadas para cima e para baixo do meu corpo, tocando em todos os lugares. Até que coloca a mão entre as minhas pernas, e eu automaticamente alargo a posição.

— Ansiosa por mais, *Violent?*

Eu cantarolo. E se eu estiver?

— Acho que sou viciada em você. — Tiro a água dos meus olhos e giro, enxaguando o sabão.

— Aqui vai um segredo. — Ele passa os braços ao meu redor, me puxando para o seu peito. — Eu também sou viciado em você.

42

VIOLET

Willow me lança um olhar furioso. Esta tarde, ela foi arrastada à força do nosso apartamento por um mal-humorado Knox. Acho que nenhum deles ficou feliz com a situação que Grey e eu os colocamos, mas estão tolerando.

Grey não quer que nada de mal me aconteça, e eu não quero ficar aqui sem ela.

Estamos sentadas no sofá. Assisti a todas as minhas aulas e, para falar a verdade, comecei a prestar mais atenção agora que resolvemos os nossos problemas.

Em todo caso, é o que eu digo a mim mesma.

E agora, terminei de explicar tudo à minha melhor amiga.

— Por que esse perseguidor não se manifestou? — Ela se contorce. — Quero dizer, eu sei que você teve a sensação de estar sendo observada, mas eu assumi que era Greyson.

— Eu também. Por isso, ignorei. E pensei que as invasões estivessem relacionadas com o artigo. Um jornalista muito zeloso ou algo assim.

— Um jornalista zeloso destruindo o seu quarto? — Ela morde o lábio, sua expressão se contrai. — E se for o contrário?

— O que você quer dizer?

— Todos se concentraram em Greyson no artigo. Ambas as vezes, certo? Primeiro, logo após o acidente. E então aquele que foi publicado aqui. Mas e se não fosse tanto sobre ele, mas sobre você?

— Isso ainda não responde por que eles iriam a tais extremos. Me chamarem de prostituta, destruírem tudo o que possuo...

Ela dá de ombros.

— O que aconteceu antes disso?

— O meu vídeo com Jack. — Eu tremo. — A pior decisão de sempre. Nem sequer gosto de boquetes.

Ela bufa.

— Com certeza.

— Okay, tudo bem. — Eu mudo de posição. — O vídeo que me pintou como uma vagabunda foi postado, e retirado. — Só que alguma coisa sobre isso me incomoda. As coisas na internet tendem a durar para sempre, não é? Foi o que a secretária do pai de Greyson disse, sem a menor cerimônia.

— Então aquele artigo é publicado — diz Willow.

— Quase imediatamente depois… — eu exalo. — Aquele incidente.

Ela estreita os olhos.

— Pode me lembrar desse incidente? Parece haver muitos.

— Greyson a obrigou a me chupar — diz Steele, por trás dela.

Ela gira e, em seguida, faz uma careta para mim.

— Foi sexy — Steele diz.

Eu o fuzilo com o olhar até que levante as mãos em rendição.

— E nunca mais vai se repetir — acrescenta apressadamente. — Vou deixar vocês com isso, garotas…

Ele desaparece ao virar a esquina, e Willow me encara, boquiaberta. Ela muda de lugar e se joga ao meu lado.

— Você poderia ter me falado que Greyson foi além do fundo do poço.

— Isso foi apenas o começo — eu sussurro. — Mas acho que estou igualmente fodida, porque gosto das coisas que ele inventa.

Ela ri.

— *Okay*, é justo. Feitos um para o outro.

— Ou não.

— Ele contou a alguém? Ou Steele, talvez? Poderia ter sido um ponto de inflexão.

Eu não sei. Mas pensando nisso agora, qualquer um poderia ter me visto entrar no vestiário. Teriam notado a saída de Steele, depois de Greyson. Então a minha saída… muito menos composta e inteira do que quando do entrei.

Pensando bem, duvido que eu tenha, pelo menos, olhado em volta. Apenas saí de lá o mais depressa que pude.

— A foto que eles usaram foi tirada do meu quarto — saliento.

Ela franze a testa.

— O que vocês estão fazendo? — Greyson entra na sala, jogando a sua bolsa de ginástica no chão, perto da porta. Ele desaba no sofá do meu outro lado.

OBSESSÃO BRUTAL

293

— Criando uma teoria — diz Willow, cuidadosamente.

— Não estou aqui para atrapalhar. — Ele pega a minha mão e beija os nós dos dedos.

O movimento é inesperadamente meigo e agita meu estômago.

Willow ri quando ele segura a minha mão.

— Tudo bem, então. Alguém está acompanhando a carreira de Violet no balé. Digite: Greyson Devereux e o acidente de carro. — Ela olha de soslaio para ele. — Violet provavelmente é levada para o hospital, e Greyson segue o seu caminho alegremente...

— Até ele ir para a prisão — resmunga Greyson.

— Até ele ir para a prisão — concorda Willow. — Digamos que quem seguia a carreira dela já estava interessada em sua vida pessoal. Talvez Violet tenha publicado algo nas redes sociais sobre estar no hospital ou ter sofrido um acidente. *Alguma coisa.*

— Eu publiquei —digo, em voz alta.

Greyson faz um som de desacordo.

— Você apagou? Não me lembro de ter visto no seu Instagram.

O meu rosto esquenta.

— Na verdade, sim. Foi bastante negativo. Acho que a anestesia ainda não tinha passado quando postei... estava muito chateada.

Pego o meu telefone e percorro o arquivo de postagens privadas. Encontro relativamente rápido, já que me irritei apenas com algumas e tirei do *feed* público.

A imagem está em preto e branco. É nítido que fui eu quem tirou. Apenas a minha perna, engessada e apoiada em almofadas, na cama do hospital. A outra está debaixo dos cobertores.

Eu escrevi: *Provavelmente não dançarei nunca mais. Rezem pela minha perna. E nem vamos falar sobre a forma que o meu carro está...*

Greyson lê e estremece. Ele passa o telefone para Willow, que franze a testa.

— Sim, eu me lembro disso. Você me ligou logo depois. — Ela balança a cabeça. — Eu não sei. Alguém se destacou ao longo dos anos? Desde que se juntou ao *Crown Point Ballet?*

Balanço a cabeça.

— Continue com sua teoria — diz Greyson a Willow.

Ela levanta as sobrancelhas.

— Você se importa com o que eu penso, Devereux?

— Estou curioso a respeito da sua opinião sobre isso — ele retruca.

Não foi a *melhor* resposta...

Ainda assim, a minha melhor amiga aceita.

— Tudo bem. Violet publica isso, e quem quer que siga a sua carreira decide investigar mais a fundo. Eles descobrem que você foi responsável e que foi libertado sem acusação. *Então*, apenas alguns meses depois, você chega a *Crown Point* e se junta ao time de hóquei. E volta a ser infame.

Ele bufa uma risada zombeteira.

— Com certeza.

— Quem vazou a história para a mídia obviamente conhece o seu sobrenome — ressalta.

— Espere. — Levanto as mãos.

Ambos olham para mim.

— Quem escreveu o artigo? Essas últimas frases pareciam pessoais, certo?

Greyson abre as imagens e me mostra o nome. Marcus Vindicta. O nome não me é familiar.

Uma pesquisa rápida on-line também não revela nenhuma informação a respeito do nome dele. Tipo, *nada*. Nós procuramos apenas o sobrenome, e eu congelo imediatamente. Significa *vingança* em latim. Pelo menos, é o que diz a página de tradução.

— Um nome falso? — Um arrepio se alastra. — Está ficando assustador.

— Suponhamos apenas que quem escreveu foi capaz de convencer o editor a publicá-lo sob um pseudônimo — diz Willow. — Não gosto de suposições, mas não temos muito o que fazer agora. Quem quer que seja, testemunha o retorno de Violet. E as suas... interações.

— E reage mal contra nós dois — concluo. — Deus, agora que você comentou...

Estou toda arrepiada. E sem nenhuma ideia de em quem confiar, todos parecem inimigos. Como vou resolver as minhas coisas depois disto?

Eu me levanto e giro para encará-los.

— Quase que me esqueço!

Ambos ficam na expectativa.

— Eu tenho uma audição — deixo escapar. — Para *A Bela Adormecida*. É o próximo espetáculo da CPB, e eles escolherão o elenco em poucas semanas. É o momento perfeito para mim.

Não acredito que me esqueci. Em meio a toda a agitação das aulas e da mudança que Willow e Knox estavam fazendo... Mia me ligou esta manhã

OBSESSÃO BRUTAL

295

para oferecer uma vaga para a audição. O que significaria, potencialmente, assinar de novo com o *Crown Point Ballet* um contrato de um ano.

Isso é muito importante. É segurança. Basicamente um trabalho em tempo integral que poderia lançar a minha carreira. Eu tive isso e perdi num estalar de dedos. Fácil de ir, difícil de voltar. Então, sim, é muito importante. Uma oportunidade incrível.

Greyson fica em pé e segura o meu rosto. Ele me beija profundamente, deslizando a língua ao longo dos meus lábios. Rápido demais, ele recua.

— Lute por isso, Vi.

Willow praticamente o empurra para fora do caminho e me abraça.

— Estou muito orgulhosa de você.

Abraço-a de volta.

— Obrigada.

— E você vai voltar para as finais, certo?

— Da equipe de dança? — eu brinco: — Eu não perderia.

Estamos apenas na metade do semestre e parece que o nosso primeiro ano está chegando ao fim.

Knox entra e congela ao ver o nosso abraço.

— Perdi alguma coisa?

— Não — diz ela suavemente, me soltando e se afastando. — Suponho que você não tenha um quarto para mim, Whiteshaw. Vai ficar com o sofá enquanto eu fico com seu quarto…?

Ela caminha em direção às escadas, deixando-o boquiaberto por um tempo antes de segui-la.

Greyson agarra os meus quadris e me puxa para perto.

— Me prometa uma coisa — diz ele ao meu ouvido.

— O quê?

— Que você não vai fazer qualquer besteira.

Eu suspiro.

— Não acho que nada do que faço seja besteira. Mas, claro, se você precisa de uma promessa…

— Preciso.

Eu olho para ele e enlaço o seu pescoço.

— Não vou fazer nada estúpido.

Ele ri.

— Temos um jogo amanhã. Vai me encontrar no vestiário quando acabar?

A minha expressão é igual à dele. Eu me sinto... *feliz*. Mesmo com um perseguidor, que ainda não foi encontrado. Como se tudo estivesse finalmente dando certo entre mim e Greyson. Eu bato na mão dele, que escorregou sob a bainha da minha camiseta para pressionar as minhas costas nuas. Os nós dos seus dedos curaram muito bem após a última briga no rinque. Sem fraturas, apenas uma entorse que melhorou bem rápido.

Portanto, não me sinto particularmente mal por dizer:

— Só se você tiver sangue nos dedos.

OBSESSÃO BRUTAL

43

GREYSON

Hoje é o dia em que posso dizer ao meu pai para ir se foder.

Nunca pensei *que* fosse acontecer.

Também é dia de jogo.

Acontece uma certa magia na faculdade nas noites de sexta-feira, quando o time de hóquei joga em nosso estádio. Há um burburinho contagiante no ar. Isso me mantém com o humor leve o dia todo, ao invés de preocupado. Em vez de imaginar as formas que tudo poderia dar errado.

Porque poderia dar errado de várias maneiras.

Não creio que o meu pai possa *retirar* o fundo fiduciário. Não, desde que está em minha posse. Eu até mesmo verifiquei com um advogado ontem, e ele me disse o que eu precisava ouvir. Falou que se eu quisesse, poderia transferir o dinheiro para uma conta separada, sem o nome dele.

Foi exatamente o que fiz.

Se o contador do meu pai vai perceber a tempo de me perguntar sobre isso hoje é outra questão. Pode acontecer na segunda-feira, ou daqui a um mês...

Seja como for. Amarro os patins e me junto a Jacob e Erik no gelo. Eles estão se aquecendo, alongando as pernas dando voltas no perímetro externo. Eu me aproximo e entro na fila.

Temos o treino desta manhã, depois devemos comparecer às cinco horas para um aquecimento antes do jogo e o *check-in*. Vamos rever as jogadas e nos certificar de que todo o nosso equipamento esteja preparado.

Nós nos juntamos ao resto do time e fazemos diversos aquecimentos. Usando cones, discos. Miles está com a máscara e as ombreiras, e ocupa o seu lugar na rede depois de patinar em alguns dos circuitos de exercícios.

O treinador Roake está parado na mureta com uma prancheta na mão.

— Devereux! — ele grita.

Eu patino na direção dele e paro um pouco antes de acertar as placas de proteção.

— Pode me dizer por que recebi um telefonema do escritório do seu pai, falando para te tirar do time? — Ele me lança um olhar furioso. — Espero que o motivo seja importante.

— Ele o quê? — Eu o encaro. Será que tem a ver com a ligação que o treinador fez para *ele*? Os meus músculos contraem e eu luto para conter os sentimentos. Com toda a emoção com Violet, eu me esqueci da conversa que tive com o meu pai na outra noite.

Porra.

Agora vejo o meu treinador com novos olhos... de desconfiança. E a última coisa que quero é perder a fé nele. Mas talvez ele esteja conversando com o meu pai pelas minhas costas, informando sobre mim. Certamente explicaria por que ele não gosta muito de Violet.

Eu pigarreio de leve antes de dizer:

— Confie em mim, treinador, nunca pediria a ele para fazer isso. Nós não conversamos a esse respeito.

— É o maior jogo da temporada, ele está louco se pensa que vou tirar um dos meus melhores patinadores. — Com um resmungo, ele acrescenta: — Malditos senadores.

— Humm... Ele falou mais alguma coisa?

Roake faz uma pausa.

— Nada que diga respeito à patinação. Volta pra lá.

Então ele descobriu que eu tirei o fundo fiduciário da conta conjunta. Eu me pergunto se sabe o motivo, ou se pensa que estou tentando me afastar dele. Seria uma suposição precisa, mas ele não entenderia o que me motiva.

Afasto esse pensamento e volto à minha obrigação.

Patino até o final da fila, apertando o taco entre as mãos. Fazemos um exercício simples de controle de disco, percorrendo um padrão de cones antes de arremessar no gol. Há outra fila do outro lado do gelo praticando uma atividade semelhante, com o goleiro substituto na rede.

Assim que o nosso pequeno treino termina, pego o telefone do armário e ligo para o meu pai.

Isto é ridículo.

Ele atende no quarto toque, logo antes de a chamada ir para o correio de voz.

— Greyson — ele me cumprimenta.

— Oi, pai. Por que pediu ao treinador para me tirar? — É melhor ir direto ao assunto.

OBSESSÃO BRUTAL

A linha fica em silêncio. Então ele solta:

— O quê?

— Ele recebeu um telefonema seu — resmungo, frustrado. — Disse que você me queria fora do time. Depois da nossa conversa na outra noite, parece não ter fundamento.

— Besteira. — Ele parece irritado. — Eu sei o que o hóquei significa pra você, na verdade, é exatamente por isso que eu não queria que houvesse distrações. Acabamos de falar sobre isto. Estarei lá esta noite — acrescenta. — Acho bom os olheiros notarem como somos uma família unida.

Certo. Melhor dizer na cara dele para ir se foder. Esse foi o meu plano o tempo todo.

— O treinador nos quer lá mais cedo — digo. — Então, conversaremos depois?

— Sim. Preciso ir. Tenho um compromisso. — Há um clique e a linha fica muda.

Eu franzo a testa para o meu telefone por um segundo, depois o guardo no armário. Felizmente, o treinador já disse que não vai ouvir o meu pai então, se ele apenas tentou me confundir, ou se realmente não interferiu...

Foi o perseguidor de Violet?

Não sei o quanto Roake está familiarizado com a voz do meu pai. Seria muito difícil ligar e dizer que você é o senador Devereux? Esse tipo de poder obriga as pessoas a aceitarem o que elas dizem, sem fazer perguntas.

Jogo o meu capacete no armário e praguejo.

A cabeça de Knox aparece no canto.

— Você está bem?

— Ótimo — eu rosno. — Onde estão as garotas?

Ele dá de ombros.

— Na aula, provavelmente.

Pego o celular de novo. Violet não tem aula às sextas-feiras. O seu pequeno ponto no mapa mostra que ela está no imenso edifício do *Crown Point Ballet*. Fica a poucos quarteirões do estúdio de dança que ela tem usado para treinar.

Por que ela iria para lá?

Está tentando encontrar o perseguidor? Atraí-lo?

Guardo o telefone e cerro os dentes. Estou com tanta raiva que não consigo enxergar direito. Eu deveria estar calmo, me concentrando para o jogo desta noite. Estamos cada vez mais perto das finais. Não podemos nos dar ao luxo de perder nenhuma partida.

O recesso de primavera começa hoje, tecnicamente.

Teremos uma semana sem aulas.

O meu telefone vibra.

> **Vi: Festa?**

> **Eu: Se quiser ir à uma, eu ficaria feliz em embebedá-la.**

> **Vi: Aparentemente, você não tem escolha. Tem uma na sua casa esta noite.**

Solto um longo suspiro.

— Erik?

Ele vira a esquina, sorrindo como um idiota.

— Sim?

— Quantas pessoas você convidou?

Ele dá de ombros.

— Sei lá. Deixei por conta de Maddie e Paris.

Ótimo. Então, deve aparecer uma tonelada do caralho. Faço uma nota mental para trancar a minha porta, e deixar uma chave com Violet. As pessoas podem ser estranhamente invasivas nas festas. Acham que não há problema em entrar em qualquer quarto, tocar nas coisas das pessoas, transar nas suas camas... Não, obrigado.

— Você nunca se importou — diz ele.

Eu levanto um ombro. Não mesmo, quando uma festa era uma forma garantida de transar. Agora, não preciso disso para deixar Violet pelada. É uma boa desculpa, no entanto. E pode salvar o meu humor quando eu confrontar o meu pai sobre ela.

— Você está bem? — ele pergunta.

Assinto bruscamente.

— Nunca estive melhor.

— Sabe, ninguém me perguntou se sua namorada poderia se mudar. — Ele enfia as mãos nos bolsos. — Nem a colega dela. Gostaria de ter recebido um aviso.

Namorada, não é? Gosto do som, embora eu queira dar a ela um título mais permanente. Vou ter de pensar nisso.

OBSESSÃO BRUTAL

Parte de mim quer despistá-lo e acabar com o assunto, mas ele está certo. Também é a casa dele. E nós vivemos de forma amigável durante a maior parte do ano. Realmente seria uma pena estragar tudo no último semestre.

— Sim — digo, por fim. — Me desculpe. Não é definitivo.

Ele balança a cabeça em concordância.

— Sim, mano, eu sei.

Eu o vejo recuar e depois termino de me trocar. Tenho uma aula, depois preciso fazer um trabalho. Mas também estou ansioso para me livrar dele e garantir que Violet esteja segura.

> Eu: Fiquei sabendo agora. Você está bem?

> Vi: Sim, acabei de sair de uma reunião com a Mia. Ela queria o meu relatório de saúde feito pelo Dr. Michaels. Só tive que assinar uma autorização, depois conversei com ela.

Eu franzo a testa.

A sua pequena bolha de digitação aparece e desaparece. Eu aperto forte o meu telefone, observando-a novamente. O meu coração está disparado, esse perseguidor vai fazer a minha pressão arterial subir.

É estúpido o quanto quero Violet só para mim. E talvez isso seja semelhante ao sentimento de me preocupar com ela. Eu a quero tanto, que dói quando não está por perto. Mas isso é posse ou o quê? Eu a quero por causa de tudo o que passamos, e tudo o que ela significa, ou por causa *dela*?

Nunca amei ninguém.

Não sei como é ou se estou sentindo *direito*. Tudo o que sei é o que o meu pai me transmitiu. E a minha mãe... ela tentou, mas acabou me ensinando que, às vezes, nem o amor é suficiente. Ela nos deixou e depois morreu.

É preciso ter dedicação além do amor. É preciso ter vontade de lutar para ficar junto.

E é exatamente isso que eu quero. Quero chegar muito perto de Violet, me entranhar sob a pele dela. Quero sentir o seu cheiro nas minhas roupas. Quero prendê-la para nenhum homem voltar a olhar para ela.

> Vi: Quer fazer uma aposta?

> Eu: Você me deixou intrigado, Reece.

> **Vi:** Já conseguiu um hat-trick?

Olhe para ela, aprendendo todos esses termos extravagantes do hóquei. Será que já fiz um *hat-trick*? Bem, era definitivamente mais fácil quando eu era mais jovem, contra times menos experientes. Hoje em dia, são poucos e raros. E em um torneio? Contra um time conhecido?

> **Eu:** Algumas vezes...

> **Vi:** Marque um hoje, e eu vou fazer qualquer coisa que você quiser... até meia-noite.

O meu pau se agita.
Porra.

> **Eu:** E se eu não conseguir?

> **Vi:** Bem, acho que podemos tentar o celibato...

Eu rio. Com vontade. Tenho certeza de que sou o último que permaneceu no vestiário, porque ninguém me incomoda. Balanço a cabeça para o telefone.

> **Eu:** Você vai pagar por isso.

> **Vi:** Vou?

Coisinha atrevida.

> **Eu:** Sim. Quando eu ganhar esta aposta, vou te foder em cima da mesa, na frente do time.

Digo isso porque sei que ela gosta da emoção de ser observada. Bem, eu não *sei*, mas é um bom palpite. Com certeza, ela digita e apaga mais duas vezes. A pobre Violet está nervosa, e agora não consigo tirar da cabeça, a ideia dela arreganhada para mim.

OBSESSÃO BRUTAL

> Vi: Você não faria isso.

No entanto, ela está curiosa. Eu não respondo, prefiro apenas provar para ela o que faria ou não. Depois de marcar um *hat-trick* — três gols — contra um dos melhores times do torneio nacional.

Por ela, não sei se há algo que eu não faria.

44

VIOLET

Os cabelos da minha nuca se arrepiam.

Desta vez, não ignoro a sensação. Eu paro, e os meus ombros se elevam. Não consigo relaxar o suficiente para abaixá-los, e fingir que está tudo normal. Olho para o meu telefone, imaginando o que fazer. Envio uma mensagem para Greyson? Faço um círculo, filmando ao redor?

Examino a rua, mas não vejo nada fora do normal. Ninguém me observando abertamente, de qualquer maneira. Ergo o olhar das vitrines das lojas, para os apartamentos acima delas. Ainda nada. É tão silencioso quanto se pode esperar de uma sexta-feira no meio da tarde.

Sim, há pessoas por perto. Mas ninguém presta atenção em mim.

Depois de um momento, continuo caminhando. O ritmo é um pouco mais rápido, os passos mais longos. Não quero entrar em pânico. Ainda não. E assim que viro uma esquina, consigo respirar outra vez.

Abandono a preocupação e continuo andando para o campus. Entro no centro estudantil e encontro o local onde Willow se escondeu com Amanda e Jess. Elas têm os livros e os laptops abertos, e os cadernos no colo.

— Ei — eu digo, desabando na cadeira vazia.

— Como foi? — Willow pergunta.

— Como foi o quê? — Amanda dispara na minha direção. — Está escondendo alguma coisa de nós, Reece?

Dou uma risada.

— Sim, acho que estou. Tenho uma audição com o *Crown Point Ballet* em duas semanas.

Ela abre a boca e arregala os olhos. Joga o caderno no chão e se levanta.

— Mentira!

Agarra as minhas mãos e me puxa para cima, pulando à minha volta.

— Você é a melhor!

— Calma, calma. — Seguro os seus antebraços, estabilizando-a. — É apenas uma audição.

— Até recentemente, você pensou que não poderia dançar nunca mais. — Ela se inclina. — É muito importante, *okay?*

— Vamos celebrar com você — acrescenta Willow. — É o mínimo que podemos fazer.

— Vamos comemorar — concordo. — Na festa.

Jess se anima.

— Nós vamos?

Evitamos festas na casa do time de hóquei no último mês. Não foi um pedido meu, mas elas foram solidárias. Willow e eu não nos sentíamos confortáveis em estar perto de Knox e Greyson. Na verdade, não estou muito certa de que eles não inventaram...

— Você fez Knox dormir no sofá? — pergunto a Willow.

Eu o vi dobrar lençóis esta manhã e parecia irritado.

Ela sorri.

— Sim.

— Eu jamais imaginaria que você conseguisse levar aquele homem a fazer qualquer coisa que ele não quisesse — diz Jess, com a voz maravilhada.

Willow dá de ombros.

— Disse a ele que, se confiasse em mim, poderia arriscar...

Eu tremo. Vejo aquele olhar dela. Por mais que expresse coragem, ela também ficou magoada.

— Bem, vamos ficar bêbadas e esquecê-lo — aconselho.

— Solução perfeita — concorda Amanda. — Precisaremos disso para suportar Paris e Madison.

Eu bufo. Isso é verdade.

— Ei, o que sua mãe disse sobre a audição? — A pergunta vem de Jess, cujas sobrancelhas estão franzidas. Ela também tem uma mãe exagerada. A pitada de preocupação é justificada.

Mas isso me lembra...

— Na verdade, preciso dar a notícia para ela. — Eu me levanto. — Vou ligar agora mesmo.

Eu me afasto delas, pego o meu telefone e vou para outro lugar tranquilo. Quando abro as suas informações de contato, vejo todas as ligações que não foram atendidas. E, mais uma vez, me lembro que sou apenas um daqueles itens que foram deixados para trás.

Eu disco o seu número, sem muita esperança. Vou deixar uma mensagem no correio de voz. Uma que explique tudo, para ela poder decidir. Não posso continuar me submetendo assim, repetidamente, para ela me ignorar.

Porque isso dói. Cada chamada não atendida por ela me deixa *magoada*.

"Você ligou para Leigh Reece", diz a gravação. *"Não estou disponível no momento. Por favor, deixe uma mensagem!"*

Observo que ela não promete me retornar. De que isso adianta? Quanto às chamadas não retornadas, ela poderia dizer, *eu nunca disse que te ligaria de volta, Violet.*

"Lamentamos. O correio de voz está cheio. Até a próxima." Há um aviso sonoro e a chamada é cortada.

Encaro a tela do meu telefone por um segundo, em descrença.

Sério?

Tento de novo e recebo a mesma mensagem. Ela não tem verificado? Não observou que as minhas mensagens de voz se acumularam? Não teve disposição para ouvir nem apagar?

Ligo outra vez, com a ansiedade a subindo pela garganta.

Desta vez, nem sequer toca. Vai direto para aquela gravação.

Engraçado. Eu pensei... pensei que poderia contar com ela em caso de necessidade. Como se eu tivesse me machucado e precisasse de ajuda, eu poderia pedir que ela voltasse. E pensei que ela viria. Mas é mentira. Uma invenção que criei para me fazer sentir melhor.

Um barulho escapa de mim. Um guincho, como se pregos arranhassem um quadro negro. O som atravessa a minha garganta, e não consigo me conter. Não sei o que toma posse de mim.

— Violet — diz Willow, sacudindo os meus ombros. — Violet, *pare*.

Eu fecho a boca.

O som intensifica atrás dos meus dentes. Pressiono a língua no céu da boca, tentando travá-la. A agonia me domina e, se ela não me segurasse, eu cairia no chão. A minha visão falha.

— Respire. — Willow olha por cima do ombro. — Ela não está respirando. Alguém... puta que pariu!

Manchas brancas dançam na frente dos meus olhos, e eu tento me concentrar nela... eu me esforço para fazer isso. Tento de verdade. Mas há muita coisa acontecendo no meu corpo. A pele está pegando fogo. Os pulmões ardem. A mente está acelerada, a quilômetros por hora, rumo à conclusão inevitável.

OBSESSÃO BRUTAL

A minha mãe apenas não quer. Ela nem ao menos se importa comigo, caralho.

Willow me solta e dá um passo para trás. Eu me agarro a ela, mas outra pessoa intervém.

Greyson.

Um soluço escapa e me dobro ao meio na frente dele. Eu acabei de entender, no fundo do meu coração, que ele estaria comigo mesmo quando todo o resto falhasse.

Mas ele é a última pessoa que deveria sofrer com o meu colapso público.

Talvez pense diferente, porque desliza o braço sob os meus joelhos e por trás das minhas costas. Ele me apanha como se eu não pesasse nada, e me embala em seu peito. Minha boca está aberta, desesperada por ar, mas nada vem.

Eu não sou leve. Meu peito está pesando uma tonelada.

Ele me carrega até um banheiro e me senta na bancada. Está entre os meus joelhos agora, segurando o meu rosto entre as mãos. Os lábios dele tocam os meus, e não sei o que fazer com isso. A minha mente entra em pane.

Agarro a sua camisa e me apoio nele.

Ele me beija em meio às lágrimas e à bagunça, empurrando o ar para dentro dos meus pulmões.

É mais uma manobra de ressuscitação do que um beijo.

A respiração dele enche o meu peito.

Exalo apressada, pelo nariz.

Repetimos, e não tenho tempo para pensar. A minha mente hesita em uma parada, apenas pela ciência dos dedos espalhados pelo meu rosto e dos lábios nos meus. Puxo a camisa dele, me aproximando, até conseguir envolver as pernas nos seus quadris e apertar todo o meu torso contra o dele.

Ele se afasta, apenas um pouco, e olha para mim. Desliza os polegares sob os meus olhos, enxugando as lágrimas e, provavelmente, o rímel escorrido.

— Você sempre me vê no meu pior — murmuro, com um nó se formando na garganta outra vez.

Estou ávida por respirar, para dizer mais. Eu me sinto como se tivesse ficado muito tempo sem oxigênio. A tontura ainda está presente, pressionando os limites da minha consciência.

— Eu quero vê-la no seu pior — ele responde. — E no seu melhor. E de todo jeito.

Não sei como responder.

— Fale comigo.

— Minha mãe. — Fecho os olhos.

Mais lágrimas. Elas escorrem e ele as enxuga com as pontas dos dedos. As recolhe como recordações, saboreando-as antes de desaparecerem.

— Acho que, enfim, me abandonou para sempre. — Eu me obrigo a olhar para o rosto dele, observar a sua reação. — Você sabe que ela tem aquele hábito. Esquece as coisas, deixa para trás. Não pensei que fosse fazer isso comigo... mas não falo com ela há meses. Uma conversa *de verdade*, sabe?

Ele fecha a cara.

— Os pais são superestimados.

Toco a bochecha dele. É claro que ele pensa assim. A mãe dele... bem, deixou boas recordações, mas ela desapareceu. E o pai é quem domina a sua vida. Uma autoridade política, sem amor e sedenta por poder.

A minha mãe me amava, mas mudou depois da morte do meu pai. Ela ficou destruída.

Como competir com um coração partido?

— Você e eu, Vi — ele garante. — Certo? É tudo o que precisamos.

Assinto com cuidado.

— Isso, os seus colegas de time e as minhas amigas. Eles também fazem parte da nossa rede de apoio. No fundo, acho que os ama tanto quanto eu amo Willow, Jess e Amanda.

Ele hesita.

— Se não confiasse em Steele, ele não estaria no vestiário com você — saliento. — E se fez algo com Jack, acho que alguém esteve lá também. Ou agiu sozinho?

Prendo a respiração. Nunca tive uma confirmação concreta de que ele fez alguma coisa com Jack. E por mais que eu *não queira* saber o que quase me aconteceu, acho que mereço a verdade.

Ele vê a minha determinação e suspira. Abre um vídeo no seu telefone.

Na tela, vejo Jack curvado no chão com o penhasco atrás dele, e o lago refletindo o brilho do luar à distância. Ele parece ter passado por um aríete. O rosto ferido está sangrando. Ele olha para alguém fora da câmera.

Greyson me observa.

— Tem certeza que quer ver? Você acabou... acabei de te encontrar no chão, Vi. Talvez seja melhor esperar um dia.

Eu balanço a cabeça e clico no play.

"Fui ao apartamento dela depois de ver o comunicado de imprensa. Eu uso

OBSESSÃO BRUTAL

309

medicação para dormir. Levei comigo e esmaguei para colocar na bebida dela. Demorou um pouco pra fazer efeito. Eu nem precisei forçá-la a ir para o quarto, ela caminhou até lá sozinha. Eu ia foder com ela, filmar e enviar o vídeo pra você."

Jack faz uma pausa.

"Eu namoro com Violet desde sempre. Ela esteve ao meu lado nos últimos três anos. E então você entra na vida dela, e de repente, ela não quer nada comigo".

Ele se arrasta um pouco para trás.

"Eu a odeio por isso. Isso é uma traição. Ela simplesmente me deixou? Não".

De fora da câmera, Greyson pergunta:

"Você queria reconquistá-la?"

Ele ri.

"Eu tentei mexer com a cabeça dela como você faz. Especialmente depois que o vídeo dela me chupando foi postado. Mas em vez de ter a mesma reação que tem com você, ela apenas... terminou comigo."

E acaba. A tela fica escura.

Pelo menos é uma confirmação de que Greyson não enfrentou Jack sozinho, mas ainda assim, eu *não estava* preparada para ouvir essas palavras nojentas saindo da boca de Jack. Estremeço.

— Por que você foi ao meu apartamento naquela noite?

Ele fecha a cara e desvia o olhar.

— Um acaso do caralho. Queria ver de perto, e pessoalmente, como estava lidando com o comunicado de imprensa.

— Idiota — murmuro.

— Você não se lembra do que aconteceu naquela noite?

Encolho os ombros.

— Não. Eu me lembro de encontrar Jack me esperando ao chegar em casa e, quando me dei conta, acordei me sentindo um lixo. Willow e eu deduzimos que algo aconteceu, mas...

— Eu entrei no seu quarto e o encontrei... — Greyson faz um movimento com a mandíbula e, visivelmente, está encontrando dificuldade para se manter sob controle. — Ele estava prestes a fazer uma escolha que, se eu tivesse chegado cinco minutos depois, faria tudo terminar de forma muito diferente.

Um arrepio me faz tremer.

— Eu o nocauteei, coloquei você na cama e o levei direto para aquele lugar. Ele precisava saber que tocar em você geraria consequências.

— E você quebrou o joelho dele?

Ele admite, com escárnio:

— Ele se safou fácil.

— Depois de ouvir isso? Sim, acho que se safou.

Ele rouba um beijo dos meus lábios. É rápido, instantâneo, mas o sorriso está de volta.

— Viu? Você é tão sanguinária quanto eu. Outra razão para eu te amar.

Eu congelo.

— Amar? — Eu fico em choque.

Ele faz uma careta.

— Não é romântico o suficiente? Tudo bem. Vou te dizer de outras maneiras... esta noite. Depois do meu *hat-trick*. — Ele gruda os lábios no meu ouvido: — Estou ansioso para te ver nua na mesa da nossa cozinha.

OBSESSÃO BRUTAL

45

VIOLET

O problema do hóquei é o seguinte: ele é brutal pra caralho.

As brigas são permitidas, na maioria dos jogos. Do tipo que, contanto que a situação não seja extrema, você não será expulso. Conflitos fazem parte.

Então, quando chegamos aos nossos assentos do estádio, a energia é... intensa. Mais do que nos jogos da temporada regular. Ela passa pelo meu sistema como se fosse um aparelho de som ligado na pele. Willow, Jess, Amanda e eu ganhamos os melhores lugares, por cortesia de Grey. Estamos no centro do gelo, bem em frente ao vidro. Diretamente à nossa esquerda está a zona de penalidade e o banco dos Hawks. Se eu me levantar e me inclinar para trás, vejo os jogadores de ombros largos.

O terceiro tempo acabou de começar, ainda restam dezoito minutos. O placar é de três a dois, com a outra equipe na liderança. Greyson marcou uma vez e o meu coração está na garganta. Mais dois, e ficarei à mercê dele. Até a meia-noite.

Mas acho que, de qualquer maneira, estarei à sua disposição.

O meu telefone vibra e eu olho para a tela.

> Mãe: Precisamos conversar.

Eu fecho a cara.

Um pouco acima de nós, está o senador Devereux com uma comitiva. Tomaram conta de um dos camarotes. Evitei olhar para lá. Preferi não virar de jeito nenhum, com medo de ele me ver e seu esquema — aquele em que me afasto do filho dele — explodisse pelos ares.

O meu telefone toca de novo.

> Mãe: Violet, por favor. Estou do lado de fora do estádio.

Ela está… o quê?

Cutuco Willow e mostro as duas mensagens.

— Só pode ser brincadeira — ela zomba. — Não. Finja que não viu.

— Ai, Meu Deus! — Amanda grita, agarrando o meu braço.

Greyson atravessa o gelo com o disco. É uma força da natureza a ser reconhecida. Ele passa para Knox e contorna um dos defensores. Knox passa para Erik, que o devolve a Grey.

Ele lança, pontua, e os Hawks se reúnem para a comemoração. Todas nós pulamos, torcendo e gritando enquanto os seus companheiros de equipe patinam ao redor dele e dão tapinhas nas suas costas.

Quatro a três.

Ele passa patinando e aponta para mim. Sorri, mantendo contato visual e, em seguida, levanta o dedo indicador. *Falta apenas um.*

Eu coro e sorrio de volta. É difícil vencer o espírito de equipe. A dança me ensinou isso, pelo menos. Quero que a nossa faculdade ganhe, para chegar às finais. E eu definitivamente quero saber o que Grey vai fazer comigo depois que ele fizer outro gol…

O meu telefone vibra, com mais insistência.

A minha mãe agora está ligando.

— Eu vou ter que atender — digo a Willow.

Ela faz uma careta.

— Quer que eu vá com você?

Paro e encontro o olhar da minha amiga.

— Sério?

— Claro. — Ela está vestida de azul e prata, assim como eu. Nós pulverizamos *glitter* azul em nossos cabelos, e caiu um pouco na nossa pele.

Estou prestes dizer que ela não precisa se incomodar, que ficarei bem, quando ela se levanta.

— Não vou te dar uma escolha — diz ela. — Vamos.

Saímos da fileira e corremos pelos degraus. Eu cometo o erro de olhar para cima quando estamos prestes a atravessar o túnel para o corredor. O senador Devereux está no vidro, olhando para mim.

Porra.

Greyson planejava falar com ele esta noite.

Willow me afasta e respiro fundo assim que estamos fora de vista. Ele me assusta muito mais do que Greyson já conseguiu.

Saímos do estádio e pisamos na calçada. Verifico os dois lados,

OBSESSÃO BRUTAL

313

procurando pela minha mãe. Eu finalmente a vejo do outro lado da rua, andando em frente a um carro preto e elegante.

— Violet! — ela chama, acenando com as mãos.

Willow e eu atravessamos a rua juntas, mas dou os últimos passos sozinha.

Mesmo que o tempo tenha passado, ela parece... a mesma. As pessoas sempre disseram que éramos muito parecidas. Que só de olhar, dava para saber do parentesco. Costumavam pensar que éramos irmãs, porque a pele da minha mãe é esticada. O seu cabelo loiro-dourado está sempre penteado com perfeição. As características que compartilhamos são aquelas que ela não pode alterar com o botox. A forma dos nossos olhos, dos narizes, dos lábios. O rosto em forma de coração.

Nos lugares que eu tento me manter magra para o balé, ela tem curvas. Os quadris e uma bunda que costumava chamar a atenção de todos os homens, e os seios — bem, pelo menos esses são falsos. Não que alguém se importe.

Não sei o que eu esperava. Novas rugas nos cantos dos olhos, talvez, ou mechas grisalhas.

Qualquer coisa que eu pensei encontrar... não existe.

— O que houve? — Eu me arrepio internamente com a pergunta.

Ela retorce as mãos, depois as enfia nos bolsos.

— O que está acontecendo com você, Violet?

Deixo escapar uma risada.

— Como é que é?

— Você não é essa garota. — Ela se aproxima, e olha sobre o meu ombro. — Você sabe do acordo que fizemos.

— Eu assinei o acordo de confidencialidade. O que que tem? — Sinto um formigamento na pele. Tenho a sensação de que *é* mais do que isso. A secretária do senador deixou escapar algo que me fez imaginar, mas essa é a confirmação. — O que você fez, mãe?

Ela se endireita. A sua expressão endurece.

— Venha comigo.

Agarra o meu braço e me arrasta de volta para o estádio. Eu a acompanho aos tropeços, olhando por cima do meu ombro. Willow nos segue, com as sobrancelhas franzidas.

Entramos e ela me arrasta pelas escadas. Sinto um nó no estômago. Nós viramos a esquina, indo para a fileira de camarotes. Tenho a sensação de saber exatamente para onde vamos. E, no entanto, não consigo me deter.

Preciso entender que tipo de acordo ela fez com o diabo.

Este momento é inevitável. Tem sido assim desde que a minha mãe me induziu a entrar com uma ação judicial. Trouxe o advogado brilhante e caro que se sentou ao lado da minha cama de hospital, tomou notas e tirou fotos. Foi invasivo. A coisa toda me deixou mal do estômago... mas eu aceitei porque confiava nela.

Em algum momento, a confiança que eu tinha nela, acabou.

Talvez tenha sido quando ela me deixou na UCP sem olhar para trás. Talvez antes, quando a luz que havia em seus olhos ao me olhar, se apagou. Como se *eu* fosse um fracasso pela minha carreira de dança ter se despedaçado mais do que a minha perna.

De qualquer forma, essa suspeita me atormenta.

Até chegar no camarote do senador.

Ela empurra a porta e entra. Sem hesitação. Mantenho o meu foco no seu passo rápido e curto. O seu corpo está retesado. Ela levanta a mão para mexer no cabelo, mas abaixa em seguida antes de tocar em um fio. A boca está esticada em um sorriso largo e falso.

Os meus músculos tremem.

Willow está parada na porta. Não percebo até que um homem de terno, ao meu lado, fecha a porta com um *clique* bem na cara dela.

Estou por minha conta.

À nossa frente e à esquerda há um monte de fileiras de cadeiras para ver o jogo. Uma longa mesa com toalha branca foi encostada na parede direita, com uma variedade de petiscos em estilo bufê. Atrás de nós, contra a parede, há um pequeno bar. Assim, os ricos não precisam andar muito para conseguir as bebidas alcóolicas deles.

Na frente, perto do vidro, o senador realiza uma pequena conferência. Ele e os seus amigos não nos viram entrar. A conversa continua, em tom alto e exaltado. Lá embaixo, segue o jogo. O relógio está correndo. Os Hawks tem a vantagem de um ponto.

Alguma coisa deve ter acontecido, porque os Knights estão na zona de penalidades.

Mamãe aperta o meu braço, e eu volto a prestar atenção.

— Senador — chama, me levando junto.

Agora, ela envolve o braço no meu e as suas unhas cravam na minha pele. Ela me dá outro aperto quando tento resistir de leve. A dor é localizada, mas ainda *dói*.

OBSESSÃO BRUTAL

315

O pai de Grey se vira para nós. A expressão dele se fecha.

Não é bom.

Não sei dizer se o motivo sou eu ou é a minha mãe, e engulo um nó na garganta. Não gosto dele. Por seis meses, na verdade agora são sete, ele tem sido o meu bicho-papão. Aquele que tem o poder de me arruinar. Financeiramente, socialmente. Eu não tenho dúvidas de que ele conseguiria fazer com que nenhuma companhia de balé fechasse um contrato comigo.

Ele tem a influência e o incentivo.

— Srta. Reece — responde o senador.

O olhar dele pousa em mim e eu morro de vergonha. Eu me pergunto se ele está, silenciosamente, me ameaçando por causa do meu relacionamento com o seu filho.

O filho que me ama, eu me lembro. Não sei por que isso é um conforto, mas é. Acalma algumas das turbulências dentro de mim.

Mamãe acha que ele está falando com ela, e dá um passo à frente com vigor renovado. Como se esta recepção calorosa — se é que podemos chamar assim — fosse exatamente o sinal de que as coisas funcionariam a seu favor, que ela estava procurando.

Não importa *qual* seja.

— James — ela o cumprimenta.

Sinto um arrepio.

Por que ela está no nível de tratá-lo pelo primeiro nome?

O seu olhar segue dela para mim, depois para a mão enrolada no meu pulso. Os lábios se contorcem, e ele vira na direção dos amigos.

— Poderiam nos dar licença por um momento?

Eles assentem e nos olham com curiosidade, mas se afastam. Eu os vejo reunidos no bar.

— Leigh. — Ele levanta a sobrancelha. — Pensei que você e eu tínhamos um trato.

— Eu também pensei assim — ela sibila.

— Ah. — Ele sorri. — Bem, parece que sua filha não foi avisada.

— O quê… — Eu olho entre os dois, depois me concentro nele. — O que ela fez?

Ele ri. Sua testa não enruga, as sobrancelhas não franzem, mas os olhos brilham. Outra peça de xadrez conquistada, ele deve pensar. Outra família dividida.

Os segredos fazem isso.

— Querida...

— Sua mãe — o senador a interrompe. — Tem recebido para manter a boca fechada.

Eu me livro dela e me afasto cambaleando.

Mas a minha mãe é rápida. Ela reage como uma cobra ao atacar, agarrando o meu ombro e me puxando para si.

— Agora não é o momento de fazer uma cena, querida.

— O que você fez? — eu sussurro para ela.

Ela me sacode com sutileza, depois olha por cima do ombro para os amigos do senador, com outro sorriso forçado. Como se tudo estivesse bem.

Não está.

Está longe de estar bem.

— Só que os pagamentos cessaram, não é mesmo? — O senador Devereux inclina a cabeça. — Foi uma quantia decente. É uma pena que o nosso acordo tenha chegado ao fim.

A boca dela se abre.

— Como?

— Esses artigos que você continua escrevendo. — Ele suspira e olha para o gelo. Apenas um olhar superficial, como se fosse para manter as aparências. Fingindo se interessar pela vida do filho. — Está ficando cansativo, Leigh. As suas tentativas desesperadas de extorquir mais dinheiro dos meus cofres.

— Eu não fiz isso — ela dispara. — E...

— E a sua filha parece incapaz de se manter longe de Greyson. — Ele inclina o queixo novamente, nos olhando de cima para baixo. Grey deve ter a altura dele. Existem também outras semelhanças. Mas mesmo no alto da sua crueldade, ele não tem *este* escárnio. — O meu filho fazia parte do acordo, lembra?

Ela se vira para mim.

— Me diga que isso não é verdade.

É a minha vez de expirar.

— Me explique: como devo manter um acordo do qual não fiz parte?

— Você concordou em se manter longe do meu filho — diz o senador. Ele está prestes a perder a compostura.

— Alguém deveria ter falado para ele — eu murmuro.

O que aconteceu com a minha mãe? Ela tinha um emprego, uma casa e uma vida social. *Amigas*. Um marido. Eu. Então o marido dela morreu, e

OBSESSÃO BRUTAL

317

eu não percebi o quanto ficou despedaçada. Ela simplesmente não conseguiu mais se conter.

Seguro sua mão, afastando alguns passos para trás.

— Vamos, mãe. Você não precisa do dinheiro dele.

Ela ri. Alto. Isso chama a atenção dos homens no bar e o senador balança a cabeça.

— Ela está drogada. — Ele também não se preocupa em baixar a voz. — Pegou o meu dinheiro e usou para comprar mais comprimidos daqueles que te deram no hospital. Ou será você não percebeu que os frascos sempre acabavam mais rápido do que deveriam?

Eu me encolho.

— Eu nunca tomei os remédios — sussurro.

Olho para ela, tentando descobrir se ele está dizendo a verdade. Tive uma reação negativa aos opiáceos. Não conseguia comer, não conseguia andar. O quarto girava o tempo inteiro.

Mas agora me lembro que a minha mãe disse que eu poderia parar com eles. Que não precisava incomodar o meu médico com isso.

Ela continuou a pegar receitas para mim?

Será que ela os *tomou*?

A vergonha em seus olhos é a confirmação. Eu tropeço para longe, afastando suas tentativas de me manter ao seu lado. As mãos dela me agarram.

— Parem-na — diz o senador em um suspiro.

Alguém para na frente da porta. O homem que a abriu para nós. Algum tipo de guarda-costas? De qualquer forma, ele não se move para eu passar.

Pavor toma conta de mim e eu me viro.

— O que você está fazendo?

O senador Devereux se aproxima. Ele coloca a mão nas minhas costas, me guiando para o vidro. Ergue o olhar para os amigos, nos ignorando por um momento, depois volta a olhar para mim.

— Você e a sua mãe vão se sentar. Assistir os últimos minutos do jogo. Comemorar quando os Hawks conquistarem a vitória. E depois vamos conversar.

Ele me empurra para uma das cadeiras. Mamãe se aproxima e praticamente desaba na cadeira ao meu lado e imediatamente coloca o braço sobre as minhas costas. Ela envia um olhar para ele, que já está voltando para os seus amigos. Sem dúvida, para acalmá-los.

Eu presto atenção no gelo. No *jogo*.

Eles estão empatados. Eram três ou dois a favor do outro time quando

318   **S. MASSERY**

eu e Willow saímos. Foi Greyson quem marcou de novo? Completando o seu *hat-trick*? Eu me inclino para a frente, tentando ver as minhas amigas pelo vidro. Vejo Amanda e Jess, mas não Willow.

E depois tento encontrar Greyson, mas não consigo me concentrar. Os jogadores patinam mais depressa. O *Hawk* que está com o disco — Erik? — bate na mureta e Knox avança com ele. O meu coração está na garganta, tanto pelo local onde estou quanto pelo jogo.

Lanço um olhar às minhas costas. O grupo de homens voltou para a parede envidraçada, com bebidas em mãos. O guarda-costas da porta me olha com frieza quando volto a atenção para ele. Eu me viro de volta.

Alguém passa patinando, com a cabeça voltada para a multidão.

Devereux.

A minha garganta fecha. Parece que ele está me procurando.

Um Knight o pega desprevenido e eles se chocam. Ambos batem forte no vidro e Greyson empurra o outro jogador. Em vez de brigar, eles se separam e seguem direções diferentes.

A campainha soa.

Prorrogação.

Engulo em seco. Os patinadores deixam o gelo, e o locutor faz um resumo do que está prestes a acontecer. Morte súbita de três contra três. O primeiro time a marcar nos próximos cinco minutos vence.

A minha mãe se inclina em minha direção.

— Você tem que acreditar que eu fiz isso para o nosso bem.

— *Nosso* bem? — ironizo. — Não tenho que acreditar em nada.

Ela morde o lábio inferior e não consegue olhar nos meus olhos. O telefone vibra no meu bolso.

> **Grey: Onde você está?**

Eu digito uma resposta, mas uma mão grande pega meu telefone antes que eu possa clicar em enviar. Eu me viro, chocada. O guarda-costas enfia o meu celular no bolso e depois olha para a minha mãe. Com um suspiro silencioso, ela tira o dela da bolsa e o entrega.

Essa situação é uma merda.

— Você tem que consertar isso — digo baixinho. — Mãe. Por favor.

— Silêncio — diz o cara.

Volto a olhar para a frente.

OBSESSÃO BRUTAL

— Esse é o meu filho — diz o senador Devereux aos seus colegas. — Escalá-lo para essa decisão foi uma jogada inteligente do treinador Roake.

Há um consenso. Anuência sobre o talento do filho, o treinador, o time. Eu torço os meus dedos. As minhas mãos estão suando. Mesmo aqui em cima, na nossa caixa de vidro, consigo sentir a energia da multidão. A excitação. Mas não nos atinge.

Meus nervos estão à flor da pele e preciso de todo o meu esforço para ficar quieta.

Knox e Steele se juntam a Grey. Miles toma o seu lugar à frente do gol. Eles começam, e eu prendo a respiração quando Grey pega o disco. Ele é interrompido por um Knight e sai tropeçando.

O senador resmunga. Com a mesma rapidez, porém, Grey volta a perseguir o disco. Ganha uma batalha e o conduz até o território dos *Knights*. Ele o movimenta em direção ao canto superior esquerdo do gol.

O goleiro é rápido em apará-lo no ar e devolve para um dos seus colegas de time. E eles perdem de novo. Miles defende uma, duas, três jogadas dos seus oponentes.

O meu coração permanece na garganta até restarem apenas segundos preciosos. No fim, é Knox quem marca o último gol. Ele simula uma jogada e quando o goleiro dos *Knights* cai para defender, lança facilmente entre as suas pernas abertas.

O estádio explode. O gelo é imediatamente cercado pelos jogadores do *Hawks*, que se aproximam rapidamente de Knox e Miles. Pulam para cima e para baixo, comemorando a tão necessária vitória. Eu me inclino para a frente e vejo o senador aceitar os parabéns como se a vitória fosse *dele*. Ele menciona algo sobre olheiros e seu filho ser recrutado, então acena com a mão em direção à porta.

Todos saem e o guarda-costas os segue. A porta se fecha, e há um pesado *clique* do bloqueio de uma fechadura. Eu e a minha mãe fomos trancadas.

46

GREYSON

— Devereux — o treinador me chama.

Paro no meio do caminho e volto para ele. Eu iria procurar Violet. Ela desapareceu na metade do terceiro tempo e não voltou para o seu lugar.

Willow também não.

Knox, logo atrás de mim, faz uma careta. Mas ele continua se movendo em direção às portas.

Eu suspiro. Estou por minha conta.

Só que... *não*. O treinador dá um tapa no meu braço e gesticula para eu segui-lo. Entramos no elevador e ficamos em silêncio, descendo até o piso onde fica a sala de imprensa.

Ele olha para mim.

— Você tem um encanto natural — diz ele. — Use.

Eu assinto com a cabeça. Não tenho tempo para isto, mas é o meu futuro. Deve haver algum olheiro querendo falar comigo... e o treinador está agindo como se fosse muito importante.

Por isso, mantenho as minhas preocupações com Violet em segundo plano e sigo o treinador pelo corredor até o escritório da assessora. Ela está lá, servindo uma xícara de café da sua mesa lateral. Ela se vira, anda para o fundo da sala e entrega para...

O meu pai.

Eu faço uma careta, mas disfarço rapidamente. Não há necessidade de mostrar o meu desgosto. Nosso telefonema desta manhã foi bastante abrupto, e eu tinha a intenção de mandá-lo ir se foder. Era parte do plano. Não, a parte *principal* do meu plano. E então Violet e eu partiríamos juntos rumo ao pôr do sol, e fingiríamos que nada disso tinha acontecido.

Pensamento positivo.

— Ah, Greyson. — O meu pai chama a atenção para mim. Está ao lado de um homem que suponho ser um olheiro da NHL. Ele não perderia tempo com ninguém menos. — Bom jogo, filho.

— Obrigado — respondo, forçando um sorriso.

O encanto vinha mais fácil antes de eu saber que tipo de demônios ele mantém por perto. Ainda assim, endireito a coluna e adentro mais na sala com o treinador Roake atrás de mim.

— Sim, muito impressionante — diz o olheiro. — Tim Monroe, do *Boston Bruins*.

Eu quase engasgo. *Quase.* Não é apenas um olheiro, é o treinador de um dos melhores times da liga.

— Prazer em conhecê-lo, senhor.

Ele sorri.

— Um *hat-trick* a esta altura? Você vai longe… mas apenas se o seu histórico permanecer limpo.

Ele me olha e eu devolvo o olhar. Ele é o cara que treina os *Bruins*. Ele tem uma espessa cabeleira loira e a pele lisa. Sua barba é aparada e rente. Eu me pergunto quantos outros jogadores ele visitou pessoalmente…

Treinador Roake cutuca o meu pé. Um estímulo sutil para eu deixar de deslumbre e *responder*.

— Vou manter o meu histórico limpo — prometo.

Ele concorda com a cabeça.

— Bom. — Apertamos as mãos e ele olha para o meu treinador. — Podemos trocar uma palavra?

A assessora de imprensa olha para um lado e para o outro entre nós e murmura algo sobre sair. A porta se fecha suavemente atrás dela, me deixando sozinho com o meu pai.

O rosto dele se contorce.

— Você é novo nisso? — ele grunhe.

Eu levanto a sobrancelha.

— Como?

— Era para você estar indo para a NHL e, quando surge uma oportunidade, você se cala. Foi esse o homem que te criei para ser?

Nossa.

Acho que é assim que ele vê. Uma oportunidade e depois pode acabar para sempre. Afinal, foi assim para ele. Precisou agarrar a primeira chance que teve com a minha mãe, ou ela o teria deixado antes de colocar o pé em uma igreja. No entanto, não importou muito no fim. Ela encontrou uma forma de deixar a nós dois. Uma chance para sua carreira política, aproveitando a oportunidade que surgiu em seu caminho.

Mas eu sou um júnior. Tenho mais um ano para impressionar os olheiros, e não é como se Tim Monroe fosse me recrutar *agora*. No mínimo, ele vai esperar. Ver como amadureço... e se eu consigo manter a minha cara fora dos jornais por razões além do hóquei.

Então enfrentarei o recrutamento.

Se não for ele, talvez alguém mais me queira.

O meu pai zomba de mim:

— Você é uma vergonha. Mas vai aprender a ser um homem de verdade em breve.

Um arrepio desce pelas minhas costas.

— O que isso quer dizer?

— Faça o seu papel e eu te mostrarei. — Ele inclina o queixo assim que os dois treinadores voltam para a sala.

Passo a mão pelo rosto, tentando apagar as emoções que meu pai sempre me inflige, e sorrio para eles. Tim Monroe nos oferece algumas gentilezas, aperta a minha mão, depois a do meu pai e vai embora. A relações públicas o segue.

O treinador Roake olha para um lado e para o outro entre nós dois, e finalmente fixa o olhar no meu pai.

— Me permita esclarecer uma coisa, senador.

A sobrancelha do meu pai se levanta. Eu não sei qual foi a última vez que alguém falou com ele como se tivesse feito algo errado, além de mim, de qualquer maneira. E a minha mãe. Com o poder, ele se tornou assustador, e se cercou apenas de pessoas que concordam com ele.

— Eu respeito a sua autoridade, mas você não vai me dizer como gerenciar a minha equipe. Nem me pedir para tirar o meu melhor jogador antes de um dos jogos mais importantes...

— Com todo o respeito, Roake. Eu não tenho a mínima ideia do que você está falando. — O meu pai fecha a cara. — Eu disse isso a Greyson esta manhã, depois que ele adotou uma abordagem semelhante.

Treinador Roake lhe lança um olhar furioso.

— Então há um problema, senador, porque alguém me ligou fingindo ser você.

Eu engulo em seco. Poderia ser o perseguidor de Violet? Eles teriam visto com os próprios olhos que Violet não está mais em seu apartamento,

OBSESSÃO BRUTAL

e não é mais tão acessível quanto era. E talvez esteja tentando atacar. Ele se entregou, graças a isso. A menos que seja uma jogada de mestre do perseguidor para disfarçar a voz dele.

— Um problema, de fato — responde o meu pai. Ele envia uma mensagem de texto rápida e, em seguida, guarda o telefone de volta no bolso do terno. — Vou pedir ao meu pessoal para investigar.

— Ótimo. — O treinador olha para mim e concorda com a cabeça. — Aproveite o seu fim de semana.

Sigo o meu pai porta afora, curioso e meio enojado. Não sei o que planeja nem o que já fez. Ficamos em silêncio no elevador e saímos no piso dos camarotes. Eu o vi me observar com os seus amigos durante o jogo, mas estava mais interessado em Violet.

Violet, que desapareceu.

O meu estômago embrulha de preocupação.

E, no entanto, não fico totalmente surpreso quando chegamos ao camarote do meu pai, e o homem que estava do lado de fora da porta se afasta para revelar Violet e outra mulher.

A mãe dela?

Violet está sentada no canto, com as pernas puxadas contra o peito. E a outra mulher, cuja identidade preciso confirmar, caminha na frente do vidro. No gelo, o Zamboni passa lentamente. Ainda há pessoas nos assentos. Retardatários, é o que parece.

Os meus colegas já se foram há muito tempo.

Com a nossa entrada, a mulher para de se mover. Violet se levanta rapidamente.

— Você vai trazê-lo para isso? — a mulher fala.

O meu pai não reage. Ele apenas a observa por um momento, depois acena para o guarda que o seguiu. Ele é um dos guarda-costas mais novos, ao contrário de alguns dos outros que trabalham com o meu pai desde que eu era criança. Nem sequer sei o seu nome.

Este não parece ter uma bússola moral, porque se aproxima da mulher e agarra o seu antebraço, puxando-a em nossa direção.

— Já era hora de ele conhecer os segredos da família, não acha? — Balança a cabeça, depois gesticula para a mulher. — Esta é Leigh Reece, Greyson. A mãe de Violet.

Como eu suspeitei.

Quando não reajo, o meu pai a encara.

— Eu vou chegar até você em um momento. Vamos conversar um pouco sobre a sua filha.

Os meus ombros se elevam. É melhor ele não mandar o guarda maltratá-la como fez com a mãe dela, senão vou ficar louco pra caralho.

— Violet. — Há um novo tipo de frieza na voz do meu pai, misturada com algo como... decepção?

Ela se encolhe, ainda no canto mais distante. Ela parece muito pequena assim, e eu reteso todos os músculos do meu corpo para me impedir de reagir. Preciso saber o que o meu pai está planejando — e isso significa que ele terá que revelar mais algumas cartas antes que eu possa tomar uma decisão.

Ele não espera que ela fique em pé. Com um olhar, envia o filho da puta do guarda-costas até lá, e eu cerro os punhos para me impedir de enfrentá-lo quando ele a levanta da cadeira e a conduz até nós. Ela solta um grito, e volta o olhar para mim.

Ela está pensando que posso detê-lo. E está se perguntando o que me mantém imóvel, dois passos atrás dele.

Quando o guarda-costas a libera ao lado da mãe, ela dá um rápido passo para trás. O meu pai a encara de forma ameaçadora e ela fica quieta.

— Você e eu tínhamos um acordo, mocinha.

Ela engole em seco. A garganta se move, e ela traz as mãos para frente. Os dedos se entrelaçam. Eu odeio esse nervosismo e que tenha acabado nessa situação. Como foi que chegou até aqui? Foi capturada pelo segurança do meu pai como um peixe em uma rede... ou algo pior? Foi conduzida pela mãe? Ou talvez ela tenha vindo até aqui simplesmente porque ele pediu.

Mas esta é a confirmação que eu precisava, de que ele fez alguma coisa. E esta é a última vez que ele vai ver Violet. Vou me certificar disso.

O meu pai olha para mim.

— Ela ia ficar longe de você.

Como o meu pai se transformou nisto?

Tenho muitas perguntas e sei que não vou conseguir as respostas que quero.

— A fisioterapia é cara, e a pequena Violet Reece espera ser bailarina novamente um dia. Já que foi você que tirou isso dela, presumi que não seria difícil para ela se afastar. — O meu pai a encara com os olhos semicerrados. — Mas ela não conseguiu, não foi?

A mãe dela suspira.

— Fisioterapia?

— Não — diz Violet. Sua voz é firme, a expressão branda. Ela ignora

OBSESSÃO BRUTAL

a mãe e, em vez disso, fala diretamente para mim. Não, ela não vai tolerar isto. E posso dizer que confia em mim para apoiá-la, já que renuncia qualquer chance de mentir.

— O nosso acordo está nulo e sem efeito — ele a interrompe. Acena com a mão, e aquele segurança que virou lacaio pega um documento da pasta, que está do outro lado da sala. Quando a papelada chega nas mãos do meu pai, ele folheia tudo. — Quatro mil, quatrocentos e sessenta e três dólares e cinquenta e dois centavos — diz lentamente. — Você pode preencher um cheque... ou eu aceito em dinheiro.

Ele estende para ela.

Eu me aproximo e tomo o documento da mão dele, abrindo na primeira página. Uma fatura.

— Bem, isso é fascinante.

Passo o dedo pela lista de despesas discriminadas, que, naturalmente, incluíam as contas de terapia, mas também taxas de serviço, mão-de-obra e impostos. É cômico. E completamente ridículo. As taxas de trabalho e de serviço são quase quarenta por cento desta fatura.

Tinha que ser o meu pai a tentar ameaçá-la com isso.

— Greyson. — Ele estala os dedos para mim.

Acima de qualquer outra coisa... Não posso continuar a fingir.

— Vá se foder, pai.

Nossa. Eu me senti melhor do que esperava.

— Foda-se você e sua ideologia pretensiosa, e foda-se a maneira como acha que pode intimidar a mulher que faz parte da minha vida. — Estendo a mão para Violet, e ela praticamente dá um salto para a frente. Assim que a palma dela se encontra com a minha, um peso sai do meu ombro. Eu a trago para o meu lado e passo o braço ao seu redor.

Atiro o documento aos seus pés.

— E foda-se essa besteira inflacionada que você tem aqui — acrescento. — Não pode mais se intrometer na minha vida assim. Já deu.

Silêncio.

O meu pai ri.

Ele ri.

O meu rosto esquenta. O meu corpo fervilha. Estou tão cansado dele que mal consigo enxergar.

— Grey — Violet sussurra. — Não vale a pena.

Fecho a cara... e depois percebo a expressão do meu pai. Ele não gosta de perder o controle, e perdeu o controle do mais importante: *eu*. E da situação. A mãe de Violet voltou a andar para lá e para cá, nos lançando olhares como se estivéssemos prestes a começar uma briga. Ela continua a roer as unhas também. A mão de Violet desliza sob a barra da minha camisa, e pressiona as minhas costas. Ela está me apoiando.

Olho para ela e a minha determinação aumenta.

Ela é *minha*. Não é um objeto para ser manipulado pelo meu pai. Não é um peão ou um brinquedo ou uma ferramenta.

Quando o riso do meu pai diminui, a expressão perde a alegria. A sua tolerância para desobediência é baixa. Algo me diz que eu deveria ter aguentado mais tempo. Que ele ainda tem um trunfo para jogar.

E com certeza, ele tem um ar de presunçoso quando diz:

— Essa garota que você defende, está roubando da nossa família há meses.

OBSESSÃO BRUTAL

47

VIOLET

Roubando da nossa família há meses.

É por isso que estamos aqui, certo? Porque o senador Devereux está pagando a minha mãe, e ela desenvolveu um vício em medicamentos por minha causa. É minha culpa que os pagamentos cessaram e o seu modo de vida foi interrompido.

O distanciamento faz todo sentido agora. Posso relacionar um milhão de motivos para a sua ausência, pela forma como não respondeu aos meus telefonemas. A minha solidão, o *abandono*. Talvez ela sempre tenha tido algum vício, e os opioides apenas lhe proporcionaram outro nível de fuga. Mas no fim da história, ela parou de falar comigo por causa das drogas.

Não precisa de outra razão.

Eu não estou roubando do senador. Essa é uma pequena modificação de uma verdade horrorosa: ele dá dinheiro para ela ficar chapada. E quem sabe no que ela se transformou depois que as minhas receitas acabaram. Quem sabe com que tipo de pessoas ela tem se relacionado, e em que tipo de situações tem se envolvido... os traficantes não são exatamente conhecidos por serem pessoas idôneas.

Odeio isso por ela. De verdade.

Um segundo depois o sentimento de culpa me atinge, porque agora me pergunto se deveria ter visto os sinais. Eu poderia ter evitado essa situação?

Mas como? Sem saber que ela agiu pelas minhas costas para pagar as contas médicas e depois deu um passo adiante para chantagear os Devereux. Pensei que o seguro havia se responsabilizado pelas despesas hospitalares e que ela tinha um emprego do qual gostava.

E Grey? Ele acredita nisto? Porque, neste momento, o senador pinta um quadro para o filho, e eu sou a vilã. Eu sou a sanguessuga, a interesseira. Aquela que queria se vingar da sua família e atacava continuamente.

O pai dele gostaria disso, não é? Para tudo acontecer como ele deseja. Talvez apenas devesse sair correndo agora.

Eu me arrisco a olhar para Greyson, e ele firma o braço no meu ombro, como se sentisse para onde os meus pensamentos estavam indo. Tenho uma necessidade desesperada de fugir, mas há um homem vigiando porta. O meu bíceps dói por causa do aperto que recebi mais cedo, e ele ainda está com o meu telefone.

— Explique-se — diz Greyson, com firmeza, imóvel.

Quero gritar para ele que isso não é verdade. Que esta manipulação final é um esforço do seu pai para nos separar de uma vez por todas.

Por quê? Eu não fiz nada com ele.

O pai de Grey se aproxima dele.

— Entrar com uma ação judicial foi ideia da Violet. Ela queria nos arruinar.

— Eu queria pagar as minhas despesas médicas — digo baixinho. — Porque a minha carreira tinha acabado.

O lábio superior dele se curva.

— E então você vazou a sua história para a imprensa. Ameaçar um processo de indenização não bastava, não é? Admito que foi um erro meu não pegar a assinatura da sua mãe no acordo de confidencialidade. E assim que percebi, já era tarde demais.

— Eu só estava tentando conseguir o que era devido — minha mãe retruca. Ela aponta o dedo para o senador. — O seu filho nos destruiu.

Eu me encolho. Como eu não notei? Eu estava tão cega para a fúria dela? Neste momento, ela está tremendo, vermelha e com mais raiva do que já vi. Talvez ela tenha escondido de mim enquanto eu me recuperava. Morei com ela enquanto reaprendia a andar corretamente, e me movimentava com uma bota ortopédica. Porém, nesse meio-tempo, a sua fachada rompeu.

— Como isso as destruiu? — Grey pergunta. O seu tom é frio. Indiferente. Nem mesmo curioso. Mais como se tentasse encontrar falhas nas histórias deles, uma pergunta de cada vez. Outras virão, tenho a certeza.

A minha mãe endurece.

— Você acabou…

— Com a carreira de Violet — ele interrompe. — O que estamos corrigindo. Mas você… *você* tinha uma filha que precisava do seu apoio e, em vez disso, nos extorquiu?

Ela inclina a cabeça para trás e gargalha. Eu me arrepio. Nunca a vi assim. Nervosa, claro, mas também desequilibrada.

OBSESSÃO BRUTAL

O senador Devereux levanta a sobrancelha para o filho.

— Isso é o que você vai herdar — diz ele. — Ao cortar os laços comigo. Estou lavando as mãos para esse problema. Você vai lidar com as consequências das ameaças dela, se elas acontecerem.

Eu bufo.

Todo o nosso foco volta para mim.

— Desculpe, senador, mas ela é um problema seu. A não ser que você queira explicar aos seus eleitores como financiou uma dependente química nos últimos seis meses. — Balanço a cabeça. — Tenho certeza de que qualquer matéria publicada ao seu respeito seria notícia nacional. Não é, mãe?

Os olhos da minha mãe se iluminam. Ela reconhece uma vaca leiteira só de olhar, e neste momento, o senador está sob as suas garras. Também não há nada que o senador Devereux possa dizer sobre isso. Ele sabe que tenho razão, mas provavelmente esperava que eu não percebesse. Teria sido um grande negócio, transferir dois problemas — minha mãe e eu — para o seu filho rebelde.

Puxo a mão livre de Grey.

— Acho que terminamos aqui, não é?

— Eu terminei — murmura.

Nós os deixamos em silêncio, e eu paro diante do guarda-costas. Olho para Greyson.

— Ele está com o meu telefone.

A expressão de Grey se fecha ainda mais.

O cara levanta a mão, pega o telefone no bolso do terno e me entrega. Assim que o recebo, dou um passo para trás.

Grey tem outras ideias. Se lança contra ele com o punho estendido. As juntas dos seus dedos esmagam o rosto do homem, atingindo a bochecha e nariz. O segurança tropeça para trás, cobrindo o rosto, mas Greyson continua o ataque. Ele agarra a frente da sua camisa e o empurra contra a parede.

— Você nunca mais vai encostar uma mão nela — diz ele, na cara do guarda-costas.

Ele me estende a mão de novo, e eu a seguro. Com um aperto firme, saímos pela porta. Assim que chegamos ao corredor, solto um suspiro. Mas ele não desacelera, e continua me arrastando escada abaixo, vira a esquina, até ficarmos fora de vista.

Bom. Não quero nem *pensar* em vê-los novamente.

— Puta merda — Grey respira. Ele me puxa para um canto e me imprensa contra a parede.

330   **S. MASSERY**

Minhas costas tocam a superfície de concreto, e eu tombo a cabeça para trás.

O meu coração bate a um milhão de quilômetros por minuto.

— Que loucura. — Acaricio os seus braços. — Quero dizer... sim, não. Loucura é tudo o que tenho passado.

— Quase fiquei maluco quando ele encostou as mãos em você — Grey admite. Ele afasta o suéter dos meus ombros, e passa as pontas dos dedos pelos meus braços. Como se procurasse por hematomas ou algum sinal de que ele tinha me ferido. — Mas eu juro pra você, Violet, ninguém vai te machucar de novo.

Meu peito aperta e eu seguro os pulsos dele.

— Mas...

— Não diga que não posso protegê-la. Porque eu vou. Deus, estou irritado pra caralho com o meu pai. Ele te trancou no seu camarote enquanto saía para bater um papo, e depois te ameaçou casualmente. De jeito nenhum, porra.

Sim. E pareceu uma eternidade, também, com a minha mãe impaciente. Eu me senti como se estivesse à beira de um penhasco, sem saber se alguém iria me empurrar.

— Obrigada — digo. — Por ter vindo me salvar. Mas... e se eu quiser que você me machuque? — A minha voz baixa. — E se eu quiser que você me faça gritar...

O seu olhar se fixa no meu peito, que de repente está ofegante. Ele brinca com a alça do meu sutiã e, em seguida, a empurra lentamente para baixo. Eu apoio mais do meu peso na parede e o trago para a frente pelo cós. Ele se coloca entre as minhas pernas e se inclina para baixo. Os seus lábios tocam a minha clavícula e eu fecho os olhos. Ele vem subindo pelo meu ombro, e pela curva do meu pescoço. Morde o meu pescoço e eu viro a cabeça de lado para lhe dar um melhor acesso.

Os dentes dele roçam a minha garganta. A sua língua me prova.

Estou sem fôlego quando pergunto:

— Vai me beijar, não vai?

Ele ri.

— Eu vou. Mas estou muito ocupado imaginando todos os demônios que vivem sob a sua pele, e como vou transformar cada um dos seus sonhos em realidade. Você está tão abalada quanto eu. Me desculpe por tirar um minuto para me recompor... senão eu vou arrancar as suas roupas aqui mesmo, e mostrar o quanto aprecio esse sentimento.

OBSESSÃO BRUTAL

Estremeço. Mas eu estava falando sério. As coisas íntimas e terríveis que posso admitir apenas para ele. Eu gosto quando ele pega a sua lâmina. Gosto das pequenas faíscas de dor que antecedem o prazer e se entrelaçam a ele. Gosto de saber que ele pode — e vai — me levar a esse limite.

Eu quero isso — e sei que ele também quer.

— Você deveria. — Eu puxo a calça dele outra vez e coloco a mão por dentro do cós, enrolando os dedos ao redor do seu pau. Ele está duro e à minha espera, e não se opõe quando empurro a calça pelo seu quadril. Sua ereção aparece, e a minha boca saliva.

Antes que eu possa cair de joelhos, ele empurra a minha *legging* até os tornozelos e abre as minhas pernas. Ele me levanta pelas coxas, batendo as minhas costas contra a parede com mais força. Eu não consigo colocar as pernas ao redor dele desse jeito, com os tornozelos praticamente amarrados. Estou à mercê dele, e o seu aperto nas minhas coxas me faz contorcer. Ele respira fundo, olhando entre nós. Não há preliminares, nem espera. Ele passa a ponta do seu pau pela minha umidade, como se estivesse testando, depois empurra forte dentro de mim.

Eu arqueio as costas, os meus lábios se entreabrem. Ele me enche por completo, e eu percebo o quanto precisava disso. Ele para por um momento, se adaptando, até eu me contorcer novamente. Puxa devagar, depois empurra de volta. Ele atinge um ponto profundo dentro de mim, e estrelas explodem diante das minhas pálpebras.

Em pouco tempo, ele aumenta a velocidade. Aperto os ombros dele e permito que chegue a um ritmo punitivo. Os únicos ruídos entre nós vêm do atrito das nossas peles e das nossas respirações profundas. O corredor à minha esquerda está silencioso, e o estádio à frente, escuro. Eu poderia acreditar que só nós dois estamos aqui.

— Se toque — ele ordena, com os olhos perfurando os meus.

Obedeço sem questionar, deslizando a mão entre nós e esfregando círculos rápidos no meu clitóris. Minha boceta aperta ao redor dele com a sensação repentina. Mas não é suficiente. Eu desejo toda essa conexão. Ele quer libertar os meus demônios? Eu quero entrar dentro de sua pele e viver lá para sempre.

O que eu faço quando toda a proximidade não é suficiente?

— Me beije — imploro.

Ele finalmente obedece, se inclina e captura a minha boca. Sua língua passa pelos meus dentes, provando cada centímetro de mim. Anseio pela invasão. Quero que ele me preencha completamente, porque já nem sei mais se sou uma pessoa. Não sei quem sou ou quem deveria ser, e parte de mim precisa dele para me guiar.

Continuamos com o ritmo furioso até um orgasmo me atropelar. Aperto outra vez, choramingando o nome dele na sua boca, e ele também se desfaz. Goza com os lábios nos meus.

Ele sai de dentro de mim, firma os meus pés no chão, e imediatamente coloca a mão entre minhas pernas. Ele insere dois dedos, pressionando o corpo contra o meu, me mantendo presa à parede.

— Mal posso esperar pelo dia em que um bebê meu estiver na sua barriga — diz ele ao meu ouvido. — E mesmo que esteja tomando anticoncepcional, e tenha uma carreira de dança pela frente, eu quero que imagine o nosso futuro toda vez que eu gozar dentro de você. Toda vez que eu empurrar o meu esperma de volta para sua boceta.

Argh. Que tesão.

— Vamos lá — diz ele, de repente, se afastando de mim.

Solto um gemido pela perda repentina de seu toque, e ajeito minha calça no lugar. Ele dá uma risada e me oferece a mão novamente.

— Fiz um *hat-trick* — ele me informa. — E temos uma festa para participar.

OBSESSÃO BRUTAL

48

VIOLET

Estou agitada quando chegamos na casa de Grey. A minha pele parece eletrificada. Eu me sinto iluminada onde ele toca — em todos os lugares. As mãos dele vagam pelo meu corpo o tempo inteiro. A sua possessão me faz ofegar por mais.

Eu não me permito lembrar do quanto isso é fodido.

Pela primeira vez sigo a *minha* vontade.

Nós passamos juntos pela multidão. A mão dele está na minha nuca, me levando. E dizendo para todos os outros caras daqui que eu sou *dele*.

Eu me arrepio e ele percebe. Ele me lança um sorriso perverso, e eu sorrio de volta. Não sei o que fazer com a antecipação que passa por mim. Está me comendo por dentro.

Acabamos na cozinha, onde Erik arruma uma longa fileira de garrafas de bebida. Ele gesticula para nós.

— Querem algo especial? É por conta da casa para o homem do momento.

Grey sorri.

— Eu moro aqui. E contribuí para a bebida, idiota.

Erik ri e lhe serve uma bebida. Grey toma um gole e passa para mim.

— O que é? — Eu olho para o copo. É de uma cor alaranjada fosca e tem cheiro adocicado. Tomo um gole e não sinto a ardência familiar do álcool. Não é ruim, na verdade. — Sabe de uma coisa? Não me diga.

Grey ri.

— Me dê uma tequila. Pura.

— Sim, senhor. — Erik simula uma saudação, depois pega uma garrafa e serve uma boa dose para Grey.

Grey bate o copo vermelho no meu e toma um gole. Eu o imito, engolindo outro bocado da bebida doce. Ele se inclina para a frente, levanta o fundo do meu copo, e o mantém erguido até eu beber tudo. Então ele o joga na pia, termina a sua tequila e sorri para mim.

— Vamos dançar — diz ele.

Calor se espalha pelo meu peito. Não discuto quando ele me leva para a sala de estar, segurando sua mão com força. A música aqui é mais alta, a iluminação está mais fraca. Luzes vermelhas de LED ficam penduradas ao longo do teto, lançando um brilho estranho em todas as pessoas. Eu balanço o cabelo. Grey me gira, me segurando cuidadosamente pela cintura. A sala se inclina e eu dou uma rápida piscada. Isso me dá um efeito de luz estroboscópica, dividindo os casais que dançam ao meu redor em imagens estáticas.

Eu rio e deslizo as mãos pelo peito dele.

Nós nos movemos no ritmo da batida — é difícil não fazer isso, com ela pulsando entre nós — e nos aproximamos mais. Entretanto, ele não segue para a minha boca. Seguro a nuca dele enquanto abaixa os lábios na minha garganta. Cada ardência de mordida envia mais luxúria pela minha corrente sanguínea. Eu cravo as unhas em sua pele quando ele desce, tirando a minha blusa do caminho.

Ele beija a minha clavícula, a parte superior dos meus seios. As mãos dele me mantêm em pé.

Não me importo que não estejamos sozinhos.

Ele esfrega o quadril contra o meu. A ereção afunda no meu abdômen. Eu deslizo a mão e o seguro através da calça jeans. Ele geme e levanta a cabeça. Os seus dedos passam pela minha nuca, pelo meu cabelo. Ele segura a minha cabeça cuidadosamente, apesar do seu olhar intenso.

Transmite tudo o que ele quer dizer — mas não diz.

Cada promessa.

Olho atentamente para o meu relógio.

São onze horas.

Só falta uma hora para a recompensa dele expirar.

— Paciência — ele fala.

Arrasto a unha pela pele próxima ao cós da sua calça jeans. Apenas um pedacinho exposto. Mas ele balança a cabeça, me repreendendo silenciosamente. Quero arrastá-lo para o banheiro e falar para ele me foder. Quero um milhão de orgasmos, e quero ver a expressão no seu rosto quando *ele* gozar. Uma vez não foi suficiente.

Preciso de mais.

Mas exigir que Grey faça qualquer coisa nunca funcionou a meu favor.

Então, mordo o lábio inferior e deixo que ele me conduza. Para qualquer coisa que tenha planejado.

OBSESSÃO BRUTAL

Dançamos até as minhas pernas ficarem dormentes. Eu bebo outro copo do coquetel, não me importando que esteja ficando mais difícil de abrir os olhos. A sensação de estar flutuando não vai embora.

Meia-noite chega e vai embora, mas acho que Grey não precisa se preocupar. Ainda vou fazer o que ele quiser.

O que ele *tem* feito é me provocar. Repetidamente. Cada dança, cada movimento da sua coxa, que avança entre as minhas pernas e se posiciona contra o meu núcleo, me deixa no limite. Estou toda suada quando ele finalmente para de se mexer. Nossa dança era erótica, quase como transar a seco, mas ninguém se importa.

E o ambiente da festa foi se tornando mais… íntimo.

Talvez fosse isso que ele estava esperando.

Sinto arrepios na parte de trás do meu braço e balanço a cabeça. É difícil focar em qualquer pessoa. Estão todos nas suas pequenas bolhas. Willow está por perto, dançando com alguém que não reconheço. Não é Knox, disso eu tenho certeza.

Greyson se inclina e captura a minha boca, trazendo o meu foco de volta para ele. Gosto da forma como a língua dele entra na minha boca e do sabor da tequila nos seus lábios. Ele me empurra até a minha bunda esbarrar em algo, mas apenas me levanta e me coloca em cima do móvel.

— Você acha que eles sabem que você é minha? — ele me pergunta.

Eu levanto as sobrancelhas.

— Talvez você deva provar. Por precaução.

Ele olha por cima do ombro, depois de volta para mim.

— Tudo bem, linda.

Sem aviso, ele puxa a minha *legging* para baixo, passando pelos meus joelhos. Eu suspiro e aperto a borda da mesa, olhando ao redor da sala escura. Estamos na nossa pequena bolha… assim como todos os outros. E se recebermos alguns olhares, quem se importa?

O dedo de Grey desliza sob a costura da minha calcinha e entra dentro de mim. Arqueio as costas, fechando os olhos enquanto ele o movimenta no meu interior.

— Olhe para mim — ele ordena.

Tenho vaga consciência de uma cadeira da mesa sendo puxada e arrastada contra a parede. Alguém sentado, me observando. No entanto, da forma que Greyson se inclina sobre mim, não acho que o espectador consiga realmente *ver* alguma coisa.

É mais sobre a sensação, de qualquer maneira.

E agora, tudo o que sinto é *bom*.

— Você está bêbada — diz ele no meu ouvido. — Como se isso fosse te proteger.

Eu rio.

— Nunca se tratou de me proteger.

Ele baixa a cabeça. Mexe os quadris e eu gemo com a sensação entre as pernas. O seu dedo ainda se movimenta, bombeando lentamente para dentro e para fora de mim.

Isso me faz pensar se o esperma dele ainda está lá, evidência da nossa transa anterior.

— Do que se trata, então?

— De confiar em você. — Simples assim. — Espero que me foda agora.

— Ela está delirando?

Eu viro a cabeça para o lado, me concentrando em Steele. O meu olhar se estreita.

— Você gosta de assistir, O'Brien?

Ele se inclina para frente na cadeira, juntando as pontas dos dedos.

— Algumas vezes. Em outras eu gosto de participar.

Minha sobrancelha se levanta. Greyson aperta o meu queixo, direcionando o meu rosto de volta para ele. Os seus dedos apertam um pouco quando ele se inclina, me dando um beijo de boca aberta. Quando recua, eu balanço junto.

Ele pressiona a minha mandíbula, abrindo mais a minha boca. A minha língua sai, e passa pelo meu lábio inferior. Ele cospe na minha boca e eu faço um barulho no fundo da garganta. Choque tardio, mas principalmente... tesão. Por tudo isso.

— Vocês estão dando um show — alguém diz por cima do ombro de Greyson.

Outro jogador de hóquei.

OBSESSÃO BRUTAL

— Ela é minha, e vocês, filhos da puta, precisam saber disso. — Ele olha para mim de novo. — Não é, linda?

Eu engulo, provando a mistura da saliva dele com a minha, e concordo com a cabeça.

Jacob se move ao redor de seu amigo, se encostando na parede. Mais um par de olhos em nós. Eu trago as mãos para a frente de Grey, empurro a sua camisa para cima e exponho o seu peito. Eu me inclino para frente e beijo o seu peitoral. Minha boca se move mais para baixo, a língua girando sobre seu mamilo, e ele me agarra pela garganta. Guia a minha cabeça para cima, endireitando a minha coluna.

Encontro a sua boca novamente, e desta vez quando ele aperta com força suficiente para cortar o meu fluxo de ar, os lábios dele estão *bem ali*. E então o seu pau está escorregando, cutucando minha entrada. Estou pronta para implorar para ele me foder, mas as palavras não vêm.

O oxigênio também não.

Manchas brancas cintilam na minha visão, e ele solta a minha garganta ao mesmo tempo que me penetra.

Eu inspiro o ar e agarro os ombros dele, tentando não deslizar sobre a mesa. Ele não parece dar a mínima para o fato de os seus amigos estarem assistindo. Ele traça o dedo para baixo da minha garganta quando a minha cabeça tomba para trás, e depois a beija. Como se fosse acalmar as marcas que, sem dúvida, se formam na minha pele.

Desnecessário, mas meigo.

— Porra — eu gemo quando acaricia o meu clitóris. Ele move em um ritmo indecentemente lento, me deixando louca O seu dedo também. Estou ofegante. À mercê dele. — Por favor, vá mais rápido — imploro.

Ele sorri.

Ergo o olhar, passando por cima do seu ombro. Willow desapareceu, o que é um alívio. A maioria das meninas da equipe de dança também. No sofá da outra sala, uma garota se esfrega em cima de Miles. Erik tem outra pressionada contra a parede.

Olho para Steele e Jacob, que estão com a atenção fixa em nós. Steele, sem pensar, esfrega o seu pau por cima do jeans.

— Eu preciso transar — diz Jacob, de repente, se levantando. O seu pau também está duro contra a calça, mas ele o ignora e sai da sala.

— O que você acha disso, Steele? — sussurro, com a voz rouca. — Você também precisa transar?

— Você é um problema, Violet — ele responde. — Falando comigo enquanto o seu homem está dentro de você.

Os meus músculos contraem ao redor de Grey. Aperto os quadris dele com os meus joelhos e deixo a cabeça pender para trás novamente. Grey passa as mãos pelo meu cabelo, arranhando o couro cabeludo. Espero que ele o agarre, me force de uma forma ou de outra. Mas ele não força. Ele apenas me deixa recostar na sua palma, até as minhas costas repousarem sobre a mesa.

Então ele move as mãos, empurrando a minha blusa para cima, expondo o sutiã. Aperta os mamilos através do tecido, e eu me arqueio para ele. Estou flutuando de novo. Se eu fechar os olhos, simplesmente vou me afastar.

— Se alguém tocar nela, vou arrebentar a cara — Grey fala para alguém. — Entenderam?

Quando abro os olhos, estamos sozinhos. Os casais ainda estão na outra sala, mas a cadeira onde Steele tinha sentado está vazia.

— Você quer gozar, Vi?

Pisco para Grey e concordo com a cabeça.

Ele se afasta e dá um passo para trás, me levando com ele. Os meus pés tocam o chão e ele me vira imediatamente. Abre ainda mais as minhas pernas, e arremete em mim por trás. Ele aperta a minha garganta por um momento, roubando o meu fôlego, até que eu comece a me debater. Gosto de ser maltratada, mas acho que prefiro lutar.

E talvez essa seja a única forma de ele me deixar gozar.

Eu arranho a mão dele, me empurrando para trás. Ele me permite respirar por um momento, bem quando pontos brancos piscam na minha visão periférica. A sala gira, o álcool entorpece os meus sentidos, e perco a noção do tempo. Se realmente tivesse a intenção de me machucar, ele poderia. Com facilidade.

Ele me prende na mesa com o rosto virado para baixo, e eu suspiro quando ele bate na madeira. Aperto a borda do móvel e me empurro para trás, respondendo a cada impulso. Ele acelera o ritmo e as nossas peles se chocam.

— Sabe o que me mantém acordado à noite? — ele pergunta ao meu ouvido.

Não respondo.

— A lembrança da sua boceta pulsando, com a necessidade de gozar. E você, deitada na cama, torturada por isso, mas incapaz de resolver o problema por conta própria. — Ele geme e acelera o ritmo. — Porque eu

OBSESSÃO BRUTAL

339

acho que você gosta que te digam o que fazer. E se eu falar que você não pode se tocar, você não vai.

O meu corpo queima de vergonha por ele estar absolutamente certo.

Ele ri. A sua respiração sopra no meu pescoço, deixando arrepios por onde passa.

— Seja uma boa menina e responda à pergunta em voz alta.

— Você está certo. — Choramingo.

A mão dele desliza ao redor da minha perna. Ele esfrega o meu clitóris em círculos ásperos, e não sei se odeio ou adoro a sensação. É diferente.

Está libertando os seus demônios. Mostrando que também posso me livrar dos meus. Ele me leva até o limite, depois para de se movimentar. Também não mexe mais com os dedos. Apenas pressiona levemente o meu clitóris, capturando o tremor que passa por mim.

Encosta a testa no meu ombro, e goza de forma intensa. A sua respiração atinge a minha pele, me causando arrepios. Estou presa no lugar, com os dedos travados em volta da mesa. A minha boceta comprime ao seu redor, mas o que ele me deu não é suficiente para me aliviar.

— Quando finalmente te deixar gozar, vai ser o melhor orgasmo da sua vida. — Ele se retira e imediatamente cobre a minha bunda com a *legging* de novo. — Mas até lá... aproveite cada sensação como se fosse a última.

Mas que porra...

49

GREYSON

Acordo com Violet se esfregando em mim durante o sono.

Pelo menos, acho que ela está dormindo. Está com os olhos fechados e a perna jogada sobre a minha, mas os quadris balançam na minha coxa. Os lábios estão entreabertos e o cabelo desalinhado.

Garota safada.

Eu me viro para ela e, gentilmente, empurro os seus ombros até ela deitar de costas. Ela fecha a cara com a perda de contato, e eu sorrio. Está sentindo os efeitos de não ter gozado. Eu a levei ao limite uma vez... mais uma vez... e de novo. Não foi planejado. Eu *daria* a ela o melhor orgasmo da sua vida — como eu disse — na noite passada.

Mas algo deu errado. Nada que ela tenha feito. Fui eu. O *meu* lado perverso que tem prazer em ver as suas tentativas de me fazer dar a ela um orgasmo. Como se ela tivesse escolha.

Separo as suas pernas e me abaixo, parando entre as coxas dela. A sua boceta é linda. É aparada com uma precisão mortal. O cheiro é entorpecente. Eu me inclino na direção dela e coloco a língua para fora. Só quero um gostinho.

Ela estremece, e eu deslizo os braços por baixo das suas coxas. Levanto a sua bunda levemente, me dando um ângulo melhor.

É melhor dar à garota o que ela quer.

Eu a lambo outra vez e a minha língua encontra o seu clitóris. Eu o sugo, depois me movo mais para baixo. Eu a exploro, observando o que recebe uma reação sutil. O que faz as suas coxas ficarem tensas, o que a faz contorcer se esforçando para evitar a pressão. Enfio dois dedos dentro dela e pressiono o seu ponto G. Dentro e fora.

Fascinante.

Quero passar o resto da minha vida separando Violet, peça por peça, verificando como ela funciona, como foi criada, e depois a recompondo.

O seu primeiro orgasmo é intenso. Como eu previ. Ela goza com os meus lábios ao redor do seu clitóris e os meus dedos dentro da sua boceta. As coxas se juntam e as costas arqueiam da cama. Eu levanto o olhar, absorvendo a sua expressão. Os olhos dela ainda estão fechados, a boca aberta. Talvez isto esteja de acordo com o que ela está sonhando.

Alcanço o seu peito e o acaricio, passando o polegar sobre o mamilo rígido. E então volto para dentro dela.

Deus, não dava para prever o quanto ficaria obcecado por ela. O quanto eu gostaria de tudo o que ela me dá. Mesmo as partes irritantes.

Eu falei sério quando disse que a amava, mas também fiquei apavorado. Naquele momento, senti como se oferecesse o meu coração para ela fazer o que quiser.

Mas ela não pisou nele. Ela pareceu assustada, e eu consigo me identificar com isso. Não queria dizer que estava *apavorado*. O meu único exemplo de amor foi o dos meus pais, e todos nós sabemos como terminou. Resumindo em uma palavra: mal.

Demorei um pouco para perceber que o casamento deles não tinha amor. No começo até podia ter, mas depois eram apenas aparências. Foi por isso que a minha mãe foi embora, e o meu pai provavelmente nem a deixou pensar em me levar com ela.

A história do pai solteiro afeta bastante os eleitores.

Pai desamparado deixado pela esposa e filho? Nem tanto.

Depois de conhecer a sua mãe, preciso imaginar quanto amor Violet recebeu. Entre a mãe de merda e o pai morto.

Ambos fazemos parte da sociedade dos pais mortos. Nesse clube ninguém fala sobre o quanto isso é fodido, mas também é meio reconfortante.

Ela goza de novo antes de acordar. E quando finalmente abre aqueles olhos lindos, se mexendo e tentando se afastar de mim, eu não facilito. Ela suspira e empurra a minha cabeça, mas continuo firme. Os meus dedos entram e saem dela, o gosto dela está na minha boca e eu quero outro clímax.

Violet estremece, gemendo algo ininteligível para mim.

Será assim para o resto das nossas vidas? Este vício? Esta sensação no meu peito como se estivesse inflado com hélio?

— Grey — murmura ela. — O que você está… *oh, Deus…*

Eu sorrio e movimento a língua com mais força contra o seu clitóris. O terceiro a leva a nocaute. Eu aproveito a sensação da sua boceta comprimindo os meus dedos, e então ela relaxa. Subo pelo corpo dela, pairando acima, e beijo a sua garganta.

— Você é minha pessoa favorita deste planeta, Violet Reece. — A minha confissão encontra o seu ponto de pulsação. — E nós vamos acordar um ao lado do outro pelo resto das nossas vidas.

Ela envolve os braços no meu pescoço e as pernas nos meus quadris.

Não preciso de muito mais estímulo para deslizar dentro da sua boceta molhada.

Vantagens de dormir nu.

Ela franze a testa para mim, os seus olhos não são mais do que fendas.

— Que horas são?

— Hora de foder, querida. — Eu rebolo os meus quadris.

— São cinco da manhã. — Ela olha para o relógio, depois volta a olhar para mim. — Acho que ainda estou bêbada.

Eu rio e dou um beijo nela. Também me sinto assim. A névoa do álcool na minha mente. Talvez seja isso que está por trás desta melancolia.

Ah, não. Foi Violet me montando daquele jeito que me acordou. Sorrio contra os seus lábios, e ela automaticamente sorri de volta. Eu lambo a boca dela, depois puxo para dentro da minha. Os meus dentes mordiscam a sua carne, querendo provar o sabor dela. Eu mordo mais forte, até sentir o gosto metálico familiar de sangue na minha língua.

Ela me beija com mais intensidade. Pressiona contra mim, mordendo os meus lábios. Se eu não a conhecesse bem, poderia pensar que estava tentando entrar na minha carne. A pontada de dor por *ela* romper a minha pele é refrescante.

Misturamos sangue, saliva e amor.

Talvez ela não tenha conhecimento do último, mas eu tenho.

Sinto na forma que ela me toca e no jeito como me olha. Ela tira o cabelo da minha testa e observa o meu rosto. Ela tem uma gota de sangue no lábio que eu me inclino e lambo. Os seus olhos enternecem e ela segura as minhas bochechas. Em seguida, me beija de novo, mesmo depois de toda a extravagância que já aconteceu entre nós.

Violet Reece está totalmente apaixonada por mim.

OBSESSÃO BRUTAL

50

VIOLET

— Como se sente?

Da minha posição no chão, olho para cima. Então me levanto depressa ao ver Mia no meu estúdio alugado.

— Bem. — Pigarreio de leve. — Tudo bem. Obrigada.

Ela ri e passa a mão por uma das barras.

— Me desculpe por aparecer sem avisar.

Tento não ficar inquieta enquanto ela me avalia. O meu cabelo está trançado em cima dos ombros, uso um casaco de lã solto sobre o collant cinza e short flexível. Eu tive aula de dança há uma hora e estou trabalhado na coreografia para a minha audição.

Grey está sentado no canto, com o seu dever de casa esquecido enquanto olha para mim.

— O que houve? — Pego a minha garrafa de água.

— Laramie me disse que você solicitou espaço adicional no estúdio após a aula, então pensei em passar e ver como está a sua preparação.

Eu sorrio para ela.

— Está indo.

Ela solta uma risada zombeteira.

— Quer me mostrar?

— Vai ser parcial? — Levanto um ombro e tomo um gole da água fria. Com certeza é ela que vai decidir quem fica com o papel. Mas, novamente, foi ela quem me tirou da inatividade. Essa pode ter sido a maior revelação de todas.

— Poderia ser. — Ela atravessa em direção à caixa de som conectada ao meu telefone e clica no play.

A melodia familiar enche a sala, uma obra orquestral de *A Bela Adormecida* original. Quero o papel principal da Princesa Aurora. Se vou conseguir alcançar a doçura e a graça dela, ninguém sabe. Esta parte específica é uma variação do primeiro ato. Ela comemora o seu décimo sexto aniversário, prestes a ser amaldiçoada a um sono de cem anos, e dança sozinha antes de conhecer quatro pretendentes.

Eu me posiciono em frente aos espelhos, sinalizo a minha entrada e começo.

Ainda estamos trabalhando em algumas partes, quero aperfeiçoar uns movimentos, mas o meu corpo vai bem. A perna está firme, quase não sinto dor ao dançar. Está fortalecida outra vez. Só isso é suficiente para nublar meus olhos de lágrimas.

A hidroterapia ajudou e eu quase não pude fazer, por causa do dinheiro.

Volto a pensar em Aurora. Não acredito que os pais dela tenham contado sobre a maldição. Se tivessem contado mesmo, mais tarde ela não seria tentada a observar o fuso. Ela não teria ficado curiosa a ponto de estender a mão e furar o dedo nele.

Será que eu teria ficado tão curiosa a respeito de Greyson, se soubesse tudo o que a minha mãe tinha feito e estava fazendo?

Antes que eu perceba, a música acaba e eu pairo na minha posição final. Desfaço a pose e encontro os olhos de Mia no espelho, chocada por ela ter um sorriso enorme no rosto.

— É como se você nunca tivesse ficado afastada — diz ela baixinho.

Eu sorrio.

— Lindo de verdade. Trabalhe nas partes que ainda não estão perfeitas, mas fora isso? — Ela balança a cabeça. — Você sabe, eu adoraria ter te visto em *Lago Dos Cisnes*.

O papel que era meu.

— Talvez eu dance como os cisnes brancos e negros um dia. — Levanto um ombro.

Ela franze a testa.

— É improvável que o *Crown Point Ballet* volte a apresentá-lo.

Eu inclino a cabeça. Seria inusitado permanecer na mesma empresa durante toda a minha carreira. Mas eu não respondo. Não faria bem a nenhuma de nós, dizer a ela que penso em deixar o CPB um dia. Na verdade, tenho a sensação de que isso me atrapalharia.

Mia acena novamente.

— Eu só quis passar por aqui para te dar mais algumas informações sobre *A Bela Adormecida*. Você tem tempo?

OBSESSÃO BRUTAL

Verifico o relógio. Eu tenho o estúdio pelo resto da noite, e estou curiosa em saber por que ela parou aqui. Aceno para Mia e deixo Greyson na sala. Cruzamos o corredor até um estúdio escuro. Ela escolhe aquele em que Grey e eu tivemos o nosso… humm… momento. O meu rosto esquenta, e eu esmago essas memórias.

— O *Crown Point Ballet* está usando *A Bela Adormecida* para realizar audições abertas para a companhia — diz Mia. É uma forma de trazer sangue novo para a empresa. A maioria realiza audições abertas, geralmente uma vez por ano, se preparando para a temporada. —Temos um novo coreógrafo para este balé, mas acho que você o conhece. Shawn Meridian?

Eu levanto as sobrancelhas. Choque atravessa o meu corpo, perseguido por *excitação*. Se eu o conheço? Mais ou menos. Se eu quero dançar uma coreografia dele? Absolutamente.

— Tive o prazer de encontrá-lo uma vez. A minha mãe conseguiu que eu me apresentasse, quando fomos ver um dos seus balés. Estava no ensino médio. Com toda certeza fiz papel de boba e dei a ele um vídeo de uma dança minha. Como você soube?

Ela dá uma risada.

— Acredite ou não, houve uma época em que você não se calava sobre isso.

— Faz sentido. — Especialmente perto das outras garotas. Nós, bailarinas, temos uma veia competitiva. Somos amigas, mas também queremos estar no topo. É normal que nos gabemos.

— Estamos realizando um intensivo de verão — acrescenta. — Acho que você se destacaria. Recupere a resistência. Então faremos uma temporada em casa e depois entraremos em turnês nacionais.

Eu assinto. Não me preocupo em dizer que já sei disso. Saí em turnê com a companhia como parte do elenco e posteriormente como solista. A oportunidade de ser a primeira bailarina — a posição mais cobiçada — foi arrancada antes do início da nossa temporada. Antes de eu ter dançado na frente de *uma* audiência.

— De qualquer forma, eu só queria te avisar sobre Shawn e a audição aberta. Estou ansiosa para ver o seu comprometimento.

Porque eu sou competitiva. Foi por isso que ela realmente me disse. Para me deixar saber que concorrer à posição principal do *Crown Point Ballet* não é pouco, e embora não seja *fácil*, eu conheço a maioria das meninas. Enfrentarei cada uma. Todas.

— Obrigada — murmuro.

Ela balança a cabeça e me deixa sozinha na sala vazia. Nunca acendemos as luzes.

— Reunião interessante. — Grey se inclina contra o batente da porta, com as mãos nos bolsos.

— Mia — eu digo fracamente. — Sim, é uma pessoa interessante.

— Parece que ela está cuidando de você, certo?

Dou de ombros.

— Está? Ou ela só quer uma pessoa... — Familiar? De confiança? Não quero ser nenhuma dessas opções. Eu quero ser aquela para quem todos gravitam. Aquela com quem todos os coreógrafos querem trabalhar.

— De qualquer forma, acho que é uma boa oportunidade.

Ele dá de ombros, depois se endireita.

— Você está com fome? Vou buscar algo para comer. Posso trazer qualquer coisa que você quiser.

Eu me animo.

— Um *wrap* de peru daquele lugar da esquina? E batatas fritas. E um Gatorade. — Paro bem na frente dele, estendendo a mão para brincar com a bainha da sua camisa. — Lembra desta sala?

Os cortes que ele me deu mal tinham profundidade para criar uma crosta, provavelmente não terei cicatrizes. E vai ser triste vê-los desaparecer.

Ele segura a minha mandíbula, puxando o meu rosto para me beijar. Eu me aproximo. Cada beijo passa pelo meu corpo como eletricidade, e não sei como ele consegue. Como torna cada toque importante. Sua língua mergulha entre os meus lábios entreabertos, me provando, e ele rosna baixinho quando se afasta para trás.

— Já volto — promete. — Quando terminar de dançar, podemos voltar a *esta* sala...

Sorrio.

Seguimos em direções diferentes — ele para a saída, eu para o estúdio que aluguei. Ando até a caixa de som e clico na minha música, mas o que toca não é a peça que eu tenho ensaiado. São as notas fracas do solo de um balé diferente.

Leio as palavras na tela, o título da peça, mas minha mente está falhando. É familiar de uma maneira sonhadora. O meu corpo sabe o que fazer, e tenho certeza de que nunca a dancei. Não sei se já vi mais do que fragmentos deste balé. *Giselle*. É trágico de certa forma. A orquestra toca o meu coração.

OBSESSÃO BRUTAL

Sem saber bem o porquê, eu me levanto da posição ao lado da caixa de som. Reinicio a música e vou para o meio da sala, me olhando no espelho por um momento. Então fecho os olhos e deixo a memória muscular assumir o controle. Passo pela coreografia que não me lembro de ter aprendido.

O ritmo aumenta e eu voo pela sala. Por um momento, sinto o peso do meu futuro saindo dos meus ombros. Mas a minha sapatilha de ponta se agarra a alguma coisa — ou talvez a minha perna falhe — e eu tropeço.

De repente, Grey aparece e me pega antes de eu cair.

— Oh — eu ofego, agarrando os braços dele. — Me desculpe.

Ele inclina a cabeça.

— Essa não é a peça em que você trabalhou o dia todo.

— Não, não é. — Eu me endireito e dou um passo para trás. — Não sei de onde surgiu.

— Interessante. — Ele baixa os braços.

— Estava na lista do meu telefone — explico. — Deve ter vindo de forma aleatória depois de *A Bela Adormecida*. Em uma lista de reprodução de músicas para balé.

— Certo. — Ele me observa, com a expressão curiosa.

Tenho a nítida impressão de que estou me confundindo. Que eu deveria ficar perturbada com o que acabei de fazer. E eu *estou* perturbada, porque não me lembro de ter aprendido essa coreografia. Talvez eu a tenha inventado. Uma dança imaginária para acompanhar a música em andamento.

— É de qual balé?

Olho por cima do ombro dele.

— O que aconteceu com a comida?

— Decidi fazer o pedido — diz ele. — Já liguei. Alguém vai trazer em breve.

Eu resmungo.

— Vi… Qual é o balé?

— *Giselle* — digo. Eu me arrisco a aproximar dele. — Uma tragédia romântica.

— Como é?

Subo a mão pelo braço dele.

— Uma plebeia confiante se apaixona por um nobre disfarçado. Ele a engana, fazendo-a pensar que é como ela. Mas não é.

Grey estreita os olhos.

— Vi.

— O estratagema dele é descoberto — continuo. — E a pobre Giselle morre.

Ele franze as sobrancelhas.

— Ela morre?

— Esse é apenas um ato, querido. — Eu balanço a cabeça e me viro. — Ela se transforma em uma aparição na floresta, uma entre muitas que atraem homens para dançarem até a morte. Mas quando o nobre é atraído para a floresta, ela dança com ele... e escolhe deixá-lo viver. Acha que isso é amor?

— Eu não sei.

Eu fecho a cara.

— Como eu disse. É uma tragédia.

— Mas você não explicou como soube disso.

— Eu inventei. — Vou até a caixa de som, que voltou a repetir a música. Coloco *A Bela Adormecida* de novo e assumo a minha posição no meio da sala. — Tenho certeza de que sim.

OBSESSÃO BRUTAL

51

GREYSON

Violet faz todos os movimentos parecerem fáceis. Mesmo quando se esforça e os seus músculos tremem, uma expressão agradável permanece no rosto. Ela segue adiante. O seu collant umedece com o suor, o cabelo gruda na cabeça.

Eventualmente, a nossa comida chega e ela faz uma pausa.

Persistência, ela explica. As bailarinas profissionais precisam de persistência para continuarem a dançar. Se pararem por um dia, no seguinte sentirão um pouco de dor. Se pararem por alguns dias, o próximo treino será cansativo. E se pararem por mais tempo do que isso, os seus músculos sentirão os efeitos.

Entendo bem disso. É por isso que treino pesado durante o verão, me mantendo na melhor forma física. Porque voltar é mais difícil quando você se deixa levar pela *baixa* temporada.

Violet esteve *fora* por sete meses. Eu entendo a motivação dela.

Nós não temos aulas esta semana. A Universidade de *Crown Point* é basicamente uma cidade fantasma. Não que isso importe, já que ela está ficando comigo. Willow foi passar um tempo em casa com a irmã e, provavelmente, para escapar de Knox.

Termino o meu sanduíche e olho para Violet de novo. Não me importo que ela me pegue olhando fixamente. Já sabe o que sinto.

Estou obcecado. Apaixonado.

Às vezes penso que podem ter o mesmo significado.

Mas ela está mais forte. Os músculos estão mais definidos. Está comendo melhor. Por um tempo, me preocupei com a possibilidade de ela morrer por só comer alface. Mas parece que os exercícios intensos recuperaram o seu apetite.

Ao acabar de comer, ela cai para trás no chão de madeira polida. Eu aproveito a deixa e rastejo sobre ela, abaixando o corpo até estarmos nivelados.

— Olá — diz ela.

Pego os seus pulsos um de cada vez, os esticando por sobre a cabeça. Ela me dá um sorriso e muda de posição, mas mantém os braços para cima. Os seus dedos se entrelaçam. Eu me levanto um pouco e passo a mão pelo braço, pela garganta, pelo peito dela. Espalmo um seio e ela exala. Em algum momento entre a visita de Mia Germain e agora, ela removeu o casaco de lã que o protegia de mim. O mamilo é visível através do sutiã esportivo e collant apertado. Passo o polegar sobre ele, esperando outro movimento dela.

Vou tirar um milhão de momentos como estes para conhecer o seu corpo.

Ela abre mais as pernas, prendendo-as ao redor dos meus quadris. Através delas, me puxa para baixo e eu dou o que ela quer. Esfrego o pau no seu núcleo, separado por muitas camadas de tecido. O short dela, o collant, a minha calça e a cueca boxer.

— Prometa que vai ficar comigo para sempre — falo em seu ouvido.

— É isso o que você quer?

Mordo a sua pele, apenas para ouvir a respiração entrecortada. Para sentir o peito dela bater contra o meu. Eu me sento de repente, agora de joelhos. Ela fica no lugar exato que está, com os braços sobre a cabeça, as pernas abertas. O olhar é incontestavelmente sensual. Eu me movo para o lado, tiro o short dela e o descarto. Então retomo minha posição entre as pernas dela. Olho para a fina faixa de tecido do collant, que esconde a sua boceta de mim.

Ela se contorce.

— Do que você precisa, linda?

Os olhos dela se fixam nos meus.

— Eu quero gozar. E depois voltar ao trabalho.

Eu rio. Se fosse eu, e ela estivesse me impedindo de treinar hóquei? Sim, provavelmente teria um sentimento semelhante. Ela quer voltar a trabalhar. Não tenho objeções.

Podemos aproveitar o nosso tempo mais tarde.

Eu movo o collant para o lado e arrasto o dedo pela sua umidade. Ela se contorce de novo, já impaciente. Parte de mim quer prolongar, apenas porque eu *gosto* de ver o seu aborrecimento e a forma como enruga a testa, porque não sou rápido o suficiente.

Ela fica fofa quando está irritada.

— Grey.

OBSESSÃO BRUTAL

— Vou cuidar de você — prometo. — Relaxe.

Ela se apoia nos cotovelos e me observa inserir um dedo nela. Seus lábios se entreabrem, e nós dois observamos enquanto a fodo com um dedo, depois dois. Uso a outra mão para puxar o tecido de lado e acariciar o seu clitóris. O meu toque é exatamente como ela gosta. O caminho mais rápido para o seu orgasmo — pressão direta. Estímulo inabalável.

A cabeça dela pende para trás. A combinação é demais, e ela goza em tempo recorde.

Não que eu esteja marcando ou algo assim.

Os seus músculos pulsam ao redor dos meus dedos. Eu retiro lentamente quando o corpo dela para de tremer. Ela me olha, talvez esperando que eu puxe o meu pau e transe com ela, mas apenas lambo os dedos. Adoro o seu gosto.

Então, embora eu esteja muito duro, recuo e dou espaço para ela se levantar.

— O que está fazendo?

— Vou deixar você voltar ao trabalho — digo, dando de ombros.

Ela estreita os olhos.

— O que foi? — Eu sinalizo para a sala. — Eu não esperaria nada menos de você se eu precisasse treinar.

Ela rasteja em minha direção.

— Sim, certo — murmura.

Ela me empurra para trás e desabotoa a minha roupa. Respiro fundo quando ela puxa a frente da minha calça e a cueca boxer para baixo, o suficiente para o meu pau aparecer. O ar escapa em uma expiração irregular quando a sua linda cabeça desce sobre ele.

A boca está quente e molhada em mim. Eu gemo e reprimo o desejo de agarrá-la pelo cabelo e assumir o controle. Este é o espetáculo dela... por enquanto. A minha força de vontade só vai até certo ponto. Ela toma mais de mim em sua boca, e o meu abdômen contrai. Acho que a língua dela é mágica.

A ponta do meu pau toca a parte de trás da sua garganta, e ela engasga. Caralho.

— O meu autocontrole está diminuindo — eu a aviso.

Ela agarra a base do meu pau e a utiliza para ajudar a sucção. A sua mão desliza para baixo, segurando as minhas bolas, e eu praguejo. Mexo os quadris e atinjo o fundo da garganta dela de novo. Então me afundo ainda mais.

Puta que pariu.

— Vi — murmuro.

Ela me ignora e continua, chupando com força e passando a língua na parte inferior da cabeça. As minhas bolas contraem enquanto ela continua a atacar, e eu assisto com absoluto fascínio. Ela balança para cima e para baixo.

Enrolo os dedos no seu cabelo, arrancando o seu laço. Eu amo o cabelo dela e a maneira como se espalha em torno dos ombros. É sedoso contra a minha pele. Eu empurro mais fundo, e a sua garganta se alarga ao meu redor.

— Porra, Vi.

Eu puxo apenas o suficiente para estar na sua boca, mas não na garganta. Quero que ela sinta o meu gosto como eu sinto o dela. Em sua língua, dominando os sentidos. E quando gozo, mantenho a sua cabeça firme. O êxtase me invade e eu luto contra a vontade de fechar os olhos. Eu preciso vê-la. Por inteiro.

Ela engole. A sua garganta faz o trabalho e ela beija a ponta do meu pau quando se endireita. Ela, definitivamente, é a primeira pessoa a fazer *isso*. Quase engasgo com a minha risada. O meu pau parou de latejar, mas sinto que ele poderia endurecer de novo em minutos. Há algo nela que exige mais, e o meu corpo quer responder a isso.

— Foi sexy — ela sussurra, limpando o lábio inferior com o polegar.

— Mais tarde vou te foder até você perder os sentidos — prometo. Eu fico em pé e a ajudo se levantar, depois coloco o pau para dentro da calça. Ela arruma o collant e pega o seu short. — Mas, por enquanto, vou te dar espaço para trabalhar.

Ela sorri.

— Obrigada por ficar comigo hoje.

Eu dou um beijo nela e, em seguida, pego as minhas coisas.

É surpreendentemente difícil me afastar. Desço todo o quarteirão antes de ceder e desbloquear o telefone. Pesquiso por balé. *Giselle*. Existem alguns vídeos recentes de outras companhias que o apresentaram no palco. Um dos vídeos mais populares é de apenas um mês atrás, e é um solo.

Eu clico no *play* e o espero baixar. Quanto mais tempo demora, mais o meu aborrecimento aumenta. Caralho, nem sei se estou no caminho certo aqui. Sou inexperiente.

Quando carrega, a música é imediatamente familiar.

E o que poderia ser ainda pior? A dança é familiar. Especialmente

OBSESSÃO BRUTAL

quando a melodia muda e o frenesi da música aumenta. São os mesmos movimentos, até onde posso dizer. A mesma coreografia.

Onde ela teria aprendido?

Foi *ali* que ela tropeçou. Bem no final.

Algo está errado. Coreografia que ela não tem motivos para saber, memória muscular. Quanto tempo leva para aprender esse tipo de coisa? Quantas horas de prática ela precisaria para decorar?

Mesmo que a *memória* dela não esteja aí.

Deixo escapar um suspiro irregular e esfrego o rosto. Eu acredito nela quando diz que não se lembra de como aprendeu. Mas agora é um mistério que vai me importunar, então vou descobrir por nós dois.

E tenho a sensação de que significa investigar mais o passado dela do que ela gostaria.

Que seja. Mas, de qualquer maneira, vou fazer isso.

52

VIOLET

Hoje é o dia. Eu sei disso antes mesmo de abrir os olhos.

Mal dormi a noite passada. A ansiedade era muito grande. Grey não pareceu se importar que eu continuasse rolando, revirando como se o meu problema de sono estivesse relacionado ao travesseiro. Acho que ele estava tão acordado quanto eu, me segurando até eu encontrar uma posição confortável.

O que durou apenas uma hora antes de eu voltar a me mexer.

Em um momento, provavelmente perto das três da manhã, ele deslizou dentro de mim e me fodeu em um estado entre a consciência e o sono. Ambos dormimos depois disso. Mas agora, quando viro na direção dele e me estico, percebo que estou sozinha.

O seu lado da cama está frio.

Eu me sento e pressiono o cobertor no peito nu. A porta do quarto está aberta.

O silêncio reina em toda a casa, mas ainda espero um momento antes de sair da sensação quentinha das cobertas. Encontro um moletom dos Hawks, pego a minha calcinha e o short, e puxo tudo antes de entrar no corredor. Nada ainda.

Escovo os dentes, cuido dos meus negócios e alongo os membros. O nervosismo volta em um estalo — não que ele tenha ido embora. O desaparecimento de Grey me distrai temporariamente.

O *Crown Point Ballet* vai realizar audições às nove horas. Significa que provavelmente estarei lá o dia todo. Mas haverá muito tempo para me estressar com isso... depois do café da manhã.

Nesse ponto, esta casa, relativamente, parece mais um lar. Estamos aqui há algum tempo e os caras já se adaptaram. Eles esvaziaram um armário na cozinha e liberaram espaço na geladeira para nós. Estocaram a nossa bebida preferida. Knox e Willow ainda vão e voltam como uma gangorra, mas eu disse a ela que não iria interferir. Eles resolverão.

Há um pedaço de papel na cozinha, um bilhete manuscrito de Greyson.

> Fui correr. Te vejo em breve. -G

Eu sorrio e me viro. O café já está pronto. Sirvo uma xícara, entro na sala de estar e me sento toda aninhada. Quando estava lá em cima, deveria ter pegado o meu telefone para ouvir a música, mas estou muito cansada.

Acabei de me levantar e parece que estou acordada há um ano.

Fecho os olhos e me afundo mais nas almofadas.

Antes que eu perceba, alguém está tirando o cabelo do meu rosto. Pisco para Willow, que apenas balança a cabeça para mim.

— Eu ia te deixar aqui, mas ouvi dizer que alguns caras estão vindo assistir a um jogo de hóquei.

Faço uma expressão de desgosto.

— Sim, talvez eu não queira que nenhum deles me encontre dormindo.

— Você está bem? — Ela se senta ao meu lado, roubando um pouco do cobertor.

Dou um gole no meu café.

— Só estou nervosa. Não dormi bem.

— Sobre isso...

— Sobre o quê?

— Dormir. — Ela revira os olhos. — Knox e Greyson dividem uma parede. Então, quando vocês fazem aquilo às três da manhã, eu posso, sabe...

O meu rosto esquenta.

— Ai, Meu Deus! Por que você não disse nada?

Ela ri debochadamente.

— Eu tentei várias maneiras de disfarçar até...

— Até...? — Eu compreendo. Ela *nunca* quis morar aqui. Só veio porque os meus problemas a colocaram em perigo. Para começar, acredito que ela nunca esteve em risco, e comigo fora de casa o problema está resolvido. Portanto, ela não precisa dizer isso. Vai voltar para o nosso apartamento. E nem mesmo posso culpá-la. Largo a minha caneca e jogo os braços ao redor dela.

— Sinto muito.

Ela retribui o meu abraço.

— Nem se atreva a pedir desculpas, Violet. A culpa não é sua.

Eu reviro os olhos.

— Sim, certo. Tenho certeza de que é.

Willow se afasta e olha para mim.

— *Não* é culpa sua que algum maluco decidiu ficar obcecado por você.

— As garotas estão falando de mim? — Grey entra na sala e para ao lado do sofá. — Quero dizer, eu não me chamaria de maluco, mas estou definitivamente obcecado por você.

O meu rosto esquenta e eu não respondo.

É estranho sentir atração pelo suor dele? Sua camisa está encharcada, as bochechas vermelhas. O cabelo está úmido e para trás. Só me faz querer pular em cima dele.

— Estou desconfortável — diz Willow. — Então, por falar nisso… vou voltar para o apartamento. Verificar se há algum dano. Vejo vocês depois.

Depois. *Certo.* Vamos juntas ao jogo de hóquei do Grey. É um grande jogo, das quartas de final do torneio nacional. O ônibus deles sai às duas, e Willow e eu vamos de carro com Amanda depois da minha audição, que deve terminar às duas ou três.

Grey não desvia o olhar de mim, mas concorda com a cabeça para as palavras dela. Assim que ela sai da sala, ele escora as mãos me ladeando e se inclina para baixo. Ele me dá um beijo rápido. Antes que possa se afastar, agarro a frente da sua camisa e o puxo para baixo, com mais força. Ele pega minha xícara de café e joga para trás. Ela quebra, e é provável que tenha caído café para todo o lado, mas nem sequer hesitamos. De imediato, ele empurra o cobertor para o lado e desliza as mãos sob o moletom.

— Eu gosto quando você usa as minhas coisas — ele murmura contra os meus lábios. — E quando você ainda tem aquele aspecto de recém-fodida, mesmo que não tenhamos feito isso há algumas horas.

Eu mordo o lábio inferior dele e puxo, provocando um gemido. Ele segura os meus seios e belisca os mamilos. Eu suspiro, arqueando o corpo em suas mãos.

— Você vai usar o sexo para se distrair da audição? — Ele está a centímetros de distância, e parece querer ver a minha alma.

Eu franzo a testa. Mas ele não para de me tocar. Ele só quer que eu admita.

— Porque se é distração que você quer… eu posso fazer isso acontecer.

Fecho os olhos.

— Vi — ele murmura. — Fale pra mim.

OBSESSÃO BRUTAL

— Eu quero a distração — finalmente digo. — Em uma variação violenta.

Ele se inclina levemente para trás, e eu me pergunto o que enxerga no meu rosto. Abro os olhos para ver a sua expressão, que é sombria. Ele está intrigado.

— Tem alguma coisa em mente?

Eu me sento, forçando-o a recuar.

— Na verdade, sim.

Mais desconfiança. Um pequeno sorriso cruza o seu rosto e ele se levanta. Estende as mãos para mim. Passamos com cuidado, pelo café e pela louça quebrada, mas ele não parece se incomodar. Afinal de contas, foi ele quem jogou.

Ele me segue escada acima, até o seu quarto, e permite que eu feche a porta. Vou até a cômoda e pego o canivete que ele, às vezes, carrega, e o abro.

— Às vezes acho que nunca estaremos perto o suficiente — admito com suavidade. — Isso é estranho?

Ele inclina a cabeça e fica em silêncio.

Eu pressiono a ponta no meu polegar. Há um pouquinho de dor, e então uma gota de sangue sobe à superfície. O meu olhar se fixa nela, até eu colocar o dedo na boca e lamber o líquido.

— O que você quer que eu faça, Violet?

— Sente-se no chão — sussurro.

Ele se senta, e apoia as costas na parede. Eu me afasto e puxo o moletom lentamente, revelando as minhas costas nuas. Não sei por que, já que ele já me viu pelada. Mas há algo erótico em me despir de forma proposital.

Quando o jogo no chão, me inclino para a frente, arqueando as costas. Engancho os polegares no short e o arrasto pelas pernas. Quando o tecido se amontoa nos tornozelos, eu o chuto para longe. Olho para ele, e agora estou usando só uma calcinha e com a lâmina na mão. Aponto para a sua camiseta, que ele tira com rapidez. Em seguida, se livra do short de corrida e fica apenas com a boxer preta justa. A peça mal consegue esconder a sua ereção.

Eu me ajoelho e monto seu colo. Então, chego tão perto que entre os nossos peitos sobra espaço apenas para respirar.

— Qual é o seu plano, *Violent*?

Eu sorrio para o apelido que ele me deu. É um pouco violento. E violado. Mas ele não me impede quando levanto o canivete e pressiono a lâmina na sua garganta. Eu seguro levemente, observando o seu rosto.

A expressão não vacila.

Ele não recua.

Arrasto-a para baixo, até o peito dele. Um dos seus peitorais. E então eu apenas faço.

Eu o corto.

Ele solta um pequeno silvo, talvez de surpresa? Ou choque? Mas o seu pênis se contrai, ficando ainda mais duro. Eu o seguro e me inclino para a frente, beijando a borda do corte. O sangue sai em pequenas gotas no início, mas é profundo. Em segundos, escorre pela sua pele. Eu agito a língua, o recolhendo e deixando o sabor metálico explodir no meu paladar.

Então eu me afasto, encontrando seu olhar de novo.

Ele tira o canivete da minha mão e imita o meu movimento, a princípio segurando a lâmina na minha garganta, depois arrastando-a para baixo. Entre os meus seios; depois traça todo o caminho até ao meu umbigo, e volta a subir. Eu me arrepio.

— Eles verão isso? Com o seu collant?

Eu empurro a mão dele para o meu peito, até ela estar a apenas a alguns centímetros acima do meu mamilo.

— Não se preocupe com isso.

Ele me corta com a mesma crueldade. Há uma pontada de dor, seguida de uma pulsação que parece disparar diretamente para o meu núcleo. Sinto a dor e ambos observamos o sangramento.

— Acho que sei o que você quer — diz ele. — Você quer o meu sangue e o seu. Juntos.

Sim. Quase digo em voz alta. Quero algo mais para nos unir. E o que seria melhor do que o sangue? Eu amo o fato de ele saber automaticamente. Seguir a linha de raciocínio dessa minha mente fodida e chegar à mesma conclusão.

Ele me pega e se levanta, virando e batendo as minhas costas na parede. Nossos peitos se encostam. Ele solta uma mão para baixar a cueca, depois corta a minha calcinha. Dobra a lâmina e joga o canivete no chão.

Eu enlaço seus quadris com as pernas. Só consigo focar no sangue e na dor. Cortes espelhados, no meu lado direito e no esquerdo dele. Quando ele empurra dentro de mim, a minha boca se abre. Ele se aproveita disso. Sua mão cobre a minha nuca e guia o meu rosto até ele. Nossos peitos se chocam quando nos movemos, causando a fricção dos ferimentos.

Nesse momento, cada centímetro do meu corpo é como um fio desencapado. Cada ponto onde os nossos corpos se encostam — o peito, os braços, a boca, entre as pernas — está sensível ao extremo. Ele intensifica os impulsos e me faz bater na parede com mais força. Eu passo os braços

OBSESSÃO BRUTAL

ao redor dos seus ombros e me agarro a ele. As línguas batalham em nossas bocas, girando e provando uma à outra. Espero que ele sinta o gosto do seu sangue nos meus lábios como sinto o meu nos dele.

— Você é muito perfeita para mim — diz ele, afastando a boca e descendo pela minha garganta. Inclino a cabeça para o lado e o deixo chupar e morder o meu pescoço, sabendo muito bem que vou levar mais tempo para cobrir *essas* marcas. Mas vale muito a pena.

Ele me segura pela bunda e me fode como se fosse um selvagem.

E talvez seja.

Talvez *eu* seja.

Porque ele nem sequer precisa tocar no meu clitóris desta vez. Acabei de atingir o meu limite e o clímax chega com força. Vejo estrelas quando ele arremete dentro em mim, e cravo as unhas em suas costas.

— Isso — ele me estimula.

Sua mão desliza entre nós, e os dedos no meu clitóris me levam às alturas de novo, antes de eu ter a chance de voltar à terra. É muita emoção. Eu afasto a cabeça dele e me inclino, afundando os dentes no seu ombro.

— Ah, porra — murmura. Então gira o quadril. Os dedos não param.

Eu me despedaço ao seu redor outra vez quando ele acelera e depois pausa, totalmente enterrado dentro de mim.

O meu coração bate dentro da caixa torácica, e eu enrolo os dedos no seu cabelo curto. Ele goza, e eu pressiono os lábios contra os dele, engolindo o barulho. Seus batimentos são tão frenéticos quanto os meus.

— Uau — ele sussurra.

A parte da frente dos nossos corpos está coberta de sangue. Não muito — os cortes não eram *tão* profundos —, mas estamos listrados de um vermelho-escuro, meio castanho.

— Banho — dizemos ao mesmo tempo.

Ele nem ao menos me coloca no chão. Ajusta as mãos e me leva para o banheiro. Só depois de estarmos trancados é que me coloca no balcão.

— Lembra quando cuspiu na minha boca? — digo, de repente, agarrando a borda.

Ele me olha por cima do ombro.

— Sim.

— Eu, humm, gostei. — Tusso para esconder o meu sorriso. — Só quis te dizer.

Sua sobrancelha se arqueia.

— Ah, é?

— Sim, então, sinta-se à vontade para fazer de novo. Quando estiver no clima.

Grey volta para perto de mim e fica entre as minhas pernas. Uma mão cobre a minha boceta e a outra segura o meu queixo. Ele me faz abrir a boca e se inclina.

— O que você gosta mais? — pergunta, mexendo no meu clitóris. — Quando eu te toco aqui, ou… *aqui*? — Ele abaixa a mão e, de repente, empurra o dedo na minha bunda.

Eu tento me afastar, mas o aperto dele no meu rosto é forte.

— Talvez a minha saliva seja mais útil para molhar o meu pau antes de foder o seu rabo — ele comenta. — Tenho que manter a minha garota em alerta.

Ele me beija de novo, depois se afasta. Sorrindo para mim no processo. Cuzão.

OBSESSÃO BRUTAL

53

VIOLET

Entro no edifício do *Crown Point Ballet*. Frequento aqui há anos, mas desta vez parece ser mais importante. Há uma nova energia nos corredores. Pessoas que eu não conheço — homens e mulheres fazendo testes, na esperança de serem contratados para a temporada de apresentações.

No entanto, há rostos familiares. Eles sorriem ao me ver. Muitos me abraçam, dizem que sentiram a minha falta. Não sei se acredito. Recebi muitas condolências quando estava no hospital. Ninguém sabia por que eu tinha voltado a Rose Hill — a minha cidade natal — naquele dia. Perguntei a eles porque a minha memória estava… em branco.

Eu me lembro de estar em *Crown Point* no dia anterior. Estávamos nos preparando para as apresentações em casa, e a turnê começaria em seguida. Participamos de entrevistas, filmamos clipes de ensaios, provamos figurinos, fizemos aulas.

Estar aqui de novo me faz pensar que nunca me lembrei do motivo de ter voltado lá.

Naquela época, presumi que era por causa da minha mãe. Eu nunca perguntei e ela nunca me falou. Acho que pensou que eu soubesse.

— Violet — chama Sylvie, assistente de Mia. — Por aqui.

Ela me conduz até um dos grandes estúdios. Está preparado para uma aula de barra. Vários bailarinos já estão aqui. Eles já reivindicaram o seu espaço e se aquecem lentamente.

— Você fará audições com todos os outros — diz, quando chego ao lado dela. — Mia pediu para você desculpar…

— Está tudo bem — digo. — Eu entendo.

Até esperava por isso. Ela não pode me dar um tratamento preferencial só porque gosta de mim.

Ela me deixa, e coloco a bolsa ao lado de uma das barras. Em seguida, eu me sento no chão e abro a minha bolsa. A primeira coisa que vejo dentro dela me surpreende. Retiro parcialmente, passando os dedos pelo material azul macio. *Devereux*, está escrito em letras brancas. Ele colocou a sua camisa na minha bolsa.

Eu me permito sorrir um pouquinho, depois me inclino e pressiono o nariz contra o tecido.

Tem o cheiro dele, também.

Foco, Violet.

Guardo a camisa e me preparo, colocando o fone de ouvido para reproduzir a música da audição. Isso me lembra um pouco de Grey, ouvir música para entrar no clima. Somos parecidos nesse ponto. Eu me alongo, coloco as sapatilhas de ponta e amarro as fitas. O meu corpo está pronto e a minha mente também. Pronta para trabalhar.

Bloqueio tudo de fora, até a diretora chegar. A sala está cheia, os meus músculos estão aquecidos e eu me sinto... bem, na verdade. Arrumo os fones de ouvido e encosto a minha bolsa na parede, depois volto para a posição. Já faz tempo que participei de uma aula em grupo, mas ignoro essa pontada de nervosismo e foco na diretora do espetáculo.

Ela caminha pela sala, corrigindo postura, técnica, sugerindo mudanças de posição. Também chama a nossa atenção para aqueles que estão se saindo bem, e alguns que poderiam fazer melhor.

— Se eu bater no seu ombro, quer dizer que está dispensado — diz.

Ela chega ao meu lado e observa por um momento, depois oferece um pequeno sorriso.

— Estou feliz por vê-la de volta, Srta. Reece. Parece até que você conseguiu melhorar.

— Obrigada — digo.

Ela segue em frente sem olhar para trás.

Uma hora depois, quando a aula termina, ela reduziu a classe à metade. Descartamos as barras e voltamos ao centro. Mia entra, seguida pelo coreógrafo, Shawn, e o seu assistente. A diretora do espetáculo bate a bengala no chão, chamando a nossa atenção.

— Mia Germain — ela apresenta. — Diretora artística do *Crown Point Ballet*.

Mia curva a cabeça em uma mesura.

— Obrigada. Bem-vindos — ela nos cumprimenta. — Estamos muito satisfeitos por oferecer vagas em nossa empresa para dançarinos talentosos.

OBSESSÃO BRUTAL

Como a maioria de vocês já sabe, a nossa próxima temporada se concentrará em *A Bela Adormecida*. O maravilhoso Shawn Meridian é o nosso coreógrafo convidado, dividindo o seu tempo entre nossa companhia e o *American Ballet Theatre* em Nova Iorque. Ele se juntará a nós hoje, para dar a sua contribuição, pois não esperamos apenas oferecer contratos, mas também escolher a nossa Aurora.

Aplaudimos, até Shawn dar um passo à frente e levantar as mãos.

É facilmente reconhecido como um dos coreógrafos mais talentosos desta década. Ainda me lembro de ter me impressionado com ele no ensino médio — embora agora pareça que foi há uma eternidade. Ele definitivamente não se lembra de mim.

Mas Mia tinha razão. Falei muito sobre isso quando cheguei ao *Crown Point Ballet*. Fiquei zonza com a perspectiva de entregar uma filmagem da minha dança para ele. Mesmo que não levasse a lugar nenhum.

Ele avalia a sala, em seguida, gesticula para a porta. Annabelle, outra dançarina principal da CPB, entra. Sorri para ele, depois para nós.

— Annabelle vai repassar a peça da audição — diz Shawn. Sua voz é mais profunda e mais rouca do que eu me lembro. — Pronta?

O pianista toca a melodia singular da peça que aprendi. De certa forma, é mais assustador com apenas um instrumento. Não é tão alegre.

Giselle era alegre antes de se transformar em tragédia, também.

Annabelle dança bem. As suas piruetas são perfeitas, as suas extensões... ela é uma bela dançarina. Mas talvez lhe falte paixão porque nunca se apaixonou. Ou porque pensa que não está sendo avaliada neste momento.

Um erro. Somos todos avaliados.

Ela termina em um floreio, posando com os braços erguidos, o joelho dobrado, a cabeça inclinada para trás. Um grande sorriso no rosto.

— Obrigada — A diretora do espetáculo diz a ela.

No entanto, não avançamos imediatamente. Ainda há mais por vir. Salto, giro. Nós nos alinhamos e atravessamos a sala, exibindo nossas fitas, movimentos, rotações de quadris. Formamos duplas e mostramos como trabalhamos em parceria.

Tenho sorte e acabo com um dançarino que já faz parte da companhia. Dançamos juntos há alguns anos, e ele pisca quando se aproxima de mim.

Finalmente, começamos. Haverá a audição solo para aqueles que se interessarem. Mia, Shawn e a diretora do espetáculo já reduziram ainda mais os participantes.

Annabelle dança novamente. Em seguida, outra bailarina principal e mais outra. Eu engulo em seco.

— Lydia Parker — a garota ao meu lado se apresenta, oferecendo a mão. Eu a balanço.

— Violet Reece.

— Eu era a primeira bailarina no Arizona. O calor era de matar. — Ela se inclina. — Você conhece Mia?

— Um pouco. — Olho para ela. É alguns centímetros mais baixa do que eu, com o cabelo escuro enrolado em um coque bem arrumado. Usa o mínimo de maquiagem. Mas está bonita. Adequada para o elenco. — Por quê?

— E só porque acabei de ouvir uns rumores. Que é bom trabalhar com ela.

Concordo com a cabeça.

— Eu também ouvi.

— Violet — chama Mia.

Sorrio para Lydia e dou um passo para a frente. A música começa. Ainda que seja um pouco diferente, a *sensação* é a mesma. Eu me permito irradiar a alegria de uma festa de aniversário, afinal a dança é sobre isso. Aurora chega à sua comemoração de dezesseis anos. O solo termina antes de ela conhecer os quatro pretendentes, e antes de furar o dedo no fuso. Mas este momento é livre. Feliz.

O meu sorriso apenas se alarga durante as partes mais difíceis da coreografia, e termino na mesma pose de Annabelle.

Ouço alguns aplausos e faço contato visual com Shawn Meridian. Sua testa está franzida, confusão gravada no rosto.

Não sei o que fazer com isso, então volto a me juntar às garotas encostadas na parede. Lydia é a próxima. Depois outra, outra e outra. Eu me sento, alongo as pernas e tento me manter alerta caso precise de algo mais, mas no final já são quase duas horas.

— Obrigada, senhoritas — diz Mia. — Entraremos em contato com as que forem contratadas, e então, a lista do elenco será publicada em nosso site no final deste mês.

Recolhemos as nossas coisas. A minha perna está dolorida, uma dor fantasma sobe pela coxa e vai até o quadril. Tento não me preocupar. Apenas mais hidroterapia, mais treinamento muscular... e talvez eu tenha que conviver com isso para sempre.

Não é um preço muito alto a pagar para voltar a dançar.

OBSESSÃO BRUTAL

— Violet.

Chego ao corredor, mas volto para ver o coreógrafo que se aproxima de mim. Estou surpresa por lembrar do meu nome, mas tento não demonstrar. Ele para na minha frente, depois olha por cima do ombro.

Estamos sozinhos.

Coloco a minha bolsa no ombro e espero.

— Admito, fiquei confuso ao vê-la.

Eu o encaro.

— O quê?

— Humm… — Ele muda de posição. — Me desculpe. Não quer falar sobre isto aqui?

Que inferno está acontecendo?

— Só acho que você pode ter confundido a pessoa — digo lentamente.

Ele faz um gesto para eu segui-lo. Contrariando o meu bom senso, eu vou. Mesmo sabendo que tenho um perseguidor, a minha curiosidade é maior do que o medo. Ele me leva a um escritório vazio e fecha a porta.

O seu olhar cai para a minha perna e ele estremece.

— Você se lembra do que aconteceu no dia do seu acidente?

Detesto essa palavra. Por muito tempo, não senti como se fosse um acidente. Era mais do que isso. Mas então registro a expressão dele, a sua pergunta, e um frio sobe pela minha coluna.

— Nós nos encontramos? Nos últimos anos? — Dou um passo involuntário para trás. Não tem como um homem do estilo dele se lembrar de uma adolescente que lhe deu um vídeo de audição. Eu estava no ensino médio e ele era um coreógrafo renomado. Parece haver algo mais.

Shawn franze a testa.

— Isso responde a minha pergunta.

Ai, meu Deus! Shawn é o meu perseguidor? Ele teve alguma coisa a ver com aquele dia — e com tudo o que aconteceu depois?

Talvez finalmente tenha se revelado. Ele é musculoso. É alto. Pode ser a mesma pessoa que invadiu o meu apartamento.

— Vou embora — digo baixinho.

Saio em direção à porta, mas ele bloqueia o meu caminho.

— Espere, por favor.

Eu paro.

— Saia da minha frente.

Ele levanta as mãos.

— Dois minutos. É tudo o que peço.

Ele não está ameaçando me matar... ainda. É um bom sinal, certo? Se eu conseguir fazê-lo falar, talvez me deixe ir. Ou posso descobrir uma maneira de afastá-lo da porta... Olho ao redor da sala e passo por trás da mesa, colocando-a entre nós. Solto a bolsa em cima dela e me encosto na parede.

— Você e eu nos encontramos em Rose Hill naquele dia — diz ele. — Foi inesperado, sim, mas você dirigiu até lá. Parecia entusiasmada.

— Por quê? — exijo saber.

— Porque eu estava tentando recrutá-la.

Suas palavras me fazem recuar.

— Para quê?

Ele me dá um olhar que diz: *você deveria saber*. Mas mesmo que eu tenha uma teoria — e uma está começando a se formar —, eu não confio nele. Não acredito nele.

— Eu queria que você dançasse para o *American Ballet Theatre* — diz com cuidado. — E pode parecer loucura, mas me deram a chance de escolher alguns dançarinos para a próxima temporada de turnês. Eu escolhi...

— *Giselle.* — Cubro a boca. A minha mente anda a cem quilômetros por hora. — Então eu me encontrei com você naquele dia?

Shawn assente com a cabeça.

— Nós revisamos a coreografia. Você entraria em contato no fim da semana porque iria se apresentar para o conselho de administração.

Isto não faz o menor sentido.

— Eu era Odette. — A minha testa franze. — Eu era a dançarina principal de *Lago Dos Cisnes.*

Ele debocha:

— Você acha que o *Crown Point Ballet* tem como competir com o que a ABT pode lhe oferecer? Você e eu sabemos que eles estão a léguas de distância. Eu estava te dando uma chance.

— Mas depois eu quebrei a perna. Minha lembrança daquele dia apenas... — Eu estalo os dedos. — Se apagou. Como posso acreditar em você? — Eu o encaro. — Como vou saber que não está mentindo?

— E o seu telefone? Nós conversamos. Eu deixei uma mensagem de voz e você me retornou.

Já estou balançando a cabeça.

— O aparelho foi destruído no acidente. Perdi dados da semana anterior, desde o meu último backup na nuvem.

OBSESSÃO BRUTAL

Ele suspira. Tem razão em suspirar — os sinais da verdade estão lá. Na dança que, de alguma forma, eu sabia, nos espaços da minha memória. Mas isso não o impede de abrir o telefone e colocá-lo na mesa.

Um vídeo é reproduzido. Ele está em um estúdio que me parece muito familiar, e eu encaro o espelho. Outra pessoa segura o telefone para ele, filmando a minha dança. Pobre Violet, naquela época não tinha ideia do que estava prestes a acontecer. Quando termina, eu me viro para Shawn.

A tela escurece e eu dou um passo para trás. Solto um suspiro entrecortado.

— A que horas foi?

Ele olha para o horário marcado no vídeo e aponta sem dizer nada. 19h05. Greyson bateu no meu carro por volta das onze.

— Eu fui embora depois?

Shawn estreita os olhos.

— Sim, Violet. Recebeu uma chamada e saiu.

Coloco a bolsa no ombro outra vez.

— Já se passaram dois minutos — digo de forma rígida. — E isso realmente não parece importar muito, já que você provavelmente optou pelo ABT. Isso foi há meses. Além disso, estamos ambos aqui.

Shawn lê a minha postura tensa e imediatamente levanta as mãos outra vez. Como se não fosse uma ameaça para mim.

— Sinto muito. Fiquei surpreso, só isso. Não queria te deixar desconfortável. Pensei que me conhecesse.

Ele se afasta e eu saio correndo porta afora.

Minha mente está confusa. Ele queria que eu dançasse no *American Ballet Theatre*? Uma das melhores companhias de balé dos Estados Unidos? Eu tinha acabado de estrear como principal. Não tive oportunidade de dançar na frente de uma plateia antes que ela fosse arrancada de mim.

Limpo uma lágrima que rola pela bochecha. Depois outra.

— Porra — murmuro, virando a esquina.

Quase esbarro em Mia.

Ela agarra os meus ombros e solta uma risada.

— Violet! Pensei que já tinha ido embora. Oh… o que aconteceu? Você está bem?

Eu fungo e dou um passo para trás. Suas mãos pendem ao lado de novo.

— Estou bem, obrigada. E agradeço mais uma vez pela oportunidade. Foi bom dançar novamente em uma companhia, mesmo que seja só por hoje.

Mia revira os olhos.

— Nada dessas besteiras pessimistas. Você foi excelente. — Ela passa o braço pelo meu e segue comigo em direção à porta. — Cá entre nós, acho que você tem uma excelente chance de ser escolhida para Aurora.

— Obrigada. — Eu olho para ela. — E obrigada por… tudo, eu acho. Por me ajudar a voltar, por marcar a primeira consulta com o Dr. Michaels. Você fez muito por mim.

Ela me dá um tapinha na mão.

— Sabe de uma coisa? Acho que preciso te pagar uma bebida.

São apenas duas horas. Willow espera uma ligação por volta das três, o que nos dá muito tempo. Assinto com a cabeça e deixo que ela me guie até o seu carro. Esta parte é familiar. Não posso contar quantas vezes me deu carona para casa ou ficou tempo extra comigo, dentro e fora do estúdio.

Ela foi uma figura materna quando a minha estava caótica.

Jogo a bolsa no porta-malas e me acomodo no banco do passageiro. Ela se junta a mim, pegando o trânsito momentos depois. Saímos do centro de *Crown Point*.

— O que você tem em mente? — pergunto.

Mia olha para mim, depois se volta para a estrada… sem responder.

— Mia?

Ela contrai os lábios.

— Aonde vamos? — Acho que a minha voz está no nível esperado.

Não há nenhum traço de pânico, embora o pavor esteja se enrolando na garganta. Talvez eu esteja me esforçando por nada. Conheço Mia há muitos anos, e ela nunca teve nada além de boas intenções.

— Silêncio — ela finalmente diz. — Você confia em mim, não confia?

— Claro.

— Eu só preciso passar em casa. Esqueci o cartão de crédito esta manhã.

Concordo com a cabeça, aceitando suas palavras. A sua história.

Veja só. Em dez minutos, teremos pegado o cartão de crédito dela e ido para um bar local. Ela vai me pagar uma bebida, vamos celebrar uma audição de sucesso, e eu vou me encontrar com Willow e Amanda. Estou exagerando.

Só que… não estou.

Porque chegamos a uma estrada que vai do pavimento ao cascalho, e as calçadas se tornam mais distantes. E então estamos em uma estradinha de terra de uma pista. Minutos depois, alcançamos uma cabana de madeira. Há um cachorro acorrentado na frente, e a iluminação da varanda é fraca.

— Você mora aqui?

OBSESSÃO BRUTAL

Mia exala.

— Só quando quero fugir — diz ela. — Vamos lá, eu vou te dar um *tour*.

— Ah, não.

— Saia do carro, Violet. — Ela encontra o meu olhar por um segundo, depois se vira para abrir a porta. Em seguida sai, me deixando sozinha.

O cão não consegue chegar à varanda. Ele avança na direção de Mia, ainda latindo. Mas abana o rabo. Eu saio depressa e sigo atrás dela, contornando o animal. Saliva voa da sua boca a cada latido, e eu me vejo estremecendo a cada vez.

Corro para a cabana e a porta bate atrás de mim.

Então dou uma olhada ao redor.

Mia está parada nas sombras, com os braços cruzados sobre o peito.

— Teve uma boa conversa com Shawn, não foi?

— O quê?

— Depois de tudo o que fiz por você, Violet? Você ia me deixar? — Ela dá um passo à frente.

Olho ao redor da sala. Não tem nada a ver com o estilo dela. Há um cobertor velho e colorido jogado sobre um sofá de couro gasto, um tapete grosso e uma mesa de centro. Madeira escura por todo o lado. As pesadas cortinas estão fechadas sobre as janelas, bloqueando a maior parte da luz solar.

— Sente-se — ela sibila para mim.

— Acho que prefiro ir embora — digo a ela.

Ela balança a cabeça.

— Não.

— Mia, eu não ia deixar você. — Dou um passo para trás e esbarro em uma mesa lateral. O abajur balança em cima dela e eu o seguro.

Dar as costas para ela foi um erro.

Ela passa o braço ao redor do meu pescoço, e me puxa em sua direção. Perco o equilíbrio e me agarro a ela, e é quando me aperta mais. Não importa o quanto eu lute, ou arranhe, ou tente espernear. Ela simplesmente não solta.

Até que manchas brancas dancem diante dos meus olhos.

Esse era o momento que Grey me liberava.

Mas ela não me solta. Não até uma escuridão fria chegar e me arrastar para baixo.

E talvez nem assim.

54

GREYSON

Estamos preparando o nosso equipamento quando ouço a notificação do meu celular.

> Willow: Ligue assim que puder.

Franzo a testa, olho para Knox, que está ocupado embalando o seu taco de hóquei, depois ligo para ela. Só chegamos há alguns minutos. A viagem de ônibus foi tensa, todos perdidos em seus pensamentos antes do jogo. Se não vencermos, estamos fora.

— Não consigo encontrar Violet — diz Willow, sem se preocupar com uma saudação. — Ela não pegou carona com você, não é?

— Que porra você quer dizer com você não consegue encontrá-la? — Eu me levanto, abandono todas as minhas coisas e saio do vestiário. Eu amo os meus companheiros de time, mas eles são intrometidos pra caralho.

— O que aconteceu?

— Eu não sei. Ligo para ela e a chamada vai direto para o correio de voz. Quando apareci no edifício do CPB, a assistente de Mia era a única que estava lá. Disse que todos já tinham terminado e ela não tinha certeza... — Willow hesita. — Ela acha que viu Violet conversando com o novo coreógrafo, após as audições.

Os meus pulmões param de funcionar. Não acredito que isto esteja acontecendo.

O seu perseguidor finalmente agiu? Será que a sequestrou?

— Você verificou todos os lugares de costume? Ela não foi para casa em vez de te ligar imediatamente? — Passo pelo corredor, com uma necessidade desesperada de bater em alguma coisa.

É claro que isso tinha que acontecer agora. Quando estou a uma hora de distância.

OBSESSÃO BRUTAL

— Willow — falo em um estalo.

— Jesus, Greyson! — ela grita. — Chequei todos os lugares que pude lembrar antes de ligar para você. Acha que sou idiota?

Ela desliga na minha cara.

Praguejo e ligo de volta, mas ela não atende.

— Devereux — o treinador me chama, colocando a cabeça para fora do vestiário. — Que porra você está fazendo?

Eu aperto a ponte do meu nariz e tento trazer a racionalidade de volta. É isso, ou vou perder a paciência com Roake. Aposto que nenhum de nós desfrutaria das consequências disso. Então... tenho uma opção.

Olho para ele.

— Preciso da sua ajuda.

55

VIOLET

A minha cabeça lateja. Quando tomo coragem para abrir os olhos, me dou conta de que estou em um quarto. A cama está arrumada debaixo de mim, há uma pequena mesa de cabeceira ao meu lado. Não tem janela, apenas uma lâmpada em uma cômoda na parede oposta. Só existe uma saída, a porta de madeira fechada e uma cadeira de balanço que ocupa o espaço adicional. Tudo é meio espremido, como se esse local não fosse realmente um quarto.

Eu me arrepio no mesmo instante.

Então, me sento lentamente, olhando o copo de água na mesa de cabeceira. Um tilintar chama a minha atenção para o meu tornozelo.

Um grilhão acolchoado está fechado na minha perna, com uma corrente enrolada ao pé da cama. Quando me movimento, os elos chacoalham.

Estou tão fodida.

Toco a minha cabeça, convencida de que tenha um corte ou um galo do tamanho do Alabama pela forma como lateja e dói. Mas não há nada. Só preciso agradecer a falta de oxigênio, eu acho. Giro as pernas por cima da cama, toco os dedos em um tapete desgastado, e a corrente cai no chão.

Eu me encolho.

Passos imediatamente ressoam acima de mim. Conto os segundos e chego a doze antes que alguém abra a porta.

Mia entra, olha por todo lado e depois para mim. Ela parece zangada por algum motivo. Abro a boca, mas ela avança e me bate. A palma da sua mão colide com a minha bochecha e faz a minha cabeça pender para o lado.

A minha boca enche de sangue.

Pego o copo de água e cuspo dentro dele. Uma gota de saliva com sangue se espalha imediatamente, deixando a água rosa.

— Sua puta desrespeitosa — diz Mia, se inclinando para mim. Ela me agarra pelo cabelo e puxa a minha cabeça para trás. — Depois de tudo o que fiz por você?

Não respondo. Na verdade, não posso.

Ela me solta e recua rapidamente, depois vai até a cômoda. Tira alguns itens e coloca por cima do móvel. O seu corpo os bloqueia.

— Vista-se — fala, enfim, depois sai. A porta se fecha com um baque.

Eu me levanto e vejo o que ela deixou para mim, e o meu coração aperta. Sapatilhas de ponta, um collant preto. É isso.

Ela não pode estar falando sério.

Não com esta corrente em volta da minha perna.

E então noto a pequena chave ao lado das sapatilhas de ponta. Resolvo isso primeiro, a encaixando no buraco do cadeado. Cabe perfeitamente e clica quando é girada. O cadeado abre e eu arranco o grilhão, largando no canto e guardando a chave no meu sutiã esportivo, por precaução.

Não sei se um detalhe como esse lhe passaria despercebido, mas preciso tentar. Certo?

Certo.

De qualquer forma, atualmente só tenho lutado pela sobrevivência... e acho que isso quer dizer que preciso concordar com as palavras dela. Verifico a porta só para me certificar, mas está trancada.

Então, rapidamente tiro as roupas e visto o collant. Cabe como uma luva, e é mais macio do que qualquer um dos meus. Melhor qualidade, talvez? E duas vezes mais caro. Em seguida, as sapatilhas de ponta... que parecem ser *minhas*. As que preparei meticulosamente há uma semana, e tenho usado para ensaiar *A Bela Adormecida*. Elas estão quase no fim da vida, mas ainda lhes restam alguns dias.

O meu melhor palpite de qualquer maneira.

Eu me sento na cama com elas no colo. Não gosto da ideia de tentar fugir com sapatilhas nos pés. Porém se chegasse a acontecer, seria melhor do que estar descalça.

Estremeço. Cortar a sola dos meus pés fica bem lá embaixo na lista de coisas que quero suportar. No entanto, essa opinião pode mudar quando eu descobrir o que Mia quer de mim.

Os passos no andar acima soam novamente, e então minha porta é destrancada. Assim que Mia entra, ela olha para as sapatilhas no meu colo e fecha a cara.

— Calce-as.

Nós nos encaramos. Ela parece... a mesma. O rosto, o cabelo, a postura. Não se transformou subitamente em uma bruxa má ou uma perseguidora obsessiva. Ela mantém a tensão na boca e na mandíbula. Os seus lábios se contraem, os músculos enrijecem. Tendões se destacam em seu pescoço.

— Há quanto tempo você pensava em fazer isso?

Ela aponta para as sapatilhas.

Eu calço uma, ajustando as fitas.

— Achei que havíamos resolvido o nosso problema — ela finalmente diz. — Então eu não estava planejando fazer isso...

Coloco a outra sapatilha.

— Venha comigo — diz ela.

Eu me levanto e a sigo por um corredor curto e estreito. Há uma escada mais estreita ainda em espiral, que ela sobe rapidamente. Eu subo mais devagar, com cuidado. Não me permito ter medo. Estou apenas cansada, cautelosa e desapontada comigo mesma.

Por que não notei que ela era assim?

Não tive nenhum problema em ver os demônios de Greyson, então por que não enxerguei os dela?

Há um alçapão aberto no chão da cozinha. Assim que saio, Mia o fecha e coloca um tapete de volta no lugar. Se ela quisesse me esconder, *de qualquer pessoa*, acredito que ninguém me encontraria.

— Herdei esta cabana do meu tio-avô. Ele se gabava de estar envolvido na ferrovia subterrânea. O meu pai sempre pensou que o tio era um maluco e mantinha as mulheres lá embaixo. — Mia dá de ombros. — Ele bebia muito. Fumava ainda mais. Então, quem sabe qual é a verdade?

Arrepios descem pelas minhas costas.

— Eu queria aproveitar esse tempo para trabalhar na sua técnica — continua. Ela gesticula para a sala de estar, cujo centro agora está sem a maior parte dos móveis. O sofá foi empurrado contra a parede, as mesas laterais estão empilhadas em cima dele. A mesa de centro está virada, de cabeça para baixo com o tapete grosso enrolado em cima dela.

— Quinta posição.

Eu levanto a sobrancelha.

— Você quer que eu... dance...?

— Sim — diz ela, impaciente. — Vá em frente. Assuma a posição.

Cruzo os braços sobre o peito.

— E se eu não quiser dançar?

OBSESSÃO BRUTAL

Sua sobrancelha tremula e suaviza em seguida.

— Então eu vou me certificar de que você não dance para mais ninguém. Nunca mais. — O seu olhar vai para o canto, para um martelo de borracha encostado na parede.

— Você quebraria a minha perna?

Ela levanta o ombro.

— Não quero recorrer a isso, Violet. Mas, ou você dança para o CPB ou não dança para ninguém.

Eu estremeço e me aproximo.

Ela concorda com a cabeça e aperta o botão de um aparelho de som que está no chão, contra uma parede. A música que toca não é de *A Bela Adormecida*, é de *Giselle*.

Eu me arrepio.

— Ah, você achou que seria fácil? Que dançaria uma peça que conhece muito bem? — Ela me lança um olhar furioso. — Sei que você fugiu para aprender essa coreografia com Shawn Meridian, Violet. Sei que está hipnotizada pelo trabalho dele. Foi por isso que eu o trouxe para você. — Ela se aproxima e agarra as minhas mãos, e me puxa para perto dela.

É o último lugar onde quero estar.

Mas o seu aperto é forte.

— Esse foi o meu presente. E você ainda quer me deixar.

— Eu já te disse que isso não ia acontecer.

— *Mentira!* — ela grita, largando minhas mãos com brutalidade.

Eu as entrelaço contra a minha barriga e cambaleio para longe.

Ela marcha até a parede, pega o martelo, e o segura sobre o ombro.

— Não ouse *mentir* para mim, Violet.

— Não me lembro do que aconteceu — respondo para ela, cansada dessa situação. — Entende? Não sei o que aconteceu naquele dia.

Ela balança a cabeça e reinicia a música.

— *Dance.*

Relutantemente, tomo o meu lugar no centro da sala. E começo. Os passos não estão tão nítidos na minha cabeça, embora Shawn tenha me mostrado o vídeo mais cedo. Mesmo que a memória muscular tenha me guiado por ela muito recentemente. A minha mente distorceu algumas das suas coreografias. A memória muscular pode cometer erros, especialmente porque só a aprendi uma vez.

Ela bate a parte inferior do martelo no chão como um metrônomo. A madeira é áspera quando subo na ponta. Ela se agarra à sapatilha, retardando os meus giros.

— Pare — diz Mia. — Ali. O seu quadril.

Ela se aproxima e eu repito o movimento. Ela coloca a mão na minha coxa, ajustando-a. Ignoro o modo como minha pele se arrepia, com a palma dela na minha perna nua.

Então, dá um passo para trás.

— Certo, tudo bem. Outra vez.

E assim por diante. Ela avalia cada pequena parte, até que o suor escorra pelas minhas costas e eu fique ofegante. Parece que passaram horas. Não sei por quanto tempo vamos continuar.

Inevitavelmente, tropeço e caio com força no chão e permaneço lá, tentando recuperar o fôlego. Mia está sentada em uma cadeira que arrastou da cozinha e não tenta me fazer levantar ou continuar. Embora eu receie que ela vá fazer isso.

— Quando você ia me dizer que estava deixando o CPB?

— Eu também tenho perguntas, sabia? — Viro para me sentar com mais conforto, puxando a perna até o peito e colocando os braços em volta dela.

— Pergunte. — Ela põe a mão no bolso e tira um maço de cigarros. Nunca soube que fumava, mas não digo nada quando arranca um e o enfia entre os lábios. Ela o acende e depois solta a fumaça. — Vamos lá, Violet, me pergunte.

— Você tem me seguido?

Ela inclina a cabeça, e estreita os olhos.

— Depois que você decidiu aceitar a minha oferta para ver o médico de Vermont, é claro que segui você. Precisava ter certeza de que você não estava causando mais mal do que bem.

— E os arrombamentos?

— Não. Embora eu suspeite do seu ex, Jack. Ele é um sujeito estranho, não é? Possessivo, nervoso. — Ela ri. — É engraçado, considerando que você atualmente namora um cara mais surtado ainda.

Duas pessoas. Ela está me seguindo. Ele tentando arruinar a minha vida.

— Você não teve nada a ver com aqueles artigos?

— Com o primeiro, eu tive. — Ela ergue um ombro. — A sua mãe me ligou em pânico no hospital. Foi quando você estava em cirurgia. Ela me contou a história toda. E então o filho do senador simplesmente saiu da prisão? Depois de te ferir, e potencialmente acabar com a sua carreira?

OBSESSÃO BRUTAL

Ele tem sorte por não ter causado danos mais permanentes. Ele *deveria* ter sido preso.

Mia bate a cinza da ponta do cigarro, deixando-a cair no chão. Havia muitas lacunas no processo contra Greyson. Houve um tempo entre ele sair do local — onde ninguém o viu, exceto eu e a sua passageira — e a polícia aparecer na sua casa.

Não encontraram provas concretas de que ele dirigiu embriagado.

— No entanto, eu falei sério. Tinha uma comunidade te apoiando. Eu esperava que eles tivessem acrescentado mais, mas... ah, bem. Não havia nada que eu pudesse fazer sem sujar as mãos.

— Elas estão sujas agora — comento.

Ela franze a testa.

— Sim, suponho que sim.

— Para onde vamos a partir daqui?

— Você vai me dizer do que ficou sabendo para querer deixar o CPB. Para *me* deixar. E depois discutiremos quais são as nossas opções. — Ela se inclina para a frente, olhando para mim. — Pense nisso, Violet. A sua memória não pode estar tão confusa. Você só perdeu um dia. Mas perdeu a noite que *eu* queria mais esquecer.

— Acho que você já sabe. — Levanto a sobrancelha. — Acho que você sabe muito mais do que está dizendo. Tentei me lembrar, mas tudo se apagou. Então me diga, por favor.

De repente, Mia está na minha frente, afastando o cabelo da minha testa. Não me mexo, nem consigo respirar enquanto as pontas dos dedos dela exploram a minha cicatriz.

Greyson até me fez esquecer que eu tenho uma. Ele não desvia o olhar dela, não presta atenção extra, nem nada do tipo. Acha que sou bonita. Mas ele não está aqui, e a Mia, sim.

— Shawn te convenceu? — ela sussurra, pressionando o nariz na raiz do meu cabelo. — Ele fez um discurso de dois minutos e se ofereceu para te levar para longe? Você não pode cair nas tretas dele, Violet. Desta vez não.

Giselle é uma tragédia. *A Bela Adormecida* também é quase uma. Duas garotas enganadas por pessoas que pensaram ser confiáveis. Giselle morre por causa disso. Aurora dorme durante cem anos e acorda em um novo mundo.

Quem paga um preço menor?

Qual delas levou a melhor?

— Ele não me convenceu de nada — afirmo. — O que aconteceu naquela noite?

Giselle dançou com o homem por quem se apaixonou e salvou-o da morte. O que é mais poderoso do que isso? Ser acordada por um beijo do príncipe?

— Você me confrontou — ela geme. — Não sei o que ele te disse, nem se disse de novo. Ele sabia que você não iria fazer o papel de Giselle. Ele não enxergou o seu talento como eu. Não pensou que fosse algo que só poderia vir de você. Você me contou que ele disse que você precisava de *tempo*.

Eu tento não recuar, mas preciso fazer algum movimento, porque ela se contorce. Ela gira o meu cabelo entre os dedos. Sem puxar, apenas olhando para as mechas loiras.

— Eu fui a Rose Hill para te ver — diz ela fracamente. — Esperei do lado de fora do estúdio. E você gritou… nunca te vi tão nervosa. Tão magoada. *Comigo*. Mas eu estava delirando muito ao pensar que você chegaria tão longe, rápido assim? É verdade que talento natural como o seu é raro. Eu tive que estimulá-lo. E a você! Eu te instruí, te transformei no que era. E você só quis me deixar, para ser uma das solistas dele — ela ironiza, batendo o punho no peito. — Eu lanço primeiras bailarinas. *Não* ele.

— Você me assustou — digo. — Naquela noite? Eu estava com medo?

Pelo jeito que ela inspira, sei que estou certa. Quase consigo ver também. Como um teste de realidade. Ser informada pelo coreógrafo que eu tanto admirava que a minha diretora estava me enganando. Enchendo a minha cabeça de fantasias, quando tudo o que eu precisava era *trabalhar com mais afinco*. Sei como devo ter ficado zangada com a Mia.

Se eu fosse boa o suficiente para ser dançarina principal no *Crown Point Ballet*, é claro que nunca a abandonaria. Eu nunca conseguiria um contrato como principal em nenhum outro lugar. E alguns anos sendo a melhor, conseguindo os papéis que eu queria… sim, vejo como ela poderia ter me manipulado.

Também atinge o meu ego.

Não posso deixar de lamentar o fato de ter que descobrir isso duas vezes.

— Você correu para o seu carro. Saiu em alta velocidade pela estrada, e aquele garoto estúpido bateu em você — ela fala.

Seu olhar está enlouquecido.

A situação está ficando pior. Procuro algo para acalmá-la e dar o que ela quer.

— Eu vou ficar com você. — O meu estômago revira. Eu pego a sua mão e entrelaço os dedos com os dela. — Por favor, não me faça dançar como Giselle outra vez. Eu quero ser Aurora pra você.

OBSESSÃO BRUTAL

Uma lágrima escorre pela bochecha de Mia. Desce pelo queixo dela e cai no meu peito.

— Você não sabe o quanto significa para mim, ouvir isso de você.

É tudo mentira.

Ela me solta e se endireita, arrastando a cadeira para a cozinha. Eu a observo do chão, enquanto abre a geladeira, pega uns recipientes, serve um copo com água. *Vejo* quando tira um frasco do bolso e deixa algumas gotas caírem na água. Ela mistura com o dedo e depois volta para mim.

Seria um teste?

Ela me oferece a água primeiro, os olhos se arregalam quando eu a levo à boca.

Acho que não tem como eu não beber.

— Aquilo é comida? — pergunto, abaixando ligeiramente o copo.

Ela assente com a cabeça.

— Mas você está desidratada. Beba.

Fecho os olhos e aceno com a cabeça, depois tomo um gole. O sabor não está diferente. Há apenas um toque adocicado. Em segundo lugar, me oferece o recipiente. Tem um pedaço de frango, brócolis e uma colher de plástico enfiada no arroz amarelo. Eu como depressa, praticamente jogando para dentro da boca. Se for mais rápido, vou passar mal... mas talvez a comida retarde o efeito de qualquer que seja a droga que ela me deu.

Pode ser uma ilusão.

O meu estômago revira, e eu coloco a mão no chão.

— O que tinha na água?

— Algo para ajudá-la a dormir — diz ela. — Já é tarde. Você precisa descansar.

Concordo com a cabeça. As minhas inibições estão desaparecendo como se eu tivesse bebido muito álcool. A minha língua parece ter engrossado, os meus olhos estão pesados.

— Oh, e Violet? Se você contar a alguém o que aconteceu, vou estripar o seu namorado filho do senador e pintar a sua pele com o sangue dele. Tudo bem?

É a última coisa que ouço.

56

GREYSON

Eu vou enlouquecer.

O treinador me obrigou a jogar os primeiros dez minutos. Ele disse que precisávamos manter as aparências para os olheiros. Pelo meu futuro. Eu me senti mal em cada segundo que passei no gelo. Quando ele finalmente me substituiu, eu saí. Aluguei um carro e voltei para *Crown Point* o mais rápido que pude.

Willow me encontrou na porta da minha casa. Entrei e verifiquei todos os quartos, até o porão. Por precaução. O telefone dela estava desligado, inutilizando o rastreador de localização que me dei acesso.

Não havia nem sinal de Violet. Nenhum sinal de ela ter voltado da audição.

Então continuamos buscando. Mantive contato com Willow enquanto procurávamos. O time de hóquei voltou e juntou-se a nós e, eventualmente, o céu começou a clarear.

A noite toda e nada.

Nós nos encontramos de novo na minha casa. Willow está perturbada, com os olhos vermelhos e lacrimejantes. Não tenho paciência para isso. Para nada disso. Só quero Violet de volta, em segurança, e inteira.

Eu soco a parede e Willow dá um grito de surpresa. Foi o único som que ela fez, desde que me seguiu até a sala de estar, com a boca contraída de preocupação.

Violet era transparente com ela a respeito de tudo.

Talvez ela consiga descobrir quem é o perseguidor da sua melhor amiga. E eu não me esforcei o suficiente para refrescar a memória dela.

Eu me aproximo, indiferente ao lampejo de medo que atravessa o seu rosto. Ela nunca teve razão para me *temer*, mas aqui estamos nós.

— Me diga o que você sabe.

— Eu sei o mesmo que você — fala. — Ela foi ao *Crown Point Ballet*. Está paranoica, porque alguém a segue há meses, mas ninguém fez nada. Não conseguimos provar.

Esbravejo:

— Isto não está ajudando.

— Você é o obsessivo aqui — argumenta ela. — Não tem uma maneira de encontrá-la? É psicótico o suficiente para colocar um localizador debaixo da pele dela. Não pensou nisso, não é?

Bem, está aí uma ideia do caralho. Uma que eu já deveria ter tido.

— Vou rastrear o telefone dela de novo. — Mesmo enquanto digo isso, duvido que funcione. Conferi pela última vez há menos de uma hora. Na verdade, verifiquei repetidamente quando senti minha mente se desgastar.

Willow se aproxima quando eu abro o aplicativo e tento saber a localização de Violet.

Com certeza, um ponto azul aparece no meio do nada. A sua localização parece ter sido atualizada há apenas vinte minutos. Às quatro horas da manhã.

— Ai, meu Deus — Willow arfa.

Eu olho para ela.

— Você reconhece onde é?

— Fica à beira de um parque estadual. Há apenas uma estrada para ir e para voltar.

— Bom. Chame a polícia — ordeno.

Eu saio pela porta, apertando as chaves na mão. Não sei se alguma vez estive tão nervoso, com tanta necessidade de chegar até ela. Nem mesmo quando percebi que ela estava com o meu pai.

Chego na minha caminhonete e percebo que ela está um pouco inclinada para um lado. Dou a volta ao redor e o meu coração para. Dois dos meus pneus estão cortados, o dianteiro e o traseiro do lado do carona. Completamente vazios.

Alguém os cortou, mas não tenho tempo para ter um ataque por causa disso.

Volto para dentro e tiro as chaves de Erik de um dos ganchos da porta. Ele ainda está procurando com Jacob, na biblioteca — de novo — enquanto Knox e Steele procuram no apartamento dela e de Willow.

Erik vai ficar furioso por eu ter levado o carro dele, mas posso lidar com isso mais tarde. Antes de entrar, agarro o pé de cabra na parte de trás da caminhonete. O coração bate forte no peito, no momento que saio para a estrada. Eu aperto o telefone em uma mão, o volante na outra.

Vinte minutos depois, desço um trecho estreito de estrada de terra. Os faróis iluminam descontroladamente as árvores próximas, e penso em desligá-los. Para ser mais furtivo. Na verdade, já não importa: o sol nasceu, lançando raios de luz dourada na floresta.

Além disso, nunca me escondi de nada, e não estou prestes a começar agora. Por mais teimoso que seja, estou pouco me lixando.

O perseguidor de Violet não tem nada a ver comigo.

A estrada finalmente termina em uma cabana de madeira. Há uma luz acesa lado de fora, e um cão imediatamente chama a atenção do seu lugar na varanda. Ele rosna para mim, com baba pingando da sua boca. Mas não tem nenhum carro. Nada que indique que alguém realmente esteja aqui.

Talvez seja uma emboscada.

No entanto, checo novamente o rastreador, e ele tem o meu telefone praticamente em cima do dela. Com certeza, vejo o telefone fino no degrau da varanda. Como se estivesse à minha espera.

Olho para o cachorro, mas ele não se move quando subo os degraus até o alpendre empenado. As tábuas estão soltas debaixo dos meus pés. O cão parece estar acorrentado longe o suficiente da casa, para não impedir as pessoas de transitarem.

Coisa cruel. O rosnado que sai dele é baixo e constante, um aviso de que não vai pirar até eu segurar na maçaneta.

Abro a porta e levanto o pé de cabra, pronto para atacar. Incerto do que vou encontrar, morrendo de medo de achar Violet morta. Ou ferida.

A sala está uma bagunça. Todos os móveis foram empurrados para o lado, deixando um espaço vazio no centro. Há um cheiro forte de podridão, de água parada e mofo sob uma forte essência artificial de pinheiro.

Mantenho o pé de cabra erguido e caminho mais para dentro. A porta range quando se fecha atrás de mim.

Então eu a vejo.

Ela está deitada em posição fetal no chão, próxima a um alto-falante estéreo. Alguém colocou um cobertor horroroso sobre ela, escondendo a sua forma.

Corro na sua direção e tiro a coberta, passando as mãos sobre o corpo dela. Procurando ferimentos, eu acho. Não sei.

Ela ainda está respirando. E geme quando balanço o seu ombro.

Luzes azuis e vermelhas se infiltram pela porta parcialmente aberta, e o cão late com fervor. Eu solto o pé de cabra e inclino a cabeça para trás, soltando uma risada descrente. Odeio a polícia. A última vez que vi as luzes deles, fui preso.

Obviamente, foi merecido naquela época.

Seguro a nuca de Violet e puxo a metade do seu corpo para o meu colo.

— Acorde, linda — eu insisto.

Ela pisca para mim, sua expressão vai do sono à surpresa em um instante. Estende a mão para mim, e eu entrelaço nossos dedos.

— Estou com você.

Então a polícia entra.

57

VIOLET

— A cabana foi abandonada há quase trinta anos — diz o detetive da polícia. Ele está sentado em uma cadeira ao lado da minha cama de hospital, com uma caneta sobre o bloco de notas. — E você me diz que o sequestrador nunca mostrou o rosto?

Desvio o olhar. Tenho alegado perda de memória por causa da medicação, mas tudo já está, oficialmente, fora do meu sistema. Estou no hospital há dois dias, por nenhuma outra razão além de Grey estar *preocupado* e ter exigido que me dessem o melhor tratamento.

Mas este detetive, um cara chamado Samuel Beck, é persistente.

— Encontramos um alçapão na cozinha — diz ele. — E um quarto escondido onde estavam *as suas* roupas. Um grilhão e uma corrente presos à parede. Não tenho dúvida de que alguém estava te mantendo contra a vontade, Srta. Reece. Só precisamos que nos dê um nome.

Abro a boca e fecho em seguida. Sinto um aperto no peito e a minha frequência cardíaca ganha velocidade no monitor. Eu observo os números crescentes pelo canto do olho enquanto o meu corpo reage ao pânico.

Não posso dizer a ele. Mia vai matar o Grey. Não duvido.

Foi muito fácil. Grey me encontrou através do meu telefone, que Mia deixou na varanda como um sinal luminoso.

Talvez ela soubesse que a ajuda estaria a caminho e não quis ser apanhada comigo. O alerta dela soa em meus ouvidos, na sua voz alta e rouca. Se eu disser a alguém que foi ela, vai matar Greyson.

Depois que Grey foi liberado com tanta facilidade, acho difícil acreditar que Mia vai ser detida e permanecer na prisão. Não se ela tiver as pessoas certas do seu lado.

— Violet — Beck tenta, buscando o meu foco de volta para ele. — Nós podemos te proteger.

Alguém bate na porta do meu quarto e o detetive se levanta.

— Nos dê um minuto, Sam. — O senador Devereux entra. Ele sorri suavemente.

O meu estômago revira. Greyson teve que ir para a faculdade. As aulas recomeçaram, as férias de primavera acabaram oficialmente. Tenho um atestado médico para mais uma semana e todos os professores enviaram mensagens dizendo que me ajudariam a recuperar o atraso quando eu voltasse.

Então sou só eu.

O senador olha ao redor do quarto e pega o cartão de um dos arranjos de flores.

— De Shawn Meridian — ele lê. — Ele faz coreografias para companhias de balé, não é?

Não respondo.

Ele suspira e o deixa de lado, depois para ao lado da minha cama.

— Como se sente?

— E desde quando você se importa? — Franzo as sobrancelhas.

— Uma conversa com o meu filho me trouxe até aqui — diz. — Quer saber se eu me *importo*? Com você? Não particularmente. Eu não me interesso muito por nada além da minha carne e do meu sangue.

Solto uma risada sarcástica.

Ele franze a testa.

— Acho que nunca vou ficar bem com Greyson colocando você acima do seu futuro.

— Ótimo. Então saia daqui. — Aponto para a porta.

— Eu poderia — ele concorda, mas puxa uma cadeira para mais perto e se senta. — Ou eu poderia dizer por que me preocupei em aparecer em primeiro lugar. Tenho uma agenda lotada, Srta. Reece. Trabalhos de caridade geralmente não fazem parte dela.

— Talvez você conseguisse mais votos se fizesse um trabalho de caridade — retruco. Endireito a postura. — Mas, claro, me chame de curiosa.

— Sei que o detetive lá fora está te pressionando por informações que não quer dar. E, conforme você disse, não se lembra de quem a sequestrou. — Ele levanta uma sobrancelha. Ela é tão bem-feita, que é quase cômico. Cabelo grisalho, rosto liso. A sua testa não possui marcas de expressão, e a pele tem aquela cor de bronzeado artificial. Os dentes são muito brancos.

Talvez todos os políticos sejam assim, e eu nunca tenha reparado.

— Isso é o que você ficou sabendo — digo. — Mas o que Grey disse?

Ele sorri encarando os sapatos, depois encontra o meu olhar.

— A mãe dele costumava chamá-lo assim. Ela o carregava pela casa cantando para ele. Era a sua pequena tempestade. Sempre chorando, sempre estrondoso em suas emoções. Ele permite que o chame assim?

Um nó se forma na minha garganta.

— Ele a amava muito, sabia?

— Sim, é claro que sim. Ela era a mãe dele.

Engulo em seco, ignorando a queimação atrás dos meus olhos. Preciso devolver aquele álbum de fotografias. Eu estava guardando, resistindo porque fiquei com medo de ele estar apenas me usando. Mas ele me encontrou, mesmo depois de Mia ter me levado. Ele deixou um dos jogos mais importantes para *me* salvar. Acredito quando diz que me ama. Só demorou um pouco...

— O meu filho te entende. — Ele me avalia. — Ele diz que você tem medo de dar o nome ao seu sequestrador por causa da ameaça que fizeram. Disseram que voltariam para te matar? Te prejudicar? Talvez a sua visão do nosso sistema de Justiça esteja manchada por causa da *nossa* história.

Mantenho os olhos no meu colo.

— Talvez a ameaça não seja para mim, senador, mas para o seu filho. Se fosse para mim, eu poderia viver com ela. Já teria entregado um nome até agora. Mas para ele? Nunca.

Ele se inclina para a frente, apoiando as mãos na lateral da cama.

— Me escute, Violet.

Levanto o olhar e encontro os olhos dele.

— Por causa disso, estou disposto a fazer o sistema funcionar ao nosso favor. Você entende?

— Ela não pode andar livremente. — Uma lágrima escorre pelo meu rosto, e eu enxugo rapidamente. Deus, espero que ele esteja dizendo a verdade.

— Ela?

— Mia Germain — sussurro. Com que facilidade eu me curvei. Só posso rezar para que ele tenha boas intenções. Que ele se preocupe com o filho o suficiente para prendê-la para sempre. O seu rosto permanece em branco, não reconhecendo o nome. Que engraçado, quando ela é uma presença tão grande na minha vida. Eu acrescento: — A diretora artística do *Crown Point Ballet*. Ela tem me seguido. Me levou contra a minha vontade e depois me drogou.

Ele se levanta.

— Obrigado, Violet. Eu vou cuidar disso.

Quando ele sai, eu desabo contra os travesseiros. E as lágrimas fluem de verdade.

OBSESSÃO BRUTAL

58

VIOLET

— Você quer negociar? — Willow embaralha as cartas, encostando-se na minha cama.

Eu estendo a mão para a pilha e misturo novamente. Vou receber alta hoje, depois que o médico verificar o meu exame de sangue mais recente, e ver que está tudo bem. Depois terei de esperar pela papelada, mas todos os funcionários daqui me disseram que não deve passar das três horas. Mais ou menos.

Às vezes as coisas demoram a acontecer.

Willow tem sido um conforto. Ela chegou cedo, logo após as rondas matinais, armada com *lattes* gelados e sanduíches de café da manhã. Jogos. E outra coisa, que eu apenas olhei brevemente antes de guardá-la de novo.

Contei o que aconteceu com o senador. Ela ficou menos surpresa do que Grey, mas acho que entende mais o funcionamento das coisas. Relações complicadas entre pais e filhos, dinheiro e agendas.

— Toc, toc. — Grey se inclina para dentro do quarto. — Você tem uma visita.

— Você sabia que Willow estaria aqui, não sabia?

Willow revira os olhos.

— Não é ela. Nem sou eu. — Ele adentra mais no quarto e a preocupação enruga os cantos dos seus olhos. — Basta dizer uma palavra, e eu mando a segurança expulsá-la.

Engulo em seco.

Um segundo depois, a minha mãe entra no quarto. Ela olha tudo ao redor, passando do soro fisiológico sobre minha cabeça para a janela, os monitores, até a agulha fixada no meu braço. Todos os lugares além de mim, que estou bem na frente dela.

Willow desce da cama, tirando as cartas da minha mão.

— Estarei lá fora.

Grey assume uma posição contra a parede. Talvez fora da vista ou do foco dela, mas certamente não fora do meu.

— Eu estava muito preocupada — diz, por fim, minha mãe.

Não respondo.

Que merda eu deveria dizer a respeito disso?

Ela limpa a garganta. Disfarçando.

— Violet, por favor.

— Você veio aqui, esperando que me receitem mais opiáceos?

A minha mãe recua.

Eu me sento.

— Eu vou te dizer uma coisa. E preciso que me escute, tudo bem?

Ela acena afirmativamente com a cabeça e se aproxima, parando ao pé da cama e se agarrando ao plástico.

— Você desistiu de ser minha mãe por causa das drogas. — Eu mantenho os olhos grudados nos dela, e ela não desvia. — Você me levou para o camarote do pai de Grey, em um dos maiores jogos dele, porque queria *dinheiro*.

— Eu sinto muito — ela sussurra.

Fecho os olhos por um momento, depois me obrigo a encontrar o olhar dela.

— Acho melhor seguirmos caminhos separados. Eu amo você, mas… — Um nó se forma na minha garganta. A frase *"eu te amo, mas"* já nos assombra há algum tempo. A minha mãe e eu não nos damos bem.

Ainda assim, ela não se mexe.

— Eu só fiz isso por nós…

— Não minta para ela — diz Grey.

— Sinto muito — ela repete. — Eu sinto tanto.

Deixo escapar um suspiro quando ela se afasta.

Grey se senta na beira da cama, em seguida, puxa os meus braços para longe do meu peito, entrelaçando nossos dedos.

— Você está bem?

— Vou ficar. — Olho para as nossas mãos e depois me lembro do que Willow trouxe. Eu o libero para me inclinar sobre a borda, pegando a bolsa dela do chão. — Tenho algo para você.

Ele levanta a sobrancelha.

— Ah, é?

Coloco a bolsa no colo e puxo o álbum de fotos. Ele foi mantido em segurança no sótão do nosso apartamento.

OBSESSÃO BRUTAL

Por um momento, Grey o observa em minhas mãos, como se duvidasse se é realmente o que ele pensa. Abre a primeira página e a examina. Faz apenas alguns meses que ele me levou para o seu quarto e gritou comigo para largar isso?

Ainda bem que não obedeci.

E então ele começa a falar. Eu me recosto no travesseiro e ele se ajusta para se sentar ao meu lado. E me conta sobre as fotos, apontando para as pessoas, e o meu coração dói por ele.

Apoio a cabeça no seu ombro enquanto ele descreve completamente outra imagem sobre a família que perdeu. E durante a maior parte, mal ouso respirar com medo de ele parar.

Grey me oferece a mão.

Eu dispenso a ajuda e saio da sua caminhonete, olhando em volta. Não estamos em frente à sua casa de hóquei. Nem perto do meu apartamento. Eu esperava um ou outro, depois que saímos do restaurante que nos serviu um enorme brunch.

Estamos em um bairro agradável a poucos quarteirões do campus, perto do estádio.

— Eu aluguei para nós — diz ele no meu ouvido, me envolvendo com os braços, por trás.

Olho para a casa branca, me enchendo de suspeita. É *linda*. Gramado bem cuidado e uma varanda coberta, com duas cadeiras de balanço. O quintal é murado, ou ao menos é o que parece.

Ele abre a mão à minha frente, revelando um conjunto de chaves.

Eu pego de sua mão e deixo que ele me guie pela calçada de concreto. Destranco a porta da frente e entro, bisbilhotando. Ainda desconfiada, quem sabe alguma coisa vai aparecer e arruinar tudo.

Já passou uma semana desde que tive alta do hospital. Estou me escondendo no quarto de Greyson, na casa dos meninos do hóquei, e só saio quando ele volta do treino e me convence a ir até a cozinha comer. Ele também me acompanhou ao estúdio alugado, onde tenho dançado sem as minhas sapatilhas de ponta.

Elas serão usadas como provas, eu acho. Não que eu as queira de volta.

Mia me fez dançar até as unhas dos pés racharem e sangrarem. Quando a enfermeira tirou com a maior delicadeza possível, as sapatilhas dos meus pés, ela se encolheu. O sangue seco manchou o cetim.

Preciso voltar às aulas amanhã. E na próxima semana, os Hawks jogam as finais do torneio nacional. Eles venceram nas quartas de final, e ganharam novamente na sexta-feira. Sábado, iremos a Boston para enfrentar um time que já jogou com eles, o *Pac North Wolves*. Um dos primeiros jogos em que eu fui, na verdade. Greyson diz que eles melhoraram bastante ao longo da temporada e serão mais difíceis de vencer.

De qualquer forma, esta é a vida real, e eu preciso voltar a ela.

Mia foi presa. Está na cadeia do condado, e o pai de Grey nos disse que irão transferi-la para a Virgínia, onde acho que ela nasceu e cresceu. Ele manteve a palavra e mexeu alguns pauzinhos. Também contou ao juiz sobre a ameaça que fez contra o seu filho, e ele ficou mais do que feliz em suspender a fiança.

Terei de testemunhar em algum momento. Encará-la de novo.

— Você está comigo? — Grey pergunta.

Volto a minha atenção para ele, e forço um sorriso.

— Sim.

Ele estende a mão. Eu aceito e deixo que ele me mostre a casa. É pequena, do tamanho perfeito para nós dois. Na cozinha tem uma janela de onde vemos a sala de estar e jantar. Um quarto e um banheiro mais afastados. Escadas levam a uma grande suíte no segundo andar. É luminosa e arejada.

— Você gosta?

Assinto com a cabeça, soltando a sua mão para passar as minhas sobre os balcões e as paredes da cozinha. Eu ligo a torneira apenas por diversão, molhando os meus dedos antes de desligá-la e enxugá-los na minha calça. Solto uma risada.

— Quer dizer que não precisamos nos preocupar com ninguém nos ouvindo? — pergunto.

Ele sorri.

O meu sorriso desaparece lentamente.

— Tenho uma coisa pra te perguntar.

OBSESSÃO BRUTAL

Ele também fica sério.

— Você pode fazer a pergunta. Não precisa começar com um aviso.

— Tudo bem.

Ele espera. Quando permaneço em silêncio, chega para a frente e me levanta sobre o balcão com suavidade. Separo os joelhos, deixando-o se aproximar, e coloco os braços em volta do seu pescoço.

— Vi — ele me apressa. — Posso morrer de curiosidade.

Ele sabe que Mia ameaçou a vida dele. Sabe que o seu pai foi ao hospital, e que a garantia de que ela seria processada foi a única razão pela qual confessei.

Mas ele não sabe o que Mia me disse.

— Foi Jack quem invadiu o meu quarto — admito. — E acho que ele teve algo a ver com as postagens sobre você. Ou pelo menos a minha parte deles.

A expressão de Grey se fecha, e ele encontra os meus olhos novamente.

— Isso não é uma pergunta.

Agarro a nuca dele.

— Eu sei que você cuidou disso da última vez.

— Ainda não é uma pergunta.

— Acho que você pode contra-atacar de novo. Com esta nova informação. E... eu quero estar lá. Você deixa?

— Você está pedindo para ir comigo? — Ele curva o canto dos lábios. — Você quer me ver quebrar a outra perna dele, *Violent*? Ou será que você mesma quer quebrá-la?

Ele não espera por uma resposta. Pressiona os lábios nos meus.

Eu fecho os olhos e o abraço apertado. Deixo a minha mente seguir o seu beijo, recomeçando do zero. Ele sobe a mão pela frente do meu corpo, e o seu dedo indicador encontra o corte cicatrizado no meu peito. Ele abaixa a minha blusa e interrompe o beijo para olhar para ele.

— Estamos conectados, nós dois. Não há nada que eu não faria por você.

Concordo com a cabeça.

— Se algum dia Mia Germain sair, eu vou matá-la. — Ele retorna aos meus lábios, me morde e recua de novo. — Isso é uma promessa.

— Eu acredito em você.

Seu semblante se ilumina.

— Que bom. Agora, me deixe te mostrar o que eu realmente sinto por você...

59

GREYSON

Nós ganhamos por um. O *meu* um.

A campainha soa e, de repente, os meus colegas de time correm para o gelo. Eles se chocam contra mim, pulando para cima e para baixo. Uma comemoração que ecoa em meus ouvidos, misturada aos gritos de aprovação da multidão.

Automaticamente, procuro no meio do povo e encontro Violet pressionada no vidro, com um sorriso enorme. Está rodeada por um mar de azul e prateado. Aponto para ela, e ela finge pegar meu cumprimento. Sou afastado antes que a nossa troca possa continuar.

A próxima hora é um borrão. Há uma cerimônia de premiação, onde os oficiais do torneio nacional entregam um troféu. E depois, o treinador Roake me declara como o jogador mais valioso. Eu olho para ele, meio incrédulo, até Knox me incitar a aceitar.

A multidão continua a aplaudir, as luzes se apagam e há um holofote acima de nós.

Insano.

É um daqueles sonhos que se tornam realidade.

— E somos apenas juniores — diz Knox, prendendo o braço em volta do meu pescoço. — Imagine o potencial do próximo ano.

Sorrio para ele. Knox, Steele e eu seremos veteranos no próximo ano. Miles será um júnior. Jacob e Erik irão se mudar, mas para ser sincero, não sou próximo deles o suficiente para me importar. Parece certo estar aqui, solidificar como minha família.

O lugar ao qual pertenço.

Entramos no vestiário, ainda em êxtase, e Erik avisa que vamos comemorar em uma boate. Aparentemente, ele tem contatos em Boston, e o proprietário vai nos deixar entrar, mesmo que não tenhamos vinte e um anos.

Coloco minhas roupas normais, a camisa de botão e a calça que todos usávamos ao chegar, e guardo o resto das minhas coisas na mochila. Deixamos as malas nos nossos quartos de hotel. Saímos do elevador e entramos no saguão. Muitos de nós nos amontoamos lá, mas ninguém deu a mínima.

O meu telefone toca.

> **Vi: Estou te vendo.**

Eu me viro, tentando encontrá-la. Tem muita gente, mas ela se destaca. Os meus olhos são atraídos por ela, como ímãs. Ela passa pela multidão com a minha camisa, e o meu pau se contrai instantaneamente. Uma imagem de foder com ela naquela camisa e nada mais, me vem à mente, e tenho que banir esse pensamento antes de ignorar a boate e arrastá-la de volta para cima.

Uma rapidinha não seria a pior coisa do mundo.

— Ei, MVP — ela me cumprimenta.

Eu passo os braços ao seu redor, pressionando o corpo contra o dela. Os seus olhos se arregalam ligeiramente ao sentir a minha ereção, e eu rio. Eu me sinto… não sei. Mais leve do que uma pluma.

Eu tenho o hóquei e ela. Tenho mais um ano na Universidade de *Crown Point* com ela.

— Você com a minha camisa causa reações em mim — digo.

Ela sorri.

— Posso dizer que sim. Não tive a chance de usá-la quando você me deu pela primeira vez, então…

Eu a beijo. Não consigo evitar. Ela fica na ponta dos pés e desliza a língua pelos meus lábios. Eu os abro para ela, deixando-a aprofundar o beijo ainda mais. Tem gosto de pipoca e cerveja. Eu seguro a sua nuca.

Isto não favorece a minha ereção.

Ela finalmente se acomoda de pé e me dá um sorriso perverso.

— Talvez devêssemos fazer um desvio — ela oferece. — O banheiro é logo ali.

Eu me encontro assentindo com a cabeça, antes mesmo de a frase terminar. Ela me conduz no meio da multidão, passando com facilidade pelos grupos de pessoas. Tento não me prender àquelas que me parabenizam pelo prêmio de MVP, pelo jogo. O aperto de Violet na minha mão é implacável.

Nada a detém.

Ela entra no banheiro do saguão do hotel e vai direto para a cabine de deficientes. Levanto as sobrancelhas enquanto ela nos tranca lá dentro e abaixa a *legging*.

Não preciso de muito mais estímulo do que isso. Desabotoo a calça e empurro para baixo o suficiente.

— Vire — ordeno. — Mãos na parede.

A minha voz está rouca pra caralho, mas ela faz o que eu digo. Agarro os seus quadris e uso o pé para alargar um pouco mais as suas pernas, depois baixo a mão para sentir como ela está molhada. O meu pau está mais duro do que granito, mas eu o ignoro por um segundo. A sua boceta está molhada para mim, e ela sufoca um suspiro quando roço no seu clitóris.

— Me foda.

Eu ajusto a minha pegada nos quadris e deslizo para dentro dela. Grunho quando os seus músculos contraem para mim. *Porra.* Não vou durar muito. Estou ansioso por isto desde que saímos da cama esta manhã. Provavelmente tenho pensado muito em sexo com ela. Estou obcecado.

Mas tenho certeza de que ela é igualmente obcecada por mim.

Eu me inclino para a frente e mordo o ombro dela, por cima da camisa. Ela se arqueia, contrai o corpo e prague. É só aí que começo a me mover, entrando e saindo de dentro dela com golpes poderosos. Ela solta pequenos suspiros, tentando não fazer muito barulho.

A porta do banheiro se abre. Os sons de todos no saguão passam por ela, e quando é fechada são abafados novamente. Alguém entra e segue para uma das cabines.

Violet me olha por cima do ombro, com a expressão... ainda faminta.

Eu olho para ela, mas não paro. Acho que ela prende a respiração. O seu rosto está ficando vermelho. A minha mão passa pela frente dela e desliza na umidade para tocar o clitóris. Eu o fricciono com força, do jeito que ela gosta.

Os seus dedos seguram a parede de azulejos, as juntas ficam brancas. Ela inclina a cabeça para trás e abre a boca.

Ela vai ceder e fazer algum som. Suspiro, choramingo, gemido. Qualquer coisa.

A garota da outra cabine está fazendo o que veio fazer. Talvez esteja nos ouvindo, mortificada. Afinal, é um banheiro tranquilo. Apenas o som do fluxo do xixi dela, e depois a descarga.

Violet usa esse ruído para cobrir os próprios gemidos.

OBSESSÃO BRUTAL

A torneira da pia é aberta. A pessoa leva uma eternidade para lavar as mãos. Eu aumento a velocidade, tanto do meu dedo em seu clitóris quanto do meu pau estocando nela. Eu vou gozar antes dessa garota sair.

Mas então a porta é aberta, o ruído se infiltra de novo e ela se fecha.

Até que enfim, caralho.

Parece que Violet também esperava por esse momento, porque o orgasmo a atinge um segundo depois. Eu gemo, a sua boceta aperta o meu pau o suficiente para me levar ao limite, também. Paro, totalmente dentro dela. Ela empurra para trás, encosta a bunda no meu quadril e permanecemos assim por um minuto.

Seguro o queixo dela e viro o seu rosto. Eu a beijo ferozmente, depois saio de dentro.

Ela solta outro gemido que incendeia o meu coração.

— Foi divertido — digo.

Violet ri. As suas bochechas estão rosadas. Pego um pouco de papel higiênico para ela, depois cuido da minha própria bagunça. Quando ambos estamos apresentáveis, ela abre a porta e sai. Lava as mãos, pressiona as palmas nas bochechas. Ela encontra os meus olhos no espelho.

— Você acha que ela ouviu?

— Linda, não sei se alguém teria conseguido não ouvir.

Ela paralisa, depois balança a cabeça. Acho que não sabe se estou brincando ou não.

Nós encontramos todos na calçada. Steele, sutilmente, bate o punho no meu e eu sorrio. Violet não vê, ou ignora. As amigas dela se aglomeram ao seu redor, andando à nossa frente.

Só temos mais um problema para resolver...

E ele está em Boston esta noite.

Knox conhece o plano. Steele também. Decidimos deixar Miles manter a inocência por mais um ano, mas isto vai nos unir mais do que qualquer jogo de hóquei.

Todos concordamos.

Então, seguimos as garotas até a boate. Dançamos e tomamos nossas cervejas, rejeitando ofertas para mais uma rodada. Até o relógio vibrar no meu pulso às onze horas. Há muitas pessoas neste lugar. São três andares repletos de corpos dançantes. Mas eu cronometro Knox e Steele andando no meio da multidão.

Espero quinze minutos, depois bato na mão de Violet e faço um gesto para ela me seguir.

Ela também não está tão bêbada como pensou que ficaria. Tenho interferido nas suas bebidas. Os seus olhos se estreitam, mas ela não se opõe quando me viro e abro caminho em direção à porta.

Descemos o quarteirão, voltamos para o hotel e entramos no elevador. Ela segura forte na minha mão, o semblante confuso.

— Você vai me dizer do que se trata?

Eu inclino a cabeça.

— Não. Em um minuto você mesma vai ver.

Violet fica quieta, com a mente claramente girando. Saímos no último andar e eu a conduzo até as escadas que dão acesso ao telhado. Ela hesita, mas acena lentamente para si mesma. Talvez criando coragem, embora ela confie em mim.

Quando empurra a porta, uma brisa fria de primavera agita as suas roupas.

Knox e Steele já estão lá, com uma figura no chão entre eles. Tem um capuz na cabeça e uma bota em cima da perna. Os pulsos estão amarrados às costas.

Violet enrijece.

Eu olho para ela, então vou até Jack e arranco o seu capuz. Ele pisca para mim e a princípio choque, depois indignação cruzam a sua expressão.

— Seu bastardo fodido… — A atenção dele passa de mim para Violet, a indignação explode em fúria. Ele luta, tentando se levantar.

Knox e Steele o agarram, forçando-o a recuar.

— Eu vou te matar! — grita para ela, furioso.

Eu o esmurro.

A sua cabeça pende para o lado, e uma explosão de dor segue dos meus nós dos dedos até o meu braço. Bato de novo, e de novo, até o sangue escorrer do rosto dele. O nariz pode ter sido quebrado.

Knox e Steele permanecem passivos, embora as suas mandíbulas estejam tensionadas.

Eles gostam de Violet. A ameaça de Jack contra ela atinge a todos nós.

A minha garota se aproxima com cuidado e para perto de mim. Não é suficientemente corajosa para ultrapassar essa linha e se colocar em perigo.

— Você entrou no meu quarto, Jack? — ela pergunta.

Ele cospe nela. A gota de saliva e sangue cai ao lado dos seus sapatos.

Eu dou a volta e me ajoelho atrás dele, agarrando o seu cabelo e forçando-o a enfrentar Violet. Chego o rosto perto do dele.

OBSESSÃO BRUTAL

— Olhe para ela, Jackie boy. Você não a quebrou. Você não a assusta. Mas vai responder às malditas perguntas dela.

Jack faz uma careta, mas responde:

— Entrei — confirma. — Muitas vezes.

As sobrancelhas dela se juntam.

— O quê?

— Em cada oportunidade que tive. — Ele ri. — Você me pegou uma vez. Eu me certifiquei de que você soubesse que eu estaria lá outra hora. Mas eu adorava entrar no seu quarto e bater uma punheta com as suas calcinhas na mão. Memorizei todas as fotografias da sua parede, o seu perfume, a sua maquiagem.

— Isso é assustador — murmura Knox.

Violet estremece.

— Por que fazer isso?

Jack se contorce, mas o meu aperto no seu cabelo é forte. Ele deixou crescer no período da baixa temporada. Vergonha para ele.

— Por quê? — ele grita. — Porque você é *minha*, Violet. Somos almas gêmeas.

Eu rio. Em um piscar de olhos, o meu canivete está fora do bolso e em sua garganta.

Eu poderia fazer isso.

Ele fica quieto e em silêncio, o medo cintila em seus olhos pela primeira vez. Talvez ele pensasse que não estávamos falando *sério*. Que eu não mataria por ela.

— Você não é a alma gêmea dela, idiota.

Os seus olham reviram, e encontram o meu rosto.

— Juro por Deus...

— É melhor você esperar que Deus esteja do seu lado. — Eu me inclino, me certificando de que ele veja o quanto sou sombrio. — Porque o diabo está do meu.

Ele recua.

E vê.

— Eis aqui o que vai acontecer, Jackie boy. — Eu olho para Violet. — Vamos pegar o vídeo da sua confissão e entregá-lo à polícia. Junto com você. Não me importa o que vai dizer a eles, mas você *vai* se certificar de ir para a prisão.

Suas narinas inflam.

398   **S. MASSERY**

— Por que diabos eu faria isso?

Chuto sua bota e ele se encolhe outra vez. Já se acostumou a sofrer por minha causa. Ele espera por isso.

Bom.

— Foi só uma pequena amostra do que posso fazer. E se não colocarem grades entre nós para te manter seguro, bem… talvez te levemos para o barco do meu pai. Talvez role um acidente e você caia ao mar. Ou talvez você esteja a caminho de uma nova boate, esta noite, e caia nos trilhos do metrô. E morra eletrocutado — eu cantarolo. — Existem muitas possibilidades.

— Você deveria ser preso, Jack — diz Violet. — Parece o menor dos dois males. — Ela tira o pó das calças só para ter algo que fazer, talvez. Ela não espera para ver o que ele decide e nos deixa, fechando a porta da escada atrás dela.

Eu baixo a cabeça dele e dou um passo para trás. Há uma bela vista da cidade daqui de cima. E quando inspiro, quase não sinto o cheiro da cidade. Mas sinto do oceano. Uma ligeira maresia.

— E então? — pergunto sem me virar.

— Me leve para a delegacia — diz ele.

— Vá sozinho — disparo.

Knox e o Steele o soltam. Ele se levanta entre eles, cauteloso, e depois sai.

— Sigam ele — digo. — Tenho uma garota para consolar.

Eles concordam com a cabeça.

Então sou só eu. Respiro fundo e depois saio do telhado. Mia e Jack eram pontas soltas. O meu pai nos concedeu uma trégua temporária. A mãe dela foi embora… talvez por agora. Esperamos que sim.

Destranco a porta do quarto que eu e Violet dividimos, e mal consigo entrar quando ela se atira em mim.

— Eu te amo. Acho que nunca falei em voz alta, mas é verdade. — Ela segura o meu rosto. — Eu te amo, eu te amo…

Dou um beijo nela, engolindo as palavras. Alguma coisa se liberta dentro do meu peito. Não o medo, como eu esperava, mas a aceitação. Posso amá-la e não vou perdê-la. Não sou mais uma criança, com medo dos meus pais desaparecerem se eu me importar demais. O calor segue um segundo depois, e eu a envolvo em meus braços.

Ficaremos juntos para sempre.

OBSESSÃO BRUTAL

VIOLET

Dois anos depois

— Pronta? — o diretor de palco me pergunta.

Assinto com a cabeça. A cortina baixa sob aplausos estrondosos e o meu coração dispara. Os bailarinos passam por mim. A cortina sobe e as luzes acendem com força total. Os dançarinos se separam por cenas, descendo ao palco para suas últimas reverências.

Eles recebem os aplausos e a *simpatia*, depois se viram e recuam mais para trás, abrindo espaço para os outros.

Do outro lado do caminho, na ala oposta, está o meu parceiro.

— Você merece isso — diz o diretor de palco. — Vá em frente.

Respiro fundo e levanto os braços. Eu ando graciosamente pelo palco, encontrando o meu parceiro no centro. Com uma mão, ele envolve a minha cintura, enquanto segura a minha outra estendida. Ele gesticula para mim, dando um passo para trás e eu faço uma reverência. Então ele se curva. Nós nos reunimos e repetimos o movimento, depois deslizamos para trás.

Só então consigo observar o público.

E ver que todos estão de pé.

Lágrimas nublam meus olhos. Este é o meu primeiro espetáculo como bailarina principal no *Boston Ballet*. Meses de trabalho árduo, intensivos de verão, treinamento. Lutando para equilibrar o último ano da escola com o meu papel no *Crown Point Ballet*.

Por causa da saída abrupta de Mia, o CPB acabou cancelando uma turnê nacional e, recentemente, produziu uma temporada em casa com *A Bela Adormecida*. Descobriu-se que acontecia muito mais coisa sob a superfície. Ela abusava de fundos, adulterava a contabilidade. Com Mia apodrecendo na prisão, o conselho de administração teria muito o que consertar.

Assinei um contrato como solista e dancei durante a temporada... e depois encerrei. Entrei para o *Boston Ballet* na temporada seguinte como solista e, este ano fui promovida à principal.

A cortina se fecha e todos nós avançamos. Faremos uma última reverência e, depois, é hora de festejar.

Bem. Mesmo ao dizer isso, estou ciente de que minto para mim mesma. Grey foi jogar fora de casa com os *Bruins*, por isso vou voltar para o nosso apartamento vazio depois de uma bebida no bar local.

Quando a cortina reabre, o público ainda está de pé. Todos fazemos uma última reverência.

Um murmúrio percorre o local. Ergo a cabeça para ver de onde vem, e o meu coração falha uma batida.

Grey sobe as escadas carregando um buquê. Ele sorri, com o olhar fixo em mim, enquanto adentra o palco e para na minha frente.

— Sério? — sussurro, me inclinando para beijá-lo.

Ele pisca.

— Você acha que eu perderia a sua primeira apresentação como principal? De jeito nenhum. Além disso... — Ele me entrega o buquê e tira algo ainda melhor de dentro do bolso.

Na frente de todos, ele se ajoelha.

— Violet Reece, quer casar comigo? — Ele inclina a cabeça. — Esta é a única vez que vou fazer essa pergunta, amor.

Aquelas lágrimas que nublavam meus olhos agora escorrem pelo rosto. De todos os lugares, ele escolhe este aqui. Consolidando essa recordação de uma maneira ainda mais impressionante na minha mente.

Uma noite que nunca vou esquecer.

— Vi?

— Sim, sim. — Eu sorrio e entrego a mão para ele.

Ele desliza a aliança no meu dedo — perfeitamente ajustada, é claro — e se levanta. Sem esperar, enlaço seu pescoço e pressiono os lábios nos dele.

Temos os nossos sonhos *e* um ao outro.

Perfeito, certo?

FIM

AGRADECIMENTOS

A forma como essa história surgiu é incrível, e acho que nenhum livro se conectaria tão perfeitamente com a autora que eu sou.

Greyson e Violet nasceram dos membros amáveis do meu grupo do Facebook, SMassery Squad. Isso parece meio estranho, mas sejam tolerantes comigo.

Quase um ano atrás, fiz uma pequena menção a Caleb (de Fallen Royals) competindo com um valentão universitário ainda mais sombrio. Daquele ponto em diante, bem... Greyson assumiu. Antes mesmo de saber o seu nome, ele estava na minha cabeça.

Mas, como os meus leitores torceram por ele desde o início, eu quis envolvê-los desde a primeira etapa.

Criei uma série de enquetes. Achei que seria uma mudança inovadora permitir que os meus leitores escolhessem os primeiros nomes dos meus personagens, alguns tropos principais. (Alguém falou *Spit Kink*? Olá, meu novo amigo! Embora isso não tenha sido votado, apenas...aconteceu. Opa.)

Só vou dizer uma coisa: Melhor. Ideia. Da vida.

Adorei envolver os leitores. Adorei ver o que *eles* queriam em uma história minha e as ideias que surgiram a partir das suas preferências. E, de forma bastante cruel, escrevi a maldita coisa e mantive em segredo por 9 meses.

Meu erro.

Outro pequeno petisco divertido: no livro, os *Hawks* da UCP jogam com os *Pac North Wolves*. É um time fictício real de *The Savage*, da minha amiga Daniela Romero. Ela permitiu que os incluísse porque eu estava sentada ao lado dela quando escrevia aquela cena. Obrigada!

Este livro foi muito divertido de escrever, e quero agradecer sinceramente a todos os que tanto se entusiasmaram, desde que mencionei brevemente a possibilidade de ele existir no início de janeiro.

Greyson é para vocês.

Então, muito obrigada por me darem espaço para criar alguém tão depravado. Eu fiquei muito feliz em escrevê-lo, e espero que se divirtam durante a leitura. ;)

Fiquem atentos para mais jogadores de hóquei da *Crown Point* University e as mulheres que os fisgam!

OBSESSÃO BRUTAL

A The Gift Box é uma editora brasileira, com publicações de autores nacionais e estrangeiros, que surgiu no mercado em janeiro de 2018. Nossos livros estão sempre entre os mais vendidos da Amazon e já receberam diversos destaques em blogs literários e na própria Amazon.

Somos uma empresa jovem, cheia de energia e paixão pela literatura de romance e queremos incentivar cada vez mais a leitura e o crescimento de nossos autores e parceiros.

Acompanhe a The Gift Box nas redes sociais para ficar por dentro de todas as novidades.

 www.thegiftboxbr.com

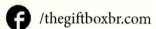 /thegiftboxbr.com

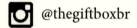 @thegiftboxbr

 @GiftBoxEditora